王昕朋小说精选集

王晨题

漂二代

王昕朋 著

作家出版社

图书在版编目（CIP）数据

王昕朋小说精选集 / 王昕朋著 . -- 北京 : 作家出版社，2022.3

ISBN 978-7-5212-1522-9

Ⅰ.①王… Ⅱ.①王… Ⅲ.①小说集 – 中国 – 当代 Ⅳ.①I247

中国版本图书馆 CIP 数据核字 (2021) 第 185010 号

王昕朋小说精选集·漂二代

作　　者：王昕朋

书名题字：王　蒙

责任编辑：赵　莹

装帧设计：鸿儒文轩

出版发行：作家出版社有限公司

社　　址：北京农展馆南里 10 号　　邮　　编：100125

电话传真：86 – 10 – 65067186（发行中心及邮购部）

　　　　　86 – 10 – 65004079（总编室）

E – mail: zuojia@zuojia. net. cn

http: // www. zuojiachubanshe. com

印　　刷：唐山嘉德印刷有限公司

成品尺寸：170 × 240

字　　数：319 千字

印　　张：22.25

版　　次：2022 年 3 月第 1 版

印　　次：2022 年 3 月第 1 次印刷

ISBN 978-7-5212-1522-9

总 定 价：968 元（全十一册）

目　录

　　宋肖新在老屋门前站了会儿，看见门板上依稀可辨的年画上还留着她小时候画上去的笔迹。可是，她并不想打开老屋的门锁，就是想，她也没有钥匙。去了北京这么多年，北京和北京人从来都是拿她当外地人，到了老家，她感觉自己也成了外地人，这种外地人的感觉比在北京还甚。

　　售楼小姐宋肖新和许多北漂一样觉得在北京没根没底，有一种虚空感，繁花似锦的背后是绵绵无尽的孤寒。她突然想变成一根柔软的青藤，缠着一棵伟岸的大树，过落地生根的日子。他早就想上她。可是，她不想轻易让他得手。始乱终弃，是大多数男人的通病。

　　结婚半年后，妻子肚子大了，吵着要到美国生孩子，要了一大笔钱后就和汪光军说拜拜，而且开诚布公地告诉汪光军：你只有钱而没文化，我当初嫁给你是因为我有文化而没有钱。现在，你还是只有钱没文化，而我现在既有钱又有文化。人与人之间最重要的沟通是文化认同感，我们之间恰恰缺这点，所以，我不能和你再生活下去。

第九章 / 145

说这件事是"假伤门"太武断。发帖子的人又不是给汪天大做检查的医生,也不是法医,不具这种资格……宋肖新根本就没等他往下说,就生气地打断了他的话。冯功铭你太让我失望了。我怎么也想不明白的是,你也和抓肖祥的警察、和姓汪的穿一条裤子。

第十章 / 162

韩土改从汪光军的一言一行中揣测着他的心情。他知道在汪天大与肖祥、张杰打架这件事情上,无论怎样测算也不可能让汪光军开心。韩土改说你想办的事之所以有曲折,不是因为对手强大。与你相比,你的对手太弱小,"宝刀难断水,大网不捞沙"。

第十一章 / 179

宋肖新也有这种感觉,她现在像是在推一堆棉花,用尽全力,也只能把这堆棉花推变形,而整个棉堆则纹丝不动。她是个急性子,急性子的人在推棉花堆时往往能把自己累死。她有点儿悲观,少气无力地说,我想去医院找到汪天大,看看他到底有没有病!

第十二章 / 196

汪光军把招聘企业形象代言人放在招标代理销售公司之前,也是费了一番心思的。他个人认为,只要宋肖新参加形象代言人的招聘,就说明她向他设计的圈子里迈出了第一步。往后,销售代理、放弃追究肖祥的冤案、和他关系从正常到亲密,再到上床……

第十三章 / 215

现实环境最能够改变一个人的生存原则,尤其是当这个人感觉到自己的尊严被另外一个人可以轻而易举拿走时,往往只有两条路可走。一条是抗争,结果是两败俱伤,鲜血淋淋;另一条是投降,求得生路,以图东山再起。现实生活中选择走第二条路的是多数。宋肖新在和冯功铭争吵后,想了很多很多。

第一章

一

宋肖新这是第三次来镇派出所了。

她是从北京来的，在一家售楼公司工作。她高挑的身材和端庄美丽的容貌，以及时尚的穿戴，在这个镇子上几乎找不出第二个。走在街上，她明显能够感觉到投向她的目光如芒刺一般，让她心里不舒服。她没想到自己还会有不敢敲门的一天。做售楼小姐，尤其是京城的售楼小姐，什么样的人物没见过？她是不愿面对敲开门后一双双极具攻击力和穿透力的眼睛，那眼神仿佛磨得锋利的刀片，足以把她切个稀巴烂。

她第一次进派出所，用尽可能准确的河南话，问一个留平头的警察，大叔，办证在哪？平头警察甩给她一句硬邦邦的河南腔：人不在！可能听她的声音甜甜的，抑或是闻到了她身上散发出的香水味，说完抬头看了看她，目光顺着她两条笔直的腿一路看上来，到了她的脸上，平头警察的嘴就"嚓"地撕开一道巨大的口子，关在里面的牙全都突到了嘴外，眼睛则迅速收缩成了两个黑点。宋肖新第一次看见有人笑得如此不加掩饰，如此肆无忌惮，心里不由生出几分惧怕。

　　她把办理护照的理由向他简单陈述了一遍。他听了，眼睛夸张地睁大了，好像要向嘴巴看齐。接着扯过一把椅子让她坐。略一等，略一等，坐！说着拍了拍她的腰，又递给她一个满是茶锈的杯子：喝水喝水，我的杯子，早上刚用洗衣粉涮过，干净。然后问她，你是演员还是模特儿？看你长得模样、气质就不同一般打工的。

　　宋肖新说我是售楼的。他听了又上上下下打量她一会儿，是吗？那你在北京一定有房子了吧？

　　宋肖新有点儿烦了。她说售楼的就是打工的。平头警察直摇头，表示不信她的话。然后跑到院子里大喊：狼羔子在吗？有美女找你！

　　那个被平头称为狼羔子的警察不在。宋肖新在平头警察的屋里等了一个小时。这一个小时里，有几个人过来跟她搭话，有警察，有联防，也有来派出所办事的。宋肖新是本地人，但她很小就到了北京，无论她如何努力，也说不好河南话了。她说河南话时，那些人夸她的北京话说得真好，就像她人长得那么好。在他们眼里，她是既漂亮又有钱，女人漂亮又有钱说明了什么？宋肖新从他们挑逗轻蔑而又贪婪的眼神里得到了答案。她屁股下的椅子毫无悬念地变成了针毡，接着她落荒而逃。

　　第二次，第三次，那个被叫作狼羔子的管户籍的警察都不在，宋肖新实在是没有勇气再去敲响这栋楼里任何一个门了。派出所的院子里盛满了阳光，在无聊的等待中，阳光把她的影子逐渐拉长拉瘦，她答应冯功铭明天就能相见的承诺又要打水漂了。她能想象出他失望和焦急的神态。他的这种神态她是既满足又心疼。尽管他比她大十多岁，但对她的依恋仍旧像个孩子。平时那个在法庭上西装笔挺，慷慨陈词，在律师事务所里对疑难案子举重若轻，一派成功男人的帅气和自信的他，到了她面前却立刻变成了一个老实巴交的大男孩。每每想到这些，她都要闭上嘴，否则心底那种幸福感就会喷薄而出。她不愿让他看到她幸福满足的样子。她对他释放的信号是，她对他并不特别满意。

　　宋肖新虽说是回到老家，但老家只是剩下两间许多年没住过人的老屋，像一个历经风雨、衣衫褴褛的老者呆板地站在那里。她在老屋门前站了会儿，看见门板上依稀可辨的年画上还留着她小时候画上去的笔迹。可是，她并不想打开老屋的门锁，就是想，她也根本没有钥匙，或者老屋根本就不需要钥匙。在父亲的坟前，她也哭不出来，或许是早已就没有了悲痛，父亲变成了一个模糊的记忆。她在村子里见到的多是老人和孩子，这些老人，她只是觉得面熟，却已经不知怎么称呼，而孩子们，则完全把她当成了一个过客。她在一个儿时的小伙伴家住了一个晚上。那个小伙伴听说她回来办护照，睁着大眼看了她好大一会儿，惊奇地问，你在北京小二十年，咋还不是北京人？

宋肖新假装逗那个同学的孩子玩没听见。

老家对于宋肖新充其量只是一个符号。在北京这么多年，她是外地人；到了老家，她感觉自己也成了外地人。在北京她买不起房子，可以租房子住；而在老家，她在过去的小伙伴家借住一个晚上，又住进了宾馆，这是唯一的能满足她的私密要求和起码的舒适要求的办法，但却使她更感觉自己是外地人。人在旅途，多少会有些孤寂，宋肖新这时清清楚楚地意识到自己想冯功铭了……

她的手机就在这个时候急促地响起。她的心跳了一下，马上想到是冯功铭打来的。她故意不接，让手机唱完半支歌，然后摁下接听键，漫不经心地说：嘛呀？没想到，电话那头是一个女人的声音：小新，我是你妈。

妈的脸仿佛一本苦大仇深的书，一天过去翻一页，是苦；再过一天，又翻一页，是难。一张口不是牢骚就是抱怨。她一听她的声音就心烦，问干吗？冯萍萍说，你咋还不回来，在那破地方你还待得住？宋肖新说你以为我想待？要不是你把我生在这破地方，八抬大轿抬我也不来。冯萍萍说，你弟这次全区比赛又拿了第一名。他都拿了三次第一名了，你还不快点回来跟小冯说说。宋肖新一愣，跟小冯说什么？冯萍萍说让小冯他爸爸给你弟办北京户口啊！宋肖新一听就火了，对电话里兴高采烈、理直气壮的冯萍萍说，你以为你是谁，小冯他爸听你的？冯萍萍急了，小冯他爸不是副区长吗？他一句话祥的白（北）京户口准落上。冯萍萍说的是一口河南普通话，说"北京"时总说成"白京"。宋肖新说他爸真那么大本事就啥也别干，每天说一句话就够吃够喝了。

挂了冯萍萍的电话，宋肖新接着就给弟弟肖祥打过去，肖祥关机。她想了想又拨冯功铭的电话，听见电话里的音乐响了一声就挂掉了。她常常这样给他打电话。不为省钱，也不是逗他玩，而是不想让他觉得自己太主动。肖祥户口的事，她跟冯功铭提到过，冯功铭答应问问。现在再提起，会不会让冯功铭觉得自己太功利？可是，她自己的亲身经历，又让她深深知道北京户口对肖祥多么重要。

只过了十几秒，冯功铭的电话就打了回来。宝贝，终于想起给我打电话了。宋肖新说没有啊，是不小心碰错了键吧？冯功铭说碰错了键也算是我的福分。你什么时候回来，想死我了。宋肖新说户口带不走我就不回去了。冯功铭那边一下子卡了壳。宋肖新也生气地挂断了电话。就这德行，一说户口的事不是绕口令就是装聋作哑，你冯功铭到底对我真不真心？

肖祥又得了第一，这让宋肖新很高兴，这个同母异父的弟弟是宋肖新最亲的人。她又给肖祥打电话，肖祥还是关机。无奈，她给肖祥发了条短信：

祝贺！你领奖那天姐一定到场给你祝贺。姐也给你个大奖……

二

肖祥走出北区"成长杯"中学生迎奥运外语竞赛颁奖大会会场，迎接他的是一张张熟悉的面孔：姑姑肖桂桂、被称为"乡长"的李跃进、他的班主任老师等。一个女孩笑逐颜开地给他送上一朵鲜花，祝贺你祥哥。你给咱们十八里香打工子弟学校争了光！这个女孩叫李京生，老家和肖祥一个村，现在是十八里香打工子弟学校初一的学生。

肖祥在浓浓的亲情和乡情簇拥下，上了他的好朋友张杰的昌河面包车。肖桂桂喜得合不拢嘴，左手拉着肖祥的手，右手不时摸摸侄儿的脸，擦擦鼻子，再擦擦眼角，好像在给侄儿做美容。李京生歪着头瞅着肖桂桂，兴奋地说，桂姑，我下次写作文，再写到激动得说不出话来时，知道怎样描写了！说完，又拿着肖祥的获奖证书，翻过来看倒过去看。祥哥，你读高中可以进个好学校了，四中、八中、人大附中、实验中学，哪个不得抢你？你还得好好挑一挑呢！

肖祥没说话。他脸上的淡淡愁容，引起了肖桂桂的不安。她说，你姐回老家办护照，可能有事耽误了。你别生她的气。

肖祥说，我姐给我发过短信了。

肖桂桂又说，你哥部里开会，请不下假，也不能来……

肖祥的班主任也一直没说话，还不时皱着眉头。张杰从肖祥和他班主任的情绪中好像看出了点什么。他打开了车上的音响，放了一首流行歌曲，想让肖祥和他的班主任调剂一下心情。不料，肖祥刚听了几句就让张杰关上。哥们儿，我累了，让我歇歇行吗？求你了！

张杰又打开车窗，点了一支烟，刚抽一口，李京生从后边出其不意地伸过手给他夺下，嘴里嚷着我抗议在未成年人面前抽烟，危害未成年人健康。张杰说，你个小丫头从小就横，长大了别找不到老公。现在"剩女"满地都是，你等着当替补吧！肖桂桂骂张杰乌鸦嘴，京生是十八里香最漂亮的小公主，才不愁嫁不出去呢。

肖祥仍旧不声不响，闭着眼睛靠在座位上，神情有些疲倦。张杰从后视镜看了肖祥一眼，知道肖祥心里肯定有事。

肖祥和姑姑肖桂桂住在一个老院子里。肖桂桂双脚迈进院子，一眼就看见自家门前摆着的一只红色塑料桶。她紧走几步，装作开门，悄悄地用一张旧报纸把那只塑料桶盖上。她这个动作既自然又敏捷，一般人看不出来。

肖祥家在院子东北角旮旯处，一间大约有十一二平方米的房子，外边是四平方米的临时搭建的棚屋。中间用帘子隔起来，姑姑肖桂桂住在里边，外边的单人床就是肖祥的卧室。这一下来了七八个人，别说坐，站着也有点儿像下面条。肖桂桂不好意思地对肖祥的班主任说，屋子太小，没来得及收拾，就不请你们到家里喝茶了。

肖祥的班主任并不在意。他说，咱们还不都一样，哪有几家住得宽敞的。我还要回学校，自家人就不客气了。张杰有车，要送老师回家。老师也没拒绝。

咱们的状元郎回来了，我看看又拿了个金杯还是银杯？随着一声粗放的声音落地，一位年龄六十左右、高高胖胖的妇女迈着咚咚响的大步进了肖祥家的院子。李京生高兴地说，韩妈来了。然后扑上前拉着她的手，亲热地亲了两下。

被李京生称为韩妈的妇女叫韩冬，是十八里香社区居委会的主任。她个子高，进门时被门框碰了下头，疼得哎哟一声。她把肖祥拉到怀里，像见到久别的儿子一样。看看我家孩子多棒呀。我从当村委会主任，到改成社区居委会主任也有二十多年了，你是十八里香的孩子们中拿奖最多的，可给十八里香争光了。你韩妈脸上也有光。不信，你摸摸韩妈的脸，油光油光的，哈哈……

肖桂桂搬了一只凳子招呼韩冬坐，诚恳地说，韩姐您给孩子多费心了。这些孩子哪个都打心里和您亲。

韩冬摆摆手，你老大姐不喜欢听奉承话。要说，心还真没少费，忙倒是没帮多大。我刚才还给居委会的几个同志说，咱居委会虽然没多少钱，但想方设法也得给祥这孩子点奖励。

李京生抢着说，韩妈您要奖我祥哥，就把北京户口给他转了呗。

韩冬笑了，摸摸李京生的脸蛋。闺女，等哪天你韩妈说话当家了，第一个就解决你祥哥的户口。她说完，才发现肖祥笑得有些不自在。她深深地知道这些孩子既有强烈的自卑感又有强烈的自尊心，容易多心、多疑、多愁，也容易多情、多思、多变。他们的自尊就像挂在树枝上的露珠儿，一句话、一个眼神都有可能碰落。她叮嘱肖桂桂弄点好东西给孩子补补，然后就要告辞。李京生说要回家，牵着她的手活蹦乱跳地走了。

韩冬刚走，冯萍萍来了。她在肖祥很小的时候就改了嫁，和肖祥不生活在一起。她从胳肢窝里夹着的花书包中，取出一件印有"迎奥运"大红字和奥运吉祥物的 T 恤衫，不由分说地帮着肖祥脱下身上穿着的 T 恤衫给他换上，拉着肖桂桂看。他姑，你看这件衣裳还行吧？我给小宝买衣服时特意买的大一号，留给祥的。她本来是想告诉肖祥她心里惦记他，没想到弄巧成拙。肖祥听了，脸上又多了一层反感，把 T 恤衫脱下来扔给她，然后爬到床上面朝着墙睡了。冯萍萍委屈地说，唏，你这孩子咋越大越不通人性？

肖桂桂赶忙把冯萍萍拉到门外，赔着笑脸说，祥心里不知有啥事，这半天没见他笑一笑。

冯萍萍揉了揉眼睛说，祥和肖新恨我偏心小宝，打那年送他回老家，他就记恨我。可你是知道我们家那几年的光景，多苦多难啊！我这当娘的有一分容易也不会送他回乡下。说着，眼泪就掉了下来。

肖桂桂说，姐你也别多想。反正我没听肖祥说你一个不字。他懂事，知道你的难处。他上初一那年你给他一百元钱，他在枕头下压了大半年，最后让老鼠吃得还剩个角角，角角他还夹在书本里，不时拿出来看看。

两人边说边走，到了街口上，碰到送肖祥班主任回来的张杰。街口停了一辆拉货的大车，张杰的面包车开不进去。他摁了一会儿喇叭，大车司机不知跑哪去了。他怒气冲冲地下了车，朝大车的轮胎踢了几脚，嘴里恼羞成怒地喊着，有这样停车的吗？

旁边有一家小美容美发店，店门口放着一只大铁盆，一个二十三四岁的女人高挽着袖子，满头大汗地在搓洗衣服，旁边一个两岁多的女孩在低头玩耍。那个女人用沾满了洗衣粉的手撩起围裙擦汗，抬头看见了张杰，热情地和他打招呼，小杰兄弟，你干吗和轮胎生气？你踢它，它不知道疼，疼的是你自己的脚。你要放心，就把车停我这门口，我帮你看着。

这时，她身边那个小女孩手里的玩具掉在地上，滚到了两米外，小女孩跑过去弯腰捡，一辆由南向北的摩托车突然疾驶而来，眼看就要撞到小女孩的身上。那个洗衣服的女人惊吓得大叫一声，猛地站起来。她绊倒了洗衣的大铁盆，又被大铁盆绊倒，四肢伸张趴在泥水中。张杰跃身冲过去，抱住小女孩，顺势在地上翻了个身，躲过了飞驰而过的摩托车，然后又起身把那个惊魂未定的女人拉起来。那个女人忘乎所以地把他和小女孩一起抱在怀里，小杰兄弟，谢谢你救了我女儿。

张杰看了一眼那个女人雪白的脖颈。梅子姐，跟兄弟还客气啊？

边说边走的肖桂桂和冯萍萍也看到了这惊险的一幕。肖桂桂说，张杰这孩子仁义。冯萍萍却努了努嘴，不以为然地说，他哪是仁义，是想打梅子的主意。你没见他一天到晚贼眉鼠眼地在这转来转去？让祥少和他来往。

张杰看见肖桂桂，一边擦着汗一边迎上前，桂姑，我还有点儿事。你告诉祥哥，晚上我请他吃饭！说完，风风火火地走了。

三

肖祥获奖的消息，在他所在的十八里香打工子弟学校初一初二两个年级引起很大反响，而初三年级的反应却冷冷清清。

班主任老师一上来就表扬肖祥，说学校打算召开表彰大会，给肖祥嘉奖。肖祥这是第三次在全区大赛中获奖。这不仅是他一个人的光荣，而且是咱们班、咱们学校的光荣。他边说，边带头鼓掌，然而教室里静寂了很长时间，一个响应的也没有，有的学生甚至表现出不屑一顾，弄得他非常尴尬，肖祥也不好意思地低头趴在桌子上。他生气地拍了拍讲台，唏，看看你们一个个不以为然的样，是什么心态？

这时，一个胆子大点儿的女学生站了起来，冲老师说，老师你也别把我们看得太低。我首先声明我不是嫉妒肖祥，而是同情肖祥，为肖祥抱屈。班主任问她什么意思？她反问班主任，肖祥获了三次第一，但他能继续在北京读高中、考大学吗？

教室里响起一片呼叫声：

回答呀！怎么不告诉我们实话？

嘉奖、嘉奖，一张空头奖状有屁用！

不收择校费、借读费也行，做得到吗？

一个男孩子扯着嗓门叫喊肖祥冤，比窦娥还冤！在北京学习用功有啥用？另一个男孩接上喊，肖祥不是喜剧是悲剧，老师你为啥鼓励我们演悲剧？不知谁朝讲台上扔了个纸团，接着又有人扔了只空矿泉水瓶子。矿泉水瓶子打在黑板上，又掉下来砸在班主任的头上。于是，教室里爆发出一阵嬉笑声。

班主任呆若木鸡地站在讲台上，任凭学生吵闹而一言不发。他已经当了五届初三毕业班的班主任，每一届初三班到了下半学期，也就是临毕业时都不好带，原因是毕业后的去向选择问题。按照北京的学籍管理规定，外来人口的子女在北京借读，只能到九年义务教育阶段，所以，打工子弟学校也只有初中班。他们中有些家庭条件好的，花点钱继续在北京"借读"三年高中不是不可能。但高中毕业必须回原籍参加高考。北京的教材和老家的教材不一样，教学方式不一样，在北京成绩优秀的学生回地方参加高考，不一定就考得好。所以老师支持甚至动员他们早点回原籍，早适应当地的教育。到了初三下半学期，有的学生提前转学回户口所在的原籍；有的学生辍学，提前走上社会。既然不能继续在北京读高中，又不愿回老家，还不如早点找个事做。一个初中班初一开学时往往人员严重超编，他带过的人数最多的班有八十多人，拥挤得连写作业都伸不开胳膊肘儿。但是到了初三下半学期，能剩下一半就不错了，去年学校不得不采取措施，让两个班合并为一个班。班主任老师去年接受一家媒体采访时，说着说着竟然泣不成声。他说改革开放三十年了，进城务工的农民工二代都长大了，几千万人呢，国家这些年改革了多少制度，怎么这户籍、学籍就那么难改吗？这些孩子同他们上辈人的想法不一样，大多数人打死也不回老家。如果有一部分人只有初中学历留在城市里，你这个城市的整体素质又怎么提高？他当时还举了张杰的例子。张杰因为不愿回老家，初二留了一次级，初三又留了两次级，等于比别人多上了一个初中。去年下半年离开学校，一年中三进派出所……

在校的初三年级学生中，有的是家长打着骂着逼着才没退学，但公开宣称是为家长学习；有的三天打鱼两天晒网，精力用在查信息、找工作上，一旦找到工作立马走人；有的勉强应付作业，每次测验成绩都不及格。这一类学生，压根儿就不再把学校的纪律放在眼里，更不用说班主任老师了。如果遇上张杰那样的学生，两句话不投机，或者管得严一点，对老师动拳头也是有可能的。

肖祥受到的精神打击比班主任老师还要重。他一直趴在桌子上好像睡着了。其实，他是在想着同学们说的话，心里如江海般翻腾。下课铃声响过，教室里的其他学生走光了。班主任老师小心翼翼地走到肖祥面前想劝劝他，见肖祥不说话，也不抬头，只好快快不乐地回办公室去了。

班主任老师刚走，一阵银铃般的笑声飘了进来。肖祥不用看就知道是李京生来了。李京生好像刚刚喝了蜜，一脸甜甜的笑容，什么也没说，拉起肖祥就向外跑。肖祥问她干什么去。她说去了你才能知道。肖祥和女同学接触少，被李京生这么一拉手，脸马上红了。

李京生拉着肖祥跑到校门口的宣传画廊前。她喘息未定，指着画廊的橱窗让肖祥看。橱窗里边张贴着学校的公告，还有各种各样获奖的学生的照片及事迹介绍。肖祥一眼就看见了他的照片。照片下边是介绍他如何刻苦学习等事迹。他看了不仅没有洋洋得意，还一阵心酸。

李京生两只眼睛笑成了花瓣，目光流露出的是羡慕和敬佩，只顾着高兴，没看出肖祥的神情变化。她说桂姑今天可高兴啦，那眼泪就像结在树上的果子，风吹都掉不下来。肖祥说，京生，回家别再广播宣传了。他说完，长长地叹息一声。

李京生当然不明白肖祥的心思。

肖祥第一次获全区大奖，姑姑准备了丰盛的晚餐，有鸡，有鱼，有肉……那天，哥哥肖辉、姐姐宋肖新全回来了，高高兴兴地吃了那顿晚饭。临睡前，肖桂桂一边流着泪一边给他讲他爸爸病危前对他的期望，讲着讲着就哽咽了。祥，你要能考上大学，姑姑带你回老家在你爸坟前烧香磕头，过了那天姑姑就是死也无憾，到了阴间你爸会认我这个亲妹妹。说得肖祥放声痛哭。

也许是班主任怕肖祥受不了打击出什么事儿，临放学时把肖祥找到了办公室，直言不讳地把北京的学籍政策给他详细说了一遍。

班主任老师不好意思地笑了笑，说肖祥你也别介意这户口的事。你的学习成绩好，到哪儿考试都不怕。说不定你回老家考试，像你哥肖辉一样中个全县的状元呢！

四

肖祥回到家，肖桂桂还没下班。他从床下拉出一只红木箱，把这几年参加各种竞赛、比赛中获奖的奖状、奖品翻看了一遍，情不自禁地流了泪。他关上箱子后重又躺在床上。他睡的是张高低床，下铺是他哥哥肖辉在家时住的，床板下层贴着一张纸条，是肖辉初三时写了贴上去的。字条上写着"北京户口"四个字，后边还加了四个感叹号。

肖祥的母亲冯萍萍先后嫁过三个男人，冯萍萍嫁的第一个男人姓宋，生了个女儿叫宋新。宋新三岁那年，父亲出车祸死了，冯萍萍过不了苦日子，又嫁给了同样带个孩子，妻子刚刚去世的姓肖的男人。宋新跟着冯萍萍到了肖家。按说，她吃肖家的饭就该随肖家的姓，但姓肖的同意她在宋的后边又加了个肖，叫宋肖新。姓肖的带着一家人来到北京找饭辙，在同乡李跃进带的村建筑队当泥瓦工，不久和冯萍萍生下了肖祥。十八里香那时还没改居委会，叫十八里香村。李跃进等最先来的，被当地人戏称为"老外"，意思是老外来户。老外来户都见过刚六七岁的宋肖新，像个小保姆一样整天抱着、驮着肖祥，给他喂汤喂粥……姐弟俩自小就情深意长。没想到，到了肖祥六岁那年，老肖在一次工程事故中死亡。冯萍萍是离了男人就没有主心骨的女人，再说一个女人家拖儿带女生活也没保障，不久就经李跃进撮合嫁给了老光棍赵家仁。老肖家愤恨冯萍萍水性杨花，又有克夫命，怕孩子跟着冯萍萍学不好，坚决要把肖祥留在肖家。肖祥的爷爷奶奶跑到北京找冯萍萍说理，肖祥是肖家的后代，是肖家的血统，应当由肖家抚养。赵家仁本来就不喜欢冯萍萍拖儿带女嫁给他，宋肖新又到了上学的年龄，于是也给冯萍萍施加压力。冯萍萍在肖家和赵家仁的两头夹击下，无可奈何地答应了。

肖祥回到老家，跟着爷爷奶奶和姑姑肖桂桂生活。爷爷奶奶年龄都大了，只能从事一些简单的家务活，他还有个哥哥肖辉在上小学。肖桂桂一个人既要忙活地里又要忙活家里，全家人日子过得十分艰辛。爷爷奶奶过世后，姑姑肖桂桂便带着肖祥和肖辉来到北京，落脚十八里香。冯萍萍跟赵家仁生了儿子，心思全在小宝宝身上，自己又没工作，靠着赵家仁微薄的打工收入生活，也顾不上肖祥。宋肖新跟肖桂桂和肖家兄弟感情深厚，对肖祥尤为疼爱。她三天两头往肖祥家跑，和肖辉经常带肖祥出去玩。她参加工作后第一个月领到六百元钱的工资，丝毫也没犹豫就拿出两百元给肖祥买了部手机。为这事，赵家仁差点儿对她动了手。肖祥也把这位同母异父的姐姐当成母亲那样依恋，什么事儿也不向她隐瞒。

一个月前，宋肖新说想肖祥，把肖祥约出去吃了顿饭。她见肖祥瘦了，神情也显得焦虑，劝肖祥不要光顾着埋头学习，还得注意身体。你以后就是考上名牌大学，毕业找份好工作，身体不好也不行。

肖祥告诉宋肖新，老师已经开始在初三年级学生中调查摸底，谁愿意回老家读高中，谁愿意继续在北京"借读"，还有谁不打算再读，搞得非常细致。老师说下半学期就要根据每个人的情况分班。宋肖新问肖祥是怎么想的。肖祥吞吞吐吐地说我听姑和你们的！

宋肖新初中毕业那年，因为在北京没有户口，又不愿意回老家读高中而上了民办的中等技术学校，参加工作后有了收入才又读继续教育的专升本。如今这个问题肖祥遇上了，她问桂姑知道了吗？肖祥摇头，我没敢给姑姑说。我对我哥说了。他说那你就向我学习，打回老家去，过几年再考到北京来。宋肖新沉默了。她、肖桂桂、肖辉，供养他在老家读完高中没问题，但毕竟离北京太远不便于照顾。十八里香老乡家每年都有一批孩子遇到这样的事情。有的回老家勉强读完高中，又回北京来找父母，就业解决不了就做"啃老族"；有的一离开父母就像脱了缰的野马，混迹社会，犯了罪进了监狱。实在不愿回去的，就在北京读民办的中专中技，更多的加入了父辈的打工行列……宋肖新想想就害怕。

肖祥犹犹豫豫地问宋肖新，北京户口好不好办？她笑了笑，没有正面回答，在弟弟面前，她一直都顽强地撑着。但是，她又不敢回答能办。冯功铭只答应过试试，已经过去一段时间了，至今仍没有消息。

没有北京户口在北京生存没有大的问题，但考学、就业等人生大事却不得不接受不公平的现实。就是参加了工作，在同一个单位，有北京户口的叫

"就业"，没有北京户口的叫"务工"，务工还算好听的，什么打工、北漂、农民工的称号她都拥有过。她和她的好朋友李豫生立过誓：找老公得找个能帮着办北京户口的人。李豫生就给别人说过，如果不是为了解决北京户口，宋肖新怎么也不会看上冯功铭。年龄比她长，个子比她短……

宋肖新安慰肖祥说，你只管用功学习，户口的事不用你操心。

肖祥过去一直信奉知识改变命运这个道理，学习非常用功，在打工子弟学校年年都是三好生。这次大赛，他又夺了个第一。然而，这个"第一"没给他带来好心情，想着面临去留的选择，他觉得心里堵得厉害，于是从家里出来，想到街上散散心。

五

十八里香过去就是个大村子，有一千多户人家。它处于城乡接合部，早在多年前就有两家国营的工厂、仓库盖在这里，为了行车和骑自行车方便，村里一条主街几次加宽，到了20世纪80年代还铺上了柏油路面。这些年，随着外来务工人员与日俱增，十八里香越来越拥挤。但是，几万人口的柴米油盐醋、吃喝拉撒睡又带动了这里的商业。不用说村里的主街道，就是每一条巷子里也星罗棋布地散落着各种各样的小店铺。那些小店铺大多是一间门面，有的连门面也没有只开了个窗口，很多物品摆在门前占着道儿，本来狭窄的巷子更显得拥挤不堪，混乱不堪。肖祥刚转到一条巷子，巷口就有一家小美容美发店，门前站着一个比他大几岁的姑娘，操着浓重的东北口音说，哥，进来玩玩。他四下看了一眼，确认那姑娘是在跟他说话，下意识地朝里瞅了一眼。她上前推了他一下，说隔着玻璃你啥也看不到，进了里边想看什么看什么。她还说了些肖祥听不懂的"专业"名词。

肖祥厌恶地说，我没兴趣。那姑娘说，你没兴趣我能让你有兴趣。她说着不知怎么给店里发了个信号，店里一下子又出来两个和她年龄相仿的姑娘，三个人你推我拉，硬是把肖祥拉进了屋里。肖祥还没反应过来，在门口遇上的那个姑娘已经把罩在上身的短袖衫掀起来，肖祥脸红了，吓得闭上眼睛，骂她一句不知羞耻。屋里几个姑娘哈哈大笑，一个骂肖祥假装正经，一个骂肖祥不是个男人。肖祥没想到出来转悠不但心情没有好转，而且越发堵得慌，几近发疯。

张杰就是这个时候找上门来的。这家小美容美发店对面，还有一家小美容美发店，两家同在一条巷子里，是竞争对手。对面那家店的人认识张杰，一见他慌慌张张的样子，猜出他是在找人，就朝这家店努努嘴。张杰大吃一惊。他没想到肖祥也会到这种他经常出入的地方来。他犹豫了一会儿，听见肖祥在里边骂人才毅然决然地踹开门。他一脚跨进店内，顺手在台子上抓了把剪刀，那三个姑娘吓得躲到里间，老板娘却一脸堆笑地跑了出来，点头哈腰地说了一堆好话。张杰骂她贱。你对我兄弟这属于强奸知道不？公了我带我兄弟去报警，私了你赔我兄弟精神损失。老板娘说赔赔，接着就去数钱。肖祥早已待不下去了，拉着张杰离开了那家美容美发店。他等肖祥平静了一些，说请他到老孙家饭店吃饭。肖祥觉得自己这个状态回家又会让姑姑担忧，就没有推辞，跟着张杰上了车。

六

老孙家饭店是一个姓孙的河南人开的，招牌是羊肉烩面。由于价格低廉，加上对口味，每天中午和晚上顾客都很多，三间屋子那样大的店里座无虚席，在门口又摆了几张桌子，就这样也常常要排队等候。位于老孙家饭店斜对面的梅子的美容美发店跟着沾了不少光。有时候客人到了饭店，一看没有位子，又不好意思站在那里看别人吃饭，就到梅子的店里洗洗头，做个按摩，等个二三十分钟有了位子再过来。由于饭店挨着马路，门口没有停车场，开着车来的客人都把车停在马路边。张杰见还有一个车位，就让肖祥先下车，自己往车位上倒车。

突然，一辆宝马越野车戛然而止，司机想抢车位，打着大灯晃了张杰几下，又摁喇叭催促他，同时朝车位打方向盘。张杰从车上下来，见宝马的车头快顶上他的车屁股，把吓得目瞪口呆的肖祥夹在中间，差点就撞到肖祥身上。张杰恼怒地骂了一句找死，弯腰摸起块石头就要砸玻璃，被肖祥夺了下来。车上下来两个和他年龄相仿的男孩子，从司机位置上下来的那个男孩长得又高又胖，瞪着张杰说你敢碰一下老子的车？！"少半勺子"这时也跑出来劝张杰息事宁人，笑容可掬地给胖男孩在不远处找了个车位，把他和他的同伴招呼进了店。

张杰和肖祥随后也进了店。店里只有一张桌子刚刚走了几个客人，那个开宝马车的胖男孩和他朋友占了两个座位，旁边还空着两个。张杰大大方方地拉着肖祥过去坐下，拍着桌子喊：来一扎冰镇啤酒。

张杰点了一支烟。他抽烟和他的性格一样，喜欢猛，大口大口地吸进去，然后又大口大口地吐出来，烟雾也一团连着一团，像从发电厂的高炉冒出的烟雾。肖祥被他的烟雾呛得咳嗽了几声。旁边那个与开宝马车的一起来的男孩瞪了张杰一眼，骂了一句：丫放毒。张杰瞪了他一眼，咦……你骂谁？说着就要站起来，被肖祥拉住了。

跟着胖男孩来的那个男孩鄙夷地看了张杰一眼，低声骂了一句真他妈的粗野！他以为声音低，却没想到张杰耳朵尖，一直在找碴的他哪里忍受得了。他问你丫骂谁野种？那男孩说我没骂野种，我说粗野。张杰说粗野就是骂人话。说着，冲那男孩挥了挥拳头。那男孩看了胖男孩一眼，对张杰说你别要横。这是北京不是你那乡下！张杰刚要站起来，肖祥又拉住了他。

肖祥不喜欢惹是生非，这一点上恰恰和张杰相反。他知道张杰一旦使了性子就很难劝住。事实上，很多因打架斗殴引发的刑事犯罪，往往就是因为一瞬间的情绪失控，冲动所致。张杰见肖祥吓得脸都发白了，不情愿地坐下，说今天我听哥的，让丫多活一天！他又打开了一瓶啤酒，有意无意地把啤酒瓶往桌子上一蹾，啤酒的气沫冲开瓶盖后飞溅很高，有几滴溅到胖男孩脸上身上。他怒气冲冲地指着张杰，我兄弟刚才骂你你还不服气呢，看看，你他妈的农民工的孩子就是粗制滥造的货！张杰忽地站起来，回骂了一句，操你个姥姥！胖男孩一个巴掌抢过来，张杰低头躲过，耳光响亮地落在跟着张杰站起来、夹在他俩中间的肖祥脸上。张杰见肖祥挨了打，鼻子都气歪了，抓起桌上的啤酒瓶对胖男孩砸去。胖男孩闪身一躲，啤酒瓶砸在了他的肩膀上。老孙家饭店的地是水泥地，不经常清洗，又黏又滑，胖男孩脚底一出溜，摔倒在地上。肖祥赶忙弯腰去拉他，他狠狠地推了肖祥一下，把肖祥也推倒了。

北京这些年建了社区警务室，出警比较快。社区民警小乔接到电话马上赶到，问了情况后，要带张杰等四个孩子到附近的社区医院做检查。胖男孩很不乐意。他说我们哥几个就是话不投机呛呛起来。他没伤我，我也没伤他，检查个屄？我还有事，误了事谁负责。小乔听了很不高兴。你没事不等于别人没事。检查是必须的，你没权利拒绝。

四个孩子在小乔的带领下到社区医院做了检查，结果很快出来了，肖祥和胖男孩只是点儿皮毛伤。小乔把四个孩子带到派出所，通知他们的家长来领人。张杰不想让哥哥张刚知道，就说家长不在北京。小乔登记名字时才知道那个胖男孩叫汪天大，汪天大父母的电话打不通。肖桂桂和同汪天大一起的男孩的家长都到了。最后，四方都同意调解。汪天大大大咧咧说自己没事儿。我妈在美国，我老爸电话打不通。他们就是来了也得听我的。他痛痛快快地第一个在调解书上签了字。他见上班请假来的肖桂桂穿着有些陈旧，主动提出替肖祥交医院做检查的费用。肖祥不同意，他还有些不悦：靠，我是真心实意的，咱是不打不相识，我看你是个老实人，以后再见面咱就是哥们儿。肖祥真诚地和汪天大握了握手。

肖桂桂回家后没有数落肖祥一句。她觉得侄儿的精神压力太大，几近崩溃，不能再火上浇油。她恭恭敬敬地给观音菩萨上了几炷香，虔诚地跪下磕了三个头，默默地祈祷着，救苦救难的观音菩萨保佑我家祥儿免遭横祸。

这天夜里，肖桂桂听见肖祥在梦中喊了几遍姐。她想，肖新回来，姐弟俩聊聊就好了。

第二章

一

飞机呼啸着从几千米高空降落时，宋肖新下意识地从舷窗往下看，京城的夜晚犹如一片波澜壮阔、五彩纷呈的大海，那一盏盏璀璨夺目的灯火，就像大海中一朵朵变幻莫测的浪花。浪花毕竟是飘忽的，想到自己的青春仿佛浪花一瞬，她的心里漾满了哀愁。飘飘何所似，天地一沙鸥。她和许多北漂一样，觉得在北京没根没底，有一种虚空感，繁花似锦的背后是绵绵无尽的孤寒。她突然想变成一根柔软的青藤，缠着一棵伟岸的大树，过落地生根的日子。

宋肖新一边拉着行李箱，一边用手帕扇风，迈着优美的小碎步奔向出口。她高挑的身材在人群中格外突出，加上冷艳孤傲的神采，摇曳生姿的步调和浑身上下散发出的缕缕香风，把出口处等待接人的人们的目光几乎都吸引到她的身上。

冯功铭大老远就小跑着迎上前，笑容可掬地接过她手中的行李箱。他朝宋肖新身旁一站，个子明显矮了一些，就像雄山鸡高攀上雌孔雀，对此，冯功铭丝毫没觉得难堪，反倒怡然自得。

到了停车场，宋肖新拉车门时感觉把手有点儿烫，皱了皱眉头抱怨，冯功铭你说北京有什么好，热起来像个锅炉，冷起来像个冰窖。冯功铭笑着说，给你说个事，你千万别急。北京买不到生鸡蛋了……宋肖新问为什么？冯功铭笑出了声，这还不明白，都让这天气给蒸熟了！宋肖新乐了，学着冯巩的天津口音说了一句，贫嘛，开你的车吧！

冯功铭见宋肖新脸上的气氛融洽了些，伸出胳膊把她搂在怀中，激情似火地又亲又摸，吭哧吭哧很是急迫。宋肖新不耐烦地推开他。瞧瞧你，舔了我一脸腥臊的口水。急什么呀，早急孩子都能打酱油了。冯功铭嬉皮笑脸地说那咱今晚儿就干点生孩子的事儿。宋肖新瞪了他一眼，没好气地说，生了孩子没有北京户口也是个小北漂！

冯功铭不吭声，老老实实地开车了。

两个月前，冯功铭说国庆长假带她去香港。她高兴了几天，可是一打听护照必须回户籍所在地办理，还得本人亲自过去，那得来来回回折腾，她心烦意乱。她临走时冲冯功铭发了一路牢骚，说他的话就像一阵风，两只手一起上也抓不住；还说他心术不正，怕给她办好了北京户口，她和他拜拜。眼下，他一听她又提户口的事，哪敢接话茬，生怕再吵起来。他了解宋肖新的脾性，一旦生起气来，三两天别想碰她一下。

冯功铭把车向东三环他住的地方驶去。宋肖新柳眉微蹙，有些不快，她明白冯功铭的心思。认识快半年了，冯功铭早就想上她。可是，她不想轻易让他得手。始乱终弃，是大多数男人的通病。用母亲冯萍萍的话说，关键时刻女人的大腿一定要夹紧些，捂严点儿，不然男人就会看轻你。冯萍萍年轻时也很漂亮，是当地的一朵鲜花儿，可惜轻信了男人的花言巧语，没有捂住，先后嫁了三回。一朵鲜花插过三次牛粪，还有啥观赏价值？名声坏了，穷日子过得也不舒心。她认识的女孩中这种教训就更多了。有的认识个有钱的男人，刚亲亲热热一会儿就稀里哗啦地脱光了上床，事过以后，那男人丢下一沓子钱，穿上衣服就拜拜了。有的女孩和男人同居了一段时间，身子让掏空了，最后那男人还把女孩辛辛苦苦挣的钱也一卷而空，连个人影也找不着……问题是女孩想要什么，单纯为了钱，睡也就睡了。你要是真想嫁给那个男人，还真不能把自己随便给他。认识冯功铭之前，她也接触过一个"富二代"，恋爱两个月，也上了床。但那男人死活不提和她结婚的事。她接受前辈女人的观点：只想和你上床不想和你结婚的男人不爱你，毅然离开了那个男人。这回，她真正坚持不懈，和冯功铭一个月就见两三次，搂也好抱也好亲也好摸也好，就是不越过最后的防线。

宋肖新让冯功铭送她去她在北三环租住的小屋，冯功铭马上明白今天又没了戏，规规矩矩将车开到宋肖新楼下。他右手提起行李箱。宋肖新又把手提袋塞到他左手里，说是要拿钥匙开门。打开房门，冯功铭拿着劲站在门口不进去。宋肖新推了他一把，嗔怪道，小样儿，是不是有新欢了？他脸上僵硬的线条才柔和起来，矜持地进了屋。

宋肖新和同公司两个女同事合租的两室一厅，她自己住一间，那两个同事是老乡，合住在一间。这种"拼租"在北京十分普遍，还有四五个人甚至七八个人"拼租"一间屋子的。正因如此，不少"拼租"的往往选择晚下班或者下班后晚回家，回去倒头就睡。和宋肖新同住的那两个同事还没回来，她给冯功铭拿了听冰镇可乐，说了句别呛着，然后就一头钻进卫生间里冲澡。冯功铭大口喝着可乐，碳水化合物气体噎得他直打嗝，听着哗哗的流水声，他心里火烧火燎，想入非非。

宋肖新披散着湿漉漉的秀发，裹着雪白的浴巾出来，如粉荷带露，芳香诱人。冯功铭眼睛直了，身体某个部位迅速膨胀。他扔了可乐罐，饿虎扑食般蹿了过去。软玉在怀，气喘如牛，他顾不了绅士风度了。宋肖新媚眼如丝，柔声说，急啥，早晚是你的，还不快去洗洗。冯功铭三下五除二剥光自己，冲进卫生间，浮皮潦草地打湿了身子，然后迅速擦干，围了条浴巾就往外跑，脚下打滑，险些摔个屁蹲。

恰在此时宋肖新的手机响了。电话是冯萍萍打来的，还没说话先嗯啊地哭。宋肖新烦了，说再不说话就挂电话了！她这才说肖祥被警察抓了。宋肖新一听急了眼。冯功铭发誓今夜一定要拿下宋肖新，再拿不下她，枉做一个男人。他正运气憋劲想来个霸王硬上弓。她生气地骂他一句流氓，我家那边出了人命关天的事，你还有心思弄这事？你给我滚蛋吧！说着，脚上一用劲把冯功铭踹开，匆忙地穿上了衣服。

冯功铭见她脸色凝重，才知道她不是开玩笑，忙问啥事儿这么着急？宋肖新不耐烦地说有话车上说，赶紧，赶紧！

冯功铭开车，宋肖新借着灯光边化妆边告诉他，我弟出事了，家里乱了营，打我的手机没打通。这不，刚充电才打过来。肖辉出差不在北京，一家人等我过去拿主意。

二

肖祥和张杰在老孙家饭店同姓汪的胖男孩发生纠纷的事，已经过去了一周，所有知情人都以为几个孩子发生口角，又没有人伤着，这件事儿就算过去了，万万没想到又上演了一出秋后算账。

晚饭后，警察突然来到十八里香，说是那个当时家长没到派出所来的汪天大检查出脑震荡，是被肖祥和张杰用酒瓶殴打头部所致，肖祥和张杰的行为已构成故意伤害罪，要把他俩带走。肖桂桂先是惊讶、惊恐，一边与警察周旋，一边让人赶快去找冯萍萍。冯萍萍一路号啕着招呼左邻右舍的老乡，同时给宋肖新打了电话。就在宋肖新和冯功铭去十八里香的路上，几百个一拥而上的河南老乡，把执行任务的警车和警察围得水泄不通。

十八里香是外来人口集聚区。每天早晨上班高峰期，这儿排队上车的都有两三千人，公交车几乎天天加车，没牌照经营的中型面包车、小面包车、小轿车，也就是通常被称为"黑车"的多达上百辆，怎么治也赶不尽。市场经济社会，有需就有供。这个地区的社会治安更是在市里区里出了名的乱。尽管在行动之前，公安分局刑警队考虑到了十八里香河南村的实际情况安排了警力，但眼下警力明显太弱。负责抓捕行动的带队领导当即向分局请求支援。区、街道、社区居委会的干部也以最快的速度赶到现场。街道办事处书记提出，找一个在河南人中有点儿影响的人来帮着做解释说服工作，韩冬马上想到了"乡长"李跃进。

　　李跃进在老家是乡建筑公司的副经理，20世纪80年代初带队伍来到北京施工，现在居住在十八里香的老乡中，少说也有两百号人是他陆续带到北京的，这些人再亲戚带亲戚朋友带朋友，很快就形成了一个庞大的群体。那些年，李跃进在十八里香父老兄弟中很有威信，人称外号"乡长"。乡是指的老乡，长是指的头儿，意思是说他是老乡中的头。后来，建筑公司改制归了个人，他只挂个不领钱的副经理的名义。他当初带的那些人年龄大了，干不动了，多半陆续回了老家，在北京长大的第二代和从老家来的年轻人，不像当年的老人那么听话，稍不如意，不是你炒他，而是他炒你。加上建筑市场竞争白热化，仅十八里香地区就有几十支建筑队伍，拿活也不容易，改制后的民营老板心思在搞房地产开发上，不舍得投入，机械设备陈旧，他带的队伍好久没事干。他常挂在口头上的一句话是挣钱比吃屎都难！就连这句话，现在都不敢常说了，有一回他刚说完挣钱比吃屎都难，张杰那浑小子就接了一句：那你干吗忙着挣钱，还不天天吃屎去？气得他脱了鞋想去打他，可是再一看张杰混不吝的愣头青样，又把脱鞋修饰成一个倒石子的动作，慢条斯理地把鞋穿上，只是他的这个动作被在场的所有的人看破了，弄得他难受了半宿。

　　李跃进过时了，过时的凤凰不如鸡，何况他从来都没当过凤凰，充其量只是一只老公鸡而已。不过，他毕竟是十八里香外来人口中的老人，又是治安协管员，所以韩冬首先想到了他。街道和社区居委会领导发话了，李跃进觉得很有面子，当即大模大样地到了肖桂桂家门前，吆喝了几声，弄啥呢？这叫妨碍公务知道不？咱住在这地方就得守法。他的话刚落音，一片骂声此起彼落。有的说几个孩子打架怎么光抓咱外地的，要执法得一碗水端平。有的说你就会在老乡面前耍威风，有本事你别让咱家的孩子受欺负。有的骂你李跃进是北京人喂的狗呀，净替北京人说话。本来，大部分人是来看热闹的，因为他们并不了解真情。李跃进一掺和，他们反倒上了火，明着冲李跃进，实际是借机发泄不平。

　　住在这里的每个人好像肚子里都装满了不平，只是平时都把这些不平严严实实地憋在肚里，并且夹紧了屁眼谨防不小心放出来，这时像集体吃了泻药，脏的臭的稀里哗啦泻得满世界都是。警察的教科书管这叫群体性事件。小乔见李跃进说话起了反作用，生气地说，你怎么说话呢？住这儿就得守法，住别的地方就可以不守法了？

让人意想不到的是，肖祥表现得异常冷静。他说，大爷大娘大叔大婶你们都放心吧，我跟着警察叔叔去解释清楚，没事儿的。不过，大伙都听得出来，他说话的声音像从风中飘过来一样微微发抖。他毕竟是个十几岁的孩子，又是第一次经历这样的事情。几个围着肖桂桂和冯萍萍劝导她俩的妇女哭出了声，男人们有的也长吁短叹。韩冬这时拍着胸脯说了话。她说，咱们打交道多少年了。你们要是信得过我姓韩的老太太，就听我一句，把心放在肚子里。在我这里，没有外地本地之分，都是咱十八里香的孩子。孩子真犯了法，你再吵再闹也没有用；孩子如果没犯法，我保证孩子平平安安回来。

肖桂桂是十八里香父老乡亲公认的贤惠女人。她听了肖祥的话，又听了韩冬的话，也反过来劝导大伙，请求大伙看她的面子，别让她侄儿受连累。大伙儿也想不出什么好办法，就给警车让开了道。

接下来，李跃进被韩冬和小乔叫到了居委会。张杰的哥哥张刚也来了。他还没坐下就掰扯起抓肖祥这事儿的前因后果，肖祥被带走了，我兄弟吓跑了，这事你们得给我们个交代。韩冬不急不躁，习惯性地老调重弹。她说我从十八里香村委会主任干到现在快三十年了，前二十年加起来也没有这十年年中的一年累。老李你们那一辈人刚来时，有个工作干，有个地方住，能领到工资就很满足了。平时干活累，回到住地躺下就睡。我给上级不止一次说过，农民工就是老实本分。可是，看看你们的孩子，想的、说的、做的和你们一个天上一个地下。就说肖桂桂的侄子，多老实的孩子，学习又好，谁能想到和人打架还出手那么重。老李，你到北京那么多年，和人打过架没有？

李跃进身材高大魁梧，往沙发里一埋像尊石像，韩冬问他话，他一声不吭。张刚额头青筋直跳，目光灼灼，咄咄逼人，两只手攥成拳头，不时急躁地敲一下沙发扶手，看样子时刻都会爆发。他见李跃进不吱声，就抢着说，韩姨您老人家也甭给我忆苦思甜。我爸他们是来北京挣口饭，我是来北京挣钱。你咋不说那年代拖欠农民工工钱的都不多，如今成了家常便饭，不拖欠农民工工资的老板好像真孬种。咱甭扯那么远。肖祥和我弟弟的事你们要是管不了我们自己管。他说着一下子站了起来，拉出一副要走的架势。

小乔瞪了张刚一眼，拍了桌子，说话也很严厉，张刚你张狂什么？现在还轮不到你说话。你给我老老实实坐好。现在外边有很多群众，如果你引发了群体事件，责任由你承担。张刚瞪了小乔一眼，毫不示弱，你有本事对那些当官的、有钱的老板吼啊。我吃粮自己掏钱买，住房自己交房租，不偷不抢不骗，你能把我也抓了？

李跃进起身抓住张刚的手，低声说了句你坐下！张刚瞪了他一眼，用力甩开他的手，站着没动，呼哧呼哧喘着粗气。李跃进掏出一支烟点燃，慢腾腾地抽着，慢腾腾地说话。韩主任，乔民警，我们也知道责任不在你们。可是，总得让我们说话讲理吧。那晚几个孩子打架的事儿，按说当晚就了结了，怎么又节外生枝把肖祥给抓了。这事搁在谁身上也接受不了。

小乔向李跃进要了一支烟，但没有点儿燃，放在鼻子前闻了闻，拿在手上摆弄着，心平气和地说，跟你这样说吧老李，肖祥和张杰是不是打伤人、犯了罪，要法律判决。可你们住在咱这个社区，几百甚至上千人要上街，影响社区稳定，我和韩主任就要管。

张刚怒气冲冲地对小乔说，几个孩子的事不是你亲自处理的吗？双方在医院都没查出伤，在调解书上签了字。现在又说是脑震荡，你怎么不出来主持公道？他越说越恼火，口不择言，我看是你们警察和汪天大的爹勾结，串通好了整我们外来人。

小乔哪受得了这种数落，正要发火。韩冬赶忙把话接了过去。打一巴掌揉三揉，是韩冬对外来务工人员惯用的掌法，虽不似降龙十八掌威力大，可是用熟了蛮好使。她先批评张刚，没有根据地瞎说只图一时痛快，会惹出麻烦。医疗鉴定又不是派出所搞的。你要是有什么疑问，我和小乔保证负责把你们的意见反映上去。你口口声声说北京人欺负外地人，谁欺负你了，你说出来我找他理论理论。接着又安慰说，你俩先消消气，劝大家伙儿也熄熄火，多想想政府为咱做的好事儿。修路，安装自来水，粉刷房子，建社区农民工医院、打工子弟学校，等等，这些惠民措施都看得见摸得着。往后，政府对农民工的政策还会越来越好……

张刚还有些不服气，拧着脖子看也不看小乔一眼。

李跃进的眼睛四下逨摸，他老早就瞅见垃圾桶里有一双旧手套。临走时，他毫不犹豫地把那双手套捡起来。韩主任，这手套白扔了可惜，我拿了去干活还能用上。韩冬连忙点头，扭头拿了两瓶矿泉水递给李跃进和张刚，她说，老李，河南老乡的稳定工作我可交给你了啊，出了问题我可是要找你的。

李跃进又忙不迭地点头，遵命遵命！

张刚鄙视的目光如芒在背，扎得李跃进浑身不自在，出了居委会办公室，他赶忙低声说这事儿甭急……张刚打断他的话，不耐烦地说，敢情不是你家人，你当然不急。说完，骑着摩托车一溜烟走了。

三

宋肖新和冯功铭一进院子就看见屋里屋外挤满了人。有的坐有的蹲，女的哭男的骂，闹哄哄像是熬着一锅热粥。肖桂桂一见宋肖新，哭得差点儿喘不过气，肖新，我对不起你妈，对不起肖辉，也对不起你啊！

宋肖新心里不是滋味，安慰肖桂桂说，桂姑，这事不能怪你，你就别往心里拾掇了。要说责任，我妈、我、肖辉都有份儿！说着她看了跪在观音菩萨像前的冯萍萍一眼。女儿的话像刀子，狠狠地剜了一下冯萍萍的心，她哭得更伤心了，观音菩萨您睁眼看看，我上辈子作了啥孽，让我这辈子受大苦大难……

满头大汗的张刚正巧进来。他顺手抓了件搭在高低床床头的衣服擦了擦汗，接着宋肖新的话茬儿，说，这事儿明摆着是北京人欺负咱外地人。他边说边瞅冯功铭。整个屋子里，只有冯功铭是北京土著。张刚的话无疑是煽风点火，激起了人们的愤怒情绪。本来是出主意想办法的"诸葛会"，却演变成控诉不公正待遇的诉苦会。张三说，咱来北京快二十年了，黑发变成了白发，却怎么也直不起腰。北京人养的狗走大街上都神气得很，感觉自己活得还不如那条狗。李四接腔说，可不是咋的，有钱人家的狗都能在北京上户口，有的为省钱还跑到乡下给狗上农村户口，这不是腌臜咱农村人嘛！王二说，俺上公交车售票员跟防贼一样，生怕俺逃票。到超市买东西，售货员一听俺这口音，俩眼球黏在俺腔上，怕俺藏着掖着偷东西。真窝囊！年龄大点的赵五说，你们比我们那时候好多了。那时候没有北京户口的叫盲流，一有重要的节日就把咱当脓一样往外挤，到了火车站还得把大箱子小行李翻个底朝天。活急了吧不让走，工地四周都是戴红袖章的，像看劳改犯似的……

一时间，屋子里仿佛开起了批斗会。冯功铭这个北京人似乎成了靶子，被四处飞溅的唾沫钉打得千疮百孔。冯萍萍见他有些难堪，从地上爬起来，边拍着裤腿上的灰土，边问张刚派出所是啥态度。张刚火冒三丈，说除了打官腔还能说啥？最可气的是李跃进那个老混蛋，姓乔的警察一拍桌子，吓得他头都快钻进裤裆里了，好像他自己是个嫌疑犯。白长那么个大个子，除了多浪费几尺布，啥用都没有。从今往后谁再喊他"乡长"，别怪我跟谁急！

肖桂桂听了又呜呜哭出声。屋里的人都知道肖桂桂和李跃进两人的关系。她一直将李跃进当成遮风避雨的参天大树。没承想关键时刻，这棵树却靠不住。其他人听说李跃进撒手了，也跟着骂他。有的说姓李的过去就孬种，天大那边欠咱的工钱，要不是肖新的男朋友帮忙，还不知猴年马月要回来。有的说这孙子老是把自己当北京人，十几块钱买件西服穿着，还人模狗样地打着领带……屋子里人七嘴八舌，矛头对着了李跃进。

冯功铭是律师，在屋子里憋得久，听得烦了，直言不讳地对宋肖新说，肖祥不打伤人，警察能抓他吗？关键不在哪里人。北京人打伤外地人也照样抓！

宋肖新斩钉截铁地说，那事过后我从老家回来，认真审过肖祥几次，他说自己根本就没动手，是那胖男孩先动的手，张杰扔了啤酒瓶子，没砸着那孩子的头。他从小到现在对我没说过一句谎。他的话我百分百相信。再者说，张杰的拳头跟铁打的一样重，他如果动手，那孩子当时就不可能活蹦乱跳出饭店。

冯功铭说对方先动手可没伤人，你弟弟他们用酒瓶砸伤了人家的脑袋，这就违法了。宋肖新气急败坏地大声嚷起来，你这是赤裸裸的袒护，是非不明，怎么当的律师。汪天大的爸是大老板，有来头。冯功铭据理力争，说你别这样冲动好不好。我这是给你做司法方面的解释。宋肖新冷笑着说什么叫法？你自己不也经常输官司吗？你生气时发牢骚时怎么说的，权大于法。你当律师的这不也是讽刺过法律吗？

宋肖新不是不讲道理的人。她冲冯功铭发火是有缘由的。他答应过试试能不能帮肖祥解决北京户口，可是迟迟没有进展。眼见着中考在即，肖祥户口没有下文，面临着回老家的局面。他心里烦闷，才跟着张杰去喝酒，喝酒才惹了事。她执拗地认为，罪过根源在户口，户口没办好责任又在冯功铭。她在心里给他判了罪，还不允许他辩白，冯功铭故此学徐庶进曹营——一言不发。他想，人总是这样，不平也好委屈也好，总是要找机会发泄出来，而且总是要向自己最亲近的人发泄，你要是发泄给别人，不仅没用，人家也懒得听。等火败了，气消了，再给她讲理也不迟。

张刚见人们争吵了半天，也没有拿出个好办法，心里的火气更旺了。他转移了目标，挑衅似的看着宋肖新，你这个准北京媳妇儿，有啥能耐也使一使啊，肖祥可是你亲兄弟。宋肖新很反感他咄咄逼人的样子，反唇相讥道，我正在洗耳恭听你的高见。张刚挥着双拳，声嘶力竭地说，我的高见就一个字："闹！"今天要不是李跃进出面劝阻，抓人的警车别想离开十八里香这块地盘。

狭小的屋子里一片沉寂，只有冯萍萍和肖桂桂忽长忽短、忽高忽低的啜泣声在屋里回响。屋子里一台破旧的台式摇头电风扇呼呼吹着，根本就无法驱散闷热，人人都是烦躁不安，汗流浃背。张刚见屋里多是女人，一听闹事儿惊慌失色，好像大祸已经临头。他把矛头又指向冯功铭，讥讽道：你是纯北京人，听不惯吧？

冯功铭说出口的话和缓却带着坚硬。他说咱们闹又能得到什么？他对张刚说，你心里着急可以理解。但是，我们没有必要为了自己的亲人，就怂恿河南村的父老乡亲跟着去闹事。咱们背井离乡来北京不就是想挣点钱，把日子过得好些吗？要是闹能过好日子，谁来北京？

张刚的脸腾的一下就红了，一时找不出反驳的词。冯萍萍忙接过话茬儿说，大侄子，我和你的心情是一样一样的。肖祥是我儿子，我这个做母亲的心里像刀扎了一样疼。天这么晚了，大家都还没有休息，为咱两家的事儿操心。我怪过意不去的。这事儿啊，还是等跃进哥来了，大家一起合计合计，拿出个法子。她说着将张刚拉到门外，劝道：小冯是俺家闺女的男朋友，用咱老家的话说是高客。你火烧腚那样同人家说话，人家会说咱失礼，看咱笑话。

张刚口气缓和下来，你问问姓冯的，能不能帮着咱们打这个官司。

冯功铭听冯萍萍说请他当肖祥和张杰的律师，丝毫没犹豫就答应下来了。他和宋肖新从肖桂桂家出来，路边纳凉的人有的啧啧羡慕，有的嫉妒讥讽，有的多嘴多舌搬弄是非。这个说瞧她小腰扭得，屁股蛋子绷得像两瓣蒜，不就是找了个北京男人嘛，神气啥呀；那个说她还不是凭着脸蛋住楼房、开小车？女人腿撇开了想啥有啥；还有的说这回看吧，她要是连自己的弟弟也帮不上，就清楚那个北京人不是真心想娶她，只是看她长得好看，泡泡她罢了！

其实路边的人谁都跟宋肖新无冤无仇，要是单独聊上天，大多还能跟她掏心掏肺，但是此刻，宋肖新和一个北京男人从他们面前走过，带过的香风显然是一种另类的味道，这种味道是他们的满身臭汗所不能比拟的，这时候损上宋肖新几句，就反衬出了自己的高尚。

车开出了五六十米，冯功铭说你怎么不开灯啊，气糊涂了？宋肖新说开了，我又不傻！两人这时才发现车灯不亮，下车一看，车灯被人用烂泥糊上了。冯功铭从路边找了半截木棍，边咔嚓泥边感叹地说，有人连北京牌照也看不顺眼，这样下去，弄不好会出伤人的事故。

天气闷热，加之心情烦躁。半路上，宋肖新老账新算，跟冯功铭呛呛起来，埋怨冯功铭不给她办户口，也不给肖祥办户口，是藏奸耍滑，心术不正，玩小把戏。冯功铭皱着眉头，苦着脸说，我找了几个人都不行。你和肖祥的条件达不到几个硬杠杠的要求。你不相信我也不相信你自己吗？就算是为了娶你，我也会不遗余力！问题是……

宋肖新说屁，别问题这问题那，说白了问题就在你心里。你是怕给我办成了户口，我再不嫁给你。你怕鸡飞蛋打，赔了夫人又折兵。你父亲不是副区长吗？你怎么不找他？

冯功铭在法庭上辩论时滔滔不绝，头头是道，但在宋肖新面前却好像语言贫乏，下句接不了上句。

四

芝麻大点的事儿，居然像滚雪球一样越闹越大。十八里香聚众围堵警车执行公务，这事儿当夜就反映到区里。首善之区，亿万人瞩目，又正值举办奥运会的前夕，事情虽小，但想象空间却无穷大，稍有风吹草动都会引起各方重视。千里之堤溃于蚁穴呀！区委领导闻报立刻紧张地赶到十八里香街道办事处。

韩冬见来了一屋子领导，腿肚子有点儿转筋。年轻的区委书记和蔼可亲，一点儿也没有发难责备的意思，还一口一个"韩大姐"，让她心里暖暖的。她没遮没掩，实事求是，如此这般地把事情的起因、群众的反映做了汇报，最后反复强调这事儿如果不尽快处理好，十八里香的外来人口一哄而起闹起来，那就是一起影响很大的群体事件。

韩大姐，你这里的当地居民有什么反应？区委书记问。

韩冬说这得分人，人和人的想法不一样。大多数人认为应当给外来人口讲清道理。开始说双方孩子没有伤，事完了，过了几天突然又说姓汪的孩子脑震荡，这让人难信服。有一部分人认为外来人口一直对没有户口、没有房子、没有生活保障，感觉处处受歧视，想借机闹事，给政府施加压力。还有人说你孩子打伤人犯了罪就该负刑事责任，有什么可闹的？

小乔介绍说，这两年感觉本地居民与外来人口的矛盾有朝深发展的趋向，随时箭在弦上。昨天就有个外来务工的小青年到天大花园找当保安的老乡，不小心挡了一位开车的妇女的路，她张口就骂那小青年好狗不挡路，鬼头鬼脑像个贼。还说和那些无户口、无职业、无文化的"三无"人员住同一地区没有安全感，就该把他们撵回老家去。

区委书记皱了皱眉，神情不悦地说，这话就有问题，是偏见！

小乔说我当时就批评了她。我说，不说外来人口在大的方面的贡献，就说你的车脏了是谁给洗？你家的保洁是谁给做？你家的垃圾是谁给收？三天没有这些外来人口，你的生活就会变个模样。

区委书记冲小乔连连点头，说得对！你这几个是"谁"问得好，有说服力。农民工和农民工二代的问题，党中央国务院十分重视，市委市政府领导也很关心。你们反映的问题非常重要，区委区政府要专门研究加强社会管理问题，让原居民同外来人口尽快实现文化融合。

区公安分局的领导讲了案情，强调说不管谁犯了罪都要依法追究法律责任。那个叫汪天大的孩子脑震荡有医院诊断证明，有法医的鉴定，我们是依法办事。

副区长冯援朝说，一件普通打架斗殴的小案子居然掀起这么大的动静，超过了事情本身。农民工为啥不依不饶，非要讨个说法？我觉得可能与那个受伤的汪天大是天大集团老板汪光军的儿子有关。这是当前社会上仇富现象的反映。

一听汪光军的名字，会场上一下子安静下来了。在这个区里，汪光军是个炙手可热的人物。他二十多年前曾经因为打架斗殴致人重伤被判过刑。出狱之后，他在东城开了家饭店挣了一点钱，后来，他的一个亲戚从外地调到北京任某部门领导，他也摇身一变搞起了房地产开发。他拿到地后，用土地做抵押到银行贷款，说白了是玩"空手道"，再说深一点是利用权力占有资源。他开发的楼盘位置不错，上面又有领导打招呼，贷款很是轻松。一个楼盘做下来，他就变魔术般地挣了几千万。接下来，他连续开发了几个楼盘，天大就是他最得意也是最赚钱的楼盘。有人猜测，他现在的资产不下十几亿。他在澳门赌场曾一次输掉一千万，脸不变色心不跳。有朋友问起这事，他毫不在乎地说，你身上有一万块钱，花一块钱会心疼吗？

金钱并不能赢得人们的尊重，汪光军开始图谋政治资本。他大做善事，积极捐款，尤其是对区里的公益事业慷慨解囊。他投资兴建社区青少年活动中心，赞助各种体育赛事，还资助建设了两所打工子弟学校。肖祥和张杰就是其中一所学校的学生。他尤其热衷于选美大赛之类的活动，多次给这类活动冠以"天大杯"，登台给美女们发奖。醉翁之意不在酒，在乎美女佳人。前年，他如愿以偿地成为区政协委员，出席各种会议发表雷人的言论：商品房前边有个定语叫商品，你没钱买不起的商品，别怪商品制造人，要怪就怪自己没本事挣钱！有一回一个记者穷追不舍地问他，听说你靠关系拿地，再用地抵押贷款，算不算空手套白狼？他哈哈一笑，回答说，你敢空手去套狼，不怕被狼吃了？敢空手套白狼的也是英雄！

汪光军前边三个老婆为他生了仨闺女，到了第四个老婆才怀了男孩。他老婆怀汪天大时曾差点流产，吓得他魂飞魄散，花重金从南方请来一个老中医，吃了一大堆保胎药，总算是把儿子的小命留住了。他把这孩子当成是心头肉，取名叫天大，意思说孩子的命比天大。

韩冬心直口快，说，当初，我一听是汪光军的儿子，第一反应就是这事蹊跷，说不定他儿子的伤害鉴定有问题。

冯援朝当即拍了桌子，严厉地说，韩主任你说话要有根据。堂堂一个社区居委会的干部，说出这样的话，让市民知道了会怎么看你？

韩冬理直气壮地说，你怎么不说外来人口会怎么看咱？要是不平等对待，不求公正，咱还开这个会干啥？

小乔也说，当天晚上现场是我处理的，我也问了情况，做了笔录……现在这事一出，我心里都慌。

分局领导说，致人伤残并不一定当场当天就能鉴定出来嘛！

区委书记敏锐地意识到问题的关键是受伤鉴定。他建议成立调查组，由负责包片北区的区委常委、副区长冯援朝负责。他对冯援朝强调，稳定压倒一切，一定要妥善解决好这件事。

冯援朝听到区委书记点了自己的将，才缓缓开了口，而且语出惊人，这件事情并不复杂，两个孩子打架，一个出手过重，给对方造成了伤害，按照法律处理就完事了。可是有的人偏偏要把它将北京人与外来人的关系牵扯到一起，把富人与穷人联系一起，问题搞复杂了。我对这件事的强烈态度是，必须秉公严格处理。他说话喜欢用词，但又不准确，常常闹出笑话。比如"严肃"处理，就被他说成严格处理。小乔忍不住笑了笑。

区委书记走后，冯援朝张口就把韩冬和小乔批评了一通：你们这个十八里香也真像老百姓说的成十八里臭了。咱们这个区去年发生的越级上访、群体事件、治安事件，你们占的比例最高。我不是说你们工作不努力，问题是你们的信息不对称。当地居民和外来居民究竟在想什么，矛盾的根源在哪里，你们就没有理出个头绪。就拿这件事来说吧，你们的工作就没有及时跟上。农民工说北京孩子欺负他们的孩子，这本身就不对嘛！在座的各位哪个不是对农民工亲如一家，亲如兄弟？我冯援朝就从没有外来人和本地人这个概念。我哪年春节慰问，不是先到农民工聚集的工地、家中。

他的这番话，一下子改变了与会一些人的态度。有的说冯区长说得对。我们这个部门对农民工就业可没少了努力，这几年在办证、招聘等方面出台了不少优惠政策，基本上实现了和本地市民信息共享。这是有目共睹的！有的说我支持冯区长的观点。谁要说对外来人口歧视，我首先反对。为整治外来人口聚集区的环境，为他们创造好的生活条件，咱没少投资！宣传部门的也生怕丢了表功的机会，抢着说，我们年年都搞慰问农民工演出，在区报上还开辟了农民工专版，宣传报道农民工中的先进人物……

冯援朝见时机成熟了，又说，我强烈断定，是别有用心的人拿这件事做文章，挑动外来人口中不明真相的群众给我们政府施加压力，最后达到其他目的。我的意见是先排查一下农民工中那些经常聚众闹事的骨干，控制起来，不能让他们兴风作浪。

韩冬不服气，说，冯区长你说先排查农民工中不稳定因素，我觉得不太合理。汪天大说肖祥用啤酒瓶子砸他的头，当时在场的人说肖祥根本就没动手。现在要调查的是汪光军的儿子脑震荡鉴定结果是否属实。这才是关键的关键。她说着，用目光征求小乔的意见。

小乔点了点头，冯区长，我也有点儿意见想提出来供领导参考。咱们处理一些事情时，动不动就说群众"不明真相"，是什么原因造成群众不明真相？为什么不让群众明白真相？就说那个姓汪的孩子受伤害的事吧，谁鉴定的，鉴定的结果是不是具有权威性、可信性，有没有问题，咱为什么不可以向群众公开？

有一个与会的人说，肖祥没打人，难道是汪天大回到家用酒瓶子砸自己的头？他有病！

他的话引起会场一片笑声。

最后，冯援朝拍了板。他又以"强烈"二字开头。区委有位老同志曾就他频繁使用"强烈"两个字劝过他，说你有时欢迎别人也加上"强烈"，是不是不妥当。他笑着解释，"强烈"二字一来表示重视，二来也逗大伙笑笑，改变一下会场气氛。他说，我强烈要求明天就开始调查。对外来人口中不稳定因素的排查工作和对案件的调查同时进行。他想了想，又补充说，司法鉴定的事要慎重，这不仅牵涉到几个部门的关系协调，也关系到对司法公正的信任和权威……

第三章

一

肖祥做梦也没想到自己会进看守所。

他和许多农民工的子弟一样在北京长大，由于没有北京户口，一直戴着"外来人口""打工子弟"的帽子。这两年不知哪位造词专家又发明了"农民工二代"的专用词。张杰对他说过，我一听电视里说农民工、外来人口，就赶快关电视，这都什么名词！

肖祥也有怨恨，有不满，有抵触，但他与张杰的不同之处就在于他认命，换句话说叫现实。有一天，他和张杰到天大花园找张杰的朋友周游，看见小区里的草坪上有个供孩子玩耍的瓷器米老鼠。张杰走上前就把米老鼠的眼珠抠了下来，扔在地上，正要用脚去踩，肖祥上前拦住了他，弯腰把张杰扔在地上的米老鼠的眼珠捡起来重新装上。

每个人从童年时期开始，心里就会树立偶像。偶像并非一个，也不是一成不变，能够永远屹立的屈指可数。肖祥一直把哥哥肖辉当作自己的偶像。肖辉是十八里香农民工后代中第一个考上北京名牌大学，毕业后又进入国家机关工作的。他在心里暗暗发誓，一定要像肖辉那样努力学习，考上北京的大学，将来也留在北京工作。张杰劝过他，大学毕业也不一定能在北京找到工作，找不到工作就落不上北京户口，就算找到工作也落了北京户口，那点工资收入能买得起房？咱十八里香大学毕业的，不也有在家漂着的？辉哥大学毕业进了机关又怎么样？不如早点做事挣钱。见他摇头，张杰又说，人各有志，我劝不了你。不过，只要我手里有钱了，一定拼力支持你！

他和张杰在十八里香老孙家饭店与汪天大发生冲突之后，张杰耿耿于怀，曾想纠集他的一帮小兄弟报复汪天大。张杰说最让他受不了的是富人欺负穷人。你有钱你花，我又没抢你偷你，你凭啥在我们面前要威风？老子就要灭你的威风。他劝张杰，不是北京孩子欺负咱外地孩子。他有脾气，咱也有脾气，几句话不投机，顶上了。

当警察出现在他的面前，亮出手铐时，他惊慌失措，出了一身冷汗。后来，知道是因为那天和北京两个男孩子吵架的事才平静下来。他觉得自己没有动手打人，可能是叫他过去问问情况。所以，他对乡亲们说自己不怕。上了警车，他听到一个警察对一个头头模样的说，跑了一个！他猜出是在说张杰。

姑姑肖桂桂、姐姐宋肖新一次次告诫他不要与张杰来往。韩冬不止一次说过，十八里香要是少一个张杰会平静三个月。他曾有一段时间故意躲避张杰，可是没过多久就发现自己离不开这个朋友，相反需要这样一个朋友。在十八里香这样一个生存环境中，缺少沟通是孩子们最大的痛苦。姑姑为了让他安心学习，对他管得很严，晚上不让他出门。他渴望了解自己所在的城市每天发生了什么样的新闻，甚至渴望了解世界每天又发生了什么事情。张杰不仅经常出入网吧，而且有一台可以上网的手提电脑，每天这座城市和全世界发生的事情他了如指掌。他的洗车场也有机会接触各种各样的人物，就说北京的出租车司机，信息量都大得很，上到国家大事下到日常琐事，工农兵学商无不知晓。他和张杰在一起，就不会觉得自己封闭。所以，他与张杰一直保持着兄弟般的关系。张杰曾对他说，咱们这一代外地人，同上一代一样，最终要分化为不同的阶层。我看你是走白道走正道的，而我已经下决心走黑道了。自古以来白道需要黑道的朋友，黑道也离不开白道的朋友。我不能让你误入黑道。如果有人拉你入黑道，我就做了他！张杰从不把一些漂在北京，常常在社会上惹是生非的朋友介绍给肖祥。从听到那位警察说跑了一个后，肖祥就决定选择沉默。他想，张杰有前科，如果让抓住就完了。

他对自己被冤枉也不甘心。他甚至怀疑自己是被黑社会绑架了。电影电视剧里见过黑社会犯罪分子冒充警察绑架人质的镜头，好像张杰也讲过这方面的故事。真正的警察是讲事实讲道理的。派出所的小乔就很正直很公正。初二寒假的时候，他经张杰介绍到洗车场干过几天。第一次擦车，他没擦门把手，车主嚷嚷着没擦净，不愿给钱。小乔正好经过那里，问明了情况后，当即接过他手中的抹布，把那辆车的门把手擦了几遍，然后又批评车主，你也一把年纪了，孩子也和他差不多大吧？你看这孩子容易吗？车主不但掏了钱，还给他道了歉。小乔临走时，见他的两只小手冻得像红萝卜，又把自己的一副旧皮手套送给了他。打那以后，他见了小乔就笑，就喊乔哥好。他觉得穿着警服的小乔很阳光，很威武，又很亲切。他又想，如果是黑社会绑架，他们是不会讲道理讲人性的，为了自己的目的可以不顾一切。敲诈、撕票……他出了一身冷汗。如果有人打电话向姑姑要钱，他相信姑姑会想尽一切办法去借，甚至不惜牺牲自己的生命。

在他的记忆中，姑姑没有穿过一件新衣。有一年过年，李跃进送给姑姑一件新衣服，姑姑偷偷拿到市场卖掉，又添了十元钱给他买了件新衣服。姑姑打工的单位有双休日，但姑姑的双休日还是换个地方打工，做保洁，早上六点出门，晚上十点才回来，双休日两天连轴转，能挣两百多元钱，中介还要扣去一百。有好多好多个晚上，姑姑拖着疲惫不堪的身子回来，连喝口水的力气都没有就躺下睡了。他心痛，哭又不敢哭出声，拿被子捂着头，牙齿咬着被角偷偷地流泪。不知多少次了，那个被角都被他咬破露出了棉花。

他对同母异父的姐姐宋肖新也充满了感激。他被爷爷奶奶从北京带回乡下的那天，宋肖新放学回家知道他已经去了车站，拔腿就朝车站跑，路上到处是车到处是人，几次差点儿被车撞上。书包带子散开了，书掉落地上，她也顾不上捡。好在长途汽车站离十八里香只有几里路。她跑到车站时，他和爷爷奶奶乘坐的汽车已经发动。他在车上看见了她，一向梳理得整整齐齐的头发乱蓬蓬的，脸上全是大滴大滴的水珠儿，在阳光映照下闪闪发光，分不清是汗珠儿还是泪珠儿。那一刻，他对披头散发这个成语有了深刻的认识。她追不上汽车，就躺在地上打着滚儿哭，撕心裂肺的哭声伴着他走了很远很远，至今想起都心灵发颤。

他在老家那几年，宋肖新每周都给他写信，最长的信密密麻麻写了十几页，虽然有不少错别字，但字里行间的亲情让他每每泣不成声。有一年春节后，他还收到了她寄的二十元钱，说是为他交学费，到一家饭店端了几天盘子……再次回到北京后，姐弟俩的感情日益加深。他已经懂事了，知道做售楼小姐吃的苦受的累也是很多的。为了帮他解决北京户口，姐姐没少想办法。她认识冯功铭之前，曾托过一个熟人，那人开口要十万，她丝毫也没犹豫，把自己积攒的六万元钱拿了出来，还向她的好朋友李豫生借了四万元给了那个人。钱送出去后，她满心欢喜，拉着肖祥吃了顿涮羊肉。她说，你就老老实实在北京给我读书，要考不上个名牌大学，我可让你赔钱！一个月后，那个办户口的人失去了联系，她这才知道钱打了水漂。她借李豫生的钱，一直到今年春节前才还上。她和冯功铭恋爱后，带冯功铭见过他。他当时就想，这姓冯的人又老又矮，怎么配得上我姐？肯定是我姐想让他帮办户口才委屈自己。他在心里发过一千次一万次誓言，一定考上好学校，找个好工作，有份好收入，好好孝敬姑姑，报答姐姐。

一个心怀感恩的人，尤其是心怀感恩的孩子，对自己的约束和要求自然严格一些。他不仅学习好，其他方面表现也好。初中三年，他年年都被评为优秀。没想到，一个优秀的学生，竟然进了派出所。这对他来说，的确打击太大了。想到这里，他不禁放声痛哭。

你小子现在知道哭了。早知今日，何必当初下手那么重！一个警察训斥他说。另一个年龄稍大的警察叹息一声，不无惋惜地说，这些农民工的孩子，家里平时只知道督促他们学习，不教他们学法懂法。说着，递给肖祥几张卫生纸让他擦眼泪，又摸了摸他的头，意味深长地说，你还小，路还很长！千万别趴下！

二

　　看守所的屋子里已经有十几个和肖祥年龄相仿的孩子，向他投来的目光有狐疑，有猜测，有嘲弄，有敌视，还有幸灾乐祸。一个脸上留着很长刀疤、长得敦实的男孩大摇大摆地走到他面前，上上下下打量他一会儿，双手交叉抱在胸前，用胳膊肘儿捣了他一下，哥们儿，怎么进来的？

　　肖祥心里咯噔一下，天哪，怎么遇到这种人了。他低下头，没有回答。

　　你还害羞不是？"刀疤脸"有点儿不高兴，对另几个孩子招了招手，哥们儿，你们都过来，告诉他是怎么进来的！他的话还真灵验，那几个孩子马上围到肖祥身边，一个个毫不犹豫地报出了自己进看守所的原因。有的是偷盗，有的是抢劫，有的是打架，还有的是强奸。一个戴眼镜的男孩傲慢地说自己是"战犯"。他见肖祥不解，又做了解释，说他领导的是一支"黑客部队"，成功地摧毁了一个网站。最后，轮到"刀疤脸"了。他一边大笑一边趾高气扬地说，爷爷是涉黑，开地下赌场的黑社会。他说完咄咄逼人地看着肖祥，等待肖祥说出进来的原因。他们说自己进来的原因时，看不出半点懊悔，甚至有些夸耀，吓得肖祥浑身发抖，大气也不敢出，迟疑了一会儿才说，我是被冤枉的！

　　你说什么，再大声说一遍！"刀疤脸"瞪大了眼睛，虎视眈眈地望着肖祥。肖祥感到脊背上出了汗。过了一会儿，他竟然流了泪。"刀疤脸"见状，高高扬起拳头，恶狠狠地向肖祥脸上打去。可是，他的拳头突然停在半空中片刻，像变魔术一样换成了巴掌，拍了拍肖祥的肩膀，哥们儿，我有点儿相信你了。说说，你怎么被冤枉的？他挥了下手，有人马上搬了凳子放在肖祥脚下。"刀疤脸"按着肖祥的双肩让他坐下，兄弟，我看你像个书生，就叫你书生吧。

　　肖祥还没开口就哽咽了。他的确很痛苦，很委屈，很伤心。自己怎么会和这些对社会造成了危害的人关在一间屋子里呢？这话他不敢说出口，只能用泪水来表达心中的冤屈和苦恼。"刀疤脸"急了，一脚把凳子踢倒，你什么玩意儿？！爷爷真怀疑你裤裆里长没长男人的家伙。看看你的熊样……

肖祥摔了个脸朝天。还没等他爬起来，一个操着河南口音的孩子过去踢了他一脚，你弄啥呢？你抹眼泪警察就会放了你？真有冤屈，你跟他们干！"刀疤脸"也踢了肖祥一脚，别挺尸了！就你这孬熊样，冤枉也是白冤枉。

肖祥一个鲤鱼翻身从地上站了起来，昂首挺胸地朝"刀疤脸"面前一站，理直气壮地问：凭什么白冤枉？我就不信没有说理的地方啦！你说白冤枉就白冤枉？你以为你是谁？他一连几个问号，让"刀疤脸"目瞪口呆。他自己心里也有些犯嘀咕，今天怎么啦，想和人打架呀？他从来没有像此刻这样英勇。

咦，你，你还大义凛然呢！那个河南口音的男孩讥讽道。

肖祥说，要不是为了一个朋友，我百分之百向他们讨个公平！他想掏卫生纸抹眼泪，掏了左口袋又掏右口袋，两个口袋都空空的。"刀疤脸"从他的动作看出了他的意图，用袖子在他脸上轻轻地擦了一下，然后拍了拍他的肩膀，这么说你也是为朋友顶事。好，我就喜欢这样重义气的人！说完，他让河南口音的男孩把铺位让给肖祥。那个河南口音的男孩有点儿不太情愿，他朝他屁股上狠狠踢了一脚，找死！

三

张杰脱逃抓捕的事儿十分偶然。

晚上他吃烤肉串吃坏了肚子，在公共厕所蹲了半天，明明肚子里翻江倒海般难受，可想屙就是屙不出来。十八里香这个公共厕所建得有相当时间了，是那种蹲式的，一排二十多个坑，坑下边就是大粪池。一到夏天，从早到晚苍蝇蚊子嗡嗡飞，臭气熏天。社区里早就想改造这个厕所，因为资金困难，加上这一带已进入拆迁规划，所以迟迟没有落实。男女厕所之间用砖头垒的墙上，不知什么人出于何种原因在上边掏了几个洞，两边撒尿拉屎的声音都听得很清楚。张杰正憋着气，攒着劲，吃力地排着肚子里的脏物，隔壁女厕所里几个女人的话传了过来。一个说桂桂的侄子犯事了，警察到她家抓人了！一个说还有张刚的兄弟。警察到他家没抓着，不知跑哪儿去了。第一个说话的叹了口气说，这俩孩子不知天高地厚，和人家大老板的公子动手，人家不收拾你……他听了吓得出了一身冷汗，心想坏菜了，板上钉钉是冲着他和肖祥与姓汪的孩子打架那事来的。他连屁股也没擦干净，提着裤子就窜。

张杰和哥哥张刚来北京比较晚。那时十八里香地区一间在屋檐下临时搭建的七八平方米的棚屋每月房租都涨到了一百二十元。不久，爸爸回老家了。在工地上打小工的张刚交了房租，口袋里剩不下几元钱。他每天出去找工作，每顿饭只给张杰留一个馒头。张杰爱动，加上饿得慌，就出去逛荡。一天，他正渴得嗓子眼冒火，发现了一个水压井，趴在那儿对着出水口就喝水。有个孩子把他拉起来，说这水没消毒不能喝。他说我都快渴死了，是尿也得喝！说着就推了身后的人一把。身后的人"哎哟"一声，紧接着又"咕嘟"一声，他忙回头看，那人已摔倒在泥水里。他拉起那人，才发现是个比自己小的男孩。那孩子就是肖祥。肖祥没问他是哪里人，住在哪里，就把他带回家，给他烧了开水喝，又给他下了碗面条，让他吃得身上冒汗，心里温热。他临走，肖祥又把自己身上一件半新半旧的衬衫脱下让他换上。他问肖祥你穿什么？肖祥说我还有衣服洗了没干。

第二天，他又上街，正在好奇地四下观望，两个北京孩子骑着自行车迎面而来，正巧有辆拉水泥的车也经过，他只顾躲拉水泥的车，碰到了一个北京孩子的自行车，连人带车都给碰倒在地上。那个北京孩子张口就骂"孙子没长眼"，命令他把自行车给扶起来，把人拉起来。他照着做了。那个北京孩子还不依不饶，又让他把他身上沾的泥水擦干净。他站着没动，那个北京孩子恼羞成怒，一脚向他踢过去。那一脚被人帮他挡住了。帮他挡住那一脚的就是放学经过那里的肖祥。肖祥脱下自己的白背心，沾上湿水，帮那个北京孩子把裤子上的泥水擦净……

从那以后，他就认定肖祥"可处"，经常找肖祥玩。后来，张刚手头稍微活泛了一点儿，怕他闲着没事到处惹是生非，就送他上了打工子弟学校，不过是降了一级。他和肖祥不在一个班，思想观念、行为方式也截然不同。

他能吃能喝能睡，身体像拔节一样长得很快，很结实。他迷恋"三国"里桃园结义，对电影《英雄本色》里的小马哥更是推崇备至，这些刀尖上舔血的人都有一个资质平平的"老大"，可他们对老大忠心耿耿，肝脑涂地。肖祥对老大这个谑称很不喜欢，说是黑社会里的称呼，别人听了以为咱是黑社会的不良少年。张杰满不在乎，说别人爱咋想就咋想，咱痛快就行，咱又不为别人活着。辍学以后，他先是在社会上逛荡，后来到洗车场当了洗车工。月底领了两百元的工资，他全部拿出来请那几个哥们儿搓了一顿，两个月下来，洗车场的几个孩子都成了他的哥们儿，到提出要结拜兄弟。那几个哥们儿一致同意并推举他为"头"。

张杰有好处总想着肖祥，习惯以祥哥称呼肖祥。熟悉张杰的孩子几乎都知道，他有个年龄比他小而且不同姓的哥，姓肖。张杰开的那家无证洗车场，全是一帮外地的孩子。他每次改善生活，要么请肖祥来，要么让人给肖祥家送去一份。他的小兄弟孙泉曾说他，你对祥哥比对你亲哥还亲！去年给肖祥过生日，很是隆重。他呼朋唤友，啸聚老孙家饭店，大碗喝酒，大块吃肉，吹完蜡烛切蛋糕。酒足饭饱之后，一起去 KTV 唱歌，他最爱唱的是《真心英雄》。肖祥感动之余，也为张杰担心，怕这个兄弟走上黑道，踏上不归路。他劝他说未来是光明的，考上大学后，可以再考公务员，解决北京户口。张杰对此嗤之以鼻，说千辛万苦就是考上大学，想混出人样来也是痴心妄想。语文老师当年还是县里的文科状元呢，读了四年大学欠了一屁股债，连个老婆都娶不上，人还秃了顶，跟个小老头似的。肖辉大学是读了，娶了一个比自己大三岁的北京女人。他讽刺肖祥，这就是你说的读大学好，有那几年工夫不如早在社会上混。肖祥被辩得哑口无言，他的那些道理到了张杰这里都变得苍白无力。眼看着张杰越来越张狂，肖祥只能暗自担心。怕什么来什么，一顿饭、一次小争吵、一个屁大点的事，竟然被汪光军折腾出天大的动静，致使肖祥身陷囹圄，自己像丧家犬仓皇奔逃。有钱就想怎么摆弄人就怎么摆弄人啊？张杰又气又恨，一口气跑了几里地，才打了辆出租车，直奔女朋友韩可可家。

四

区委书记主持的会议一结束，张刚、肖桂桂和天大置业的老板汪光军就分别得到了消息。

汪天大与肖祥、张杰发生冲突那天晚上，汪光军和几个朋友在东三环的"人间天上"玩耍，他每次到那种娱乐场所活动时都会关机，这是他的习惯。以前太放任自流，弄得很尴尬。几年前的一天晚上，他在歌厅正玩得兴味盎然，妻子打电话找他，听出他在歌厅，和他吵了一架。这是他第四个妻子，年龄比他小二十岁，为他生了一子一女。他开饭店时娶的第一个妻子，为他生了一个女儿。他开饭店赚了钱后，给了第一个妻子一套房子和一笔钱，让她卷铺盖走人。他搞房地产发了财后娶了第二个妻子，一起生活了三年，生了一个女儿后和他离了婚，当然，人家也不是白走。第三任妻子是他在一次活动时认识的。她大学毕业不久，刚参加工作。两人结婚半年后，妻子肚子大了，吵着要到美国生孩子，要了一大笔钱后就和他说拜拜，而且开诚布公地告诉他：你只有钱而没文化，我当初嫁给你是因为我有文化而没有钱。现在，你还是只有钱没文化，而我现在既有钱又有文化。人与人之间最重要的沟通是文化认同感，我们之间恰恰缺这点，所以，我不能和你再生活下去。汪光军那时才知道她肚子大也是假的。他手下曾策划报复她，她义正词严地说，你们告诉汪光军，他杀了我要抵命，弄残我得像老娘一样伺候我一辈子，问他干不干？汪光军知道，他的第三任妻子相当于租用，一年的租金就够普通人生活几辈子。他为此非常恼火。一个朋友知道后告诉他，现在想拿个文凭很容易，只要肯花钱就行。他就委托那个朋友帮忙为他报了一个在职研究生班。他一天学也没上，连学校大门朝哪儿开都不知道，就戴上博士帽。当然，这文凭如果上网一查就会露出马脚，问题是有谁跟他较真？从此，他的名片上就多了个博士的头衔。他故意把博士两个字印得大一号，而且排在董事长前边的显著位置：

汪光军　博士
北京天大集团董事长

　　从此，媒体采访他时，都会加个副标题——访天大集团董事长汪光军博士。可是，博士汪光军仍然得不到本科生女人的文化认同，这让他背上了无法摆脱的挫败感。

　　不久，汪光军又娶了这个比他小二十岁的妻子。这个妻子为他生了儿子。对他来说，快半百有了个儿子，真正是老来得子，得意得几乎忘形。他对第四任妻子宠爱有加。但是好景不长，随着妻子年龄一天天增长，脸上皱纹越来越多，他对她的兴趣也越来越淡，能够让他与之坚持下来的是她为他生了个儿子。她曾不止一次警告他，汪光军你如果与我离婚，那你这个儿子也甭想要。所以，与其说他保持着与妻子的夫妻关系，实际上是保护儿子这根独苗。小妻子怀孕后也吵着要出国，他没同意。两年后小妻子再次怀孕，坚持要到美国生孩子。他那时也想多点自由，希望小妻子远离他，夫妻俩一拍即合。小妻子到美国半年后生下个女儿，从此就带着女儿在美国定居。他清楚小妻子读大学时的男友也在美国，妻子拿着他的钱养着在美国的男友，还给他戴着厚厚的一顶绿帽子。妻子只是不愿跟她折腾丢了夫妻的名分，断了源源不断的财源。你在外爱怎么搞就怎么搞，你明搞，我暗搞，以不变应万变，只要不动摇我的地位，我睁一只眼闭一只眼。这是那些风流老板妻子的普遍想法。他不能没有女人，不能不去娱乐场所，但他又不愿在家人尤其是孩子面前留下花花公子的形象。他是汪光军，博士汪光军、企业家汪光军、慈善家汪光军，在京城算得上的人物，不是一般人。

　　他第二天起来才知道儿子打架进派出所的事，一下子火冒三丈。农民工的儿子也敢对汪光军老板的宝贝儿子动手？真是无法无天！如果这件事情就此了结，汪光军就觉得在京城栽了。他在宽敞、豪华得已经看不出豪华的办公室里来回转圈。他冒出的第一方案是"砸"。他手下有一帮亡命之徒，如今干他这行的不养几个这种人不行。只要他一声令下，那帮人就会到十八里香砸个稀里糊涂。转了一圈，又觉得这个法子欠妥。这些年中央打击黑恶势力的力度很大，你还用过去用过的黑办法，岂不是有些蠢？再说，也有点儿跌份。接着，他又想了一个办法是"拖"。给他盖楼的十八里香地区的建筑公司里的人，生活来源主要靠劳务收入。你不是等米下锅吗？老子偏不给你。拖他们半年八个月工程款和工资，他们就会急，出现内讧。转了一圈，觉得这法儿也不高。拖欠农民工工资，是那些没文化、没素质、没实力的二三流小老板干的事。国家都关注拖欠农民工工资问题，各级政府都加大了帮农民工追讨拖欠工资的力度，农民工维权意识也在增强，又是曝光又是上法庭，弄不好冯副区长也会开骂，你汪大老板也当"老赖"呀？再说，这法子不直接，缺乏力度，与那两个和汪天大打架的孩子没有直接的关系，他们感觉不到痛。他想了一会儿，也没想出办法，于是给他的律师打了个电话。

汪光军的律师姓高，大学法律系毕业后分配到北京一个区法院工作。在法院工作七八年后，他觉得收入太低，辞职下海，后来又和朋友一起办了一家律师事务所。汪光军之所以请他做律师，是因为他在政法界朋友多。老高来到以后，汪光军把情况和自己的想法说了一遍。他再三强调，一定要让那两个外来工的孩子知道痛。不是要他们痛几天，最好是让他们痛一辈子。

老高说这件事有点儿难办。当时天大不去医院检查，不在调解书上签字就好了。汪光军一听就火了，口口声声说"当时"干吗。要是没那个当时，我打个电话就把他们抓起来，还要找你吗？你说吧，用什么方法，需要多少银子，我给！

高律师想了半天，说要见见汪天大本人。汪光军让人把汪天大接了来。高律师轻轻地摸了摸汪天大的头，告诉叔叔你头痛吗？

汪天大说不痛，接着瞪了高律师一眼，你有病，干吗摸我的头？汪光军也推了高律师一下，说实话，我儿子的头能随便摸吗？你以为是法官手里的棒槌啊？高律师赶紧赔上笑脸说，我是想出了个办法。现在唯一能追究那两个农民工孩子责任的是故意伤害罪，这才能让他们痛上一辈子。可是，天大浑身上下没有明显的外伤，只能找个内伤的理由，比如脑震荡。这样，轻则可以让那两个农民工的孩子刑事拘留，经济赔偿，重则可以蹲几年监狱。

汪光军这方面够聪明，明白了高律师的用意。他拍了拍高律师的肩膀，要不你怎么就姓高呢！思路不错。不过，那个司法证明你还得去办。花多少银子，我说过了，给。

汪天大一听就明白了爸爸和高律师的用意，不高兴地说，姓张的男孩拿了啤酒瓶子砸我，我一个龙腾虎跃给躲开了。说着，得意地比画了两下，又指着高律师说，人家没砸着我，干吗要说我脑震荡？我说你脑震荡你干不干？无赖！

汪光军把儿子揽在怀里，语重心长地说，儿子，赖与不赖是手段，手段跟目的比，谁更重要？目的！他们骂的打的不是你，是你老爸。汪天大说你又没得罪他们，他们怎么会骂你。反正我没听见。汪光军让高律师先去办事，办好了来电话。高律师走后，他又苦口婆心地劝了儿子半天，最后说如果放过了那两个孩子，你老爸就没法在北京地面上混了。你老爸没办法混了，你也就更没办法混了。汪天大不耐烦了。他说就你麻烦事多。我不管。你爱咋搞咋搞！

高律师下午来了电话，说朋友答应帮忙，但是因为风险太大，怎么着也得八个数。汪光军说别那么小气，我给他十万，十全十美。汪光军实际上是给高律师一笔封口费。十万元钱给儿子和自己买回面子，出一口恶气，这账还用得着算吗！

汪天大脑震荡的医生诊断证明和法医鉴定出来后，汪光军指使高律师到区公安分局报案。区公安分局在讨论这件案子时争议很大，第一次会上没有通过。过了两天，再次开会讨论，意见还是不统一，多数人认为伤害的鉴定缺少可信度。汪光军觉得很没面子。他是一个不能没有面子的人，他气哼哼地找到区委常委、常务副区长冯援朝。冯援朝并不分管政法工作，但是他包片十八里街道，又负责区里的北京奥运会协调工作，所以就找了个理由，给公安分局领导打电话，明确要求严办那两个农民工的孩子。他说得非常坚决：北京正在筹办奥运会，奥运临近，社会治安是头等大事！绝不能让那些外来孩子像脱了缰的野马一样在北京撒野！

听到肖祥被抓的消息，汪光军得意地出了口长气。可是才过两小时，他又接到区委书记召开紧急会议，要求进一步调查的消息，心里有点儿发毛。

他立即给高律师打了个电话，让他马上来见他。

五

张刚和肖桂桂的消息是韩冬传的。她担心明天十八里香的外来人口聚集闹事，专门到肖桂桂家去了一趟，张刚当时也在。她说你们两家别着急上火了。区里开了个紧急会议，书记都来了，要求彻底调查。

肖桂桂忧心忡忡地说，还能查出结果吗？

韩冬说妹子，姐知道你担心什么。姐负责任地告诉你，在十八里香、在北京、在中国，不会冤枉一个好人，也不会放过一个坏人。

韩冬走后，张刚说了一句，能调查出结果就不会有今晚的事了！

张刚已来来回回跑肖桂桂家七八趟。事情发生在他弟弟和肖桂桂的侄子身上，别人可以说几句安慰的话，拍拍屁股回家睡觉去了，他得和肖桂桂商量下一步的事。

张刚既不同于父亲那一代农民工，进城务工是为了挣钱养家糊口，遇到事能忍就忍，实在不能忍就以死相"闹"，也不同于张杰这一批农民工二代，从小在城里长大，尽管对一些不平的事心怀不满或者说怨恨，但宁死不回乡下老家，遇到事一定要争出个里表。这两种性格在他身上凝结在一起，遇事时，他既不愿意单枪匹马冲杀，也不愿意消极等待。表面上他火气冲天，而他内心有自己的主见。他反复劝肖桂桂，明年北京要开奥运会，电视里天天讲稳定，他们最怕群体事件。只要李跃进帮咱，招呼十个八个人往市政府门口一站，喊几嗓子就够了！

肖桂桂啜泣着说，咱找谁招呼？那人根本就指不上。

张刚吃惊地睁大了眼睛。这些话从肖桂桂嘴里说出来，他不能不感到吃惊。她的话清楚地表明，她对李跃进已经失望了。他的目光从肖桂桂的脸上渐渐地往下移，像缓缓行驶的汽车一样，突然在她的胸部刹住车。这是片太迷人的地方，两只高耸的乳峰排列得十分对称，骄傲地挺立着，随着主人的身体波动，不时微微地颤动一下，隔着一层薄薄的衬衣，可以看见两只在乳峰上又突出来的乳头……他第一次发现肖桂桂长得很迷人。过去，因为知道她和李跃进的关系，碰上面也没正眼看过她。今天，他第一次面对面地和她在一起，心里不禁生出许多感慨。电风扇吹过来肖桂桂身上的汗气味，那味道本来是酸酸的，可是张刚闻着却是清香味。他不禁有点儿心动，桂桂，你也该替自己考虑考虑了！

肖桂桂一愣，抬头看了张刚一眼，又匆忙低下头，沉重地说，像我这样，还考虑个啥？

张刚明白她说的"像我这样"是指她和李跃进的关系，马上接上说，你咋样了？一个女人喜欢什么样的男人宪法有规定吗？

肖桂桂长长地叹了口气。

张刚又说，咱十八里香没哪个人对你说三道四，都夸你是天下最好的女人。你把两个侄子拉扯大，一个上了大学，进了机关；一个学习优秀，是大学生的苗子。你打着灯笼到处找找，看十八里香还有没有第二个像你这样的姑姑。

张刚的话把肖桂桂又说哭了。她说肖祥的事要是弄不好，我怎么去阴间见我爹娘和我哥啊……

张刚见再和肖桂桂说下去，她会更伤心，就转了个话题说，你那个工作没白没夜，路又远，就别做了，不如跟我摆摊。肖桂桂只顾流泪，没有接话茬。两个人沉默了一会儿，张刚边朝外走边说，不是要找证人吗？我现在就去找李跃进的闺女。天不早了，你快歇着吧。

张刚是个粗中有细的人。他决定一方面在老乡中间煽惑说北京人欺负外地人，一方面挖空心思地寻找证据。出了肖桂桂家，他立马给李豫生打了电话，豫生，你爸说你那天晚上在现场，让你给肖祥和张杰作证。李豫生慷慨地答应了。她告诉张刚，那天晚上"少半勺子"和两个服务员也看到了，大家伙一起作证，可信度就会高很多。张刚很是高兴，说就是倾家荡产也要还弟弟和肖祥一个清白，否则十八里香的父老乡亲就不把自己当爷们看了。

李豫生放下张刚的电话没一会儿，手机又响了。她看了一眼手机上显示的时间，已经接近凌晨，心里有些烦。幸亏男友不在家，否则又会因为她夜间接电话和她闹别扭。他不能每天晚上陪她，却对她管得很严。社会上一些外面包养女人的男人"外边彩旗飘飘，家中红旗不倒"。男人可以既顾着家中的结发妻子，又在外边搞着"二奶"，但却不允许"二奶"红杏出墙。她一看号码似曾相识，犹疑了片刻，才接了电话。

你是李豫生吧？手机里传来一个男人的声音。

李豫生反过来问了他一句，你是谁？

那人笑了，李小姐真是贵人多忘事，这个号码你总应该见过吧。两年前，你还在"人间天上"俱乐部上班时，一天至少要跟这个号码联系十几次。要不要我把通话记录和你发过的信息给你调出来看看。

李豫生大吃一惊，突然想起这个号码汪光军曾经使用过。她怎么也没想到汪光军这时候找她。虽然男友不在家，她还是习惯性地走到阳台上，低声问了一句：你想干什么？

对方猜出她不方便，故意大声说，老板和冯先生关系倍儿铁。他说你过得挺滋润，不想打扰你。但有件事情必须给你打个招呼。前些天你在十八里香老孙家吃饭，看到几个孩子打架了吧？有个姓肖的孩子用啤酒瓶子砸一个胖男孩的头，把他打成了脑震荡。那个被打伤的孩子是汪老板的儿子。如果有人调查这件事时，老板希望你不要偏袒你老乡。老板说想你了，一会儿派车去接你！哈哈……

那人说完就挂断了电话，李豫生却好大一会儿也没有回过神来。她的心就像悬在空中，不停地摇摇摆摆。她明白那人是在暗示她作伪证。她断定是汪光军授意他打的电话。她太了解汪光军了，别看他平时衣冠楚楚，人模人样，但私下做的事却见不得人，行贿、偷税漏税甚至打打杀杀，几乎没有他没干过的事。他要想加害一个人，就会不择手段。有一次，她正和汪光军在床上缠绵，突然来了电话，他看了一眼号码，拿着电话上了阳台。她人在床上，耳朵却在听他的话。他好像很生气，声音很响，不会用脑子啊？在他常睡的那房间弄个摄像头，用不了一礼拜，他和那个婊子日弄的录像就到手了。到时往纪委一放，他孙子不倒才怪！想和我汪光军作对，瞎眼。

从那时起，她就害怕姓汪的。她不知道自己和姓汪的床上事有没有被录像。反正她有把柄落在他手里，就像砧板上的活鱼，只要汪光军想，就可以随时抠掉她几片鳞，就是把她开膛破肚她也毫无还手之力。

六

李豫生初中毕业后进了一家礼仪学校的模特培训班。有一天，她表哥约她，说深圳来了几个朋友，一桌子男的挺没劲，让她到饭桌上调节一下气氛。高档餐厅里金碧辉煌的店堂，奢华气派的餐具，旋转餐桌上的飞禽走兽，龙虾鱼翅，让她大开眼界。一只鲍鱼居然要一千多元，让她几乎要晕了。吃饭时，深圳客人色迷迷地看着她，夸她长得清纯甜美，就像从一幅油画中走下来的古典美人。她表面上羞得满脸通红，心里却像喝了蜜。

酒足饭饱，深圳客人邀请李豫生跟他们一起去夜总会玩会儿。她扭捏地跟着他们去了。进了夜总会，深圳客人要了一个装饰豪华的包厢。接着，领班带来了十多个穿着性感的小姐，个个长得如花似玉，站成一排，笑容可掬地向男人抛媚眼。几个男人嘻嘻哈哈，说说笑笑间挑了两个。领班一摆手，没被挑上的小姐鱼贯而出。不一会儿，又有十几个小姐进来，一字排开、含情脉脉地对着那些男人笑着，几个男人又选了两个。那几个穿着露胸装的女孩，一屁股坐在男人怀里，有的与客人喝酒，有的与客人逗乐。李豫生看得眼花缭乱，心惊肉跳。原来夜总会的小姐是这样被男人们挑肥拣瘦地挑选。这同到商场挑选商品有什么不同呢？

表哥和那几个深圳客人在小姐的陪同下喝酒、唱歌，她孤独地坐在一边。深圳客人端着两个酒杯走到她身旁，把一只酒杯递给她。她接过酒杯，放在了桌上。深圳客人很不高兴，掏出钱包放在茶几上，小表妹，你喝一杯酒，我给你一百元。领班也进来照顾生意。

小姑娘，你长得真好看。领班夸奖她，又问她在哪个场子上班？她不懂场子是什么意思，老老实实地回答说自己是跟表哥出来玩的。领班上下打量了她一番说，你要是在这坐台，很快就会走红。李豫生把头摇得像拨浪鼓。领班见她是个雏儿，又循循善诱：坐台有什么不好吗？你看看我的这帮小姐妹，既没学历又没技术，可挣得不少，一个月收入万儿八千的，条件好的头牌月收入几万元呢。那些大学生、硕士、博士一个月又能拿几个钱？别说吃好的穿好的，交房租都不够。你也瞅见了，坐台就是陪客人唱唱歌，喝几杯酒，也没什么不好的。见李豫生没有任何反应，领班指着一位女孩说，你看那个女孩，才来两年多，已经在北京买了两居室的房子，下个月打算买车……

李豫生的心开始动摇了。她想起自家租住的低矮、破旧、狭窄的房子，和妹妹挤在一起的单人床，一天到晚因为手头紧拿她和妹妹出气的妈……看看那些坐台的女孩，容貌并不比自己漂亮，身材并不比自己丰满，随便混一个晚上，就赶上妈妈在洗衣房一个月的收入了。两相比较，她的心理慢慢失衡。领班是八面玲珑的主儿，女孩子的心思一眼就能看破。她巧舌如簧，进一步劝说利诱。啥是市场经济，不就供需关系嘛。当官的利用权力谋利，老板利用关系谋利。没权没钱的女人呢，青春和美色就是最好的资本……领班一边说，一边观察着李豫生的神情变化。她发现李豫生并没有对她的话产生反感，只是脸红，于是给了她一张名片，说想通了来找她。

那天晚上，表哥他们玩到深夜两点多才散。临分手时，那个垂涎她的深圳老板给了她一千元钱，说是见面费，让她买件好看的衣服。

回到家，妈妈火冒三丈，抬手就是一耳光，问她这么晚跑到哪儿疯去了。李豫生捂着脸跟妈妈叫嚷，像是受了天大的委屈，她撒谎说表哥让她给客户录入一份很急的资料，不信可以去问表哥。她愤愤然掏出一百元钱扔在饭桌上，说是辛苦费。妈妈立即喜笑颜开，把钱揣起来，还说今后让表哥多给找点这样的活儿。

李豫生躺在床上，兴奋得翻来覆去睡不着，脑子里想着如何花那九百块钱。她和妹妹李京生挤在一张窄小的单人床上，她这样折腾李京生哪里还能睡，嘟嘟嚷嚷抱怨她，大半夜的，还让不让人睡觉。李豫生心情好，没理会李京生的牢骚。

翌日，她起了个大早，洗漱完了连早饭都没吃就兴冲冲地出了门。她没去学校，坐车直奔商场。她从一楼化妆品柜台看起，一直溜达到四层服装专卖厅。贴身衣兜里九百块钱都被汗渌湿了，她还舍不得花。香水、口红、发卡、帽子、皮鞋让她眼花缭乱，盘算来盘算去，她决定还是买衣服。衣服穿在身上既实用又好看，还可以到处显摆，赚足人气。几百块钱的衣服穿在身上确实不一样，精气神一下子就提起来了。她得意扬扬地回到学校，一些女同学围着她又是看又是摸，羡慕得不得了。李豫生恋得眉开眼笑，连宋肖新都说，人靠衣裳马靠鞍，她洋气得像个在公司上班的白领。

一连几个晚上，她都翻来覆去睡不踏实。那阵子她正恋上即将大学毕业的肖辉，怕肖辉知道了讨厌她。她没想到，处了几个月，身子也给了肖辉，肖辉却为落户北京弃她而去。培训班结业后，她不想再读书，于是就找工作。她第一次正儿八经找工作，是应聘银行的前台接待，人家一看她的身份证，当即就告诉她，小姐，我们只招北京户口的。没办法，她只好去了一家饭店当服务员。她打心里不喜欢端盘子端碗服侍人的事，不时地走神，只干了一天就把汤盆给摔了，腿烫红了一大片，工钱不但没拿到，还赔了老板十块钱。在家里歇了两天，又从小报上登的广告中找了份电梯工的工作。在狭窄憋闷的电梯间一天站八小时，腰酸腿疼不说，有时还会被人骚扰，月收入才四百元。她干了几天就坚持不下来了。

没有钱的穷日子让她感到窒息，爹妈的白眼更让她难受。于是，她再一次走进了夜总会。

坐台的第一天，李豫生就遇见房地产老板汪光军。汪光军大咧咧地让她喝酒，她怯生生端起酒杯，浅浅地抿了一口就放下。汪光军阅人无数，一眼就看出她是粉雏儿。穿着性感暴露的她，肌肤雪白，乳房丰满，腰肢纤细，再配上一张娃娃脸，简直就是一只白天鹅，很容易勾起男人最原始的欲望。熟如蜜桃的女人汪光军尝过不少，清脆爽口的却不多见。她紧张、羞怯的神态更让汪光军觉得别有韵味。他邀请李豫生跳舞，手揽住她的纤腰，能感觉到她的身体因紧张而颤抖。他直截了当地向她提出，陪他一晚给五千元。领班知道汪光军是条大鱼，承蒙他照顾，夜总会的生意红火，见他对李豫生如此上心，心里乐开了花，也在旁怂恿她。汪光军开出的价对她太具诱惑，当晚，她就跟他住到一家五星级酒店。

汪光军是个老手。他把李豫生带到房间，并没有急不可耐地抱她上床，而是打开了橘黄色的夜灯，放着具有挑逗性的音乐，倒了两杯法国红酒，然后把她抱在怀里，一只手端着酒杯，送到她的唇边，一只手轻轻地从她的脖颈向下延伸到她的乳房。李豫生开始还有些胆怯，渐渐地，她的身上开始热起来，心也狂跳起来。她和肖辉做爱，有时是在他家中狭窄的单人床上，因为怕桂姑或肖祥随时回来，所以紧张而又匆忙；有时是在离十八里香社区不远的地里，肖辉脱了衣服铺在地上，她躺着很不舒服；有时肖辉是让她坐在自行车的后座上……她几乎没有满足的快感。汪光军第一次让她感受到了做爱的愉悦和满足。第一次过后不久，她就主动要求第二次。那一晚，她和汪光军做了三次。汪光军对她也很满意，慷慨地给了她两万元。

见李豫生稚嫩单纯，别有滋味，汪光军便有了长期包养她的念头。汪光军在长城饭店附近的一所高档公寓里给她租了一套公寓房，作为幽会的场所。初时，汪光军常来临幸，陪着她吃喝玩乐，周末常留宿一夜。大概是味道尝够了，觉得李豫生太寡淡，汪光军来的次数越来越少。李豫生就像金笼子里的黄雀，每天望眼欲穿，渴望主人带她遛遛弯儿、散散心。从一个小姐妹那儿得知汪光军时常去夜总会换小姐，似乎想阅尽人间美色，李豫生豁然开朗，女人不过是姓汪的玩物。从此，她也不在家中像花瓶中的花一样等待主人浇灌，而是随心所欲，拼命地花钱消费。她学会了开车，让汪光军给自己买了辆宝马。她三天两头去商场购物，衣服、鞋、珠宝、化妆品……尽挑名牌，京城几家大商场高档服装、化妆品柜台的服务员和她混得很熟，都以为她是哪个大款的千金。

李豫生和许许多多的农民工后代一样，吃尽了没有北京户口的亏，所以，她第一步要解决的就是北京户口。有一次，汪光军带她参加一个宴会，她在宴会上认识了一位冯姓老板。冯老板色迷迷地看着她，时不时地向她微笑，敬酒时专门把她拉到一边，夸奖了她几句，接着就把电话打到她的手机上。她发现，那晚冯老板只给她一人留了电话。事后，汪光军不仅不反感，还在她面前吹冯老板是个人物，本事通天。其实，她在宴会上就看出，汪光军和另外两个房地产老板对冯老板格外恭敬。

她和冯老板住在一起后，汪光军没有追究她，很痛快地放她出笼，让她自由飞翔。冯老板把钥匙交给她时，她吃了一惊，原来那房子就在天大花园。那可是她做梦也没敢想过的地方。她暗暗下决心告别过去的生活，好好陪冯老板过几年，让他尽快把北京户口给她办好，把房子过户到她的名下，然后自己再……

然而，一开始她和冯老板的性生活就不和谐。他沮丧，她也不满足。慢慢地，她知道冯老板是当官的。他既想那事又怕败露，有贼心没贼胆。她悟出他做爱失败是因为紧张，这是男人做爱最忌讳的事。精神高度紧张，吃伟哥也不管用。两个月后，他来得少了，急急忙忙做了爱就找个借口离开，很少过夜。

寂寞和孤独容易让人胡思乱想，她的心理渐渐失去了平衡。那天晚上，她就是和一个在网上认识的男人约会。她以为冯老板不会光顾老孙家饭店那样的地方。再说，那家饭店的羊肉烩面是一绝。以前，她就爱那一口。她和那个网友正吃得火热聊得火热，肖祥、张杰和北京胖孩子发生了口角。饭店里乱成一锅粥，她和那个网友急忙走了。过了两天，她回家时，把这事儿说给父亲李跃进听了。没想到，这事竟让汪光军闹大了，自己也被卷了进来。

汪光军派车将李豫生接到东三环边儿上的一家五星级宾馆。她与汪光军第一次做那种事情，就在这家宾馆。汪光军还别有用心地包下了与她第一夜的那个房间。汪光军一下子把李豫生抱在怀里，来，让我闻一闻你身上还有没有骚味。李豫生虽然打心里厌恶汪光军，表面上却装出笑容，咦，咱俩还不知谁身上骚味浓呢。我闻到你身上都是酸臭味，是不是每天都找站街的啊？汪光军在李豫生浑身上下摸了一会儿，见她无动于衷、心如止水，不禁兴趣大减，怎么，你那浪的本事也让老冯给吞肚子里了？

李豫生一听他提老冯，心马上慌了，主动搂住汪光军的脖子……

汪光军把一只装满了钱的牛皮纸袋子扔在床上，脱了衣服进了洗浴间。李豫生拿过那个牛皮纸袋子掂量了一下，里边至少装有五万元钱。她这才脱了衣服进了洗浴间，跟汪光军洗起鸳鸯浴……

第四章

一

　　李豫生和汪光军在酒店的豪华大床上折腾得难解难分时，宋肖新却在望着自己和肖祥在香山的合影流泪。

　　肖祥去年过生日时，正赶上礼拜天。她带着肖祥去香山玩了一天，两人照了很多照片。她精心挑选了其中一张，放进相框里。而今，弟弟蒙冤进了拘留所，她却无能为力，只能望着照片流泪。她恨自己没尽到做姐姐的责任，也恨冯功铭用甜言蜜语忽悠自己。她哭了一会儿，渐渐乏了，慢慢地闭上眼。不一会儿，她的手机铃声响了，她知道是冯功铭打来的，没去接。手机铃声好像和她较上劲，一遍一遍地响起，铃声此起彼伏，在静谧的夜里格外刺耳。"拼租"的伙伴在隔墙敲了几下，嘛呢，还让不让人睡觉？宋肖新恼怒地关了机。耳边倒是清净了，可仍旧睡意全无。

　　认识冯功铭半年了，他对自己的确是掏心掏肺地好。她不是那种贪得无厌的人，和男人好上了要钱要房子要车，把男人给予自己的财富当作衡量好坏的唯一标准。冯功铭对她好，她是用心体验出来的。冯功铭尊重她，从来不以自己是北京人，学历高，职业好，收入多，在她面前趾高气扬摆架子，相反，他说话、做事还处处小心谨慎。过去，她在十八里香养成的说话爱带"娘"，娘能怎么着，娘个屁……他没有责备她，而是一点点地帮她纠正。现在，她就是生气时说话也不再带娘了。她的工作看似有规律，其实一点规律也没有。有时到了下班时间客户才上门，要交谈，要看房，要签约，你总不能扔下客户走人吧？他总是到她工作的地方去接她。如果遇上他那几天也忙，或者是她不让他去接。她回到住处，房间里总会有一束鲜花为她驱散劳顿，一盒她喜欢吃的夜宵在等着她。"拼租"的伙伴每次都是既羡慕又嫉妒地告诉她，你那个律师送的！假如有一段时间没事做，她很烦躁，他就鼓励她多学点文化，说知识会让女人更美丽……当然，她也不是不要物质条件。他送一辆新车给她开，她没有拒绝；他帮她交学费，她也接受了。只是他让她搬到他那里去住，她说再等等。冯功铭的身体硬件虽然差点，比她大十多岁，个子也比她矮，可是他的内在软件却很出色：名牌大学的法律博士，大律师事务所的合伙人，父母都是干部，跟自己的家庭出身相比，简直是天壤之别。想嫁给冯功铭的女人不在少数，她骨子里不是没有危机感。因而，她也会时常表现对他的爱恋。她每次逛商场都会给他买一件小礼品，剃须刀、手机壳……时间宽松的时候，她也会到他的住处，亲手为他做几个拿手菜。

　　然而，从答应给肖祥办户口到肖祥被抓，她对冯功铭的信任越来越少。她不能不怀疑和冯功铭认识的时机，进而怀疑他对自己的感情。

　　半年前的一天晚上，她所在的公司在北京一家五星级饭店召开新年酒会，到会的大都是京城房地产界有点儿名气的老板，也有一些政府官员出席。她穿着一件红色旗袍，朝五彩纷呈的灯光下一站，仿佛就是一道亮丽的风景。好多个客人以敬酒和咨询房价等各种名义，无话找话地单独和她搭讪，有的还开几句玩笑。就连公司孙老板都开玩笑说，小宋你今天收的名片比我还多，要是用名片打牌够几桌了！

　　那天晚上宴会散后，她准备打车回家，上了出租车后才发现换衣服时忘记了带钱包。她下了车，沮丧地向地铁站走去。这时冯功铭突然出现在她的面前。他问她是不是遇到了困难。她摇摇头。他好像猜出了她的难题，提出送她回家。她觉得这个三十多岁、文质彬彬的男人给她发出的是值得信任的信号，就大大方方地上了他的车。

　　冯功铭问她参加今晚宴会有什么感受。她实事求是地回答说没感觉，就是一帮有钱人在商量怎样赚钱，然后怎样花钱，听不懂这些钱变钱的事。他看了她一眼，问，你知道这场宴会花了多少钱吗？她没有回答，只是淡然一笑，表示不感兴趣。冯功铭说这一场宴会的花销，可以在市中心买一套一百五十平方米的商品房，在郊区买一栋别墅，相当于一千个在建筑工地从事苦力的农民工一个月的收入。

　　她平淡地一笑，说这有什么好惊奇的？有钱人到境外豪赌，一场输掉几百万甚至上千万的不是也大有人在吗？

　　冯功铭沉默了，目不转睛地盯着车前方。她清楚地看到，他不时从反光镜中观察自己，好像在寻找时机和她说话。临下车时，他掏出一张名片和一张一百元的钞票，说时间太晚了，你在宴会上又没吃好，自己买点东西吃吧，别回去麻烦家里人了。你身上没带包。女孩子身上没带包就可能没带钱。我没有别的意思，就是先帮你垫一顿饭钱。你要是过意不去，过几天给我打电话，我来把钱取回。

　　她看他态度很诚恳，也没有拒绝。不过，她上了出租车，顺手把他的名片扔了。

　　半个月后的一个周末，冯功铭突然到她公司代理的东三环的一个楼盘买房。她是售楼小姐，做的就是售楼的工作，热情周到地接待了他。那天，冯功铭看了一个上午，她陪了一个上午。换了另外一个售楼小姐，可能早就没有耐性了。她心里也烦，但是表面上没有表现出来，而是不厌其烦地向他介绍不同户型的房子的优点。有一种户型专门设计了婴儿房，她介绍婴儿房有哪些好处时，他笑着说我媳妇在娘肚子里还没生出来呢。这句话让她这个还没有男朋友的女孩子听了，像是调侃却又不是调侃。她的脸红了一阵。

　　那天，冯功铭临走时又给他留了张名片。这一次她没有扔掉。客户就是上帝，她怎么能得罪上帝呢？不但不能得罪，还得主动联系。她几乎每天给他打电话，劝他尽快把买房的事定下来。他每次接电话都会重复一句，我买房是打算结婚用的，可是我现在还没有女朋友，假如我以后有了女朋友，她不满意怎么办。她想说服他，就说你看上的那套房子不论是结构、楼层、朝向都没得说。你女朋友如果住进来，一定会夸你有眼光。他听了总是嘿嘿一笑。

又到了周末，冯功铭如约而至。这一回还是她陪着他看房。两个人经过一周的电话联络，比较熟悉了，相互之间也都热热乎乎。冯功铭突然问了一句，你要是我女朋友，对这套房子满意吗？她愣了一下，红着脸回答，我要是你女朋友，早就提包入住了。

这一次，冯功铭签了合同，交了首付款。她为他办了贷款等相关手续。在办手续时，她注意看了看冯功铭提交的材料，博士、律师，而且材料的确反映他尚未成家。手续办完后，冯功铭请她吃饭。她本来想拒绝，可是一想交个朋友也没什么坏处，何况是自己的客户。虽然这次见面冯功铭表示出对她一见倾心，可她对貌不惊人的冯功铭没有多少好感，态度既不失礼貌，又不失热情，大方而得体。做售楼小姐以后，这种应酬的事她参加了不少。只要你自己不轻浮，别人也不敢轻视你。这是她自己总结出的经验。

也许是出于好奇，抑或还有别的原因，她第二天上网时搜了一下冯功铭的资料。让她大吃一惊的是，他不仅是个在业界优秀的律师，而且是一个副区长的儿子、法律博士、一家律师事务所的合伙人。他三十五岁了还没有结婚……有人说"80后"的女孩子在恋爱方面常常心血来潮。她当时真的有点儿心血来潮了，和这样的男人在一起，还愁解决不了北京户口？第二天，冯功铭给她打来了电话。他在电话中率真地说，感觉遇到了这些年梦寐以求的好女孩，希望能和她发展……后来，冯功铭又频繁地约她吃饭、看电影、唱卡拉OK……这一切都来得那样自然，就像流水一样。

刚与冯功铭恋爱，他就做了一件让她感到扬眉吐气的事。

李跃进领队的建筑队，几年前曾为汪光军建了一栋楼，可是汪光军拖欠着一笔工程款和工资迟迟不给。冯功铭免费为他们代理，将天大集团告到法院，帮他们讨回了拖欠多年的工资，让大家伙儿过了个为数不多的不扫兴的春节。宋肖新在乡亲眼里简直就成了菩萨，要知道讨要工资比登天还难啊，她居然能摆平。虽然欠债还钱是天定的道理，但欠工资的都是爷，爷要是高兴了就赏你俩小钱，爷要是不高兴，那你真是上天无路入地无门，不光是十八里香，也不光是北京，全中国的农民工都明白这个道理，也都默认这个规则。当年张刚的父亲等几个乡亲被逼得没辙了，爬电线杆子上以死要挟汪光军，汪光军不但分文没给，还叫来警察，以扰乱社会治安为名把他们送进了拘留所，让他们在拘留所里过了个不花钱的年。宋肖新的神秘后台成了众人茶余饭后的谈资，就连冯萍萍脸上也熠熠生辉，美得不得了。那年春节，冯萍萍收的大米、水果和酒等礼品堆了半屋子。

宋肖新被乡亲们的口碑推上了一个高度，她的虚荣心得到了满足，就像棉花糖，软软的、甜甜的，看着挺大，其实不值钱。冯功铭也仿佛就置身于那团软软的棉花糖里，有点儿甜，有点儿虚无，又有点儿不着边际，这让两个人有时为之苦恼。她认为肖祥的事他想办就没有问题，只要他爸一个电话，肖祥明天就能回家……想到这里，她给冯功铭拨了个电话。电话通了，她隐约听见门外有熟悉的手机铃声。她开始以为是幻觉，疑惑地打开门，冯功铭蓬头垢面地出现在她面前，正满脸疲惫地往外掏手机。

你打算在这待一晚上不回家？宋肖新说着，双手一起用力把冯功铭拽了起来。她不能让他进屋里，那两个"拼租"的同事回来了，时间又过了零点。她是个要面子的人，不想让同事知道她和男朋友吵架，于是回到屋里穿上衣服，拉着冯功铭上了车。走吧，到你那儿再算账。

到了冯功铭的住处。冯功铭拉着她的手，什么话也没说，默默地看着她。她的心里一阵感动，靠在他肩膀头上，哽咽着说，在我的心里边，肖祥的位置比任何人都重要。你冯功铭必须帮他，不然我会恨你一辈子。

冯功铭给她冲了杯咖啡，看着她喝了一口，才向她解释说，这牵涉到法律方面的问题，不是凭感情就能解决的，不像有人掉水里，我奋不顾身去救，可能有一线希望。这得按照法律程序办事。

宋肖新推了他一把，你给你老爸说肖祥是冤屈的，让他给公安局下个命令把肖祥放了。他才十六岁，还是个孩子。说着，眼泪又落下来。冯功铭叹息一声说，你呀，说话一点不在理上。我爸爸能管法律吗？是法大还是权大？宋肖新又不满了，好容易有个廉洁奉公的干部，偏巧就让你老爸摊上了？冯功铭没和她争，想了想又说，你要真想帮肖祥，只有一条路子，就是拿出证据来证明汪天大受伤是子虚乌有。

这回轮到宋肖新不说话了。冯功铭的话有道理，人不能对道理说不，那就是不讲道理。

冯功铭朝沙发上一坐。宋肖新挪了挪身子，你想干吗？冯功铭仰面一躺，你睡沙发，我也得和你有福共享，这才是真正的患难夫妻，伟大的爱情呀！宋肖新一下子跳起来，边走边说，谢谢你！你睡沙发，让我睡床，真是毫不利己专门利人。她进了卧室就把门反锁了。

冯功铭拿了本书，刚打开宋肖新又出来了。她说我睡不着。我得给李豫生打个电话。那天她也在老孙家饭店吃饭。冯功铭说你也不看看，快两点了。你不睡人家不睡？宋肖新很有把握地说，那是我最亲最亲的姐妹，她肯定会站出来为肖祥作证！

她拨通了手机，听到的是服务小姐的应答：您拨打的电话已关机。她扔掉手机，双手捂着脸啜泣开了。冯功铭碰了她一下，她就像棉花堆轻轻倒在他的怀里。

二

第二天，宋肖新醒来就给李豫生打电话。李豫生的手机还在关机状态。于是，她给她发了条短信，说好去找她，然后开车就往十八里香赶。一进肖桂桂的家门，肖桂桂抱着她就哭，说人心咋都让狗吃了啊？接着告诉了她一件事。

今天一上班，小乔和几个调查组成员到了案发现场老孙家饭店。老板娘"少半勺子"说丈夫老孙回老家盖房子，要过些日子才能回来。几个服务员看着"少半勺子"，面面相觑，众口一词地说当时太忙没看见。小乔觉得有问题。他清楚地记得当晚调查时，"少半勺子"和两个服务员都证明是汪天大先动手打张杰，肖祥拉架被姓汪的打了一巴掌。一个服务员还形容说那一巴掌跟爆米花一样砰的一声响。另一个男服务员说，胖子自己滑倒了，爬起来还要打人。我当时都想用勺子砸他的脑袋瓜子！怎么这会儿又都异口同声说没看见呢？他严肃地告诉"少半勺子"和几个服务员，我告诉你们，法律明文规定，作伪证要承担法律责任。

"少半勺子"眼珠一转，你们不信，可以找当晚吃饭的人问问。

肖桂桂边说边哭，这世道咋了，人情怎么淡得像水？宋肖新听了十分生气。她说"少半勺子"不说真话，总有人会说真话。我去找豫生。她不会给我说假话。说完又给李豫生打电话，电话通了，但是没人接。肖桂桂突然想起了什么，说豫生那孩子就住天大花园，我见过。我问过她爸，她爸支支吾吾……

宋肖新到了天大花园，保安见她开着车，穿戴又时髦，不但没有拦她，还告诉了她李豫生的楼号和房号。她与李豫生以往见面，就是约个地方一起喝茶、吃饭。所以，一踏进李豫生的家，她立刻就想到了金碧辉煌这个词。

李豫生住的是一套三室两厅的复式房子，大约有三百平方米。楼下是一个大客厅和一个卧室，室内装潢是欧式的，富丽堂皇，家具也是欧式的，高贵典雅。宋肖新粗略估了一下，就李豫生家房子的装饰装潢就要花去几十万。作为和李豫生一起长大的同学、姐妹，宋肖新自以为了解李豫生非自己莫属。此时她才感叹自己对李豫生了解得太少了。李豫生能从十八里香那个地方搬到这样一个地方，走的是一条什么样的道路呢？！

宋肖新跟李豫生是一个村子，同年生人。李豫生三岁那年跟着父亲李跃进到了北京。到了她在打工子弟小学上一年级时，宋肖新才跟着继父和妈妈来北京。所以，李豫生常常在她跟前显摆，充大姐大。开学了，李豫生对她说我没时间天天跟你玩儿了，我要去上学。她羡慕地问：你们北京的学校都是楼房吧？李豫生骄傲地点点头，比画着说，我们学校的操场可大啦，草坪绿油油的，那草都是美国进口来的。

宋肖新闷闷不乐地回到家，跟母亲冯萍萍哭闹着要上学，要读书。冯萍萍抬手就是一巴掌，连饭都吃不饱，哪来的钱交学费？宋肖新眼泪汪汪地跑出家门，站在臭水沟前放声大哭。李跃进下工时瞅见，怕她有啥意外，就将她领回自己家。李豫生很同情她，央求爸爸到赵家说情。李跃进想，别人家里的私事不大好干涉，再说宋肖新的继父赵家仁是有名的铁公鸡，手脚不干净不说，还无利不起早，爱占小便宜。自己不许他些好处，他是断然不肯掏钱让宋肖新读书。李跃进踌躇起来，一时拿不定主意是否该管这闲事。李豫生拉着宋肖新"扑通"一声跪下，可怜巴巴地看着李跃进，俩女孩儿哭在一处。李跃进的二女儿李京生还不太懂事，出于学着玩，也跟着跪在地上呜呜大哭。

李跃进见宋肖新小小年纪，个头却长得很高，两只大眼扑闪扑闪地透着机灵，人也聪明伶俐，不读书的确对她不公平，一朵花儿荒废了可惜，于是心一软，拉起宋肖新和女儿去找赵家仁。赵家仁当时在洗车场干洗车工，手里拎着条破毛巾，来回拧着，水都拧干了，还是眉头紧皱。李跃进让他表态，他嘬着牙花子说自己身体不好，没挣下仨瓜俩枣的，加上老婆怀着孕，家里正缺帮手呢。他说，女孩子读书能读哪去，还不如让她过来帮着洗车……他的话没说完，宋肖新就哭着跑了。李跃进说，老赵你看看你弄啥？孩子万一有个三长两短，你媳妇会跟你往下过？咱老乡不把你骂死！赵家仁又叫苦，冯萍萍带着俩孩子嫁过来，眼下又要添丁进口，一个钱掰成两半花，活人难啊！

李跃进知道赵家仁日子过得确实拮据。不过农民工有几家富裕的，还不都这样，咬咬牙总能挺过去。他放下脸，不高兴地说，咱乡下都有口号，叫再穷不能穷教育，再苦不能苦孩子。你不叫丫头去读书，就不怕乡亲们背后戳你这当后爹的脊梁骨？

赵家仁沉思半晌，说老婆马上要生孩子了，花钱的地方多。宋肖新要读书可以，前提是必须把肖祥送回肖家抚养。他说俺没本事，养不起这么多孩子。李跃进想想也有道理，便去跟冯萍萍说道理。起初，冯萍萍冷着脸拒绝，女孩子读书没啥用，早晚得嫁人，这钱不就花瞎啦。李跃进说不读书没文化，能嫁到什么好人家？你耽误了宋肖新，将来就不怕她恨你？正好肖祥的爷爷奶奶也到北京来要孩子，冯萍萍思来想去，哭肿了眼泡，终于答应下来。宋肖新得知自己读书的机会是以送走弟弟换来的，放声大哭，说她宁愿不读书，也不和弟弟分开。

开学那天，李跃进蹬着三轮车送宋肖新和李豫生到学校。她一进校门就大失所望。那个学校离十八里香很远，过去是一个集体企业的破旧厂房，既没有操场，也没有绿地。宋肖新噘着嘴问李豫生这是咋回事儿？你说的美国进口的草坪呢？风刮跑了呀？两个小姑娘垂头丧气，问李跃进她们为啥跑这么远来破学校读书，而不上家门口的好学校。李跃进叹息一声，说那是有北京户口孩子读书的地方，咱是外地人，人家不让进啊。丫头家家的，有个学校读书就不错啦，还挑啥？

两个小姑娘不再吭声，牵着手在李跃进的注视下进了教室。从那时起，象征身份的北京户口就像一道沉重的阴影，压低了宋肖新和李豫生的自尊心，随着时间的推移越来越浓重。

宋肖新和李豫生上初三时，个子都长了起来。宋肖新一米七一，李豫生一米七〇。十八里香的乡亲每回看到这两个女孩子，都会惊奇一回：爹妈拿什么东西把两个孩子喂得这么高个？是不是从小给孩子吃化肥？她俩初中毕业后各忙各的，虽然接触不像过去那样频繁，只要得闲就凑在一起，叽叽喳喳像快活的小麻雀，聊各自的见闻。宋肖新发现李豫生的变化是潜移默化、悄无声息的，先是脸上的化妆品高档了，请吃饭的馆子越来越讲究；接下来，她穿戴的项链、戒指、坤包、服装等都是名牌。她过十八岁生日那天，李豫生送了她一件一千多元的上衣，她既感动又咋舌。李豫生像是陡然富起来，她说为了工作方便搬出十八里香。有人说她被一个老板包养；有人说她傍上一个大官……这些风言风语的传闻让宋肖新疑窦丛生。不过，她心里很不是滋味。毕竟是情同姐妹的发小，如果真像人们传说的那样，岂不就是堕落？朋友之间，最难启齿的是私生活，或者说隐私。中国自古就有“劝赌不劝淫”之说。心高气傲的她，只有暗地里为李豫生叹息。

有人说现在这社会笑贫不笑娼。冯萍萍对宋肖新也曾发过一通感慨，颇能折射出这种心态，她说豫生那孩子就是孝顺。爹妈现在年龄大了，挣不了大钱。她替爹妈扛着担着，拼命挣钱。她妈好吃好喝好穿戴，过得美气着呢。我和她妈站一起，看她妈穿戴打扮，看我的穿戴打扮，一个天上一个地下。人嘛，就得活得现实点儿。都说人家豫生当二奶挣的钱不干净，我看那是眼红嫉妒。人穷志短，马瘦毛长。没钱得了病连医院大门都不敢进，这就有脸面了？咱东边李老三患了肝硬化，没钱治还得去干活，越来越重，人不到五十就去了！他的两个女儿哭得死去活来又有什么用？要是心疼老爹，多挣点钱给爹治病，不比哭丧强？

宋肖新中专毕业找到的第一份工作，是一家证券公司文秘。老板过去在一家国字头的商业银行做过领导，后来辞职下海开公司，已经拥有上亿资产。她上班的第二天，老板就带她到深圳出差。工作完了后，老板带她去逛中英街，给她买了几万元钱的东西。她非常紧张，回到宾馆赶忙给李豫生打电话，问李豫生要不要收老板的礼品。李豫生回答得很干脆很坚决：你傻啊！他送给你的，又不是你要的。李豫生还教了她一个既能让老板掏钱，又不伤自己面子的办法：你碰上喜欢的东西就站在那儿不走，要一遍遍地看，装出恋恋不舍……她胆战心惊，问李豫生万一老板提出无理要求怎么办？李豫生在电话里哈哈大笑，我说宋大美人，什么叫无理要求？你长得漂亮，又那么清纯，招男人喜欢。他不就是想跟你上床嘛，那有啥关系。跟他要房要车，这样你就能少奋斗二十年……宋肖新听得面红耳赤，既羞愤又气恼，啪的一声挂断电话。

晚上，老板带她去唱卡拉OK。在包厢里唱《敖包相会》时，老板的手自然而然地搂住她的肩。她扭了扭身子想摆脱，可老板神情专注地唱着歌，并没有进一步的动作，她悬着的心慢慢放下。一曲过后，她不愿再唱了。老板递过饮料招呼她喝。她伸手去接时，不知老板是故意还是无意，手中的杯子一晃荡，饮料洒了她一身。老板手忙脚乱地拿纸巾给她擦，嘴里道歉，手在她胸前又揉又搓。宋肖新一下子火了，猛地推开他，起身走出包厢，打车独自回了宾馆。第二天，老板敲门请她吃早餐，像啥事儿都没发生过。她把老板买的东西扔给了老板。回去后就辞了职。

李豫生知道后，替她后悔了半天，说女人嘛，看透了就那么回事。你能年轻漂亮几年，不趁着青春靓丽多挣点钱，等成了黄脸婆倒贴男人都没人要。李豫生及时行乐、放荡随意的作风让宋肖新不齿，她逐渐疏远了李豫生。

给李豫生开门的保姆招呼她坐下后端上一盘水果，热情地招呼宋肖新，吃吧吃吧，我们家水果全都进口的。宋肖新看见卫生间通往卧室的地板上，留着湿润的脚印，猜想李豫生刚洗过澡。她问保姆，阿姨你是什么地方人？保姆回答：信阳！宋肖新指了指自己，又指了指墙上挂着的李豫生的照片，咱们都是河南老乡。那个保姆一脸惊异：不是吧？我们家太太是北京人。宋肖新笑了笑，马上掩饰说，那她祖籍是河南！说罢，心里暗自感叹，李豫生啊李豫生，你咋连祖籍都随意丢了呢？

李豫生怀里抱着只小狗从楼上下来，保姆赶忙去拖地了。李豫生不冷不热地对宋肖新说，你本事真大，钻窟窿打洞找到我门上来了。

她们像是双姝奇葩，各具风采。宋肖新是节俭型，很注意饮食，为保持身材点的菜很清淡；李豫生是享受型，啥好吃啥，吃完了好的再吃减肥药，身材丰腴圆润，很有女人味儿。李豫生上上下下打量宋肖新一会儿，姐妹，你这身材这相貌不做演员、不做模特是浪费了啊！宋肖新说我觉得现在挺好。闲聊了几句，宋肖新感慨地说，豫生，转眼我们都大了。再过几年就要嫁人生子，真不敢想象那时是啥样子。

李豫生说，我才不忙着结婚生孩子，把自己放进囹圄里。就是生孩子也得找有北京户口的男人生。我有个姐妹孩子生下两年了，报户口要回原籍。中国人在美国生孩子都能入美国籍，为啥在北京生孩子还要到原籍报户口？这么说祖祖孙孙永远都得是外地户口。真让人想不通！我无论付出多大代价都得把北京户口拿到手。

一谈到户口的事儿，两人心底都有隐痛。沉默片刻，宋肖新才问李豫生，那天晚上肖祥和姓汪的孩子打架，你是不是在现场？

李豫生立马警惕起来，声嘶力竭地喊道：你甭听"少半勺子"和张刚瞎扯。你想一想，如果我当时真在现场，能让肖祥和人打架吗？再怎么说他叫了我多年姐，我得劝劝他吧。再说了，我真要是看到了事情的经过，我能装聋作哑吗？

眼睛是心灵的窗户，宋肖新希望透过这扇窗户看透李豫生的心灵。那双她从小就熟悉的眼睛里已经没有了天真烂漫、纯真无邪和阳光灿烂，隐藏着深谋远虑、患得患失和风雨沧桑。她忍住火，又说，豫生，肖祥是咱看着长大的。他叫我姐也叫你姐。李豫生火了，说话也带着火药味。我说宋肖新你讲不讲理？我当时不在场，怎么给肖祥作证？我求你能不能不在我家里提十八里香？

宋肖新愣怔地看着李豫生，好像第一次认识面前这个女人。她真想给这个从小一起长大的姐妹一个耳光。过去，她和李豫生闹矛盾时，都是用这样直截了当的方式表达。打过了，骂过了，该怎么好还怎么好。可是，人家现在开始疏远你了，你就应该知趣，不能用以前的方式来要求人家了。她从李豫生刚才的话中已经听出，李豫生不希望别人知道她住这里。再朝深一点说，这里还不是李豫生真正意义上的家，那种被女孩子视为归宿的家。她决定刺激一下李豫生，说那天晚上和你一起在老孙家吃饭的就是你男朋友吧？

李豫生的脸腾的一下红到了脖子根。她说你宋肖新怎么还那么俗？就看不得别人比自己过得好，否则想着法儿败坏别人。宋肖新不想和她争吵，说那你就换位思考，理解我、我妈、我姑的心情好不好。李豫生说我理解她们，谁理解我呀？她见保姆在厨房收拾东西，压低声音又说，我到现在也没敢告诉我老公我是十八里香的。你又不是不知道十八里香的名声不好。他要是知道我是十八里香的，准会疑神疑鬼。有些事让他知道，那我不就全完了！

你，你这样不是太累了吗？宋肖新坦诚地说，人还是活得真实点好。她把刚削好的苹果一分两半，给了李豫生一半。小时候，她俩总是这样，不管谁得到了好东西，都会给对方分一半。她的这一细微动作，可能勾起了李豫生对童年和少年时期的回忆。李豫生的表情开始变得缓和了。她说咱真实得起来吗？千不怪万不怪，就怪咱爹妈没给咱留下个好的底子。

宋肖新说，话不能这样说。农民的孩子、农民工的孩子有出息的也大有人在。李豫生冷冷一笑，嘲讽地说谁有出息了，是肖辉吗？他为了解决北京户口留京工作，找了个大几岁的女人。不是说大几岁，问题是他不爱她。他这叫出息？实话跟你说，我到今天这一步就是他害的。爱没了，情没了，我总要得一头吧。你要不是为了解决北京户口和工作，会找姓冯的小子？

宋肖新实在忍无可忍了。她说我一开始不了解冯功铭，是带着功利性的想法和他处朋友。可是，我们现在之间已经超越了功利……

李豫生咂咂嘴，宋肖新你千万别给我说你爱冯功铭。咱都是十八里香那浑水里滚爬出来的。谁还不了解谁啊？

保姆把给小狗做好的饭放在茶几上。李豫生像一位慈祥的母亲对待婴儿一样，一只手温柔地抚摸着小狗的头，一只手端着汤匙给小狗喂食，目光里充满了爱恋之情。宝宝，来，妈妈给你喂饭。只有我的小宝宝和妈妈亲，是妈妈的知己。

宋肖新想，一个做了人家二奶，甘愿待在家中做花瓶的女孩，心中怎么可能还有生活的激情、追求的目标呢？

李豫生大概猜出了宋肖新的心思，毫不掩饰地说，肖新你也别拿那种目光看我。实话给你说吧，我不会把自己的一生绑在一棵树上。我等他给我办好北京户口，找到一份收入稳定的工作，就会离开他。当然，他要是离婚娶我，说明对我真心，我也会嫁他。人嘛，怎么也是一辈子，早死晚死都得死，谁还打算让后人给立牌坊。话说回来，牌坊还不就一块冷冰冰的石头……

宋肖新等李豫生不说话了，才开口说，李豫生，咱们是同学、是老乡、是姐妹，这是多少层关系你都清楚。你不应当这样对待肖祥，一个你看着长大的弟弟。说完，她起身就走。李豫生想上前拉她，踌躇一下，又停下了。

宋肖新没到楼下，泪水就落了下来。

李豫生站在窗户前，看见正要上车的宋肖新在用手绢擦眼睛，泪水也夺眶而出。一起长大的同乡、朋友，现在却因为生存面临决裂，这到底是世道的错，还是自己的错？她捂着自己的嘴，努力不让自己哭出声来。

三

宋肖新见过李豫生后，带着一肚子怨气回到肖桂桂家。这时冯功铭也到了。他是来与肖桂桂和张刚签订律师委托书的。他明确表示不收肖祥的律师代理费用。宋肖新心情这才好一些，这不光是一次让她在十八里香老乡面前露脸的机会，也让她体会到冯功铭身上的正义感，这种正义感让她心里有了一丝温暖。过去，她因为母亲的名声不好，跟着在十八里香受尽了歧视，看尽了冷眼，她甚至发誓永远不再踏进这里半步。一个人在某个地方丢了钱，不管找不找回来，都不可能对那个地方念念不忘。但是，如果在某个地方丢失过尊严，就会千方百计捡回来。她心里十分清楚，要让十八里香的人尊重她，捡回自己少年时丢失的尊严，就得把肖祥的事摆平。

冯萍萍一改先前对肖祥不管不问的态度，痛哭流涕求宋肖新把儿子捞出来。本来像一盘散沙的家庭人际关系，如今反倒团结了。继父赵家仁的变化最大，又是忙着擦板凳，又是忙着烧水泡茶，宋肖新小时候从没在他脸上见过笑容，现在他只要看她一眼就笑得合不拢嘴，仿佛要把过去多年亏欠的笑脸补回来。

赵家仁自打建筑队停业，就摆了一个专门卖瓷器的地摊儿。十八里香这种地摊多如牛毛，卖瓷器的、古玩的、书画的、旧书报刊的、珠宝玉器的应有尽有。这些摊位大多没有办证，地上铺一块旧床单或塑料布，摆上各种什货，城管、工商、税务来查了，卷起来扛着就跑。天大花园的居民对此很有意见，说周边环境脏乱差。可整治起来难度很大，不开执法车、不穿制服来吧，查着了难以执法。有什么证据说你是执法的？还没等亮出证件，噼里啪啦先打你一顿。几个人对几十人甚至几百人，怎么对付得了。居委会对这种事既没有管理的职责，也没有人手。十八里香的市容环境评比，在全街道、全区年年倒数。

冯功铭和宋肖新的关系公开后，赵家仁明显感觉到父老乡亲看他的目光变了。人家老赵的闺女未来的公公是副区长，他自然就是副区长的亲家。天子脚下的官儿那还了得，亲家不说沾多大光，办点事儿还不至于被驳了面子。于是，凡是求上门的事儿，无论大小，赵家仁都应承下来，按照难易程度收费，三五十元，百八十元，有时候还只能落一盒烟。他油嘴滑舌，事情能拖就拖，拖不了就赖。办不成的，老乡加老亲舍邻谁还真能去告官。再说了，打一场官司多少钱？最近，他又接了两笔办北京户口的大单。

十八里香的外来务工人员中有些来京十几年的人，省吃俭用，手里多少有些积蓄。老家新房盖上了，下面考虑的就是孩子的前途。他们希望孩子留在首都北京，过上体面的生活。可是，没有北京户口连读高中、考大学这道门槛都迈不过去。于是，有人求到赵家仁门上。赵家仁摸清了家长的心思，一张口就是五万，先交一万押金，户口本到手后补足余款。李跃进的媳妇疼小女儿京生，就以给李豫生的姥姥看病为由，向李豫生要了一万元钱交给了赵家仁，让赵家仁帮李京生办户口。老孙家饭店的"少半勺子"也想让小闺女成为有户口的北京人，又想少花点钱，一改过去从不正眼瞧赵家仁的习惯，对他笑容可掬，还时不时给他发条"黄段子"。

赵家仁倒不是存心要骗乡亲，他认为冯功铭有这个本事。过去，汪光军拖欠他们的工钱和工资，李跃进跑断了腿，磨破了嘴，张刚的爸都爬电线杆子寻死了，汪光军照样不给。冯功铭一出马就解决了。他一开始就把冯功铭的爸是区长与打赢官司联系一起，逢人便说，我亲家是副区长，一个电话就把姓汪的老板吓得尿裤子，跟孙子似的还了咱钱。谁还能不信副区长批几个户口指标易如反掌？他想钱他先收着，等事情办成后再和冯功铭平分。他认定这不是骗。

赵家仁从来没喝过茶叶。过去在老家干农活，他也和大伙一样，渴了喝一口井水，到北京建筑工地做工，因为政府规定施工单位必须给农民工饮用干净的开水，他才喝上了开水。前些天，他专门去买了二两茶叶。茶叶店老板问他要哪种茶叶，有红茶、绿茶、花茶、白茶……他左看右看，总觉得那些茶叶和树叶没什么区别，咬了咬牙，花十几元钱买了二两西湖龙井。为这，他还和卖茶叶的老乡拌了几句嘴，骂树叶子比猪肉价还高！上一次宋肖新和冯功铭回来，他用碗泡了茶，放的茶叶多，让宋肖新数落了一通。宋肖新说你这是在泡饭。过去，宋肖新在他面前像只小猫，走路都轻手轻脚不敢迈大步。他只要脸上有点儿阴云，她保准一夜在床上翻来覆去。现在，这种局面整个颠倒过来了。他见了宋肖新忙将笑脸贴上去，巴结讨好得自己都害臊。就连过去被他拳打脚踢怕了的冯萍萍也"翻身农奴把歌唱"。以前家务活都是冯萍萍和宋肖新做，宋肖新出去上班后，由冯萍萍一个人包下来。他回到家有时逗逗儿子，有时抽着烟看电视，有时太累回来倒头就睡。冯萍萍把饭摆到桌上，叫了好几遍他才起来，还得把筷子递到手上才吃。现在不同了，冯萍萍看电视，他挑起了主厨的担子。

宋肖新的自信和威严就是在赵家仁这些人的恭敬中不断提升。过去，赵家仁抽烟，她呛得咳嗽也不敢吱声，现在一见他吸烟就皱眉头，说我妈和我还有小宝跟着你被动抽了多年烟，个个心肺都让你熏黑了。你再抽烟，是想让我妈早死几年啊！赵家仁呵呵干笑着将烟掐灭。烟瘾犯了，他就悄悄躲到屋外去抽。赵家仁不为这些小事儿生气，他有自己的逻辑：人就应当这样，谁有本事谁就当家做主放屁山响。没本事活该低三下四说话都憋在嗓子眼里。你在生产队当社员时敢不听队长的？你在工地打工时敢不听包工头的？你在公司上班敢不听老板的？你当干部的又敢不买组织部的账？

肖桂桂虽然心里不好受，还是忙里忙外地洗菜、淘米，打算做饭。宋肖新说天热，别在家做饭了，咱去老孙家饭店吃。其实，她的目的是想向"少半勺子"或服务员打听那天晚上的真实情况。警察找她，她不说真话，几个老乡到门上了，她还能再糊弄？

"少半勺子"是她和老孙在老家开饭店时就有的绰号。那时老孙自己掌厨，她在前台盛汤，每次都打点折扣，所以人送外号"少半勺子"。她见来了几个老乡，热情得不得了，可一提那晚打架的事，脸上立马晴转多云，一口回绝说没看见。

肖桂桂不满地说，孙家嫂子，你那天晚上来俺家可不是这么说的。你说俺家肖祥根本就没动手，还让我摸摸俺侄儿下边长没长那家伙，是不是爷们。

"少半勺子"红着脸叫道，哎哟我说桂桂，你可不能睁着大眼说瞎话啊。那晚你家里三层外三层围了那么多人，像看耍猴的，哪里轮到我说话。你是不是听错了？

肖桂桂又气又急。"少半勺子"又明明亲口说过的话，现在反过来说她说瞎话，而且当着宋肖新和冯功铭做晚辈的面。她的脸由黄变红，又由红变青，仿佛瞬息之间经历了春夏秋冬几个季节。张刚急了，拍着桌子冲"少半勺子"发火，你们家老孙躲老鼠洞去了？调查组的人来你们店调查，从你到服务员都说什么也没看见。你们的眼睛那天晚上是不是都当屁眼使了？

"少半勺子"把抹布朝桌上一丢，针锋相对地说，刚子老弟，听你这话里的意思是俺们故意不给你兄弟作证是吧？就算是这样，俺们犯了哪条法律了？

冯功铭严肃地指出，公民如果知情不报或者作伪证，当然违法。

"少半勺子"不敢顶撞冯功铭，轻轻地哼了一声，什么法不法的，我光知道发面馒头咋做！

赵家仁和冯萍萍因为回了趟家，晚到一会儿。"少半勺子"见赵家仁来了，刚才还苦大仇深的表情瞬间即逝，换上一脸笑逐颜开，亲自给赵家仁倒了一杯茶，惹得冯萍萍很不高兴。

上菜的服务员小刘是从河南来的，她放下菜盘刚想出去，张刚拉住了她，小刘，你也是河南老乡，不会跟自己老乡说假话吧。我问你，那天晚上在饭店里打架你看见没？小刘神情紧张地又是摇头又是摆手，刚子哥，这事你还是问我们老板和老板娘。说着，她挣脱了张刚，匆匆走出包间。张刚想追她，被冯功铭劝住了。冯功铭说你勉强一个服务员有什么用？她是个打工的，得听老板和老板娘的话。

张刚生气地骂了一句，孬种，给老乡丢脸。

宋肖新说这事也怪了。没调查的时候，都说抓咱们家肖祥抓得亏，一来调查全都变了脸。李豫生说没看见。老孙家饭店的老板和服务员也说没看见。那他们到底打没打架？姓汪的孩子到底伤没伤？连证据都没有，抓咱们家肖祥和张杰不就更没道理了吗？

赵家仁马上附和宋肖新说，俺闺女的话在理，没人看见他们打架，就是没打架。没打架就没伤人。没伤人就不应当抓咱们家的孩子。

张刚说这里边肯定有人搞鬼了。姓汪手里有的是钱。他喜欢上哪个小姐，睡一夜就送一辆几十万的好车。现在有些老板钱来得不是正道，花得也不心疼。他拿钱办个假受伤证明还有什么问题。

宋肖新沉默不语，张刚呼哧呼哧喘着粗气，肖桂桂和冯萍萍默默流泪。冯功铭看着觉得心里不是滋味，用平静的语气说，急躁解决不了问题。李豫生和老孙家饭店的人为什么不愿作证，有没有人在中间搞鬼，都得有事实根据。从今天起，你们该做什么做什么，不要再为这事影响工作，更不能再发生新矛盾。你们既然委托我做律师，就应当相信我。

冯功铭话音刚落，赵家仁便抢着表态说，我们家小冯说得在理。我就是这么想的。他在小冯前边加了个"我们家"，不仅冯功铭吃了一惊，就连冯萍萍都感到意外。宋肖新更是不满地白了他一眼。

临出门时，赵家仁突然提出一个意见：咱是不是找韩土改给看一看？大伙都没有回答。冯功铭问韩土改是何许人？宋肖新没等赵家仁回答就把冯功铭推上了车，这人你不熟，等肖辉回来，我和他一起去找他！

冯功铭犹豫了一会儿，想对宋肖新说什么，嘴巴张了张，最后不高兴地说了两个字：走了！

四

英俊潇洒而且学习优秀的肖辉曾是十八里香很多女孩子的梦中情人。同样生活在十八里香，他与一些同龄人不同的是，他志向高远同时又很务实，把读书当作改变命运的唯一出路。初中毕业，他回老家读高中和参加高考，终于考到北京来了。

那天晚上，河南村的老乡摆了十多桌酒席给他祝贺。摆酒席的钱是李跃进出面，挨家挨户起的"份钱"。很多家长都带着孩子来了。他们是想通过肖辉这个典型教育自己的子女发奋读书，将来不再像他们那样做一个廉价的打工仔。酒席进行到一半时，李跃进让肖辉给弟弟妹妹们讲几句话。肖辉端着酒杯的手不停地颤抖，哽咽了好大会儿才开口说，我自打进了十八里香，就没过一天舒心的日子。咱都是后娘养的孩子，处处不顺心、事事遇难题。我在自己的床头上贴了一个纸条，上边写着"北京户口"四个字。为了这四个字，我的头发一天天稀少，腰带一天天变长……说着，他哭得直不起腰抬不起头。

宋肖新也哭了。那年她初中毕业，遇到了肖辉当年遇到的坎，所以很理解肖辉的心情。肖辉在老家几年的经历,肖桂桂没少在她和肖祥面前提起。他在那边是住校,每月肖桂桂从牙缝里挤出一百元钱寄给他。他每天的开销不到四元钱,一顿饭就一元多一点,往白开水里加点盐或酱油就着咸菜吃馒头,常常是一边吃饭一边看着眼泪吧嗒吧嗒朝碗里掉……

肖辉那场演说,对十八里香大多数孩子有影响。然而,到了他大学毕业后的遭遇,又从另一个方向影响了那些孩子。

从大三下半年起,肖辉开始四处投档,没完没了地参加招聘单位面试。然而,却一次次失败。他留心打听周围几个顺利找到工作的同学,才知道那几个人中有的有社会关系,有的是家里有钱过来找关系。残酷的社会现实提醒他,要想留在北京工作,就要有好的社会背景和社会关系,不然大学毕业就意味着失业。当时,一表人才的他在和李豫生热恋,身边还不乏追求者。他明白要是和李豫生走到一起,生活不会发生质的改变,可能继续过清水煮白菜的日子。贫贱夫妻百事哀,他实在不敢设想那种生活。既然不能改变别人,不如先改变自己。他给自己树立了一个目标,找个家境殷实的北京女孩,最好有房有车,这样既可以解决北京户口,又可以少奋斗二十年,人生的三分之一,也是人生最辉煌的华彩乐章。肖辉清楚地知道人生只有几十年,这是小学一年级的算术题。

临毕业前半年,他通过朋友介绍认识了比他大三岁的北京女孩,她父亲还曾在某部担任过局长。她本人是"海归"族,自己搞了个公司,有房有车,最重要的是肖辉和她结婚就能把户口留在北京。肖辉毅然割断了和李豫生的关系,与那个女人确立了恋爱关系。听到这一消息,十八里香的老乡中有相当一部分人支持他的选择。有的说到底上了大学就是不一样,找了个北京媳妇! 有的说女大一,黄金飞;女大两,黄金长;女大三,黄金堆成山。往后,睛看人家肖家孩子吃香喝辣的……

女友的确帮了他,让他顺利地进入某部机关当上了公务员。他自知自己是一个农民工的后代,没有背景,没有靠山,老用女友的关系怕她瞧不起,所以付出比常人更多的艰苦。他常常一个人干两三个人的活,几乎每天都加班加点。参加工作前半年,他甚至没回过一次十八里香。然而,生活并不如他所愿。他第一次和女友做爱，就因为语言问题弄得不愉快。在他老家，剋是个运用广泛的动词。吃饭叫剋饭，打架叫剋架，喝一杯叫剋一杯，男女做爱也用剋。那天晚上，两个人洗完澡上了床，那女的老是和他调情，他急了，说，咱剋吧。那女的问，你说啥？他又说了一遍，剋吧。那女人一下子变了脸，嘛呢肖辉，你能不能说点文明话？他的兴趣瞬间即逝，下身刚才还硬邦邦的，像被当头挨了一棒，立马软了。任凭那女人怎么摆弄就是不起。他和她的第一次以失败告终。

这件事给他的工作也带来了影响。第二天，他在装订领导讲话稿时走神，丢了一页。领导讲话从第二页直接跳到第四页，台下一片哗然。丢了面子的领导大为火光，一句话把他调到机关服务中心，业务不对口不说，他一点儿都不喜欢。在十八里香乡亲的眼里，他一步登天，进了中央部委工作。现实境遇却让他备感失落，常感叹怀才不遇，对女友发牢骚。发牢骚不免夹杂着家乡的土话，什么我们那副司长会阙人，没句实话；什么我们司那俩娘们儿为争先进剋起来了……每当这时，他女友就冲他拍桌子。哎我说老肖，你能不能把你那土话用普通话过滤器过一下。

他脱口而出地说，管。他女友踢了他一脚，看看又来了不是？管、中、行，你就不能拣人能听懂的说。过去，女友以带个高高大大，英俊魁伟又比自己小几岁的他出席宴会而自豪，后来见他不时冒土话，嫌丢人，就不再带他。他觉得女友看不起自己，心里越来越失落。起初他女友听他发牢骚还能忍受，听得多了也很不耐烦。一个大老爷们儿整日怨天尤人，唉声叹气，有啥出息？你就不能学学别人，利用你的工作便利为自己赚点钱。

原先女友为笼络肖辉的心，给了他一张银行卡，让他广泛交友，汇集人脉。可是肖辉过够了苦日子，一旦享福就像李自成进了北京城，花天酒地地过了一段短暂的幸福时光。这天肖桂桂过生日，肖辉大张旗鼓地请了十几个老乡在老孙家为肖桂桂办宴会。这是他第一次给姑姑过生日，所以点了很多菜。肖桂桂几次阻拦，说咱自家人不用铺张。他哪里听得进去。结账时服务员告诉他卡里没钱。他不知道女友已经偷偷将卡里的钱全部取出，闹了个大红脸，一时不知所措。一桌子老乡面面相觑，肖桂桂更是傻眼了。两千多块是柴米油盐钱，动了就要借债。掏钱好比割肉，大家磨叽着拖延时间。肖辉脸臊得通红，恨不能钻进老鼠洞。他一咬牙，把手机和身份证押给了饭店才得以脱身。

他怒气冲冲找到女友兴师问罪。女友委屈得落下泪来，诉苦说我的公司连续几个月没有利润，工资发不出，房租交不起。你没看我把咱们家的保姆都辞了，家务活我一个人干了。我怕你心情不好没有告诉你。我没往卡里边续钱，让你难堪，是我的责任。可是我的确没有办法了。老公你就多担待些吧！一席话说得肖辉既感动又惭愧，他决定痛改前非，不再花钱如流水。他抽的烟从十几元钱一包降格到四五元钱一包，接着又降格到两元钱一包，当着朋友、同学、同事的面他不再抽烟，而是蹭烟抽。以前他是"小孟尝"，聚会付账的多半是他，如今改为轮流坐庄或是 AA 制，吃得次数一多也扛不住，便有意回避。最难忍受的是，他过去上班开的是女友公司的帕萨特，女友说公司资金周转困难，把车要了回去，他只好挤公交、坐地铁。

人一旦过上了优越的生活，再想回到过去难乎其难。一天晚上，他接到局长的电话，让他为机关购进一百台笔记本电脑。女友当时正在和他赌气。听到这个电话后，马上换了一副热情洋溢的笑脸，老公，我们公司就做这项业务，把这单业务交给我做吧。他当即拒绝了。平时，和同事、朋友在一起聚会时骂得最多的是腐败，轮到自己了不能没原则，那不等于骂自己？

过了几天，与他一起负责购买电脑的同事告诉他已经订了货，让他晚上一起参加聚会。到了酒店，他才发现是自己的女友请客，他顶头上司、机关服务局一位副局长也来了。同事悄悄告诉他，那一百台手提电脑就是他女友公司供的货。他慌了，把女友拉到房间外，问她是不是做了手脚。她理直气壮地说，我是正常做业务，没沾你一点儿好处。要沾也是沾我爸的光。第三天晚上，女友给了他一张银行卡，叮嘱他悠着点花。周末，女友拉上他去购物，说到秋天了，要给他买几件换季穿的衣服。领受着女友家长式的关爱，站在试衣间的镜子前，他看着镜子里一身名牌的自己，突然生出一丝温暖的委屈，就像刚刚被打了一个耳光又得到一块糖的孩子。当晚，女友拉着他在浴室里一起洗了个鸳鸯澡。那天是他第一次在浴室的浴盆里做爱，不知是因为富有刺激性还是当时喝了点酒，竟然做了很长时间，直到女友喊着"受不了啦"，推开他爬起来。他又把女友抱到床上日弄了大半天。

有一天，肖辉在地铁里遇见曾在女友家做工的小阿姨。他问阿姨现在做什么？小阿姨大吃一惊，肖大哥你不知道吗？大姐让我学电脑学开车，将来好为你们提供更优质的服务。肖辉如坠云雾，满腹狐疑，回到家问女友有啥事儿瞒着他。女友这才实话实说，是她找到他的同事，接下了他单位购进一百台手提电脑的"单"，从中赚了点钱，给他的银行卡里存的就是赚的钱。肖辉没想到这里面别有门道，这不明摆着是在拿他的前途做赌注。他又气又急，指着女友的鼻子大骂，你这是害我你知道不？我奋斗到今天这个位置容易吗？女友反唇相讥，你混到现在算什么？不就一个连大饭店门都不敢进的小公务员吗？还以为上天了！肖辉气得结结巴巴地说：你再……再说一遍！女友说，再说怎么了？你就是出身低，没见识！

肖辉一拳打在女友脸上。女友在公司是管着几十个人的说一不二的老板，在家里，她是司局级官员的千金，哪里受过这种屈辱。鼻青脸肿的她捂着脸跳到茶几上张牙舞爪地骂，你个狼心狗肺的东西，你白吃白喝白睡凭什么。没有我，你能解决北京户口、进国家机关？就你那点收入，想住大房子，开小轿车，睡女人，做梦去吧。我还指望你仕途上能有发展，没想到越混越没出息，我没义务养你一辈子！肖辉被女友一席话说得无地自容，他收拾了一下自己的衣服，离开了那个豪华的家。

他一脚迈出公寓，两个赤裸着上身的农民工扛着行李从他面前走过，望着他们汗流浃背的身影，他忽然后悔了。他在附近一个酒吧坐下来，想了很长时间。如果现在他离开这个女友，出路只有两条，一是回十八里香河南村，他根本无法接受；一是自己租房子住，他的工资除了房租，什么也干不成。想到这里，他毅然决然地返了回去。女友听到开门的声音，赶忙在床上躺下，假装已经睡了。这让他有些恼火。我已经回来了，你还装。他掀开被子扑到她身上。她轻轻地打了他一拳，说你小心点，我已经有了……

一个月后，肖辉和那个女友举行了婚礼。

肖辉在海南出差时接到肖桂桂的电话，知道肖祥出了事。他忙完工作才赶回北京，上飞机时和宋肖新通了电话，让她在十八里香等他。下了飞机，他从机场打了辆车直奔十八里香。

一见肖辉回来，肖桂桂和宋肖新都哭了。他点上一支中华烟，神情严肃地说，姑姑，我给你说过无数遍，你那个工作收入低，占时间，辞掉不要做了，好好用心培养肖祥。让他和我一样考上大学再考上国家公务员，做个有头有脸的人。你那点工资我可以给你补上，你怎么就是不听不理。看看，现在出大事了吧。

肖桂桂听了肖辉这种居高临下的批评，哭得更加伤心。肖辉不但没有生出同情之心，反倒找到了一丝训人的满足感，在单位，在外面，甚至在家里，都是人家训他，他只有装孙子的份，被人训几乎成了他人生的一种方式，在十八里香，在对他恩同父母的姑姑面前，他终于找到了近乎成功人士的尊严。他站起身，倒背着手，在不到十平方米的屋子里踱了几步，然后又抽了几口烟，不耐烦地说，哭，哭，你就知道哭。从小我就听够了你的哭声，你这种农村妇女的习气啥时才能改掉啊！

宋肖新对肖辉这种态度很反感。肖辉婚后，关于他的一些传闻就不断在十八里香散布。说他上边没关系，从机关到了下属事业单位；说他住的是老婆的房，用的是老婆的钱，纯粹吃软饭；说他在十八里香老乡面前的威风是装的……李豫生的话就更难听，亏着没死皮赖脸嫁给他，嫁给他还不得在十八里香苦一辈子！宋肖新明显感觉到，以往那个温柔体贴、勤奋谦和的肖辉变了，他官当得不大，官场习气却没少学。她无法忍受他装腔作势的样子，"啪"一下打掉他手中的烟，愤怒地指着他说，你好好和姑姑说话。这是家里，不是官场。

肖辉和肖桂桂都愣了，谁都没想到宋肖新会突然大发脾气，做出这么粗鲁的举动。肖桂桂怕他两人冲突起来，忙过去劝宋肖新，肖新，你千万别生气。肖辉也是为弟弟的事情着急。肖祥摊上这样的事儿，全怪我这个当姑姑的没关照好。肖辉心里难受，想说啥就让他说去。

宋肖新见肖桂桂将一切责任都揽到自己身上，心里酸酸的。这十几年，肖桂桂为了两个侄儿奉献了全部的心血和青春，得到的却是责难和愧疚。她很为肖桂桂鸣不平，桂姑，你活了这么大总是为别人想，从来就不为自己想。要换成我是你，今天无论如何也得打这个没心没肺的侄子几巴掌。他有什么权力对你指手画脚，又有什么资格对你品头论足？你含辛茹苦供他哥俩读书，把他兄弟俩拉扯大，拖到三十多岁还没嫁人，为的是培养一个国家干部来教训你……

求求你别再说了。肖桂桂打断了宋肖新的话。

往事历历在目，被宋肖新一页页揭开。肖辉内心触动很大，他从来就没有考虑过姑姑的未来，她所做的牺牲和奉献似乎是天经地义，不用回报的。宋肖新当头棒喝点醒了他，他脸上有了歉疚。

肖桂桂说，说这些干啥，还不都是应该的？你们好，比我自己好还让我舒坦。我没有什么祈求。人怎么活都是一辈子。我最难受的是俺祥在里边受罪。他走的时候身上穿的衣服少，夜里天凉，他，他……说着，她双手合十朝菩萨像低下了头。

看着泪流满面的姑姑，肖辉有些心疼了，他渐渐地找回了那个在十八里香、在老家跟着姑姑奔生活的大男孩的感觉，十八里香的味道他是熟悉的，姑姑的泪水他也是熟悉的，这一刻他才惊愕地发现，自己竟有了那么大的改变。当着宋肖新的面他一时放不下架子，但已不再是居高临下的架子，轻轻地给姑姑擦了擦眼泪。他心里清楚汪光军儿子的伤残鉴定有问题。不过，他毕竟是大学毕业生，又在国家机关工作了几年，遇事不像宋肖新那样冲动。他既没把自己的判断说出来，说出来除了火上浇油，什么作用也起不到；他也没有发火，发火的人常常被人认为没修养，他是国家干部，不能没修养。他沉思了一会儿，说这事不能急，急了也没用，得找到根子，抓住要领！

宋肖新说根子就在汪光军，他是个五毒俱全的人，黑白两道都蹚得开。肖辉说你骂他是黑社会也好，是孬种也罢，末了，咱还得拿出证据来才能说话。眼下没有人肯出面作证，那找到张杰就是第一要务。肖桂桂说只怕张杰跑远了，他平时来找肖祥，不是发信息，就是在门口喊一声。人影都难见到一回。肖辉一拍脑袋瓜子，说我出差前在地铁里看见张杰和韩土改的闺女可可在一起，两人又搂又抱很是亲密。旁边有个老太太还感慨地说，这俩孩子才多大就搞对象?

　　宋肖新是个急性子，当即便提出去找韩可可。肖辉开始有些犹豫。他想，自己堂堂一个国家机关的干部，去求一个乳臭未干的女孩子，岂不是没有出息? 宋肖新一看他踌躇，马上急了，说肖祥的事你到底管不管。你不管就痛快点，我们不用你也照样救他! 话到这份上，肖辉只好跟着她上了车。

　　车子行驶了一会儿，肖辉的手机响了。打电话来的是他媳妇，她问肖辉回北京没有。肖辉说刚下飞机。她媳妇问，旁边怎么有个女的说话。肖辉解释说，是旁边的乘客在和人家老公通电话。他媳妇听了似信非信地说，姓肖的我告诉你，你要是在外边搞别的小姐，就别想再踏进这个门。

　　宋肖新想让肖辉调节一下心情，打开了车上的 CD。没想到肖辉的媳妇又把电话打过来。她听到音乐声大发雷霆，好你个肖辉，下了飞机家也不回跑歌厅去鬼混。怪不得人家都说现在的男人没有一个好东西。肖辉辩解说，我是在汽车上，这是汽车上的音乐声。说完就挂断了手机电话。他媳妇接着又打过来，骂了几句脏话后说，姓肖的你听清楚了。你要是敢再挂断我的电话，我把你孩子从窗口扔大街上去。你看我做不做得出来! 从现在起你不许给我挂电话，我就要听听你和哪个女人在一起。肖辉虽然气得浑身发抖，却不敢再挂电话。

　　他媳妇那边沉默片刻，突然提出一个要求: 你说老婆我爱你!

　　肖辉生气地说，一车人我怎么开得了口? 他媳妇不依不饶，这有什么难为情的? 我就要你说这句话。你要是不说，就说明你身边有别的女人。肖辉气愤地骂他媳妇是个疯子。我身边如果有别的女人能方便接你的电话吗? 他媳妇说，你必须照我说的去做。你要是不做，我就跟你没完。肖辉实在坚持不住，对着电话大声喊了一句: 老婆我他妈的爱你!

　　宋肖新被他这一举动惹得哈哈大笑，眼泪却止不住地流了出来。

　　肖辉把脸转向窗外，看着大街旁的高楼大厦，来往穿梭的车辆、行人，难过地说，我知道在你心目中，辉哥已不是昨天的辉哥。其实，我何尝不是也越来越认不清自己。当初以为娶了个北京媳妇，落上了北京户口，又有了孩子，有了一个完整的家，过上幸福生活了。事实上完全不是这样……

宋肖新想说什么，犹豫了一会儿，没有说出口。

肖辉长长地叹了口气，说到底，自己的灵魂还在漂泊。我觉得精神被挤压得快要破碎了，崩溃了。宋肖新的心震得疼了一下。她安慰他说，别想那么多了。咱十八里香的孩子中，你已经算不错的了。你就知足吧。

肖辉说我也想好了，部里再有到地方锻炼的机会，我就下去。

宋肖新愣了一下。她以为肖辉是在发牢骚，马上转移了话题说，想想见韩土改和可可怎么说吧。

第五章

一

　　韩可可家原来也住在十八里香。她爸爸韩土改和张杰的爸爸一样，都是建筑工地上的小工，干的活最累，挣的钱最少。她妈死得早，她爸既当爹又当妈地含辛茹苦拉扯她，爷俩过得极为窘困。可是，到了她读五年级那年，她爸韩土改突然一夜暴富，震惊了十八里香所有的乡亲。他在北京东三环买了一套市值一百多万的房子，彻底告别了十八里香低矮破旧的出租屋生活。他的暴富匪夷所思，超出了父老乡亲的合理想象。于是，关于他发家的传闻数不胜数。有人说，韩土改参加了一起偷盗银行的案子，分赃发了家，眼下还没暴露，被查出后早晚要吃枪子；还有人说，韩土改家的老宅年久失修，被暴雨淋塌，他翻修老屋时发现了祖辈埋藏的宝物，悄悄拿到北京卖了好几百万。后来，还是赵家仁道出了真相，说韩土改从小就跟一个算命先生学过算命，这两年又日夜研究琢磨，学会了奇门遁甲。"天眼"开启后，他日观天象，夜看星辰，替人相面算卦，特别灵验。他给一个房地产大老板看相，让老板逢凶化吉。老板为了表示感激，送了他几十万酬金，附带一套房子。老板还当起义务宣传员，到处推介韩土改的相面术，于是乎有想发财的老板、想升迁的官员纷纷上门求卦，韩土改财源滚滚，名声日隆，得了"韩大师"的雅号。李跃进开始不相信，是白日做梦吧？后来，他在去天大集团老板汪光军那里讨拖欠的工钱，亲眼看到挂在汪光军办公室醒目位置上的韩土改与汪光军、冯援朝的合影照片，才不得不相信。他情绪极度失落，仿佛所有的美好希冀都灰飞烟灭，喝得酩酊大醉跺着脚骂大街，骂天不长眼，地不开窍。骂完，他咧着大嘴号叫：世道咋就变成了这模样？咱辛辛苦苦在北京干了十几年，不如人家嘴皮动一动。老实人没活路，歪门邪道却吃香，我的娘啊，活着还有啥奔头。骂了，哭了，日子还要过，李跃进消沉了很多，也改变了很多。最明显的改变就是少了阳刚之气。

韩土改自从在一个月黑的晚上搬出十八里香，几年来再也没踏上那片土地。可可开始也被她爸逼着不和过去的小朋友接触。她进了高学费的贵族中学，以为就和过去的生活断绝了来往，没想到班里的富贵人家的小姐、公子哥儿还是把她当土妞、下里巴人，时常嘲讽挖苦她。

上初二的一天，班上一个女生去卫生间，洗手时才发现忘记了带手绢，可可好心地掏出自己的手绢给她用，不小心冒出一句土话，说用我的手捏子吧！那个女生大惊失色，哇，你是小北漂？那个女生回到教室，指着她告诉别的同学说，她是外来妹，还学着她说了几遍手捏子。她忍无可忍，和那个女生吵了几句。放学后，那个女生叫来男朋友，不分青红皂白扇了她几个耳光。

那天，她哭着找到张杰，让他替自己出头。张杰招呼了几个小兄弟，半路拦截那个男孩儿好一顿痛殴。那男孩儿并不是省油的灯，过了两天也纠集了几个人截住张杰暴打，用板砖打得张杰头破血流，还用刀划伤了他的脸，他不但没退，反而嘿嘿一笑，盯着那几个人死缠烂打，玩上了命。横的怕不要命的，那几个人毛了，提出和解，并愿意赔偿医药费。张杰抓了把土摁在伤口上，说老子不要你赔偿，你让你女朋友给我女朋友磕头赔礼，这事就算完。那个女生虽然没给可可磕头，但鞠了三个躬。从此，学校里再也没人敢欺负她。张杰在韩可可眼里俨然成了顶天立地的英雄。一个周末，韩土改跟汪光军乘飞机去海南看一块地的风水，韩可可打电话请张杰来家里玩儿。两人吃了烛光晚餐，喝了洋酒，晕晕乎乎就偷吃了禁果。身子给了张杰，心同样也给了他，她经常偷爸爸的钱给张杰买东西，T恤衫、墨镜、高档打火机、手机充值卡等。有时她参加张杰的一帮朋友聚会，主动掏钱买单。大家伙都夸她仗义疏财，是大姐大。她自比是《上海滩》里的冯程程，把张杰比作丁力，有时在电话中嗲声叫，阿力哥……

张杰在公用电话亭给可可打电话，说要去她家找她。可可吓了一跳，说我爸在家，来家里不方便。两人约在小区门口见面。可可跟父亲撒了个谎，说是买女孩子用的东西，韩土改也不好拦阻。可可溜到门外，在马路边与张杰见了面。张杰开口就说，哥最近手头有点儿紧，想跟你借点钱。可可很爽快，问他要多少？张杰说一万。可可吃了一惊，眉头紧蹙，说时间这么短，我哪儿弄一万块去。

张杰顿时不高兴了，英雄有难，美人不帮，这哪是江湖做派，忘恩负义嘛。他板着脸说，哥可是为你挨过刀子的，我脸上这道伤疤难道就不值一万块？平时豪气冲天的好汉这时看着有些瘆人，可可心里害怕了，嘴上却说，三百五百我能给你，一万呀！过几天中吗？她伸出三根手指头，三天！张杰斩钉截铁地说，不中！这是救命的钱。可可这才发现张杰满头大汗，衬衫的脖子周围都湿漉漉的，下身只穿了件短裤，与过去那个崇拜周润发饰演的小马哥、整日西装革履的张杰判若两人。她斗着胆子问了一句：哥，出啥事了？张杰说，我要救肖祥。他简单把肖祥被抓的经过说了一遍。

可可心惊肉跳地问他打算咋样救肖祥，不会是要去劫狱吧。那可是要吃枪子儿的。张杰不耐烦了，你一个小女生问那么多干啥，知道得越多对你越不好。你快给我找一万元钱，两天，就两天时间。

夜长梦多，张杰不敢久留，匆匆告别了可可。他一边走一边想，直想得头疼，才决定去天大花园。他在天大花园当保安的小兄弟周游胆子小，怕事，对张杰的到来有些恐慌，哥，这儿离你们家那儿只有几百米，你就不怕被发现？再说，这小区是姓汪的……

张杰没等他说完就扬扬手打断他的话，然后学着小马哥的样子，弹了弹烟灰，像个老江湖，说越是危险的地方越安全。我在你这儿住三天就够了。

到时候，我付你房钱和饭钱。你要是害怕我就走，从此咱们不是哥们儿。周游哪敢得罪张杰，犹豫了一会儿，把他带到自己和另一个保安同住的地下室里。那个保安休假回了老家，大概一周后才能回来。周游让张杰换上那个保安的衣服，再三叮嘱张杰不要随随便便外出，他说这个小区保安多，业主一般不会有人认出你。可保安之间都互相认识，别被人识破了。张杰拍拍周游的肩膀，让他尽管放心，然后说你帮我看看姓汪的家门牌号码，哥给你优厚报酬。

周游吓得目瞪口呆，老大，你想干吗？不会是想绑架汪老板的儿子吧？你现在已经犯了事，再犯事那可是罪加一等！

张杰满脸杀气，声音不高，却寒气逼人，咋啦？想去告发我？告诉你，要是警察来这儿把我抓走，我的兄弟能放过你？你别卖友求荣，到时连小命怎么丢的都不知道。

周游被震慑住，结结巴巴地说，老大，我是那种出卖朋友的人吗？我怕你在这儿名头太响，万一行动不慎被人认出举报了。你怪罪到兄弟我的头上，那……那我可就太冤枉了。张杰拍拍周游的肩膀，挺起胸膛说，放心吧，我会很小心的。十八里香河南村、东北村、安徽村咱的兄弟姐妹有几十号，见老大有难，他们都不会袖手旁观。

二

韩可可为了给张杰借那一万元钱，一天都没上学。她开始想过向父亲要，想了一夜也没想出个理由。一个中学生买什么东西要花费一万元钱？

韩土改在女儿身上舍得投入，送她上最好的学校，光初中三年的择校费就花了十几万元。她的外语课跟不上，韩土改花钱为她请了家教；她想学钢琴，韩土改给她买了一台名牌的……但是，韩土改从来不多给她零用钱。社会上有男人有钱就变坏之说，到了韩土改这里又多了一句女孩有钱不学好。所以，可可没有多少积蓄。这让她很不理解。你把钱放在那能生小的？

第二天一大早，她去学校的地铁里，心事重重，无精打采，反反复复想着怎样帮张杰借那一万元钱。她明白这一万元钱对于张杰来说非常非常重要。张杰现在的情形，就像电影电视剧里看过的逃犯。逃犯都是疲于奔命，东躲西藏，如果再没有钱，不去抢银行也会抢商铺，很有可能被警察当场击毙。砰，头上落下个血洞，身子晃晃倒下……多可怕啊！那是她不愿看到的。

韩可可同许多女孩子一样崇拜英雄豪杰式的男人。张杰身上有一股吸引她的男子汉气，或者说十足的匪气，平时张牙舞爪，动辄舞拳弄脚，让她觉得像个英雄。有首歌里唱道："想念你的笑……和你身上烟草味道……"她觉得很对她的心思。韩土改早就告诫她不要和十八里香的孩子来往，多次拿着户口本，故意拍得噼叭响，看看，你现在是北京人了，纯的，不掺假的，再和那些乡下的熊糕孩子来往掉价……但是，感情的转移并不是换件衣服那样简单。一个人一旦对另一个人产生了感情，在能够代替的新感情出现之前，想要放弃原来的感情非常困难，那个痛苦过程需要很长时间。她曾试图找一个喜欢的男孩子来代替张杰。她同年级有一个男生喜欢她，几次向她暗示过"那个意思"。可可和他一起看过电影、吃过饭，几乎每天都上网聊天，谈得非常投机，这一点让她兴奋。张杰上网不是玩游戏就是赌博，她骂张杰是农民意识。那个男生才是真正的都市男孩。

有一次，她爸爸出差外地，她一个人回家不想吃饭，打电话约那个男生陪她吃饭。那个男生说要睡觉了，末了说了一句，我凭什么这么晚出去陪你啊？让她心里很不爽。男人嘛，就应当对女孩子主动、亲热。不过，她没有记那个男孩子的仇。她真心想用他来代替张杰，结束和张杰危险的感情之旅。一个周末的晚上，她主动约那个男生去看电影。她已经做好了最坏的思想准备，她的最坏的准备就是看完电影那个男生提出去宾馆开房间，她不知自己到时候会不会拒绝。电影中有一个人物长得极像李跃进。韩可可脱口而出地说，这个人特像十八里香的一个爷爷！

那个男生吃惊地看着她，紧搂她的手松开了，目光咄咄逼人地看着她，问道：你刚才说什么？十八里香？她没打算向那个男生隐瞒。她说，我跟爸爸刚来北京时，在十八里香住过几年。

那个男生马上变了脸，话里带着嘲弄和不满。你爸爸是农民工吧？你们家是外来的？她觉得自己的人格受到了侮辱，理直气壮地对那个男生说，我也是北京户口。不信我明天把户口本拿给你看。

那个男生冷冷一笑：你没听人说三代改变不了本色？

她生气地转身离开了电影院，那个男生没有像她想象的那样出来追她。她在电影院大门外站了一个小时，直到电影散场，人们蜂拥而出，也没看见男生的身影。回到家里，她哭了很久。

这一次失恋对她打击很大。从此，她看见北京男孩就有一股怨气，一种敌意。自己虽然有了北京户口，可在那个土生土长的男生眼里，仍然是外地人。也许那个男孩说得对，人真是三代变不了本色，韩可可的骨子里，还是把自己当作外地人。比较起来，张杰对她理解、体贴、关心，可以说有求必应。不管学习上、生活上，在学校、在家里有了不舒心的事，她打个电话给张杰，张杰就会如约赶到。有一天爸爸到外地出差，她感冒发烧，浑身酸软无力。她夜里一点多钟给张杰打了个电话，张杰马上从十八里香赶来，二话没说，背上她咚咚往楼下跑。夜已太深，小区附近没有的士。张杰怕耽误了给她治病，竟然背着她跑了几里路。那个北京男孩，跟张杰根本就没法比。

昨晚见过张杰以后，她脑子里一片混乱，直到今天上了去学校的地铁，还在犹豫不决。不管怎样，张杰是她最要好的朋友，是她的初恋情人，曾经在她遇到困难的时候帮助过她。他在遇到危难的时候，她不能撒手不管。她漫无边际地走在大街上，脑子里想着的全是那一万元钱。她不时抬头看看天空，幻想着一张张钞票突然从天而降。看到街道旁边的银行，她又幻想着钞票像决了口的洪水一样，从银行的大门奔泻而出……她在大街上转悠到了中午，也没想出到哪里去找这一万元钱。不知不觉间，她走到了天大集团公司的楼下，一个计谋突然跳出来。我可以找汪总借钱啊！汪总对爸爸一直很敬重、很器重。可是，汪总会不会借钱给我呢？我又用什么理由向汪总开口借钱呢？对了，我可以说爸爸突然生病住进了医院，来不及去银行取现金，所以才来找汪总借钱。

汪光军对可可的话没有产生怀疑。他一直认为韩土改的女儿是个老实本分的农村女孩。他也产生过给韩土改打个电话核实一下的念头，但当即被自己否定了。如果韩土改有办法，不至于让女儿来公司借钱。自己打电话去核实，韩土改会认为自己不信任他？他当时就写了张条子，让财务给韩可可一万元现金。他不想去医院看韩土改，那样会有点儿过于隆重，就安排公司办公室的人代他去看望。他还专门交代要等到晚上再打电话。

可可拿到钱后兴奋不已，当即去十八里香找张杰。

三

可可去十八里香的路上，张杰正在地下室里约见几个哥们儿。这几个人有的比张杰大几岁，有的还在读书。最惹眼的是一个外号叫"小东北"的女孩。她具有东北女孩的特色，白皮肤，高个子，嗓门高，脾气暴。她平时胆大、勇猛，有几次打架，她持刀逞强，把对方几个男孩吓得屁滚尿流。因此，她深得张杰的宠爱，在这帮兄弟中有一定的号召力。这些在十八里香长大的孩子，家庭背景一样，经历一致，思想观念也惊人地相似，他们普遍看不到前途有什么光明。十八里香的外地人越聚越多，为了争工争利甚至摆摊、挤公交车、上茅房排队纠纷不断，地域性的帮派逐渐形成。大人如此，孩子也一样，在张杰年龄上下的圈子中，他是个核心人物。他把所遭受的冤枉和委屈添油加醋地说了一遍，绘声绘色，声情并茂，几个哥们儿听得义愤填膺，摩拳擦掌，共同表示愿为老大效犬马之劳。

"小东北"气鼓鼓地说，天大花园富人家的孩子欺负咱们是家常便饭。我早就看不惯他们牛皮哄哄的样子。那个叫汪天大的孙子上初一时开车在咱十八里香撞伤过人，后来他爹花钱摆平了。这回肯定又是他爹花钱找人搞的假鉴定，还不是为他那宝贝蛋儿子找回面子。他的脸是脸，咱的脸也是脸，尤其是杰哥的脸面，咱不能栽在他那里。

"小东北"一开口，其他哥们儿也争先恐后地表态，一致要找汪天大算账。孙泉提出了让他们都感到震惊的想法：他们让杰哥有家不能归，咱也让汪天大有家回不去。孙泉在张杰的洗车场打工，一天到晚地和张杰泡在一起。张杰喝酒他喝酒，张杰吃肉他吃肉。张杰一出事，他的损失首当其冲。

你是要绑架汪天大？"小东北"大吃一惊。

不行吗？你没那个胆子可以不参加。孙泉瞪了"小东北"一眼。

"小东北"没说话，神色的确有些紧张。绑架毕竟不是打架。不仅是她，就是张杰也很难下这个决心。他学着一些电影电视剧中黑社会老大的样子，拍了拍孙泉的肩膀说，兄弟，你的胆量哥们儿佩服。我想的是怎么能先让这孙子撤诉，把我祥哥放回来。用啥孬法都行。

汪光军是赫赫有名的大老板，什么样的方法能让他放弃起诉肖祥和张杰？他们一时又想不出办法。有的提出给姓汪的老板寄信，信中夹带着刀片。这主意被否定了。因为那样警察容易侦破。有的提出在姓汪的家门上扎把刀子，让姓汪的一出门就看见，他的心一虚就会撤诉。这个主意被张杰否了。张杰说这都是 20 世纪 30 年代的黑社会干的事情。现在是 21 世纪了，信息社会，能不能来点现代的。他这样一说，孙泉马上提出给汪老板发信息。张杰生气地骂了娘：你不怕警察查出来啊？还孙泉，你赶不上人家孙权一半的智慧，没文化的东西。就这个样子，以后怎么在北京混出个人模狗样来？

接下来几个人沉默了很长时间。最后还是"小东北"提了个建议：姓汪的父子不都是想要面子吗，咱就想办法让他们丢面子，而且是让他丢大面子。我愿意牺牲一次色相，让汪天大栽个大跟头。

"小东北"把她的设想说出来后，屋子里的人一致称赞说是个好法子，唯独张杰想了半天，有点儿犹豫：万一姓汪的再把你以陷害的名义抓了怎么办？"小东北"摇头说那不可能，两个人的事情，天知地知，他说我陷害我就陷害了啊？警察也不能只信他一个人的话。再说，社会同情弱者。我是个女孩子。我登高一哭，那还不是同情者如云。她说着，自己先笑了出声。

你要是外地妹子打扮，肯定不能让汪天大喜欢。这小子天生看不起外来人。他属于出国啃两年洋面包就不认中国老爹老娘那种王八蛋！孙泉说。

你要是未成年人的样子，姓汪的也不一定动你。"大别山"说。他的话没说完就被孙泉打断了。你这是老皇历了。你没看网上说有的老板喜欢无性经历者，专门给处女"开封"。"开封"的价钱老贵了。

"大别山"乐了，说你孙子是开封人，成天忘不了你老家。

"小东北"说，你们怎么都蠢得吓人？人是打扮出来的，现在的化妆术又高明，我化一下妆不就解决问题了。

张杰说化妆的钱不用愁。我给你五千元钱，你爱买什么买什么。不过，你千万不能让自己为难。

一个计谋就在十八里香的一间地下室里产生了。住在此楼最高层的汪光军和他儿子怎么也不会想到，那伙算计着报复他们的人，就躲在他们脚下的地下室里。

四

可可到了十八里香，用公用电话给张杰打了个电话。

张杰听见手机铃响，看了一眼来电显示，是十八里香附近的一个公用电话。北京的区域大，电话局多，每一个区域的电话号码数字都有顺序，看了第一个号码，就能判断出那个区域。张杰让那几个哥们儿在地下室里等他。他出了地下室才接听电话。一听是可可，他痛快地答应和她在垃圾站见面。

可可和张杰想不到的是，可可乘坐的出租车在十八里香一停下，就有人认出了她。这个人是肖祥的姑姑肖桂桂。

宋肖新和肖辉走后，肖桂桂去了趟公共厕所，回家的路上看到了可可。她想招呼，但一看可可东张西望，神情紧张，压根儿就没看见她，不由得产生了几分疑惑：可可的家早已不在这了，大晚上一个人来干吗呢？一个女孩子会不会出什么事情？她动了恻隐之心，悄无声息地跟在可可身后，想到关键时刻保护她。

可可在阴暗、狭窄的小巷里急忙走着，心里忐忑不安。十八里香外来人口聚集的地方有不少这种小巷。两边是一片片低矮的平房，是原村民临时搭建来出租给外来农民工的。这样的地方水、电、暖也都是临时通的，不在城市物业的管理和维修范围内，很少有人管。夏天的时候，污水在房子四周横溢，路很难走不说，没多远就有一堆垃圾，走过时要小心翼翼地绕行。小巷很远才有一个路灯，小巷里一片昏黄，阴气很重。一个女孩走在这样的环境中，不能不心惊胆战。她硬着头皮走到垃圾站，四下看了一眼，没看到张杰，心里有点儿不高兴。

其实，张杰就在垃圾站不远处一个小发廊门前。他之所以没在垃圾站等可可，是想看一看她是否被人跟踪。他平时喜欢看警匪片，学了些反侦察的知识，在这样的时期，警惕性就更高。垃圾中转站比较偏僻，加上天气热，散发出的味道熏人，来往的车辆、行人少，更没有人在那种地方驻足。他观察了一会儿，见可可身后没有可疑跟踪的人，这才放心地走到可可身边。可可看见张杰，刚要发牢骚，突然发现他瘦了一些，头发也有些蓬乱，于是心又软了：你怎么也不注意点形象就出来，让人一看就像个逃犯。她说着，用手把张杰的头发抚了几抚。张杰从可可手里接过钱，一手朝衣兜里塞，一手把可可拉到怀里。这一场景，被不远处的肖桂桂看在眼里。她下意识地把脸扭向一边，心想这些孩子年纪轻轻就恋爱，不耽误学习才怪呢！等到她再转过脸看时，张杰和韩可可已经不见踪影。她朝前走了一段，才看见可可一个人站在路边在拦截出租车。她想走过去与可可打招呼，但可可已经上了出租车。她后悔莫及地揪了揪自己的头发。你真是个糊涂蛋，怎么不把张杰拉着呢？她看着可可乘坐的出租车远去后，一口气跑到李跃进家，想跟他讨主意。

李跃进住在过去一家国有工厂职工宿舍的筒子楼，跟十八里香大多数外来务工人员相比，条件算相当好的。宋肖新过去常来，不止一次对李豫生说，我家什么时候能住这样的房子我就知足了！李跃进住两居室，面积很小，房子里没有卫生间和厨房。家家户户在自己门前用砖头块垒起半人高的墙，作为厨房。李跃进的妻子在一家医院做护工，经常上夜班。他正在厨房做饭。李京生一见肖桂桂，亲热地上前挽着她的胳膊。李跃进和妻子住外间，李京生过去和李豫生住里间，李豫生搬走以后，就她自己住。她把肖桂桂直接拉到自己的房间里，又神神秘秘地关上门，愤愤不平地说，我们打工子弟学校的同学说，那个北京孩子欺负咱们，咱们不能饶了他们。有不少同学要联名给市长伯伯写信，要求他主持公道。桂姑姑您不用担心。

肖桂桂感动得把李京生抱在怀里。

李跃进端着饭锅进屋，看见肖桂桂感到有点儿惊奇。他打发李京生回屋写作业，然后才问，是不是又出了什么事了？

肖桂桂直截了当地告诉李跃进，她见到张杰和可可了。她说我估摸着张杰没走远，就在十八里香哪个地方猫着呢。然后又抱怨自己，看看我这猪脑子，一着急就乱，怎么就没看清他去了哪里呢！

李跃进点了支烟，抽了大半截才沉吟着说，这事儿先别告诉任何人，包括张刚那小子。他是个急性子，又没脑子，万一冲动起来钻窟窿打洞找他兄弟，还不把咱这儿搞个鸡犬不宁。

李跃进随着年龄的增长，火性越来越弱，凡事主张息事宁人。在外来人口与本地人发生冲突时，他是和稀泥派的代表，总说强龙压不过地头蛇，未战先退。一些血气方刚的青壮年对他意见很大，背地里骂他是吃里爬外的"王八"。肖桂桂也说不清他这种处世方式是否好，原来她一直认为李跃进做事是对的。现在，她听了李跃进的话，心里却有了一种很不舒服的感觉。究竟为什么不舒服，她也说不清。

李跃进见肖桂桂不说话，猜出她对自己的话有疑问，接着说，你不要多想，我也为肖祥那孩子的事着急。今天我跑了两趟居委会和派出所，他们说正在调查，不能着急。肖桂桂问李跃进找没找李豫生。豫生那孩子死活不愿为祥作证，我听了这心跟刀剜一样疼。豫生也是咱这地方长大的孩子，对俺祥就像对自己亲兄弟。她这个时候不帮咱自己还能帮别人吗？

李跃进压根儿就不想给李豫生压力。他猜女儿那样做肯定有难处。他的身体由于年轻时干活拼命，透支太大，身体每况愈下。工地上重活不能干了，开建材商店赔了本，摆地摊又拉不下面子，所以讨了个协理员的工作，每月拿一点儿补助金。家里需要支出的大钱像李京生的学费，他和媳妇看病的医药费，乡亲之间的红白事份钱等，都是从李豫生那里拿。经济地位降低了，他的脾气也小了很多，甚至有些畏惧大女儿。不过，李跃进还是对肖桂桂撒了个谎：我给豫生打过电话，她说祥和人打架前边个就走了，啥也没看见。

在里屋写作业的李京生坐不住了，跑出来拉着李跃进的手说，姐姐撒谎。那天她明明看见了。她还为肖祥哥哥打抱不平，说肖祥哥哥太老实、软弱，要是换了她，她会让张杰哥哥狠狠揍那个北京孩子一顿。又说，我姐不讲义气，变卦了。

李京生这一番话，说得肖桂桂怒火中烧，不高兴地白了李跃进一眼。李跃进对小女儿戳破面子很恼火，抄起门后的扫帚就要打李京生，嘴里骂道，没规矩的东西，大人说话你乱插什么嘴。你姐啥时说这些了？她要是真看见了，还不告诉我和你桂姑？李京生一边躲到肖桂桂身后，一边委屈地争辩说，我姐就坐在我床沿上说的，她还用我的小镜子补妆。你和我妈都在。我妈让我今后见了北京孩子躲远一点儿。我妈说见着红眼珠看外地人的人就跑。

李跃进挥着扫帚，眼看要打到李京生身上，肖桂桂上前一把夺下，愤怒地瞪了他一眼，把扫帚狠狠地掷在地上，转身走了。走出很远，她才哭出了声。她第一次为自己和李跃进多年不清不白的关系感到悔恨不已。

肖桂桂的哥哥去世后，嫂子冯萍萍改嫁，留下肖辉和肖祥两个没成年的孩子。她在哥哥的坟前发誓，一定要把两个侄子带大。那时，她还是个十八岁的黄花闺女。话是这样说了，可真正做起来太难。她一个姑娘家又当爹又当妈，忙完地里的活又忙家里的活，身心俱疲。光靠着几亩地产的那点粮食，根本就卖不了多少钱。肖辉上学需要钱，爹妈治病需要钱。她常常背地里偷偷地哭。但是，在肖辉哥弟俩面前，她从来都是满脸笑容，不想让生活的负担在孩子心中留下阴影。

两年后，肖桂桂的爹娘也先后去世。肖辉突然生了病，到医院诊断的结果是肝病，需要住院治疗。她一时拿不出这笔钱，愁得直哭。这个时候，在北京打工的李跃进回村办事，听到这个消息后，二话没说拿来了一千元钱，让肖辉住进医院。肖辉病好后，李跃进来家看望时，提出让肖桂桂带两个侄子跟他去北京。李跃进说得很诚恳：你一个大姑娘家带着两个孩子，又当爹又当妈就不容易，要挣钱就更难。到北京打工，好歹每月能拿到几百元现金，比在家里种地轻松。再说，肖祥的亲妈也在北京，多少可以接济他，减轻点你的压力。

肖桂桂开始不太同意，但是肖辉听说要去北京非常高兴。肖祥有肖辉的怂恿，也哭着要回北京。这样，肖桂桂带着两个侄子跟着李跃进到了北京十八里香。刚到北京找工作并不容易。李跃进让自己妻子把超市服务员的工作让给她做。李跃进的妻子是个很本分、重情义的女人，没有任何怨言地把工作让给了她。两个月后的一个风雨交加的晚上，肖桂桂下班回家的路上，遇到了去接她的李跃进。李跃进说是担心下雨天她一个人走路害怕遇见坏人。她感动得流下泪水：跃进哥，你对俺和肖辉、肖祥的大恩大德，我是没办法回报了。等两个孩子长大，不管他们干啥，我都得教他们把你当爹一样孝敬。李跃进生气地说你这是什么话？难道我就是为了让那两个没爹的孩子回报吗？

雨越下越大，他俩为了避雨躲到附近一个建筑工地里。见工棚里没人，李跃进把她拉了进去。刚一进屋，李跃进突然变了脸，疯狂地把她抱在了怀里……

过去，她总认为李跃进在自己最困难最无助的时候帮了她，而且对她是真好。冯萍萍等人早就劝她找个男人嫁了。她还对她们产生过不满，认为她们想拆散她和李跃进。她抱定的想法是李跃进什么时候离婚了，她就嫁给李跃进。李跃进不离婚，她就一直等下去。她甚至还不止一次地给李跃进提过，想和他生个孩子。李跃进不同意，说我大小是个干部，那样做影响不好。十八里香的河南老乡中，对她和李跃进背后没少了评头论足。她从来不往心里去。她觉得自己和李跃进是真心真意相爱，没有什么见不得人。今天，因为肖祥的事，她终于认清了自己用心爱着的男人的嘴脸，眼泪一多半流进了肚子里！同时，也后悔今晚走错了门。一棵依赖了十年的大树轰然倒地，十年了，一个女人就这样跟了你十年，关键时刻你却不能像个爷们儿那样挺身而出为她做主。

肖桂桂回到家，饭也没吃，关上手机就躺下了。她一会儿想李跃进，一会儿想肖祥，又想到自己的命运，边想边流泪，不大会儿工夫枕巾和头发都湿了。

忽然，她听见窗户玻璃响了两声。这是她过去和李跃进约会的信号。她每一次听见那两声响，心就"怦怦"乱跳。有了手机后，李跃进约她改为发信息，时间、地点说得很清楚。她一般不回信息，一条信息一毛钱，对她来说挺贵的。物价涨得快，挣的钱跟不上物价的飞毛腿。

可是，今天听了这两声响动，她心里却只有厌恶和恐惧。等到玻璃上又响了两声，她突然从床上坐起身，对着外边说，你要再敲我家的玻璃，我就喊抓流氓！

她的话音刚落，就听见一阵急匆匆的脚步声从窗户下走了，很快消失在小巷深处。她的泪水再一次夺眶而出。

第六章

一

十八里香两个后生突然造访，让韩土改着实吃了一惊。他眯缝着眼睛盯着两个十八里香的晚辈足足半分钟，表面上却不动声色。然后不紧不慢地沏茶、削苹果，嘴上也顺便唠着家常。肖新你妈这会儿还上班吗？你小弟弟今年也该上中学了吧？肖辉你姑不容易，一个十七八岁的大闺女带着你哥儿俩一过就是十几年。眼下这世道像你姑这样的好女人打着灯笼也难找了。我给一个领导说过，十八里香有个叫肖桂桂的女人那才是道德模范，只知道奉献，不懂得伸手。他一句没说俺们十八里香，这让肖辉和宋肖新都觉得新奇。

宋肖新四下瞅瞅，没看到韩可可。她正琢磨怎样开口才不会引起老奸巨猾的韩土改怀疑，突然看见大厅放着的一架钢琴。她走过去，弹了一首曲子，随着音乐的旋律，心里渐渐平静下来。她对韩土改说这琴不错，是不是可可用的？她的琴弹得怎样了？

韩土改叹了口气，如今这些熊孩子缺少耐性，学什么东西都是一阵风，刚学几天就刮得没影没踪。为了让我家丫头学弹琴，我没少了掏腰包。她倒好，学了没几天就搁这儿当摆设了。

宋肖新说你不能怪她，现在孩子的学习也太紧张了。你看他们的书包，我提都费劲。接着，她自然而然地把话题转到了可可身上，可可呢，怎么没看见她，是不是又去补课了？

韩土改说一天没见她人影，也不知给她老子打个电话，谁知道弄熊去了，不想当老子的一会会儿都牵挂着。白（北）京这熊地那么大……唉！韩土改一边回答一边偷偷地观察着宋肖新和肖辉，瞟一眼他，又瞟一眼她，目光里充满了疑惑。

宋肖新故意想了一想，突然问道：会不会回十八里香去找过去的小朋友玩？我听说她经常和小朋友在老孙家饭店吃饭。

说到十八里香，一下子触碰了韩土改敏感的神经，他连说瞎扯瞎扯。我从来没听她说去过那熊地。再说，她还是一个啥都不懂的小屁孩，懂得交什么朋友！他盯着宋肖新，小心地问你们找我有什么事吧？是不是十八里香的事？我可是发过毒誓，永远不和那熊地的人打交道。那熊地的人患红眼病。别的地方人是你好我要和你赛，得比你更好，那熊地的人是不能看别人比自己好，看谁比自己好就想方设法背后捅一刀。说完，又赶紧补充一句：呵呵，你们剐苹果呀！

肖辉从在沙发上坐下就跷着二郎腿，一副居高临下的样子。他笑着说大叔这话不大中听。咱十八里香的人都很敬佩你，说你是叔叔辈最先致富的，而且靠的是智慧，不像他们累死累活出了半辈子牛马力，到现在在北京还没有自己的立足之地！

韩土改听出肖辉的话中带着讽刺。他当然不会发火，韩土改不是一般人，不会在嘴上争高低，和这两个晚辈计较显得自己也没水平。他还是笑呵呵的，只是削苹果的刀子停了下来。

宋肖新沉吟片刻。她从韩土改躲躲闪闪的神情，猜出他可能知道肖祥和张杰的事，笑着把话题转到请韩土改看相上，韩叔叔，我听说您把《易经》研究得滚瓜烂熟，人家都称您大师。我还真想请教您，我未来的公公最近身体不太好，您帮着看一看他有没有大病？她笑容可掬，尽力不让韩土改从自己的神情中看出破绽。人的笑容是最好的伪装，常常能把心里的真实想法掩盖起来。尤其是女孩子笑起来的时候，不仅很难让人看得清内心世界，说不定还会让人意乱情迷。

果然，韩土改觉得宋肖新是真诚的，就拿出一张白纸和一支铅笔，像模像样地戴上老花眼镜。你先说说你公公婆婆的名字和生辰八字吧。你老公，噢，说你男朋友的生辰八字也行。

宋肖新按照韩土改的要求，把冯功铭的出生日期写在了那张白纸上。韩土改从老花镜的上方翻着眼睛看了看宋肖新，哦，你老公可比你大不少，老话说，男大过十，待妻若父，你有福啊！然后用笔在纸上像做算术题那样反复计算了几遍，边算边说，你公公是白（北）京的一个官。他手里权力很大，帮你弄一个白（北）京户口，再安排个好工作易如反掌。所以呀丫头，你不能太憨熊。

韩土改的话让宋肖新懊恼。"北京户口"是她绷得最紧的一根弦，轻轻一拨就轰然作响。她恨不得现在就到冯功铭面前，质问他为什么不帮她解决北京户口。不解决她的，也应当解决肖祥的。如果肖祥是北京户口，那就不会出现因户口不能继续在北京读书而懊恼，到酒店喝酒和别人打架的事。现在看来，冯功铭是有能力办，就是拖着不给她办，如果不将他一军，他就没有危机感。韩土改看宋肖新走了神，就又掐指算了一会儿，安慰她不要急躁，最迟在今年内她的北京户口就能解决。韩土改期待着自己测算的结果能在宋肖新的脸上绽放出满意的微笑，可是没有，宋肖新似乎对他的测算并不信任，最多只当是一句吉言。

韩土改又把注意力转到肖辉身上，见肖辉一直没说话，知道他心中也有事，转过脸对肖辉说，大侄子，你是咱十八里香孩子中最先有出息的。你想让大叔帮你看什么就直接提出来。我知道你是大学生，不信这玩意儿。不过没有关系，我说的仅供你参考。

肖辉说我想看看我弟弟的命运，不知大叔能否如实相告？他说着报出了肖祥的出生日期。

韩土改又用笔在纸上计算了一会儿，神情变得有些惊慌，我说出来你也别有啥想法，更不能对你姑姑说实话。从你弟弟的生辰八字来看，他这一两年内有一劫，比方说考学、和人剜架。你让他小心点儿。外地人来到白（北）京算是后娘生的，啥事都别谝熊能，多点眼力见儿。

肖辉听了韩土改的话，先是惊奇，接着是佩服，不由得放下二郎腿，向韩土改弯下身子。他在机关里常听同事议论，某某部长出差先找大师给选个吉利日子，某某司长找儿媳妇也让大师给看八字……他听了都觉得好笑。可是听了韩土改的话，他有点儿疑惑了。如果说今后的事情自己不知道，他说出来带有凭空捏造的成分。可过去的事情他说得那么准，凭的又是什么呢？他和宋肖新自进门到现在，两人谁也没提肖祥的事情，韩土改难道事前知道了……但是，他马上又想到一个问题：韩土改能预测别人的命运，怎么没有预测出他自己的命运？他女儿在哪里、做什么，他就一丁点儿不知道。

韩土改看出了肖辉的疑惑。他早就准备了现成的台词，长叹一声：唉，不平呀！干你韩叔这行的，上看天，下看地，中间看世上百态之人，唯独不能看自己，这是天意，要是每个像你韩叔这样的人都能为自己谋划前程，这世上总统主席大老板就非我们莫属了。天意呀！

肖辉心里有事，只好似是而非地点头应和。

宋肖新沉不住气了，决定单刀直入，韩大，你家女儿是不是和张杰来往多些啊？她怕韩土改想不起张杰，又补充说就那个会几套拳脚、打架不要命的张家的老二。她这一问题提得既十分突然又十分尖锐。韩土改脸上的笑容瞬间即逝，鼻子上架着的老花镜也向下滑动了一些。不过，他很快就从惊讶中走出来，用手抹了一下嘴巴，变成了一副平和的笑脸。我从来没听可可说过姓张的熊小子。她现在知道上进，不会与十八里香那些吃屎的熊孩子来往。说完，他仿佛意识到了什么，转过脸看着宋肖新，认真地问道：你们是不是来找我家可可的？

宋肖新见到了这个份上再隐瞒下去不好，就直截了当地把她和肖辉的来意向韩土改挑明了。她说这也是瞎猫碰死老鼠，其实也没听说可可和张杰有什么特殊关系，只是有人看见他们二人最近有过接触。所以想来问一问可可这一两天见没见到过张杰。

韩土改好像又是有先知先觉，拿起刚才给肖祥算命的那张纸，在上边涂了几笔说，按你大爷我的推算，能帮肖祥的先生的姓前边带两点水，水能消火，火消了灾也就消了！

宋肖新早已坐不住，起身告辞。

其实，韩土改知道肖祥被抓的事，但是不知道女儿和张杰有来往。宋肖新和肖辉走后，他在屋子里一边转圈一边给女儿的手机打电话，连续拨了几次都没人接。他长长叹息一声，一屁股坐在沙发上，两手并用搓起脚气来。

二

韩土改出生那年，家乡刚刚解放，正在斗地主分田地。他家也分到了几亩土地，高兴异常的父亲给他取了个名字叫土改。他记事的时候，那几亩土地已经入了社。在他长个子的年龄，家里接二连三发生灾祸，父亲因病去世，母亲改嫁他乡，只剩下他和双目失明的老奶奶。好年景的时候，他和奶奶的口粮粗细搭配着一天能吃两顿，到了年景不好的时候，他拿着一根棍子拉着瞎奶奶四乡乞讨度日。

十五岁那年瞎奶奶也撒手走了。他家里土改时分的两间房子因为年久失修，在一个风雨交加的晚上轰然倒塌。这样，他一直到二十七八岁都没有房子，夏天在村街上铺张席子当床，冬天就钻进生产队的牛草棚子里过夜。村里有人在一天半夜看见他撅着腚趴在老母牛后屁股上……不过，没有人抓住他的手腕子，所以也只是个传说。他没上过一天学，后来在扫盲班里认识了一些字。由于从小挨饿，个子总也长不高，加上家里穷，一直到三十多还没讨上媳妇。改革开放以后，村里搞了土地承包。他一个人不愿守着半亩多地，于是离开了家乡，先是在县城干点小工，几年时间挣下了两千元钱，然后用这两千元钱从人贩子手里买了个四川媳妇，婚后生下个女孩，那年他已经过四十岁了。女儿五岁那年，他在采石场打工的媳妇被塌方埋住，挖了一天才挖出来，人已经硬了。韩土改埋了媳妇，带着女儿到了北京，投奔李跃进的建筑队。

人的命运转折有时如潮水一样。他怎么也想不到自己会突然时来运转。那天，他在旧货市场闲逛，发现书摊上有一本算命术的书，一看定价是两元钱，又心疼地放下了。他小时候跟着瞎奶奶四处乞讨时，曾和一个老瞎子为伴，那个老瞎子到了人生地不熟的村里就给人算命，常常能换得半个窝头一碗稀饭。奶奶告诉他不要学那东西，都是骗人的把戏。可是在韩土改眼里，老瞎子那算命是吃饭的手艺，勉强能活一条命，就悄悄地偷着学。韩土改觉得旧货市场那本两元钱的书，是上天送到他面前的。于是，走了半里地以后，他又折回身把那本书买了下来。他心想，这本算命的书跟自己有着丝丝缕缕的缘分，或是他命里就该吃这碗饭，几十年前老瞎子算命能把肚子填个半饱，韩土改要是在北京算命，也一定能把自己的女儿养大成人。

韩土改虽没什么文化，人也长得猥琐，但却有着极高的悟性。他深知书是死的，人是活的，要想吃这碗饭，重要的是琢磨人。凭着打小走村串户跟着老瞎子练就的童子功，凭着这么多年小心翼翼活命的经验，韩土改迅速地将书上似是而非的文字吃到了肚子里，几乎是一夜之间就变成了飘飘忽忽的半个仙人了。不过，住在十八里香的他的那些老哥们儿好像有个约定一样，都不信他会看相。有好几回，他在工地上偷偷给人看相，被李跃进撞见了大骂一通。李跃进说韩土改你别在我的工地上装神弄鬼，偷懒耍奸。你要真有这熊本事，还是先看看你自己怎么发财吧！

一天，他带着可可到天安门玩儿。可可死活要看降旗仪式，等到看完了降旗仪式到了公交车站时，天已经黑了下来。可可看到地上有废纸，弯腰捡起投到垃圾桶里。恰在这时一辆黑色宝马车从人行道上驶过来，幸亏他出手及时把女儿抱了回来，否则就被车撞上。车上坐着一个微胖的中年男人，从车窗伸出头，不仅不赔礼道歉，还骂了他一句：丫想死滚回你老家去死！

韩土改看着吓得惊慌失措的女儿，强压着怒气还了一句：咱俩有一个想死的，你的车开不出三百米就得撞破头。

他抱着脸色苍白的女儿刚登上公交车，那个已经走了老远的胖子一溜小跑回来了。他吓得面如土色，浑身颤抖，一只手紧紧地抱着女儿，另一只手抓紧了车上的扶手，生怕那个胖子把他拉下车。没想到胖子笑逐颜开地向他赔礼道歉，说是请他和女儿到旁边一家西餐馆坐坐。他满怀疑虑跟着胖子进了西餐馆。刚刚坐下，胖子就给了他一个装着钱的信封。大师，你的话特别灵验。我这车还真没开出三百米就撞到了护栏上。我今天算遇见高人了。你不要生气，咱交个朋友。

韩土改一边暗暗窃喜，一边想着如何对付胖子。就在这时候，胖子一连接了两个电话，是说一块地皮的事。韩土改知道胖子提到的那地方，心中有了数。胖子再让他算运程时，他让胖子写下生辰八字，在纸上划了几下，说你是盖楼的。胖子惊奇地睁大眼睛，叫道：哎哟我的妈，你真神了。你看看我最近在什么位置拿块地皮好？韩土改又算了一阵，果断地拍了下大腿说，从风水看，东三环外那一块拿到手就赚一大把钱。胖子连连点头称是，说神了，你真神了。我哥们儿真给我选了块东三环的地皮，我正琢磨不准，现在就听你的。

那天晚上回到家中，他打开信封，见里边装着两千元钱。他一遍一遍地反复清点了十多遍，临睡前又数了一遍。两千块钱对他韩土改不是个小数，当年他两千块钱买回了活蹦乱跳的四川媳妇，四川媳妇又给他生下了活蹦乱跳的女儿，两千块钱改变了他的半生。到北京打工几年，别说一次领到两千块，就是半年下来，能拿到两千块钱现金也谢天谢地了。晚上睡觉的时候，他把那两千元钱用旧报纸包好，外边又加了一个塑料袋，然后小心翼翼地放在枕头下边。

这一夜，他翻来覆去睡不踏实，半夜里几次起来去看枕头下装钱的塑料袋。晚上吃的西餐他不习惯，到了夜里闹肚子，必须得到大公共厕所去。这下让他犯了难。那个装钱的塑料包带不带在身上？不带身上放在家里吧，万一有小偷进来怎么办？带在身上吧，万一掉进茅坑里还得钻进去捞。他想了半天，最后放在了可可的身底下。

从此，韩土改更加用心地钻研起那本相面术来。一个月后，那个胖子约他吃饭时告诉他，按照他的建议拿下了东三环外的那块地，一转手就赚了八千多万。韩土改心里翻江倒海，脸上却很平静，说水流年转，今年好风水转到你家了。不过，你也得破点费，给你那个帮你拿地的哥哥分一点儿。胖子点点头：这你就放心吧。我从来没亏过哥们儿。说完，胖子由衷赞叹：你真够神的，我服了。这样吧，我送你一套房子。你看看还有什么要求，我能满足的全都满足你。今后，你就做我公司顾问，年薪二十万！胖老板说出了他的名字，天大房地产集团董事长汪光军。

韩土改经常从天大花园门前过，别说迈脚进去，看都不敢正眼看一眼。突然之间自己的名字和那个富豪连在一起，他激动得心都要跳出胸腔。他看了一眼女儿，然后尽可能地像一个见过世面见过钱的绅士，慢吞吞地说：老板，命里没有我不会强求，我老韩命里就该遇到你这个贵人，我没啥要求了。我的丫头还小，今后想在白（北）京念书。你能不能帮着办一个白（北）京户口？汪光军哈哈一笑说，这有什么难的。我先给你把房子落实，再办户口。

韩土改住进新房后，有人给他提亲，他没有同意。他从一些地摊上的小报上看到，一部分富人主张"喝牛奶不需要养奶牛"，就是说不能找一个"专业"的情人，也没必要找一个半路的夫妻，让她盼着跟你分手盼着你死好分割你的财产。他每个月到街头的发屋去两次，花一百元钱和发廊妹做一次爱，既得到了性欲满足，又不惹任何麻烦，在女儿的印象中自己是个负责任、重情感、有爱心的好父亲。他的最大愿望是让女儿能读大学，大学毕业后在北京成家立业。他没有想到初中还没毕业的女儿背着他在外面交了男朋友，而且是和十八里香的一个穷孩子、坏孩子。这让他大为恼火。

就在韩土改心烦意乱生气的时候，汪光军的秘书打来电话，韩老，汪总今晚有应酬，多喝了几杯酒。他让我代表他去医院看望您。不知您老住在哪家医院。汪光军让天大集团的员工尊称韩土改为韩老，为的是显示他的地位。

韩土改大惑不解：我没有生病，住哪门子医院啊？到了这把年龄，他最怕"生病"和"医院"几个字，所以对汪光军秘书的话非常恼火。

汪光军的秘书也惊奇。可可今天下午到公司来，哭哭啼啼地说您老突然生病住进了医院，要从公司借现金，汪总给了她一万元……

韩土改一听知道坏菜了，女儿是不是鬼迷心窍跟那个叫张杰的小混混私奔了。他心口一阵绞痛，大叫一声，吐出一口鲜血。

三

肖祥被刑拘后，汪光军觉得心里宽慰、舒坦了不少。他按照高律师的嘱咐，要送汪天大去那家做鉴定的医院住院。汪天大自然是不愿去，汪光军连说带哄，最后答应给儿子换一副进口的高尔夫球杆，汪天大才答应。他住的是一个人住的高干病房，空空荡荡。他打电话约来一个叫小松的男孩和一个叫晶晶的女孩，在病房里玩了会儿牌。一圈没完，他就不耐烦了，出牌时不时出错，还反过来骂小松与他配合得不默契。你脑子不是进水了，是进酒了。

小松知道汪天大的心事，迎合他说天哥咱去打球吧！汪天大高兴了。走，我的手早跑到球场上去啦。晶晶小心地问要不要给你爸说一声？汪天大理也没理，换了衣服鞋子就开车去了高尔夫球场。

有人说高尔夫球是绿色鸦片，意思是说那种环境太诱惑人，一旦爱上了那种运动会上瘾。汪天大六七岁时就跟着汪光军去球场打球，十三岁时球技已相当高，曾经拿过地区少年高尔夫球赛的冠军。这两年，他和几个富家子弟也玩上了赌球。原本对打高尔夫球就有瘾，再加上赌球这一新的更具刺激性的项目，他几乎每天必上球场。学校有课的时候，他就放学以后去。十八里香高尔夫球场是灯光球场，汪光军为了给儿子提供方便，花了十万元给他办了张钻石卡。汪天大从医院出去后，医生护士都感到莫明其妙：活蹦乱跳的人，没看出脑震荡的迹象，还不让给做检查，这是什么事啊？

汪天大的行踪很快就让张杰侦察到了。俗话说得好，"有心的算计无心的"，有心算计你了，你十有八九跑不掉。"小东北"听了高兴地说，这下好办了，我可以到球场陪姓汪的兔崽子打球。孙泉嘲笑"小东北"，就你还打高尔夫球？"小东北"不服气地朝他面前一站，怎么着，就姐们儿这体操运动员的体型、电影演员的脸蛋，那个小流氓见了不上钩才怪呢！再说，我刚学打高尔夫球，才更好接近他。

张杰同意"小东北"的意见，他说你明天找个机会可以先去球场打打练习。我去过高尔夫球场，好多初学的人在那儿打练习。说完，他拿出可可送来的钱，开始"按劳分配"："小东北"五千元，孙泉和"大别山"每人一千元，其他两个负责收集信息的每人三百元。最后，他阴着脸强调，谁要是出卖了哥们儿，别怪哥下手太重！

那几个小哥们儿见他拿到一万元钱，个个佩服得五体投地。一万块钱，这帮穷小子只听说过，也见别人拿过，可是自己从来没摸过。沉甸甸的一叠百元大钞，像接力棒一样，在每个人的手上传递，那份沉实的分量立马就刻在了心上。

分完工发了钱，张杰让"小东北"和孙泉留下，其他人先走。他交代他们分别从东西两个出口出去。如果有人问起，不要理睬。那些保安欺软怕硬，你越横他越认定你是小区业主，不会去干涉你。

就剩下"小东北"和孙泉，他上上下下打量着"小东北"，目光有些疑惑和不安。"小东北"奇怪地问，哥，怎么啦？你不相信我？张杰拍了拍她的肩膀，不是不相信，是担心。你无论如何也不能让姓汪的占你的便宜。不然你就毁了。

"小东北"胸有成竹地说，我有办法，哥你就放心吧。说完，她突然给了张杰一个亲吻。张杰抚摸着她亲过的地方，放在鼻子前闻了闻，说真香，还有奶气呢！说着，抱了抱她。

"小东北"和孙泉走后，张杰朝床上仰面一躺，深深地吸了一口气，是该出口恶气的时候了。老子要把十八里香闹个底朝天。

张杰并不是生来就叛逆。小时候，他还是个很听话、很上进的好孩子。在他老家的学校，从一年级开始，教室里就摆放着两只碗，一碗能当镜子用的清水，一碗黄泥汤。老师经常指着告诉他们，好好读书，考上大学，走出咱这山沟，一辈子就喝清水，不然在家撸牛尾巴，喝一辈子黄汤。他和许多乡下孩子一样，认定考学是唯一出路。他学习非常刻苦，成绩在全年级名列榜首。爷爷离开了人世后，奶奶被邻村的姑姑接走。他和哥哥跟爸爸到了北京。他没想到爸爸妈妈在十八里香住着一间简陋的平房，还不及家中宽敞。这一夜他睡不着觉，绞尽脑汁也想不明白，为什么爸爸妈妈要千里迢迢到北京来，干着比种地还累还脏的活，住的却是狗窝似的窝棚。他对北京隐隐约约产生了一点儿不满。

打工子弟学校聘不起高薪教师，大都是从应届的大中专学生中聘来的临时落脚的学生，还有的是从农民工中聘请的高中毕业生，没受过正规的师范培养。他到校上第一堂语文课，就惹了麻烦。老师讲课时把冼星海读成了洗星海。表现欲很强的他高高地举起手，要求发言。

你要干什么？那个只有十七岁、高中还没毕业就来北京的语文教师瞪了他一眼，让他站起来讲话。他指着老师在黑板上写的字，非常认真地说，老师，那个字应当念冼，xiǎn冼，不念xǐ洗。老师脸腾的一下红了，冼星海那么有名的大作曲家你都不知道？他不服气地争辩说，那个大作曲家叫冼星海，广东人，写过《黄河大合唱》。这都是我们老师教的。

老师叫了一声：你不愿跟我学就滚蛋！为此，他挨了爸妈一顿暴打，在太阳底下跪了半天。

他五年级那年，北京正在紧张地开展申奥活动，十八里香社区组织青少年参加一系列活动。他报名参加的是象棋比赛。他的对手、一个北京男孩见他穿的是打工子弟学校的校服，扭头就走，还扔下一句话：我不和农村的孩子对弈。尽管那一次他拿了个冠军，心情却糟透了，像吃了个苍蝇，又像是上厕所弄了一裤脚屎。谁都有自尊心，一旦自尊被践踏，仇恨就会生根发芽。张杰对北京孩子有了敌对情绪。家庭生活的困难，更让他对有钱人怀有敬畏的同时又怀着几分仇视。

恰巧他爸爸因为身体不好，在北京看病花费不起，和他妈回老家去了。他哥哥张刚忙于生计顾不上他。他有时自己凑合吃点剩饭，有时就到街上买个烧饼垫垫肚子，渐渐地和一些不三不四的孩子混到一起……俗话说，物以类聚，人以群分。平常，孩子们到网吧玩的时候也是你一伙，我一群。北京孩子与外地孩子很少交往交流。有的网吧里北京孩子聚集得多，有的网吧里外地孩子聚集得多。网吧之间竞争激烈，常明争暗斗。一个网吧老板见张杰的小哥们儿多，很有号召力，就让他帮着拉网友。事情传到另一个网吧老板耳朵里，他叫一个叫孙泉的男孩儿跟张杰对着干。有一天，两边网友果真打了起来。孙泉赤膊上阵，用砖头把张杰的头打破了一个口子，鲜血直流。张杰丝毫不惧怕，冲到对方那家网吧，用流着血的头撞坏了一台游艺机。对方的老板吓得当场掏出一千元钱，向他赔礼道歉。这一仗奠定了张杰的威名。孙泉钦佩张杰的威猛，甘愿成为他手下，成了他的铁杆哥们儿。从那时起，他对学习越来越不感兴趣，三天打鱼两天晒网。

周游回到房子里时，张杰才从深思中醒来。他给了周游一千元钱：哥们儿，这是你的酬劳。周游一次性拿到这么多的现金，不知是激动还是不安，手有些发抖，说话也结巴了，哥，这……这太不好意思了。无功不受禄。我并没有帮你做什么啊！

张杰说你别废话，让你拿着你就拿着，明天赶快花出去。

他这句话又让周游心惊胆战，说话的声音都在发飘：杰哥，你……你不是要干什么大活吧？张杰没有正面回答，而是恶狠狠地朝墙上砸了一拳头。周游惊得一屁股坐在床上。那原本就是一张简易的行军床，被周游用力一坐，"咔嚓"一声巨响，差点塌了架，周游被吓得一下子跳起来，脑袋"砰"的一声撞到了上铺上。张杰瞪了他一眼：瞧你那点出息！

四

汪天大是在晚饭后到的高尔夫球场。他换好衣服正准备下场时，耳边突然响起一个女孩的笑声。那笑声仿佛从钢琴上弹出的乐曲，带着一种穿透力。他忍不住转头看了一眼，发现几米外有一个男孩和一个女孩也在准备下场。借着雪亮的灯光，他看见那个女孩身材苗条，皮肤白皙，两只眼睛因为笑而显得灵性十足。他觉得眼前一亮，心想怎么还有这么清纯的女孩？接着他给小松使了个眼色，像一个将军给士兵下达命令：你过去问问那女孩叫什么名字，打多少杆？

小松晃着膀子走到女孩面前，小美女，我天哥想请你打球。

女孩看了汪天大一眼，见汪天大冲她笑，不高兴地扭过头。

汪天大对女孩子的兴趣丝毫不比他爹汪光军差。他初二就开始与女孩子恋爱，一年之中走马灯似的先后谈了七八个。不久前，他刚刚与一个女孩分手，还没有捕捉到新的对象。所以，他一看到那个女孩就来了冲动。没想到那女孩不理他，更激发起他的好强意识。他故意让小松今晚不要打球。高尔夫球一般要组合，小松不下场，那个男孩也不像要下场。他有和晶晶及那个女孩组合的可能。

那个女孩就是"小东北"，男孩就是孙泉。

在汪天大的精心安排下，"小东北"果然与他和晶晶组合到一起。"小东北"这时才谦虚地说，哥，我刚学打球，请你多多帮助！汪天大一听正中下怀。他马上走过来纠正她发球姿势的错误，趁机摸了一下"小东北"的手，接着又故意站在"小东北"身后，用球杆碰了碰她的屁股。"小东北"赶紧躲避开了，给汪天大的感觉是她有些害羞。

你怎么才学打球啊？汪天大边走边聊。

"小东北"早已把汪天大的性格、爱好、对女孩的偏爱，以及可能会问到的问题都研究过了。所以，她按照准备好的腹稿，平静地向汪天大作了介绍。她说过去学习太重，尽管爸爸多次要带她打球，她都不舍得放下书本。直到前不久生了一场病，医生劝她要加强身体锻炼，她才让爸爸给她买了球杆。今天是第三次下高尔夫球场。

那个男的是你什么人？汪天大又问：是你男朋友吗？

"小东北"假装生气地板起面孔。我才多大就交男朋友？那个是我表哥。他也不会打球，比我还臭。我不喜欢让他陪我，他也不情愿陪我，可是爸爸每天工作太忙，晚上又有应酬，不能陪我。妈妈说我一个女孩出来打球不放心，硬是让他来的。

汪天大说让他来，你们两个人都受罪。他不会打球，也不下场，等你几个小时那比坐牢还难受。你要是不反对，今后咱们做个球友，我来教你和陪你打球。晶晶不失时机地在一旁为汪天大助攻，她说天哥打球可厉害了，拿过少年组的冠军。他现在要参加成年人的比赛保证会拿大奖。你跟上这个老师，不出半年就能成球场上的大姐大。

"小东北""哇塞"叫出声，用充满敬佩的目光看着得意扬扬的汪天大，哥，想不到你这么厉害。那咱今天就说定了，你收我做你的徒弟。说着，她做出一个下蹲的姿势，像是躬身认师。汪天大嘴上说着别客气，咱们互相交流，却向“小东北”伸出手。但是，他摆出的姿势不是去拉她，而是想抱她。“小东北”心里骂着臭流氓，表面上却大大方方地迎合着他，起身时故意向前倾了一下，胸脯抵在他的身上。“小东北”发现汪天大的目光已经有些迷乱。

灯光高尔夫球场毕竟不像白天那样四周明亮，见不到光明的阴暗处很多。每当走到这样的地方时，晶晶都故意走在前边或者后边，让汪天大有机会单独和“小东北”在一起。“小东北”装得热情大方又彬彬有礼，谈笑风生又不失文雅，汪天大几乎不能自制。他对眼前这个活泼的女孩的兴趣越来越浓厚。他觉得和“小东北”在一起非常新鲜，也非常刺激。渐渐地，他不再故意碰“小东北”一下，说几句挑逗的话，竟然也摆出一副君子姿态。

下场以后，汪天大问“小东北”怎么回去，“小东北”噘着嘴，发牢骚说我爸派车把我和表哥送到球场，车就回去了。爸爸让我们打完球打个电话，再派车来接我们。汪天大说你别打电话了，我送你们回去。“小东北”故意用不安的目光看了一眼孙泉，让汪天大看她在征求表哥的意见。孙泉冲她点了点头。她才上了汪天大的宝马车。路上，汪天大几次提出请“小东北”去三里屯吃夜宵，“小东北”以明天还要上课为由拒绝了。汪天大问“小东北”住在哪里？她按照张杰事前给她编好的话，说出了东三环一个高档小区的名字。

进入东三环后，汪天大加快了车速，一辆辆小轿车被他的车超过。晶晶高兴得欢呼雀跃，“小东北”尽管心里紧张不已，表面上也装出很刺激很冲动的样子。这样一来，汪天大更是兴致勃勃。后边一辆宝马车突然超过了他的车，让他非常不高兴。他加大了油门，超过了那辆车，然后落下窗户，冲着那辆车上的人骂了一句：× 你妈，你那破马车还敢和我比！小松从反光镜看了一眼后边的宝马车，说天哥你这车能换那三辆车。

到了那个社区门前，汪天大亲自下车为“小东北”开了车门。“小东北”下了车才发现汪天大手中拿着手机，等着要她的手机号码。她故意看着孙泉，一副犹豫不决的样子。小松见状，把孙泉拉到一边点烟。"小东北"才说出了手机号码。汪天大记下号码后又问她名字。她告诉汪天大自己叫蕾蕾。

蕾蕾，这名字好听啊。汪天大一边在手机上记着"小东北"的名字，一边称赞说，名字和你的人很般配。你就是鲜艳夺目的花蕾！

"小东北"和孙泉一起进了那个小区大门。"小东北"故意回头看了汪天大一眼，让汪天大心花怒放，直对小松说有戏，有戏！

直到一场虚惊过后，"小东北"猜着汪天大的车开走了，这才拉着孙泉掉头走了出来。孙泉回头看了一眼那个小区，感慨万千地说，我什么时候能住这儿一天，第二天死了也值。

五

"小东北"一进屋，三下五除二地脱掉身上的白色连衣裙，换上了自己的短背心，一边擦着汗一边感叹，哎哟妈呀，再穿一会儿这假名牌，我就得吐出来。太难受了。

孙泉说烧包吧你。这衣服是我在刚哥的小摊上花了三十元钱买的。掏钱的时候我的手都哆嗦。

张杰一听急了，抓住孙泉衣襟，你小子胆子也太大了，怎么到那个地方去买衣服。我哥认出你来了吗？孙泉说今天看摊的不是刚哥，是一个大姐。接着，他把那个大姐的长相描述一遍。张杰边听边想，疑疑惑惑地说八成是肖祥的姑姑。孙泉好奇地问：你哥哥和肖祥的姑姑搞上了？张杰踢了他一脚：信不信我把你嘴给撕成两半？

"小东北"把同汪天大接触的经过给张杰讲了一遍。她讲得很仔细，张杰听得很认真，遇到一些不太清楚的地方，还让她再讲一遍或者再说细些。张杰听完非常满意，拍了拍"小东北"的肩膀，笑得有些张扬，你这次一定是立头功了，哥们儿不会亏待你。不过，有几个细节你还得注意，不能引起汪天大的怀疑。汪天大要去车接你，你得在小区里多待一会儿，让他感觉你是在化妆，或在换衣服、上洗手间，总之不能马上出来。

不一会儿，张杰的另两个小哥们儿也陆续到了。一个给张杰带来了信息，说是在十八里香河南村听到的传说，肖祥可能要判刑，还要送回原籍。张杰听了眼里直冒火：他们要是判肖祥服刑，我就让汪天大跟肖祥一样困几年。这就叫以血还血、以牙还牙。他抽了几口烟，把烟头扔在地上，狠狠地踩了几脚。

一个哥们儿报告了在老孙家饭店"蹲守"一天的情况。老孙家饭店今天很正常，警察没来，调查组的也没来。不过，倒是有人议论肖祥和张杰的事。老孙的媳妇"少半勺子"中间插了几句话，意思是外地人到了这里就得老老实实当孙子。张杰听了，骂"少半勺子"没有骨气。他对孙泉说，你去老孙家饭店，捉一只苍蝇丢在面汤碗里，然后打电话举报，让她停业整顿。孙泉说我不光要让他家停业整顿，还得赔偿我精神损失一万元。

这时，"小东北"的手机信息提示音响了几下。她打开看了一眼，兴奋地读出了声："可爱的小蕾蕾，你睡党了吗？我是汪天大，今晚叫你打球的那个小帅哥。"她念完，骂了一句：二十几个字错了五六个，什么文化？！孙泉让"小东北"给汪天大回信息：你就说刚洗完澡，正在吹风扇。他一听说女人洗澡，肯定想入非非。

张杰乐了，说要是按你小子的信息发出去，马上就露了马脚。北京现在还吹电风扇的是什么人，是咱十八里香的外来人。你们去的那个高档小区还有人用电风扇？

孙泉不好意思地笑了。其他几个小哥们儿也笑成一团。

"小东北"低着头给汪天大回信息。孙泉让她读出来，她不同意。她说我只能把汪天大的信息读给你们听，我怎么给他回信息几个哥哥最好别干涉。她一边说，一边笑，不过笑容显得有些阴险。过了一会儿，汪天大又回了信息。"小东北"看了笑得前仰后合，不能自制地倒在床上。孙泉接过她手机读了起来："小蕾蕾，你像一只美丽的小瓜狸闯进我的心里。我的魂都让你勾走了。你知道我多想你……"他读完骂了一句，你妈瓜狸是啥玩意儿？引得屋子里又一片笑声。但是，笑声很快就止住，因为张杰板着脸。过了一会儿，张杰才对"小东北"说，不要理他的信息。你要是再理他就显得轻浮了。

　　张杰看看时间已经十一点，就吩咐几个哥们儿分批分头撤退。"小东北"趴在床上翻看着一本破旧的杂志，动也没动。孙泉拍了一下她的屁股，她踢了孙泉一脚，还是没有动。孙泉无可奈何地对张杰眨了眨眼，正要走时，张杰叫住了他。张杰一脸严肃，目光深沉，说话有些紧张，你明天抓紧时间选一个地点，还是在十八里香附近。我们已经在这个地点待了两个晚上，不能再待了。再待下去容易被人发现。再说，周游那小子的同事这两天也要从老家回来了。孙泉问选择的地点要什么条件？张杰说咱还讲他妈条件，又不是娶媳妇用。最重要的是不容易暴露，其他就不要讲究了。反正咱也是打一枪换一个地方。

　　孙泉走后，屋子里只剩下"小东北"。张杰问她怎么还不走。她大胆地看了张杰一会儿说，我今天就住这儿。张杰说你住这儿我住哪儿去？"小东北"一下子扑到他怀里，哥，我就是要和你住一起，陪伴着你。张杰轻轻地推开"小东北"，神情有点儿慌张，连说几个这不行。"小东北"问你是不是不喜欢我？你要是不喜欢我，为啥刚才读汪天大那个信息时你生气？张杰说你搞错了。我不是生气，是担心让他看出来你在玩他，所以才不让你给他回那条短信。我估计他见你不回短信得掂量掂量下一步怎么做。你也可以乘机摸一摸他的底。

　　"小东北"生气地拉着脸，一句话也不说，眼睛里泪花在闪烁。

　　张杰抱了抱"小东北"，好妹子。用你们东北话叫你老妹。我说咱们做朋友不是更好吗？你看看我现在这个样子，不知今后会是个什么结局。再说，即使我过了这一关，往后也没什么大出息。我没有北京户口，在北京也买不起房子，永远都是个外来人。你跟着我怎么办？你的这份情大哥领了。只要我能混下去一天，都会不遗余力罩着你。

　　"小东北"亲了亲张杰，哭着走了。张杰望着她的背影，眼睛也湿润了。

第七章

一

韩土改一连两顿饭都是只动动筷子。

他怕可可帮张杰借钱的事传到汪光军耳朵里，这不仅会影响他们之间的默契，连可可都会牵扯进去。汪光军是韩土改命中的贵人，是他的财神。开始，汪光军对他有一种崇敬之意。他对汪光军则心存感激。渐渐地，汪光军把他当作自己生意场上的一张王牌，利用他与一些人拉关系，尤其是像冯援朝一类的领导。他清楚记得第一次见到冯援朝时的情景。汪光军刚说出韩大师，冯援朝就笑逐颜开地上前一步握住了他的手，连说了几遍"久闻大名"，让他之前的恐惧心理一下子变得十分坦然。你有需求，我有供给，天经地义。

汪光军给他说过：什么市场经济，整个一关系经济、权力经济，说到底还是金钱经济。你没关系能拿到地搞开发，你没关系能贷来款？老百姓看我这房子一平赚几千，骂我心黑，其实我真正拿到手的有几个？前些年靠的是送土特产，过了几年又发展到送红包、送女人。他夸自己独出心裁，加上了一个"送好运"。那些贪官奸商，无一不是底气不足，担心东窗事发。他带着韩土改给那些人看相，教他们怎样逢凶化吉，而且教他们怎样官运亨通、财源茂盛。他们在高兴之余，给汪光军大开方便之门。汪光军得了好处，不忘给韩土改分点残茶剩饭。韩土改心知肚明，并不奢求太多。

韩土改对汪光军的为人太了解了。去年，一个与汪光军同居了两年的女孩怀孕，闹着让汪光军离婚与她结婚，否则就鱼死网破。汪光军大为恼火，他让韩土改帮他算一算用什么样的法子能和那个女孩断了。韩土改问汪光军是算"文"断还是算"武"断？汪光军想也没想，脱口而出地说想让那个女孩"闭嘴"。韩土改吓得出了一身冷汗。不过，出于对那个女孩的同情，他故意算了半天，建议汪光军给那个女孩一笔钱"买条阳关道"。这事对韩土改的影响深远，汪光军心狠手辣，对触犯到他一丁点利益的人毫不留情。张杰与女儿来往的事儿，半点都不能泄露出去。

韩土改思来想去，决定去找张刚，他是能帮助自己的人。这小子没读过几年书，想问题简单，脾气又像炮筒子，给他点火他准放炮。

张刚来北京时，曾在李跃进带的建筑队里当小工。他在少林寺学过功夫，身强力壮，重活脏活抢着干，工地上的人都很喜欢他。然而，他却不讨包工头喜欢，因为他太爱打抱不平，喜欢管闲事。那年春节前，汪光军拖欠着工程款和工资不付。张刚的父亲实在是没辙了，爬到电线杆子上要往下跳。当时，现场一片混乱。警察来了，区、街道领导来了，报社、电视台、电台的记者也都来了。工地一下子围了很多人，场面煞是紧张、混乱。警察拿着扩音器与老张对话，劝老张先下来，有事慢慢商量。老张在塔吊上又哭又喊，坚持看到钱才下来。

张刚被李跃进叫到工地上，他看到塔吊上的父亲，怒气冲天地把父亲骂了一通：你就这点熊本事，丢人现眼！你要是跳下来摔死了，他给了你钱有个屌用！说着，他推开准备上吊车顶救他父亲的警察，自己三下两下爬到电线杆上边，把父亲背了下来。现场有个不明真相的记者被他这一壮举感动，扛着摄像机冲到他面前，激动地问他：请问你上去之前怎么想的？你有没有考虑到自己的生命危险？

他瞪了那个记者一眼，吼了一声：要是你爹你能看着不救吗？

　　事后，他父亲被拘留，他问弟弟张杰对这件事的看法。张杰沉默了片刻，眼睛里喷着怒火，咬牙切齿地说，要是换了我才不拿自己的命赌呢！他让我不好过，我也让他不好过，先把姓汪的做了。

　　他父亲回乡下以后，他也离开了工地，在十八里香摆了个卖旧服装的地摊。每天到城里或捡或收购旧衣服，放在洗衣机里洗一洗，第二天拿到地摊上卖。当然，他卖的这些旧服装大都是十八里香附近的农民工买。遇到换季时，他一个月能挣好几千。私下里他还在十八里香开了武场，教人学武术，每月也有千儿八百元的收入。

　　韩土改很容易就找到了张刚。他怕有人认出自己，戴了顶从汪光军那儿拿的打高尔夫球戴的帽子，鼻子上架了副墨镜，所以，张刚一开始吃了一惊，等他摘下墨镜，叫张刚的名字时，张刚才讽刺说，我以为来了个真老外，原来是和李跃进一样的假老外。

　　韩土改直截了当地告诉张刚，你弟弟那熊小子就猫在十八里香。

　　张刚盯着韩土改问：你哪儿得来的消息，恐怕不准吧？他这个时候还在十八里香，是不是吃了熊心豹胆？韩土改没有告诉他消息来源。这一点他早已考虑好了，如果告诉张刚消息来源，依着张刚的脾气，马上就会去找宋肖新，然后再从宋肖新那里追问肖桂桂，再然后还会闹得满城风雨。那样，韩土改既达不到自己的目的，还会赔了夫人又折兵。他的想法是让张刚悄无声息地找到张杰，让张杰离开北京。他仍然信奉在农村时的那一套，事大事小一跑就了。所以，他摆出一副十分同情肖祥和张杰的样子，说是经过他的预测，肖祥和张杰要蹲三五年监牢。他说那个熊小子要是在里边蹲三五年，出来时人就二十大几了。学没上好，本事没学到，能干什么？弄不好还得犯罪，再进号子，再出来人还不就毁了。我给他算了一卦，他要躲过这一劫只有向西南走，最少要走两千公里以外，在那里待上三年，命运会有个转折，还能挣一笔钱，拿点钱打点打点事也就摆平了。他想回白（北）京可以回来，想在哪边发展在哪边发展……

　　张刚没听韩土改说完就火了，西南两千多公里是什么地方？你是说他贩毒能发财还是杀人越货发财？

韩土改耐心地说，你没听人家说，有的犯了事的官员和大款躲在小煤窑里？我说的就是让你弟弟到西南下矿井。

张刚听韩土改这样一说，心里的确有些触动。他问，你要是能算出我弟弟在十八里香什么地方藏着，让我找到他，我就听你的。

韩土改一时犯难了。他知道张杰躲在十八里香不是自己测算出来的。张刚提出的要求，他根本就做不到，但又不能表现出来。所以，他用右手食指在左手手心上画来画去，假装在测算，实际上是在想着办法。张刚也不着急，一边招呼生意，一边等着韩土改。韩土改毕竟做了那么多年预测，有着丰富的经历和经验，很快就想起了一个点子，压低声音说，我算了一下，你不能明着去找你弟。现在警察到处找他，你明着找他就会被警察盯上，到时候你找到了他，警察也就找到了他，等于你把你弟弟给卖了。最好的法子是等到天黑你再出来，专拣那些旮旯里瞅，比如垃圾中转站那些平时没人去的地方，保准不出三天就能见到他。再一个就是盯着你弟弟平时来往多的孩子。我测算有人在帮你弟弟。韩土改说完，又强调一遍：你见到你弟弟，无论如何要让他马上走。

张刚觉得韩土改的话有道理，点了点头。韩土改临走时，又叮嘱张刚千万不要对人说他找过他。他说天机不可泄露，你要说是我给你透露的天机，那你弟弟的事就很难说了。张刚二话没说，用手抹了一下脖子，意思是说如果不听韩土改的话就死。这等于是发了毒誓。韩土改走后，张刚让旁边的人帮他盯着摊子，他急急忙忙地去找肖桂桂。

肖桂桂过去对张刚一直没有好印象。她觉得张刚这人爱管事也爱惹事，不是个本分的人。因对李跃进情真意切，便自觉回避和其他男人接触尤其是张刚这样的单身男人。现在，她对李跃进已经心灰意冷，反而觉得张刚粗中有细，又会疼人，对他有了好感。她告诉张刚，这是我亲眼看见的。张刚说，你看见咋不告诉我。肖桂桂不好意思给他说自己找了李跃进，就改口说，我看着像张杰，可天黑没看清。

张刚说我得去找他，让他替肖祥在里边蹲。肖祥上学，他又不上。再说，他身子骨比肖祥结实，在里边蹲到白头也没事。

　　肖桂桂很感动。她本来不想做饭，看着张刚劳累的样子，就给他下了碗面条。张刚在接过面条时，抓住了肖桂桂的手，毫不迟疑地说，桂桂，我早就想和你好了。

　　肖桂桂紧张地挣脱开，说了一句：你别这样。你是不是觉得俺轻浮！说完，走到门外流泪去了。

　　张刚有些内疚，他说我不是那意思，我是喜欢你、心疼你。扒了两口面条，又说，好了，不说了。我去找张杰，你再帮我看看摊，交给别人我不放心。可能是心急，也可能是不好意思，他没吃完面条，骑上摩托车去了打工子弟学校。

二

　　肖祥的事发生后，老师和学生对这个事分成了三种不同的观点和态度：一种认为不管是北京人还是外地人，谁违反法律就应当承担法律责任；一种认为北京人欺负外地人，串通一气整外地人；还有一种认为事不关己，所以漠不关心。不少学生对肖祥出事感到不可理解，因为肖祥平时在学校老实上进，几乎没有和别的同学红过脸，更不用说出手伤人了。他的精力和时间大多用在了学习上，每个学年成绩都名列前茅。出了这种事出乎大多数同学的意料。

　　李京生对同学们说肖祥的精神压力太大，他一直想靠自己的奋斗改变生活。对她这种说法有的理解有的不理解，你一个农民工的后代，命运早给你把未来安排好了，你就该认命，该咋着咋着，没必要为了改变命运而舍命，活得那么累，还来这个世上干吗？农民工的孩子，对人生的看法远远超出他们的年龄。同学中对于张杰持同情态度的人不多，认为他这两年太张狂，身上总让人感到有一股霸气和邪气。当然，也只有少数同学佩服张杰，觉得他是条汉子。

　　张刚到学校时，正赶上放学时间，校门里边堵得人山人海。他只听到里边有吵吵声，不知发生了什么事。直到听到有个女孩高声喊肖祥是冤枉的，他才意识到里边的吵吵与肖祥和张杰有关，于是挤了进去。

刚才他听到喊肖祥名字的女孩是李京生。

放学后，李京生刚走到门口，看到一个老师正在把宣传橱窗里肖祥的照片和奖状一类的东西朝下拆。她大喊一声住手，一用力把那个老师推到一边，然后，朝橱窗前一站，用身子挡住了那个老师。正是放学的时间，很多同学经过这里都停下了脚步，纷纷指责那个老师。那个老师解释说是学校的决定，他只是执行者。肖祥犯了罪，已经进了看守所，所以，他的照片不能再放在这样的位置。

李京生说肖祥是被冤枉的！

她这一喊，那个老师愣了，很多学生也大吃一惊。

有的说肖祥都进看守所了，还能是被冤枉？那不是说公安局的办错案啦？有的说不管肖祥是不是被冤枉的，咱学校也不应该把他的照片取下来。毕竟他获奖这事不是假的。学校得尊重事实。有的说你把肖祥照片取下来，万一他真是被冤枉的，等回到学校，学校怎么向他交代？有的说肖祥要是被冤枉，张杰没事为啥要藏起来？

那个拆照片的老师把拆掉的玻璃重新装上，说我给校领导反映一下，那就再等几天看看。然后，他严肃地对李京生说你说话要负责任，今天你当着这么多同学的面说肖祥是被冤枉的，到时可得拿出证据。

李京生说，我有证据啊。那天在饭店吃饭人都说肖祥没动手，我姐、饭店老板娘、服务员都看见了。

那个老师说，那他们可以反映啊，可以给肖祥作证啊。有一个男学生在一旁说，他们要是作证肖祥就没事了。他们都装聋作哑，有的还帮别人说话。李京生的姐就是个大"汉奸"！他的话音一落，围观的同学马上吵吵开了。李京生大声说，他说得对，我姐是没给肖祥作证。我也骂她了。你们等着，肖祥会没事的！说完，她恼怒地挤出人群跑了。

张刚死马当作活马医，见一个学生就问认不认识张杰。他们都摇头说不知道。有的说从张杰下学就没见过他，这次他出了事才知道他的消息；有的说张杰对同学不够友好，除了肖祥外没有哥们儿。有一个住在十八里香的学生想了一会儿，说我想起来了，他和孙泉的关系也倍儿铁。张刚问在哪儿能找到他？那个同学告诉了他孙泉家的地址。

他骑上摩托车出了校门不远，看到了正在路边等公共汽车的李京生。他把车开到李京生面前，京生，来，我正好回去，带着你。李京生二话没说上了车。她贴着张刚的耳朵大声说，刚哥，你找到杰哥了吗？见张刚摇头，她又说那天杰哥动手了，可是没砸着姓汪的。那个姓汪的就是欺负人！

张刚问，你姐现在承认她说过的话吗？

李京生说，她死了！

张刚大吃一惊，一脚踩了刹车，转过脸看着李京生，不对吧，我怎么没听说这事。你姐啥时候死的？李京生板着脸，认真地说，她在我心里死了。刚哥你想想，不说真话不说人话，和死人有什么区别？

张刚这才明白李京生说的是气话，哭笑不得，拍了拍她的脑袋瓜子，那是你亲姐，别咒她！他边说边发动了车。

进入十八里香的街道不远，有一家网吧。李京生拍着张刚的后背，着急地叫了几遍刚哥停车，我要下来。张刚说这儿离你们家还有一截子路，我送你就送到家。李京生说我过一会儿回家，现在有事。张刚停下车。她连蹦带跳钻进网吧里。张刚冲着她的背影摇了摇头，心想，现在的孩子怎么都有那么大的网瘾，这网上到底有啥稀罕？

这时，张刚的手机响了。电话是肖桂桂打来的。她告诉张刚，刚才城管工商来检查无证经营，把张刚的三轮车和几十件服装都装车拉走了。肖桂桂在电话中又急又气，话没说完就哭出了声。她说我真没有用，看摊都看不住。张刚连忙安慰肖桂桂：这算什么大事。我又不是一次两次被他们掀摊子。这更不是你的事，跟你没关系。过两天肖祥和张杰的事办得差不多了，我再正式注册一个服装店，咱俩算股份制。

张刚不知道孙泉家住什么地方，打听了大半天才找到。孙泉的奶奶说孙子一大早就出门了。张刚跑了大半天，口干舌燥却一无所获，看看时间不早了，就拐到老孙家饭店。他想喝杯酒，吃点东西，走时再给肖桂桂带上个盒饭。他知道肖桂桂这两天没心情做饭，饥一顿饱一顿，人快要撑不住了。

老孙家饭店里人满为患。张刚要了一张凳子，打算在门外蹲着吃。这还是从小在老家养成的习惯。他要的二两二锅头酒刚刚下肚，烩面还没有上，听见饭店里争吵起来。他站起身往里看了一眼，突然眼睛一亮。那个和服务员吵架的正是他要找的孙泉。

孙泉手指着面碗大声嚷嚷，我在你这面里吃出了苍蝇，要是不赔偿我的经济损失和精神损失，我端着你这碗面上食品卫生所告你。

"少半勺子"看孙泉是个孩子，没把他放在眼里，连骂带吓，你个龟孙子爱到哪儿去告到哪儿去告，老娘才不怕呢。你想拿这个坏主意坑俺的钱，没门！你要是再耍无赖，我就让人把你打出去。

孙泉掏出手机对着那碗有苍蝇的面就要拍照，"少半勺子"上前拦住了他，叫了两个男服务员过来，一个掐住孙泉的脖子，一个拧住他的胳膊。孙泉一边挣扎一边高声叫骂。张刚的一腔热血直往上冒。他上前一脚踢倒了那个拧着孙泉胳膊的男服务员，顺手把那碗面端在手里，高高举了起来，向四周喊道：老少爷们儿都看清楚了，这碗面里有只大苍蝇。这娘们儿不但不认错还使唤服务员打人。你们作为目击者，都来做个证明。他扭头对孙泉说你拍下来，送到卫生防疫站和工商所。

"少半勺子"见是张刚，也恼羞成怒。原来是你张刚指使的。我们家就因为没有给你弟弟作证，你就指使人来坑害我们家。

张刚瞪了"少半勺子"一眼，你少废话，我根本就不认识这小子。我是看理不平才来帮他。我要存心整你家，还要他帮忙吗？

正闹得不可开交，小乔出现了。他一上午都在十八里香河南村，同工商部门一起整治无证摊贩，路过老孙家饭店，听见争吵声就进来了。他详细了解了争执发生的原因。饭店里吃饭的客人在吵架刚起时就陆续走了一些，剩下的人大多数都说是争执起来后才看见，只有几个人证明孙泉吃了一口饭就叫喊面条里有苍蝇。至于是面条里有苍蝇，还是孙泉自己放进去的，没有人看清楚。

"少半勺子"在这种情形下只好低头认错。她说可能服务员没注意，苍蝇不知怎么掉到面碗里。乔同志你也能看到，我们这里客人多，太忙。小乔问孙泉有什么要求。孙泉想也没想，提出让老孙家饭店赔偿一万元钱的经济和精神损失费，并且要停业整顿，公开向十八里香河南村的父老乡亲道歉。"少半勺子"一听就急了：乔同志你听听，这不是故意来捣蛋吗？一碗面才几块钱，他让赔一万。

小乔一直在暗暗观察孙泉，从他的神态、表情以及说出的话，能判断出不是因为一只苍蝇引发的争吵那么简单。他想到了张杰，如果真的是张杰安排的，那就是件很可怕的事情，随之而来的可能是更难以预料和预防的报复行动。他沉思了一会儿，对孙泉说，现在老板娘同意赔偿你，只是在赔偿金额上与你有分歧。我建议你们坐下来心平气和地协商解决。如果你认为不满意，可以向法院起诉。

张刚给孙泉使了个眼色，鼓励他说，不用怕，北京不是没有讲理的地方。你有什么要求就说出来。他老孙家再有钱，有人撑腰，你有理也不用怕他们。孙泉丝毫没有畏缩的意思。他指着"少半勺子"，你要是不赔偿我这一万元钱，我就要告你。我要告不倒你，就顿顿到你这儿吃，我吃倒你。"少半勺子"也毫不退让：我今天就赔偿你十元钱，你愿意就愿意，不愿意就去告。我就不相信你能把我怎么着。

小乔说你们都不要再吵，吵能解决问题吗？他把孙泉叫到门外，问他非要坚持让老孙家赔偿一万元？孙泉点点头。小乔说那你就只有到法院起诉了。张刚也跟着走了出来，让孙泉上他的摩托车。小乔没有理由阻拦，眼看着张刚带着"大个子"消失在小巷里。

三

张刚把孙泉带到自己住的房子里，给他开了一瓶啤酒，说是家里没有开水，就用啤酒代替吧。孙泉喜形于色，连连说喝啤酒比喝开水好。张刚等他喝了半瓶后，一把夺下他手中的酒瓶，目光也变得恶狠：小子，老实告诉我，我弟弟在哪里？

孙泉先是大吃一惊，继而镇定自若地笑了，哥，你别用这种黑社会老掉牙的办法对付我行不行。我告诉你，你不敢杀我，也不能打我。因为你是当着警察的面把我带走的。你杀了我，警察马上可以抓到你；你打我就是犯法。

这回轮到张刚大吃一惊。他没想到眼前这个比自己小很多的孩子如此油滑成熟。他笑了，把那半瓶啤酒又递给孙泉，兄弟，哥没看错人。你是好样的。这回，你得告诉我，我弟弟在哪里了吧？

孙泉眨眨眼皮，捋了捋头发，说，大哥，兄弟也知道你思弟心切。我的心情其实和你一样。你知道杰哥是我们这帮兄弟的主心骨，一天不见他，我就不知怎么活。不过，杰哥做事从来神出鬼没，他根本就没和我联系。说完，他挤巴几下眼睛，又说，平常，也是杰哥与我联系，不让我随便和他联系。

他没和你联系还能和谁联系？张刚说，你怎么连我也不信了。我还能出卖自己的亲弟弟吗？我找他一是担心他没有钱吃不上饭、睡不好觉闹垮了身体；二是想让他出来说清情况，还肖祥和他自己清白……

孙泉没等张刚说完就嘲讽地笑了，大哥，你怎么比小孩子还单纯。这一定是警察教你的吧？让你弟弟出来自首，可以减轻他的罪行。你没听人家说，坦白从严，牢底坐穿；抗拒从宽，回家过年？杰哥才不会信他们的鬼话呢。从肖祥和杰哥的事你还没悟出一个道理，要想把这个案子翻过来，洗刷肖祥和杰哥的罪名，就得闹个惊天动地，让市里领导和比他们还大的官重视。

张刚听了孙泉的话，马上想到这话只有弟弟张杰能说出来，孙泉现在只是在为张杰代言。孙泉一定知道弟弟的住处，他处于警惕状态，不大可能说出来。于是，他决定放了孙泉，然后跟踪他。想到这里，张刚掏出两百元钱交给孙泉，兄弟，如果你哪一天见到了我弟弟，就代我把这点钱给他，让他无论如何不能亏了自己。

孙泉走后，张刚悄悄地跟了出来。他看见孙泉进了一家超市，就走到超市对面的一家理发店，隔着窗户上的玻璃观察着孙泉。孙泉从超市出来，向东边走去。他正要跟上去，突然身后有人拍了一下他的肩膀。他回头一看，是派出所的小乔。

你跟踪我？张刚恼羞成怒，冲着小乔吼了一声。

小乔向张刚做了个安静的暗示，把他拉到一个读报栏前。读报栏的玻璃烂了一条口子，正好可以看到孙泉，而孙泉却发现不了他俩。

张刚说你想干什么就明说吧。反正我也不知道我弟弟在哪里。

小乔说正因为你也不知道你弟弟的下落，我才要和你谈一谈。实话告诉你，我也是听李跃进说有人看见过你弟弟。我怀疑你弟弟可能在组织一场影响更大的报复行动。如果这样，他的处境、他的结果都很危险。我相信你也不想让你弟弟出大事吧。

张刚没说话，但是脸涨得通红。

小乔说你弟弟现在的情况你也知道，如果他能出来，与我们积极配合，把问题搞清楚，说不定不会追究刑事责任。如果你弟弟一味想着报复姓汪的，很有可能走极端，造成严重后果。

张刚见小乔语重心长，有点儿动心，乔警官，那你就赶快想个办法救救我弟弟。平时，我的话他还听一两句，爸爸妈妈的话他一句也听不进去。二位老人都在乡下，这事我没敢告诉他们。

小乔说你弟弟这个年纪，很容易因情绪冲动而犯罪，他遇事儿恨不得把天捅个大窟窿。如果他的心中充满爱意，那他看到的就是温暖；如果他心中充满敌意，那他看到的就都是仇恨。你弟弟现在就是这种情况。

张刚扭过头，看见孙泉在一家水果店的公用电话旁打电话，就说乔同志，我看那孩子打电话肯定有问题。不信咱一会儿过去看一看。

孙泉打完电话，四下张望了一会儿，大摇大摆地向东走了。小乔和张刚走到孙泉刚才打电话的水果店。小乔把电话开成免提音，让张刚按一下重拨键。张刚明白小乔的意思，按了下重拨键。电话通了后，里边是一个操着标准普通话的女声：您好，这里是查号台，很高兴为你服务，请问你需要什么帮助？

张刚这才恍然大悟，孙泉涮了他一把。小乔笑了，拍了拍他的肩膀，你呀，把这些孩子想得太简单了。他们学的东西，不比我们少。

张刚回到家中，一会儿想着小乔的话，一会儿想着弟弟的处境，心里非常着急。他一个人拿不定主意，想来想去，决定还是找肖桂桂商量。他已经不自觉地把肖桂桂和自己联系到一起。

肖桂桂正在家里和肖辉说话，两个人都是泪流满面。看见风风火火的张刚，她的脸一下红了。她赶忙抬起胳膊，用衣袖擦去脸上的泪水。她家房子小，凳子也少。她把凳子让给张刚，自己坐到床上。肖辉好像刚才跪在地上，看见张刚来了才匆忙起身，拍打了一下膝盖上的土。他对张刚非常冷淡，只是冲他点了点头。

四

肖辉打从出差回来就在为肖祥的事奔波。他几乎调动了自己在北京所有的关系，在京工作的同学、有来往的朋友，但是他认识的这些人，在机关工作的最多是副处级，生意场上的也就算刚起步，所以收效甚微。有一个朋友给他摸到了一些信息，说汪光军在一次酒后扬言，老子就是花一百万、一千万也要把儿子的面子争回来。那个朋友无可奈何地劝他不要同汪光军较劲。他财大气粗。这世道有钱没办不到的事。

他从朋友提供的信息和他平常对一些社会现实的分析，意识到弟弟的这场官司打起来麻烦很大。但是他不认输放弃。你汪光军不是有钱吗？我就不信在光天化日之下，你能用钱把所有事情摆平。过去有句话说："天下衙门朝南开，有理无钱莫进来。"可那不是说的是万恶的旧社会吗？他决定与汪光军较量一下。他自小就养成了一种不服输的性格，但工作后面对单调的生活，他一直压抑着，现在肖祥的事激活了他的挑战欲。他准备找汪光军当面谈一谈。他来找肖桂桂，是想给肖桂桂交代后事。他给了肖桂桂一张信用卡，让肖桂桂保存好，如果汪光军陷害他，他有了麻烦，就让肖桂桂照顾一下他的妻儿，同时也安排了她和肖祥的生活。肖辉安排这些事时，心里有一种悲壮的感觉，这种感觉久违了，也让肖辉觉得自己是个男人。他破天荒地跪在肖桂桂面前，央求说，姑啊，侄儿一直对你的事不敢插言。现在，我请求你一件事。你赶快离开李跃进吧！你和他处了那么多年，我都知道，肖祥也知道。我们哥俩知道你有难处，所以不敢说。关键是你也大了，我们哥俩也大了，你再这样和他没完没了地处下去，什么时候是个头啊？

肖桂桂一直认为做得很隐秘。她给李跃进订下口头协定：凡是肖辉和肖祥在家的时候，李跃进不能来找她；即使来找她，也得是有事情，正大光明地来。她和李跃进不能在外边过夜，让肖辉和肖祥怀疑。听了肖辉的话，她臊得满脸通红。作为姑姑，她实际上一直承担着两个侄儿监护人的责任。自己的不检点，给两个侄儿心灵中留下了沉重的阴影不说，还伤害了他们的自尊。如果地上有个裂缝，她恨不得挤破脑袋钻进去。

张刚的到来，打断了肖辉和肖桂桂的谈话。他开门见山地说，桂姐，我刚才遇到了一个和我弟弟关系不错的孩子。我怀疑他知道我弟弟躲在什么地方，可是派出所的小乔不让我跟踪他。小乔让我找李跃进帮忙。我不想理那孙子，所以想找你商量一下，晚上你和我一起遛遛，看能不能堵住他们中一个，堵住一个就可以找到我弟弟。

肖桂桂还没来得及表态，肖辉就插言道：这种事情你好意思让我姑姑参加吗？万一遇到什么麻烦，你承担得起吗？李跃进是治安协理员，这是他分内的事，你找他，他义不容辞。

张刚说我看见他就恶心！

肖辉话里带刺，那你看到粮食和蔬菜是粪便养的，你恶心就不吃了吗？肖桂桂瞪了肖辉一眼，口气也有点儿严厉地说，你怎么这样和张刚说话？张刚也是好心。晚上我去。

肖辉感到煞是惊奇。他一是惊奇张刚改口叫姑姑桂姐，过去可是叫的桂姑；二是惊奇姑姑怎么帮张刚来批评自己。不过，他没有点儿破。他走时告诉张刚，我姑姑要是有一点儿麻烦，我不会饶了你！

张刚满脸堆笑，说你就放一百个心吧。如果遇到麻烦，我就是拼了自己这条烂命，也不会让桂姐有一丁点儿事。本来，他这句话已经完整地表达了自己的意思。可是，他不知怎么想的，偏偏又加了一句话，我才不会像李跃进那样做事呢！

　　张刚的这句话触痛了肖桂桂的心，她的眼泪一下子流了出来。肖辉见状，狠狠地瞪了张刚一眼。张刚愣怔地站着，连喘气声也屏息了。

　　肖辉交代肖桂桂不要着急，然后就告辞了。肖桂桂把肖辉送到门口，一直看着肖辉的身影消失在小巷尽头。

　　肖辉出了小巷，刚要上车时，看见宋肖新开着车过来了。

　　你见过桂姑了？宋肖新问，桂姑情绪稳定些了吗？

　　肖辉摇头，她怎么可能稳定下来。你妈怎么样？

　　宋肖新说我妈也是那个样子。她现在后悔当初把肖祥让你们家带走。我说后悔没有用，世界上没后悔药吃。

　　肖辉皱了皱眉头，说你说那些话刺激你妈干吗？再说，那时候你们家也不容易。说完，他沉默了片刻，又说，我有时候想一想，咱们的上一代人背井离乡、千里迢迢到北京来打工值不值。你看看他们，最早的像李跃进和你继父都已经来了快二十年，到现在还是房无一间，地无一寸，连个户口名分都没有。就算是比在老家多挣点钱，但还是整天活在人家眼皮子底下，给人家赔着笑脸赔着小心，活得多憋屈！

　　宋肖新眼圈红了，我有时都不认识自己了，怎么就变成了一个脾气暴躁、性格怪僻的人。肖祥一直很听话，很努力，听说要回老家，也像变了一个人，他的话都不多了。过去，他一天怎么也得和我通几次电话，这段时间，我有时找都找不到他。

　　这个话题太沉重，两个人都不愿意再延续，可是好像还有话没说完。话到嘴边，凝固在那儿，只好沉默不语。过了一会儿，肖辉扔掉烟头，把从朋友那里得到的消息给宋肖新说了一遍。最后说，我打算去找姓汪的谈一谈，让他撤诉。

　　宋肖新一愣，看了肖辉一眼，说你让他撤诉，是不是发烧说梦话？肖辉说，我先礼后兵，把了解到的信息给他说清楚。他要是不同意撤诉，我就和他摊牌。

　　宋肖新一听，马上表示与肖辉同去：这事你一个人去不好。我也去。肖辉想了想，点点头表示同意。二人各自上了自己的车。宋肖新想来想去，觉得这事应当给冯功铭说一声，于是给冯功铭拨了个电话，电话提示冯功铭不在服务区。她想，回去以后再告诉他也不迟，反正这次去是摸一下姓汪的底。

五

汪光军在他豪华的会客室里接待了肖辉和宋肖新。

眼睛是心灵的窗户，同时也是观察人的利刃。有研究学者发现，尽管人人都长着一双眼睛，但是有的人一眼就能从对方的眼睛看出其性情、脾气。三百六十行，行行出状元。汪光军不仅在地产界摸爬滚打多年，由于接触女孩子多，自认为对女人的观察一目了然。他第一眼看见宋肖新，心里就怦然一动，一种想占有的欲望升腾而起。然而，他又清醒地认识到，这姑娘不同于他接触过的其他美女，难驯。

肖辉报出自己是某部的干部，并递给汪光军一张名片。他并没有别的意思，只是想让汪光军知道自己是有职业、有身份的人。不料汪光军接过名片看也没看就扔到茶几下边，傲慢地说，你们部的李副部长是我的铁哥们儿。我们经常在一起打高尔夫球。他的眼睛上周手术，我还去看过他。你见了他给我问个好。轻而易举，汪光军占了上风。

因为他说的那个李副部长主管肖辉所在的部门。前几天，李副部长因为糖尿病所致眼底出血，做了个小手术。汪光军连这事都知道，可见与李副部长关系的确很好。肖辉不禁暗暗告诫自己说话注意，他真的到李副部长那儿捅我一刀子，我以后的日子就难了！

汪光军目不转睛地看着宋肖新，微笑地问这位小姐在哪里高就？

宋肖新如实地回答说做售楼工作。

汪光军惊讶地说你就是宋肖新啊？早就听朋友提到过你。好像还有个文人在京报上写过一篇称赞你的文章，叫什么，什么来着？对，《售楼小姐》对不对。他看了肖辉一眼，接着做了个解释，没有别的意思。因为我的天大二期和三期都要陆续开盘，我想找一家实力更强的销售代理公司，这个公司当然要有名气，有名人。又转过头看着宋肖新，说我特别喜欢你的气质，你其实不适合做售楼小姐，做广告模特比如做我们企业的形象代言人更合适，收入不会比现在少。

每一个人都喜欢别人称赞。不论他是白发苍苍的老者，还是刚刚懂事的孩子；不管他是位高权重的高官，还是平民百姓。因为，称赞是对被称赞者某一方面的肯定，也同时是对被称赞者的鼓励。宋肖新当然也不例外，听了汪光军的话，心里很舒服，脸上也容光焕发。

肖辉直截了当地向汪光军说明了来意。那个被刑拘的肖祥，是我们两个人的弟弟。我们来找你，就是想征求你的意见，看能不能用别的方法解决问题，比如撤诉……宋肖新接着说，我弟弟今年初中毕业，就要考高中。这样的打击，不光影响他的学习，还会对他心灵造成创伤。你汪老板也是有子女的人，你的儿子和他年龄差不多，希望你能设身处地替他想一想。他俩在上车之前已经商量好，见了汪光军，一开始无论如何要压住火，先礼后兵地和他协商。

汪光军一直面带微笑地听肖辉和宋肖新说话。他让女秘书给宋肖新和肖辉各上了一杯咖啡，自己则要了一杯矿泉水。他说我这咖啡纯进口的，味道正。接着，他把话题转到了形象代言人。他说现在生活好了，人会打扮了，美女俊男一抓一把，可是想找个形象清纯的不容易。公司策划部给我提了一大串明星的名单，都让我给否了。我们又不是做电影海报。我就想选一个形象好，又没有是非争议的女孩……

汪老板，你给个态度吧！肖辉有点儿不耐烦，催了汪光军一句。

场面一时陷入了尴尬。汪光军喝了口水，用非常平缓的口气说道，二位的心情我非常理解。不过，这事是司法部门的事情。你提到的撤诉不是没有先例，也不是不可以。但是，我要征求一下我儿子汪天大的意见。他现在住院治疗，医生不让打扰他，怕他再受刺激，造成更严重后果。另外，我还得咨询一下律师，看看这种案子能不能撤诉。

你儿子住哪家医院？我们去找他谈谈。宋肖新单刀直入地说。

汪光军笑了笑说，不方便吧？他点燃了一支进口雪茄烟，边抽，边指挥目光在宋肖新身上来回跳动。肖辉决定跟汪光军摊牌，向他提出了重新为汪天大做鉴定的要求。汪光军用疑惑和不满的目光看着肖辉。我靠，你什么意思？你怀疑我儿子装伤讹人？他边说边从沙发上站起来，两手像指挥乐队一样有节奏地挥动着，说话的声音也放大了。你要是谈这个问题，可以找我的律师，可以找公安局、检察院、法院。不过，我要警告你，我儿子没有向你们提出赔偿要求。你要是这样做，我还真得考虑要求赔偿，一人二十万，不多吧？

肖辉终于压不住火，猛地拍了下茶几，茶几上的杯子惊慌失措地跳了几下，有的倒下了，有的晃了晃又站住了。他说汪老板你不要欺人太甚。别以为你做的事情都是在密室里别人不知道！汪光军一副玩世不恭的神态，我欺负你了吗？肖，肖……怎么称呼，局长、处长、科长？哈哈。肖辉挺了挺身子，我什么长也不是，但我是堂堂正正的男人。不像有的人……他的话没说完，汪光军就露出了流氓本性，大吼起来，你算什么东西敢来教训我？教训老子的人还没生出来。你不就是一小科员吗？信不信老子给你们部长打个电话就让你小子滚回你那个十八里香贫民窟！

肖辉还要顶撞他，被宋肖新用眼神制止了。她把肖辉推到门外，说你先消停一下，我和他再谈谈。说完，她返回到屋里，一边向汪光军伸出手，一边说汪老板你别生气。我们是想请你从一个父亲的角度考虑一下孩子的前途。给你添麻烦了！

汪光军的脸就像变魔术一样，瞬间又换了一副春风得意的面孔。他一边说不麻烦，我当尽力而为，一边握着她的手，赞不绝口地说，见到你本人，让我眼前一亮。宋小姐，我不夸张地说，你是让我看到了阳光的灿烂呀！我新开的天大二期楼盘正在招聘形象代言人，宋小姐如果有兴趣的话，欢迎你也报名竞选。我给的形象代言费很高啊！

宋肖新说一定。我回去就上网报名。

汪光军拿出名片，写上手机号码，递给了宋肖新，然后有意无意地摸了一下她的头，我等你电话喽。

宋肖新在楼下追上肖辉，见他气鼓鼓的，喘着粗气，眼睛里也冒着火苗，给人的感觉有点儿可怜，又有点儿滑稽。她正想劝他几句。他郑重其事地对她说，这一趟没有白来。汪光军给我上了生动的一课，是我大学几年和参加工作后没学到的。宋肖新惊讶地问，你想说啥？肖辉摇摇头，抹了一把溢出的眼泪，说我知道怎么安排自己的将来了！

宋肖新没有去追他。她想象得出，此刻汪光军一定是站在窗前观察着她的一举一动。

不出宋肖新所料，她从会客厅出去后，汪光军就回到自己的办公室。他的办公室有大的落地窗，从窗口可以看到楼下停车场，还可以看到更远的那条被称作"河"的臭水沟，以及更远的开发工地，那个工地叫作"天大水郡"，是他新开发的楼盘，他每天看着"天大水郡"的楼盘节节升高，仿佛平地里长出的一沓沓百元大钞冲天而起，数都数不过来。他在办公室里还准备了一副望远镜，随时观察楼下的动静。他老婆曾经把他和情妇堵在了办公室，虽然老婆闹了一阵并不想真的和他离婚，但还是让他很不痛快。还有一次，他被几十个建筑工人堵在办公室，逼着他当场在拖欠工资的还款书上签字，虽然及时赶到的警察轰走了工人，但也让他觉得像喝了一杯剩水馊茶。后来，韩士改建议他把办公室从朝阳的方向搬到背阳的地方，原因是"荫可庇护"，还让他准备了望远镜，没事的时候可以看看远处。他取出望远镜向下看。宋肖新出现在他的望远镜里，而且十分清晰：颀长的身材，高耸的乳房，隆而鼓的屁股，白白净净的皮肤……一切都是那么魅力四射。他的心像被什么揪了一下。当他看到宋肖新和肖辉各自上了车后，才放下望远镜，回到桌子旁坐下。坐下后，宋肖新的影子就在他的眼前，他眨了几下眼睛，影子还在。我靠，我汪光军这几年见的女人都是乌鸦，今天见的女人才是凤凰！你不是想让我撤诉吗？好啊，你也得付出点代价吧！

汪光军想到这里，马上给高律师打了个电话。老高，你抓紧再补上一份申请，要求姓肖的和姓张的各家赔偿我儿子二十万。

第八章

一

　　宋肖新回到"拼租"的房子楼下停好车，没有马上上楼，坐在车上胡思乱想起来。她想肖祥现在是不是受罪，想肖桂桂着急得吃不下饭，想汪光军时而阴险时而阳光的笑容，想肖辉束手无策恼羞成怒的神态，想冯功铭是不是在为肖祥的事奔波……直想得头疼。过了一会儿，她重又发动车，打了一下方向盘，才想起自己刚回来，人还没进屋。她又四下找手机，座位上下、前后找了一遍，才发现就在自己手里。她心烦意乱地趴在方向盘上哭出了声。

　　就在这时，后边响起汽车喇叭声，司机像是在催促她。见她不理睬，司机过来敲她的车窗。她抬起头，刚要发火，看见是一脸微笑的冯功铭。冯功铭指了指她的车，你没停在车位里。宋肖新没好气地说我乐意！说着，把车重新停好。

　　冯功铭也停好了车，说我来帮你搬家。

　　肖祥出事后，宋肖新心里又急又烦，而"拼租"的两个同事不知道这件事，进了屋又打又闹，尤其是跟男朋友通电话时嘻嘻哈哈，让她备受刺激。当今的女孩，许多人都把友谊当成了传说，相互之间更没有知心话，心与心之间竖起了一道墙。她自己一会儿接电话，一会儿跑出去约人，两个"拼租"的也隐隐不满。这种环境平时还行，眼下的这种心境下，宋肖新觉得憋闷。她只是发了几句牢骚，没想到冯功铭当真了。她说，我还没租好房子，朝哪儿搬？

冯功铭说，就搬我那儿。我已经都收拾好了。

宋肖新瞪他一眼，冯功铭你别乘人之危。我还没和你谈婚论嫁。

冯功铭见她额头上出了汗，忙打开车门，又开了空调，然后推她上车，上车说，上车说。上车后，他只说了一个理：你这段时间心情不稳定，又向公司请了假，收入也不稳定，到时别连房租也付不起。我是两居室，你一间，我一间，就算"拼居"吧。我起码不收你的房租……她觉得这个理由让她无法拒绝。还有一个更重要的原因，是她觉这个时候需要呵护，毕竟她是个女人。

一路上，宋肖新在考虑是不是要把去见汪光军的事告诉冯功铭，还没等她想出个结果，冯功铭就接到冯援朝让他晚上回家的电话，说是有事情和他谈。他挂了电话，脸上立马阴云密布。

他现在回家就像是赶一场出庭，必须冷静地想一想。

冯功铭是家中的独子。他有一个姐姐和一个妹妹，姐姐已定居美国，每年回来探亲一次；妹妹在区政府工作，已经是个副处长了。爸爸妈妈对他十分溺爱，同时又有些失望。他把法院的工作辞掉了，爸爸妈妈并没有太多意见。过去领导干部的子女多进入公务员队伍，在官场上谋个一官半职，子承父业为方向；现在不少人则是弃官从商，以搞经济为方向，这也是时代特征。每个时代都有每个时代的特征。所以，爸爸妈妈对他做律师事务所合伙人基本持肯定态度，对他唯一不满的是迟迟不结婚。妈妈曾多次给他说过：你不要缺乏自信。你的个子稍矮一点儿，这没有办法，谁让你爹妈个子矮呢？除了这一条之外，你的条件百里挑一，名牌大学博士，大律师事务所的律师，论收入，论家庭条件，真想找对象那还用愁吗？

姐姐妹妹也没少敲打他，还积极给他张罗女朋友。自打认识宋肖新后，他就谢绝了一切婚姻"扶贫"，说自己有人了，今后少拿他说事儿。家里人顿时来了兴趣，一致要求见见这位千呼万唤不出来的女孩子儿。冯功铭藏着掖着，就是不肯把"宝贝"展示出来。妹妹说他像家庭主妇，把大家的胃口吊得足足的，却始终不上菜。妈妈虽然着急，但标准始终不变，演员、模特、商人不能找；低学历、职业不稳定、没有北京户口的不能找；爱出风头、自以为是、工作起来不要命的不能找；个人成长环境、家庭环境、社会环境不好的不能找。按照妈妈说的标准，宋肖新根本不可能被家人接受。所以，他一直没敢把宋肖新带回家。而他已经贪恋甚至依赖上了宋肖新。不仅是宋肖新长着一张明星脸，一副好身材，周身上下透露出的美丽的气息让他陶醉。他更多的是贪恋她的性格魅力。她不同于一般女孩。她在纸醉金迷的社会里，能洁身自好；在竞争激烈的环境中，能守着自己的尊严。有的女孩喜欢把自己的真实性格深深掩藏起来，让你和她接触很长时间也看不清楚。她则是毫不隐瞒自己的喜怒哀乐，好的时候温顺得像只可爱的小动物，一旦发起脾气又如同一匹烈马。他自诩既喜欢宠物，又喜欢骑马，一句话依恋上了她。

　　一路上他都在想着怎样把他和宋肖新的事儿提出来。这事已是兵临城下，而且这一关早晚都要过，没准儿把握好时机，便能闯关成功。

　　他把宋肖新送到住处，然后就往家里赶。

二

　　冯功铭回到家时，只有妈妈和保姆两人在，爸爸还没有回来。妈妈的名字叫田桦，和一个著名老电影演员重名，年轻时为了名字闹出过不少笑话和误会。她一见儿子，亲得不得了，在他脸上摸了大半天。儿子你心真狠啊，又是半个月没回家，你就不想妈？

　　冯功铭扶妈妈在沙发上坐下，自己挨着妈坐着。妈，我的工作性质你也不是不了解，一个案子要忙好多天。现在，老百姓的法律意识强了，动不动就打官司。总之一个字，忙！

　　田桦直截了当地问他：你不是说谈了女朋友吗？今天为什么不把她带回

来让我和你爸爸见一见？你想金屋藏娇藏到什么时候？他沉吟了一下，鼓起勇气说，原本打算和我一起回来见见您和我爸。可是今天晚上公司临时加班，来不了。田桦问，你女朋友是做什么工作的？

冯功铭老老实实地回答说是售楼的。田桦又问，是北京人？冯功铭说，现在是。田桦脸色骤变，话也急了，那就是个北漂啦？

冯功铭的心跳加快了。过了一会儿，他才点了点头：算是吧。

田桦一下从沙发上跳起来，指着冯功铭的额头骂道：你看看你这孩子多没出息。你怎么能找个北漂呢？我不是再三给你说过咱们冯家选择儿媳的标准吗，不能找个在北京没根没底的呀。你这不是让我和你爸爸丢面子，让冯家难堪吗？！

冯功铭也站起来，红着脸和母亲争辩，北漂又怎么啦？现在也不时兴叫这个，要叫北京新市民。再说，你和我爸结婚时，他不也是个刚脱了军装的北漂？北漂是最有闯劲最能吃苦耐劳的一族。兴你老人家喜欢就不兴你儿子喜欢啊？冯功铭希望气氛能轻松一些。

田桦更火了，你爸那叫组织分配，有北京户口，分房子。北漂是什么？说好听点叫外来务工、打工的，说难听点叫黑人黑户。这种人做个保姆或者清洁工还可以，怎么能做儿媳妇，成为我们冯家的一员？！

冯功铭此刻好像站在了法庭上，义不容辞地说，北漂遍及京城各行各业，有不少人是单位的顶梁柱，还有的成了大老板。可能他意识到自己的态度或角色不对，嘿嘿笑了，扶着田桦说，妈，我的女朋友是一个作风正派、为人诚实的好女孩。不信，哪天让您见见，我敢保证您见了她就会很喜欢。一个个子高高、形象漂亮的女孩在家里一站，光彩夺目。您老带着她上街，多少人会向您投来羡慕的目光啊……

田桦打断了他的话，坚决地说，少跟我贫嘴，反正你要找个北漂我不同意，你爸你妹也不会同意。那你就一辈子金屋藏娇吧！

冯援朝恰在此时进了家门，他一看妻子与儿子的表情，忍不住笑了。看看你们这一老一少的样子，哪像母子啊？有什么大事不能坐下来好好商量。田桦好像终于找到了援军，对冯援朝诉苦道，你问问你儿子做了些什么？他找了一个给冯家增光添彩的女朋友，是个北漂。这下子你们冯家可以光宗耀祖了。冯援朝笑着说：你口口声声你们冯家，你不是冯家一员啊？有话好好说嘛，你这样着急就能解决问题？

田桦生气地说你本事大你去解决吧。她转身进了厨房。

冯援朝端着茶杯向书房里走，同时向冯功铭摆摆手，示意他跟着进去。到了书房，冯援朝在自己专用的转椅上坐下，喝了一口茶，顺便翻了翻放在桌子上的晚报。冯功铭见爸爸神态平常，轻轻松了一口气，便在冯援朝对面的椅子上坐下。

你的女朋友是不是十八里香的？冯援朝出其不意地突然向冯功铭发问。冯功铭一惊，从椅子上站了起来，一时不知怎样回答，轻轻地嗯了一声。冯援朝看了儿子一眼，笑了，说：你小子眼力不差呀！我见过那个女孩子，很不错。用你们年轻人的时髦话怎么说来？对，很阳光，很青春。

冯功铭没有想到爸爸会这样开头和他讲话，也弄不清爸爸心里到底怎样想，对他和宋肖新的事情持什么态度，所以没有说话。

冯援朝见儿子不说话，才开门见山地问：十八里香最近出了个刑事案，听说你免费做了两个农民工孩子的代理律师，是不是你女朋友牵线搭桥？他说完，眼睛看着冯功铭。

冯功铭说，免费代理是我自己与合伙人商量后决定的。

冯援朝说话非常平和。你这样做是对的。一个律师就要有正义感和公平心。那些农民工生活很困难，拿不出钱打官司。我们政府还提倡法律援助嘛！我想问的是你对这个案子有什么看法，你女朋友那里的人对这件事有什么反应。听说那个已经被刑拘的孩子是你女朋友同母异父的弟弟？

冯功铭一下子警觉起来。他马上意识到，爸爸今天让他回家，既不是和他谈婚姻大事，也不是谈家庭琐事，而是谈肖祥的案子。这让他感到几分惊奇。他怕再不回答引起爸爸更多的疑问，就说刚刚接手还没有展开。至于我个人对这个案子的看法，就一句话：依法办事。十八里香老百姓中大多数并不了解事情的真相，只是凭老乡之间的感情，或者说简单地用北京人与外地人、富人与穷人这个概念来看待这件事。我相信只要依法办事，他们终究会理解和支持。

冯援朝一直含笑看着儿子，不时地点点头。他说：你分析得很有道理，态度也很端正，这样我就放心了。这个事出来以后，区委区政府让我负责，我了解了一下，感觉有两种错误思想在起干扰作用。一种就是我们区、街道、社区某些同志思想中存在的排外倾向。他们认为农民工的孩子缺少教养，对北京孩子怀有敌意，经常在社区寻衅滋事，打架斗殴，这次就是故意伤害。

冯功铭说：这是主观武断，没经调查就下这种结论，太不负责！

冯援朝点点，表示同意儿子的观点，接着又说：另一种错误思想比起刚才那种错误倾向更严重，主要是存在于农民工中间。他们对政府正在想方设法解决的一些问题，如教育平等、就业平等、社会保障平等等工作中存在的问题有意见，无限扩大自己的权利诉求。同时简单地以地域画线，认为北京对外地人不公平，所以产生了对抗情绪。

冯功铭点点头。他心想爸爸说得一针见血。宋肖新就是这个观点。冯援朝看了冯功铭一眼，突然严肃地说，如果那两个外地孩子不把人打伤犯了伤害罪，执法机关不可能动用法律。谁违反了法律都要承担法律责任。这天经地义嘛！

冯功铭说，十八里香的一些人怀疑汪天大的受伤鉴定是假的，所以才有不满情绪。

冯援朝沉吟了片刻，品了几口茶，语气加重了。北京的稳定事关重大。这种事情处理不好容易引发矛盾。我已经责成有关部门抓紧调查处理。你作为律师，考虑问题时也要讲政治，顾全大局。这一点，我是相信你的。他放下茶杯，一边向外走一边关切地问，你那个女朋友还不是北京户口吧？她有没有向你提过这方面的要求啊？

冯功铭早有思想准备，回答得十分巧妙。她没有向我提过，我主动提出还是解决了好。

冯援朝点了点头，是啊，咱们这些北京人感受不到什么，没有北京户口的人感觉就大了。这也难怪，咱们的很多资源都是按照户籍来配置和分配的，比如教育、社保、医疗卫生等。政府正在对这些方面进行改革。不过，北京户口短时期内还不可能放开。慢慢来吧。

吃饭的时候，冯援朝先开口，他说，明年我就到站了。你姐姐建议我到国外住几年，好好休息休息。你妹妹也同意你姐的意见。我想听听你的意见。田桦不等冯功铭回答，就抢着说，你儿子的婚姻大事不办好，你能放心地出国休息？鬼才相信呢！冯援朝看了冯功铭一眼，又转脸对田桦说，功铭手头有几个案子没结。你就别给他压力了。他不是有女朋友了吗？哪天带家里来咱们见一见。

田桦生气地说，我根本就没有兴趣见一个北漂！

吃完晚饭，冯援朝说区委有个会议要参加，今晚就不回家了。冯功铭也借机说自己还要加班看案卷，随同冯援朝一起出了门。田桦生气地冲着冯援朝父子喊道：你们爷俩把这个家当监狱，一会儿也不想待，我明天出去旅游也不在家待了！

田桦生了一夜的气。她气冯功铭不听话，气冯援朝自私，整整一夜没睡好。她本来心脏不好，早晨发现心口疼得厉害，就让保姆要了车去医院。医生说她心速有些快，但没什么大事，回家吃点药，好好休息几天就没事了。她直接去找科主任，对科主任挑明要住院。科主任与这位副区长夫人比较熟，马上同意了她的要求。她是想借生病住院，给冯功铭施加压力，同时也让冯援朝给自己一些关心。果然，听说她住院，冯功铭和冯援朝都赶来了。

平时想见你们的影子都很难。现在听说我快要死了，是不是过来看看遗嘱？田桦对冯援朝和冯功铭发了一通火。有病在身的田桦成了一个了不起的角色，把一个副区长和一个大律师训得跟孙子似的。

冯功铭感到内疚，站在病床前低着头不说话。冯援朝也收敛起平时的官腔，搜肠刮肚地找着安慰的话，直到一丝笑容从田桦绷着的脸皮里往外涌动，他才告辞。冯功铭去送他时，他拍了拍冯功铭的肩膀，说了一句让冯功铭半天也琢磨不透的话，男人做事不能婆婆妈妈。媳妇得要，老爸老妈也得要。这才叫男人！

冯功铭送走父亲回到病房，田桦板着脸不理他。他知道妈妈还在为他女朋友的事生气，猜测妈妈一会儿肯定会谈他婚姻的事儿，她风头正劲，自己还是退避三舍，避其锋芒。他时不时掏出手机看，可平时忙得像公用电话的手机现在却安静无比，他找不到理由离开。

田桦看出冯功铭心中焦急，冲他摆了摆手，生气地说你要是有事就走你的吧，我没有工夫看你热锅上的蚂蚁的样子。

冯功铭趁机赔着笑脸，说我今天有一个庭要开，不能不去，还不能迟到。妈，我开完庭马上过来陪你。

你那个北漂女朋友呢？田桦没好气地责怪儿子，我还以为你搬出家是住在单位为了工作方便，没想到是在装起夫妻了。接着，又冲冯功铭背影唠叨，别想一走了之，我给你一个月的时间。要么你和那个北漂分手，要么我就死在医院里。

冯功铭连电梯也没乘，一路小跑逃下了楼，到了车上才松了口气。

三

冯功铭明白，肖祥的事一天没完，宋肖新心里一天不会痛快，他也一天不会安宁。于是，他从医院直接去了十八里香老孙家饭店。他想再找"少半勺子"谈谈。"少半勺子"正在忙着指挥服务员洗碗、择菜、打扫卫生。她一开始还客气，冯功铭一提出了解那天晚上几个孩子打架的事，她的脸马上拉长了。你也是我们十八里香的高客。说句不中听的话吧，这事你接过来是对的。你要是不接，别说宋肖新不愿意，十八里香的老少爷们儿也会骂你。可是，冯律师你也不能太认真。你要越认真，就越不好办。

冯功铭不解，你说这话我怎么听不懂？

"少半勺子"把冯功铭叫到一个包间里，又把包间门前一个打扫卫生的服务员赶走，压低声音说，冯律师，不，我得叫你大侄子。你说十八里香的人能斗过你们这些当地人吗？

冯功铭不高兴地说，大婶，你这话问得让我为难。怎么能把外地人和北京人对立起来说事呢？你来北京好多年了，还是开饭店的，你应当最清楚，北京人和外地人总的来说相处得很好，有矛盾的只是极个别人。你开了这么长时间饭店，打架的事遇见几回啊？

"少半勺子"听了冯功铭的话，有点儿不以为然，你说的有你的道理。可是我也有我的看法。我觉得那几个孩子打架的事就能说明问题。

冯功铭问说明什么问题？

"少半勺子"一时回答不上来，点了一支烟，边抽边挖空心思地找着能证明她观点的话。她"少半勺子"不是一般人，不光盛饭的勺子不饶人，话上也总爱争出个高低。她说这年头谁傻呀？明知斗不过还不躲着走。你是律师，比谁都明白，姓汪的有钱。有钱别说买张纸……她马上意识到说漏了嘴，嘿嘿笑着说都是听别人说的。

冯功铭不想跟"少半勺子"扯闲篇，提出找两个服务员谈谈。"少半勺子"慌忙挡住他，大侄子，你找我饭店的服务员谈什么？再说，我这饭店大小是个单位，是单位就有领导，你总得经过我这个当老板的同意吧。

冯功铭不卑不亢地说，每一个公民都有接受法律询问的义务。我是律师，我有权找目击证人了解情况。

"少半勺子"有点儿上火。这是我的饭店，不是法院。我不管你什么法律不法律的，在这里就是我说了算。我马上就要营业了，你要是没事，我管饭，要是有事你就先忙着。

冯功铭出了老孙家饭店，窝了一肚子火。他正要上车时，梅子从美容美发店出来倒垃圾，她趁冯功铭刚上车还没关车门，轻轻地说，那两口子的良心让狗吃了。几个孩子刚打完，"少半勺子"站在门口骂北京孩子欺负人。她说要不是肖祥拦着，张杰就收拾那小子了。现在，她又不承认看见了，还不是瞎话？

冯功铭问了一句你当时看见了吗？你还听到了什么？

梅子说我在给客人做按摩，没有出去。不过，他们家老孙回老家之前，我见天大公司的人来找过他。那个找他的人经常来店里按摩，我认识。老孙打那就不见了。

冯功铭的心一沉。梅子的话无疑告诉他，老孙回老家与"少半勺子"回避有着直接联系。但他毕竟是个律师，律师要讲究证据。接着，他又到了十八里香派出所，还没坐稳就对小乔说，你是学法律出身，我也是学法律出身，咱们说话就简单了。

小乔把那天晚上的经过原原本本给冯功铭说了一遍。最后强调，凡是能做的和应该做的检查，我让他们四个都做了。检查的费用我先垫付的，后来他们的家长来了还给了我。汪天大还说，所有的检查费用都由他出。

冯功铭沉吟片刻，问，汪天大事后到医院检查，你知道吗？

小乔开始犹豫了一会儿，不想正面回答。见冯功铭期待地看着他，才实事求是地回答说，反正没有人给我打过招呼。

冯功铭没有再向下问，法律讲究的是事实，臆想和假设都不成立。他告辞时，小乔把他送到门外，握着他的手坦率地说，冯律师，说句与本案无关的话，也可能对你有帮助。我怎么也想不起来，事发那天晚上在医院检查时，医疗机械出了什么样的毛病。

这话背后的潜台词冯功铭听明白了，他笑着拍了拍小乔的胳膊。一路上他反复想，汪天大的医院诊断和法医鉴定如果有问题，这中间牵涉的不会是一两个人。那样，事情就更复杂了。冯功铭做了多年律师，遇到过作伪证、作假证的事。司法腐败与官场腐败相比，其危害性往往更大。作为一个律师，他深深懂得，任何时候都不能带着感情色彩去驾驭法律，更不能让金钱玷辱法律。

四

宋肖新自打肖祥进了看守所后就失眠了，昨晚又是到凌晨才合眼。早上醒来，她打开电脑，刚上网就看到一个帖子，上边这样写道：

前两天，十八里香有个叫肖祥的男孩被警察抓了。这个被警察抓的男孩是北区中学生迎奥运外语比赛的第一名获得者。一个多星期前的一天晚上，他和一个同学在饭店吃饭，碰上邻桌有一个姓汪的大老板的儿子也在吃饭。他的同学开酒时无意逆到姓汪的大老板的儿子桌上，老板的儿子特横，骂他和他同学粗野，双方发生了争吵。姓汪的老板的儿子又高又胖，力气蛮大，要动手打人。他的同学上前迎击挡了一下，姓汪的老板的儿子自己滑倒了。过了一星期，姓汪的老板的儿子突然说脑子受了伤，告肖祥和他同学故意伤害。警察把他抓进了看守所。他的同学吓得逃跑，到现在没有影儿。当时饭店里有的服务员和顾客，明明看到姓汪的老板的儿子滑倒后爬起来，活蹦乱跳，还要打人，去医院检查也没查出伤，这不明摆着是弄虚作假，欺负外来人吗？还有公理吗？

后边，已经有上万条跟帖，大多是骂姓汪的老板。她想，这个帖子不是出自肖祥之手，因为肖祥身陷囹圄，也不像张杰的风格，通篇没有脏字。可能是肖辉，用这样一种方式在起诉汪光军。

汪光军你等着看吧，你再有钱有势，也战胜不了网络的力量。网络网络，是张比天大的网！她以为冯功铭上班走了，打算给他发条短信，让他上网看看。没想到开了卧室的门，就看见冯功铭正裹着围裙在厨房兴师动众地做饭。她问，你心血来潮想玩啥花样儿。冯功铭说，我妈住院了。我想尽尽孝心，煲锅营养汤一会儿给她送过去。

宋肖新一边关切地问你妈得的什么病？要不要紧？一边系上围裙进了厨房。不知是从小养成的习惯还是闻着油盐味就心血来潮，宋肖新喜欢下厨房，她把做菜当成了艺术。她说哎冯功铭，我一会儿跟你去给你妈送汤，看看你妈。不能让你妈认为我不懂礼节。

冯功铭犹犹豫豫地说，再说吧。宋肖新扭头看了他一眼，生气地把抹布扔在水池里，不高兴地说，你不是说把我们的事告诉你妈了吗？是你在骗我，还是你妈压根儿就不同意？不同意早说，别拖着。

冯功铭赶忙改口说，哪儿呀！我是不想让你到医院那种环境去。你要是想去看我妈，我还求之不得呢。宋肖新看出冯功铭在耍花腔，顺势就将他一军：那你就赶忙准备吧。咱们吃了饭就走。

　　冯功铭轻轻抽了自己一个嘴巴。他皱着眉头犯了难，突然带宋肖新去医院，妈见了肯定不高兴，要是当面给她难堪，或者再因为这件事犯了病怎么办？那时候自己是老鼠钻风箱——两头受气。吃饭时，他心事重重，低着头不说话。宋肖新猜得出他的心思，但没有点儿破。她已经下定了决心，无论如何要利用这个机会和冯功铭的妈妈见上一面，看看他妈妈的态度。

　　可是，到了田桦的病房前，宋肖新又犹豫不决了。她推了一下冯功铭，示意他敲门。冯功铭小心翼翼地敲了敲门，过来开门的是他妹妹冯蕾蕾。冯蕾蕾看见宋肖新，脸色一下子变了，冲着他发起牢骚：你是不是嫌妈死得太慢，故意来气妈？冯功铭给妹妹挤了下眼睛，示意宋肖新就在旁边。冯蕾蕾一副旁若无人的样子，继续训斥他：你也三十多岁的人啦，做事不考虑后果，自私自利。

　　冯功铭有点儿生气了。他一把推开妹妹，让宋肖新进屋。

　　宋肖新从冯蕾蕾刚才的说话中，已经听出了一二来，但她尽量满面春风地站到田桦的病床前。

　　田桦见儿子把宋肖新带来了，心里一万个不高兴。她看了宋肖新一眼，心里暗暗赞叹，的确是个阳光美人！儿子和她站在一起显得比她矮了不少不说，她的气质和外表也远远超过儿子。由此可以看出，她之所以和儿子恋爱，肯定是看上了老头子的地位。否则，她这样一个条件，怎么会和儿子处对象？田桦认定了这一点，心里更不舒服。她直截了当地对冯功铭说，你胆子越来越大了。事前不同我商量，就带外人来。

　　冯功铭说她不是外人。她就是宋肖新，我的女朋友！

　　田桦冷冷一笑，说你有本事了，背着爹妈私订终身。你既然已经定了，还带来找我干什么？

　　宋肖新赔着笑脸，把盛着汤的保暖壶放在田桦的床头柜上，亲切地说，阿姨，我听说您生了病，和功铭一起来看您的。

　　田桦推了一下那只保暖壶，坐起身来，让冯蕾蕾给宋肖新搬个椅子。冯蕾蕾一扭头，对冯功铭说，听见妈的话了吗？妈让你给你朋友搬个椅子！冯功铭无奈地搬了把椅子，宋肖新刚要接过来，冯蕾蕾突如其来地接了过去，一屁股坐下。然后她指了指田桦床头前的沙发，意思是让宋肖新坐沙发，沙发上堆着一些衣服等杂物。冯功铭压住火，把沙发收拾干净，宋肖新这才坐下。冯蕾蕾不失时机地讽刺道：媳妇还没娶进门，你就当了家庭保姆。我可从来没见过你对我这样啊！

冯功铭担心宋肖新受不了妹妹的这一系列举动，偷偷看了宋肖新一眼。宋肖新若无其事，脸上仍然挂着笑容。他轻轻地舒了一口气。

田桦等宋肖新坐下后，对冯功铭和小女儿挥了挥手：你们先出去。我想单独和这位姑娘谈谈。冯功铭犹豫着不想出去。冯蕾蕾又拉又推把他拉出了门。宋肖新心中"咯噔"一下。她的脑子也飞快地旋转：这老太太想谈什么？劝我离开她儿子，或者给我谈条件？再不然给我一个下马威？不管怎样，她只要不伤害我的自尊，不侮辱我的人格，说什么我都要忍着。

田桦没容宋肖新多想，换了一副温和的笑容，拉着宋肖新的手，亲切地说，小宋，我觉得你呀，真美，别具一格的美。什么是别具一格，就是和别人不一样。有的女孩子很美，但让人看了并不舒服，比如眼睛里遮不住的俗气、媚气，或者是偏见、轻浮。你不是那样。你的眼神很纯朴、很清雅，一看就很纯真、无邪。

宋肖新说了声"谢谢"。她听得出田桦这是在说前奏曲。她微笑地看着田桦，等待她朝下说。田桦也在观察宋肖新，她见宋肖新态度平静，心里反而有些不安。她想：面前这个姑娘绝非憨厚无知，而是见多识广，和她说话与其拐弯抹角，不如直截了当。想到这里，她问宋肖新：小宋，听说你是售楼小姐。我对你们这个行业不太了解。我想问一下，你的工作辛苦吗？收入还可以吗？宋肖新回答：在外人看来很风光，其实真的很辛苦。至于收入，也是因人而异。售出的房子多，收入就高。

田桦目不转睛看着宋肖新，想从宋肖新的话里挑出能让自己深入了解她的话题。可是，宋肖新的回答简单明了。于是她改变了方式，问道：你家住在哪里啊？

宋肖新直言不讳地说，不知功铭有没有告诉过您，我是河南人，妈妈住在十八里香。我从小就跟着他们生活在那里。

田桦吃了一惊，她知道十八里香住着很多外地人，名声也不大好。儿子只讲女朋友是外来的，没有告诉她住十八里香。她很惊讶宋肖新的坦诚。不过，宋肖新的坦诚毕竟不是她所需要的。眼前这个女孩儿光芒四射，可她的出身、家境、文化背景等和冯家不匹配。一时间，田桦脑子短路了，不知说些啥好，只是长长地"哦"了一声。

宋肖新看出了田桦的心思，决定主动出击，她笑着说阿姨，您对十八里香了解吗？

田桦皱了皱眉头说，我听说过那个地方，好像人很多很杂也很乱！

宋肖新虽然还是笑着，但说话已经不那么平静：阿姨，这就是少数人的偏见。我从小在那儿长大，对那儿的人比较了解。每天，那儿有上万名劳动力，在太阳还没出来的时候就纷纷外出工作，他们中有建筑工人，有环卫工人，有汽车司机，有商场营业员……总之，他们各行各业都有，大多干的是些又苦又脏又累的活。我记得十八里香社区曾经做过一项统计：十八里香的农民工每天建起一座十多层的楼房、清运垃圾有几百车……

田桦不耐烦地打断宋肖新的话说，你净拣好听的说。我听说那里是刑事案件高发区，是各种犯罪嫌疑人的躲藏点。我还听说那里的孩子十多岁就吸毒、卖淫……

宋肖新没等到田桦说完，冷笑一声打断了她的话：阿姨，您这可就有点儿片面了，去年春节，市长亲自到十八里香慰问外来工，口口声声代表北京人民感谢他们的劳动，您应该知道吧！要说违法犯罪的事，北京哪个区哪个街道没有？就是官员中不也是一批一批地前仆后继往下倒。

田桦突然冲着门外喊道：冯功铭，你给我滚过来！宋肖新面对面的顶撞，让她一下子控制不住自己了。

冯功铭和妹妹一直在门外站着，听着田桦和宋肖新的对话。他心里七上八下异常不安，暗自叫苦：这下子坏事了！他几次想推门进来，打断母亲和宋肖新的对话，都被妹妹阻止了。他正焦虑急躁，突然听母亲喊他，后背直冒冷汗，赶忙推开门进了屋。见母亲脸色苍白，气得呼哧带喘的，冯功铭吓得低下了头。宋肖新又羞又恼，看来田桦根本就不同意她和冯功铭谈恋爱，借说十八里香来嘲讽她、打击她。她在冯功铭进屋后，恼怒地瞪了他一眼。

冯蕾蕾也进了屋，她看见母亲浑身颤抖，怒气冲冲地冲着宋肖新吼了一声：你有什么资格和我妈这样说话？

宋肖新冷冷一笑，理直气壮地说：对等的资格。

冯蕾蕾上前一步，指着宋肖新训斥说，你就是一个外地人，说白了就是一个盲流。你除了长得漂亮一点儿，像个花瓶，还有什么？

这话把宋肖新彻底惹火了。她豁出去了，大声说，请放尊重一点儿！我从来没有因为自己是外来人就感到比人低一等，也从来没有把漂亮当本钱。北京是全中国人民的首都，不是某些人的私产。我有权利在北京堂堂正正地生活。说完，她转身向外走，到了门口又转过身，对冯功铭说，冯功铭，我希望你从今天起不要再和我联系！

冯功铭慌了，跑出去追宋肖新。冯蕾蕾上前拦住了他，他一气之下把冯蕾蕾推倒在地。

宋肖新离开田桦的病房后，快步如飞地下了楼。她从小在十八里香长大，的确没少看别人的白眼，但是，从没有人当面这样羞辱过她。她恨田桦，更恨冯功铭。那一刻，她如果手里有一个火把，可能会把医院给点了。

五

冯功铭没追上宋肖新，回到病房冲田桦发牢骚，妈，您这是做什么？我女朋友好心来看您，您把人家气走了。

冯蕾蕾抢着说，你是不是非要把妈气死才罢休？

冯功铭冲冯蕾蕾挥了挥手，你滚开！我的事不用你来管。你是因为自己长得难看，当我不知道，你是妒忌！

田桦也觉得事情有些大了，感情问题不是一两句话能解决的，甚至不是一朝一夕的事。她今晚毫无疑问地刺伤了宋肖新，得罪了儿子。如果现在再逼儿子，有可能适得其反。所以，她没有责备冯功铭，而是让女儿给他倒了一杯开水，然后拉着他的手，带着歉意地说，儿子，你年纪不小了。我和你爸你妹妹，哪个不为你的婚事着急啊！婚姻是人生的大事，必须慎重对待。对你的婚事，我们一不包办，二不干涉。但是，做爹妈的给你提点参考意见并不过分吧？

冯功铭埋怨地说您这是提参考意见吗？您这是羞辱人家，是下决心要拆散我们！田桦辩解说，我今晚并不是要给她难堪。你明明看到了她对我说话的态度。你和你妹妹出去后，她都没正眼看我。冯蕾蕾不失时机地敲边鼓：她算什么东西，敢对妈这种态度？冯功铭瞪了冯蕾蕾一眼，厉声说出口伤人，是最没文化的表现。你要再这样说话，就请你出去！冯蕾蕾不服气，拉出一副吵个天昏地暗的架势：这是妈的病房，你没有权利赶我。我还想让你滚蛋呢！

田桦冲女儿摆了摆手：别和你哥这样说话，你要再这样我也生气了。

冯蕾蕾这才不说话，故意把电视音量开到最高，连护士站的护士都嫌吵得慌，过来看了一眼，见是冯副区长夫人的病房，知趣地走了。

田桦起床去了一趟卫生间，冯蕾蕾扶着她进去了。冯功铭趁这个机会，给宋肖新打了个电话。电话响了几声，宋肖新不但没接，接着还关了机。冯功铭又急又气，在屋子里走来走去。他想起宋肖新曾经给他说过，如果有一天他伤了她的心，她会不顾一切地离开他。他担心宋肖新在失落和伤心双重打击下，真的会离开他。

田桦从卫生间出来，看见儿子拿着手机，心神不宁地走来走去，马上明白了儿子的心思。她没有回到病床上去，而是招呼儿子和女儿和她一起到院子里走一走。

院子里有一条林荫道，两边是水杉树，水杉高大挺拔，枝繁叶茂，遮天蔽日，形成一条林荫走廊。田桦在冯功铭以及冯蕾蕾的陪同下在林荫道上走着，样子闲散，像个贵妇。冯功铭闷闷不乐，一声不响。田桦装作看不见，和女儿谈笑风生，掩不住胜利者的喜悦。冯功铭一刻也不想再待下去了。他对田桦说，妈，我还有事，明天我再来看你。

田桦停住步子，缓缓看了儿子一眼，没有表态。

冯蕾蕾倒是愤愤不平，哥，我说你能不能有点儿男子汉的骨气。你不要面子，妈还得要面子。你一个法学博士、堂堂大律师还得去求她一个北漂、盲流，跌不跌份儿！你年龄比她大、个子比她矮，她图你什么？再说，她圈子里帅哥多的是……

冯功铭大声冲她说：你有完没完？说完，掉头就走。

冯功铭来时坐的是宋肖新的车，回时只能打出租车。刚上车，手机来了短信，打开一看，是宋肖新发来的。她在短信中说：你一个北京人、一个男人，和我这样的女孩子斗心眼儿，耍小聪明，户口你拖着不给办，我弟弟的事你也不上心，你妈妈和你妹妹还合着欺负我……我攀不起你家高枝，就算了吧！

他看完就拨宋肖新的手机，连续拨了十几遍都是关机。他觉得自己几乎要发疯了。

第九章

一

　　张刚和肖桂桂从天黑后就在十八里香的几条街巷里转开了。

　　十八里香的夏夜，像一个心情郁闷的年轻人，有几分烦躁、几分焦虑，随时又会激动亢奋。这些年，十八里香地区的房地产开发如火如荼。房地产商人非常精明，他们很少愿意在过去的几个村庄里盖房，因为那样拆迁、安置的费用大，增加房子的成本，被拆迁的农民的工作也不好做，所以，房地产商们沿几个村庄的周边开发。这样，在同一个地区里，高楼大厦与低矮平房形成了鲜明的对比，高档小区与破旧棚户显得反差很大，十八里香仿佛掉进了井里。

　　因为十八里香的开发商与小区众多，在公用设施配套建设上相互扯皮，加上外来人居住区的乱搭乱建，偷电偷水，造成十八里香的道路、路灯、下水道等配套都跟不上。到了晚上，高档社区灯火通明，平房区则是一片昏暗。高档社区的卫生有专业物业公司清理，而棚户区则垃圾遍地。外地人居住区的道路狭窄，路面不整洁，仿佛人的呼吸道，长期不清理出现不畅，一遇天气变化就容易感冒。到了夏天的晚上，那些到处乱堆乱放的垃圾，经过一天的暴晒，散发出各种各样的气味，有腥臊味、酸辣味、腐臭味，五花八门，形形色色搅和在一起，整个村子就成了肮脏的五味瓶。天大花园的业主和附近几个高档社区的业主，曾多次向街道办事处和区里反映，到了晚上不敢开窗户。韩冬为此事也跑过街道办事处和区里。区、街道曾多次搞过突击治理。但是，这边治理完了，没隔多长时间又"新颜换旧貌"。用韩冬的话说你总不能三步一岗五步一哨地看守吧！

这就是十八里香。白天苍蝇跟着人的屁股后边飞来飞去，仿佛一群空中卫士，有时候小车停下一会儿，车顶篷上就落满苍蝇；而到了晚上，又成了蚊子的世界，人走在路上打个哈欠，都能飞到嘴里几只。稍一停顿片刻，脸上就会被叮咬出几个疙瘩。张刚和肖桂桂在街上转悠了一会儿，脸上、身上就被蚊子叮咬得到处是疙瘩，痒得难以忍耐。人的皮肤痒痒，自然会用手去挠，疙瘩被抓破了，汗水一浸，又疼得让人牙痒痒。张刚怕肖桂桂坚持不住，关心地对她说，桂姐，你先回家休息吧。我没想到晚上蚊子这么多。早知道，我就不会拉上你来受这份罪。

肖桂桂说你不也一样受罪吗？咱再坚持一会儿。

张刚说桂姐你真好……我，我不是皮糙肉厚吗！可是你——下边的话他没有说出口，但肖桂桂已经听明白了。她觉得脸上有点儿发热。这时，她看到一个中学生模样的孩子进了旁边的网吧，不由想起了肖祥，难过而又担心地说，也不知肖祥那孩子现在关在哪里，蚊子多不多，屋里热不热？说着，她落下泪来。

张刚安慰肖桂桂：现在的拘留所很人性化，不会让肖祥喂蚊子，你就放心吧。咱们找到张杰，我劝他马上去投案。

肖桂桂一愣，不解地问：你不是说过让张杰跑得远远的吗？

张刚叹息一声，说我琢磨着人不能那么自私。他一跑了之，肖祥怎么办？谁给肖祥作证、做伴。

肖桂桂听了，又不由自主地流下泪来。她看了一眼身旁这个身体强壮的小伙，突然感觉到自己也强壮了。她让张刚等她一下，自己进了一家超市，买了一瓶风油精。这种药，蚊子闻到就会躲避。她打开瓶子后，倒了几滴在自己的手心里揉搓几下，对张刚说我给你也擦点，蚊子就不敢吸你的血了。她说着，两手在张刚的胳膊上轻轻地抹着。她的手顺着张刚的胳膊，渐渐移到张刚的脖颈。她的动作既轻盈又柔和，从来没有让一个女性这样抚摸的张刚，感觉身上麻麻的、酸酸的，心里却热热的、甜甜的。他恨不得张开双臂把肖桂桂抱在怀中，但还是忍住了。他心里对自己说：你千万别动邪念。否则就别想征服她的心。他站起来，和肖桂桂朝垃圾站方向走。因为肖桂桂告诉过张刚是在垃圾中转站见到的张杰。张刚想，那个垃圾中转站临近天大花园。按照张杰的性格，越是不安全的地方，他越觉得踏实，所以他很有可能就藏在天大花园附近。

垃圾中转站临近十八里香最大的集贸市场。这个集贸市场是敞开式的市场，是区政府考虑到十八里香外来人口较多的实际，根据农村集市的习惯和特点建设的。这个集贸市场一般开业比较早，周边一些郊县的农民也都到这里来交易。有的路途远一点儿的，不想花钱住旅馆，就在市场铺个席子席地而睡，也有的在自己的敞篷车上加上顶蚊帐，把车当作床。张刚怀疑张杰这几天晚上可能就混在集贸市场里。他到那里后，让肖桂桂站远一点儿等他，他自己过去找一找。集贸市场过夜的那些人不太讲究文明，随处小便，有的在敞篷车上睡到半夜起来撒尿，连车也懒得下，站在车上就掏家伙。他怕肖桂桂遇上。

这个时候，集贸市场大多数人还没睡，有的围在昏黄的电灯下打扑克，有的在漫无边际地聊天，还有的在喝啤酒，个个都穿着短裤，赤裸上身。张刚从他们身边走过时，有人抬头看他一眼，冲他笑一笑，更多的人则是视而不见。

我看这样转悠也不个好办法。肖桂桂说，张杰那孩子既然躲了，一般不会出来。他难道不怕被发现？

张刚说我倒是怀疑他已经不在十八里香了。

二

张刚猜到了一点，但是不全面。此时，张杰的确正在安排离开十八里香的事。

晚上，张杰心烦意乱地等人。孙泉很晚才到，他一进来张杰就板着脸问他，你怎么到现在才来？有点儿跛脚、绰号叫"大别山"的嘲讽说，没准儿又跑到哪儿看女人洗澡去了。孙泉瞪了他一眼，小心翼翼地对张杰说，杰哥，我今天从饭店出来被你哥和派出所的警察盯上了。所以，我就先回家转了一圈。他把经过向张杰描述了一遍，当然没少了添油加醋，突出自己如何英明如何勇敢。

张杰一听，马上就说我不能住这里了，得赶快走，今晚就走。

孙泉和"大别山"点点头。他们明白，狡兔三窟，再待下去就危险了。

张杰问孙泉选没选好地方？孙泉提供出了三个地点。他做出一副深谋远虑的神情，说据我观察，我分析，我判断……"大别山"说你别我、我、我个没完没了，我都替你急出汗了。孙泉白了他一眼，然后说出了洗车场、建筑工地和"大海"洗浴中心。他说我刚才说的那三个地方，洗车场是咱自己的，杰哥住那里兄弟们都会保密，可是小乔去过了，说不定还会去。到建筑工地当个小工，三五天别人找不到，但干咱自己的事想离开也不好请假。最安全也是最方便的是大海洗浴中心。杰哥可以以搓背工做掩护……

"大别山"没等他说完就打断了，说你安的什么心？让杰哥去做搓背工给别人搓背，太委屈杰哥了吧。

张杰目光如炬，当机立断地说，他说得有道理。你想想，十八里香咱们的老少爷们儿有几个能去洗浴中心洗澡，一张门票一百五十多元，搓个背八十多元，够他妈吃多少顿肉啊？这样不怕人认出我来。我在那里还可以挣点钱。

"大别山"说，那我们去找你也得买门票啊！张杰拍了拍"大别山"的肩膀：兄弟，哥亲自给你搓背。让你享受富人的生活。"大别山"笑了笑，说我打听到那个姓汪的孩子经常去"大海"洗澡，还找小姐呢。富人过的日子比咱好，富人的儿子睡女人也比咱早。做富人的儿子真痛快。

张杰狰狞地一笑，咬牙切齿地说了一句：狭路相逢。老子脱他一层皮。孙泉和"大别山"面面相觑，都倒吸了一口冷气。

孙泉四下张望一眼，仿佛发现了新大陆，看了看手机上显示的时间，惊讶地说"小东北"怎么还没来？她别真的和姓汪的小子搞上了。

张杰也露出少许焦虑的神情，手中的佛珠转得也快了。他在心烦的时候就转佛珠。这串佛珠的确成了他平衡情绪的法宝。一会儿，他果然就平静了，我相信"小东北"。她绝不会因为姓汪的孩子有钱就出卖自己和朋友。

孙泉不以为然，杰哥，你也别把她想得太好看得太高。现在的女孩比较现实。你没听人家说，一个处女的"开苞费"一万元。网上说做假处女膜的在医院要排老长的队，医院都发大财喽。

张杰狠狠地瞪了孙泉一眼，骂道，你天天就研究这些屁事。我警告你，别对"小东北"说三道四。她就是和姓汪的有了什么事，那也是为了哥们儿英勇献身。我张杰这辈子都欠她……说完，他对着自己脑袋狠狠地打了一拳：操，老子堂堂一个男子汉想不出报仇的法子，让一个女孩做牺牲，还算男人吗？说着，从床垫子下边抽出那把砌墙刀揣在腰间，又把床和被子收拾干净，在周游的床头前放了三百元钱。他想了一下，拿起一百元交给"大别山"，又对孙泉说，你帮着把屋子打扫打扫，那些空酒瓶子和吃剩下的垃圾带上，统统扔到外边去，不要留下任何痕迹，以免给周游惹麻烦。

孙泉和"大别山"打扫卫生的工夫，张杰打开手机，他的这个手机号只有可可和"小东北"知道，连孙泉和"大别山"也没告诉。他想给"小东北"发条信息，却看到"小东北"发来的信息："老大被网上通缉了"。他不由得咬紧牙关，吐了一口恶气。

三

李京生在网吧上网时看到张杰被通缉的消息，大吃一惊，一溜小跑赶到肖桂桂家。肖桂桂还没回家，屋子里一片漆黑。她一边敲门一边轻声喊着"桂姑"，里边没有应声。她怏怏不乐地折回身朝家走。一边走还一边四下张望，希望能看到肖桂桂。

李京生比肖祥和张杰低两届，现在读初一。她是20世纪90年代初生人，地地道道在北京出生、北京长大的外地孩子。同宋肖新、李豫生相比，她对北京的感情比对家乡的感情更亲切更直接。别人问她是什么地方人时，她往往会略带自豪地说，我是北京人！为此，她也招来过别人的笑话。

李京生的头脑里没有明显的北京人和外地人之分，她搞不清北京人和外地人的界限。北京人有的住在豪华公寓里，姐姐不也住豪华公寓吗？自己家住在平房里，那些没钱的北京人不也一样住平房吗？那些有钱的北京人开着小轿车，姐姐不也有小轿车吗？有的北京孩子考上大学找到工作，肖辉哥哥不也是大学毕业后在北京工作了吗？关键并不在于户口，而在于一是能力、二是有钱。这是她的想法。所以，在对待肖祥和张杰的事情上，她同宋肖新的区别在于，宋肖新他们认为是北京人欺负外地人，她认为是无理的欺负有理的。尽管目标、矛头都一样，但还是有本质上的区别。她不是简单地支持北京人或者外地人，而是认为谁有理就支持谁，也就是说，她的意识里明显少了地域性偏见。

李京生在回家的路上遇到了正在巡查的韩冬和居委会治保主任。韩冬见她低着头无精打采，就喊住了她。韩冬手里拿着一把大蒲草扇子。这种扇子在二十世纪六七十年代非常盛行。刚开始用的时候，蒲草是白色的，用了一段时间蒲草的色泽渐渐变为褐色，像是涂了一层油漆，而且越来越结实。现在，这种大蒲草扇子已经成了古董，只有一些上了年纪的人还用。韩冬拉着李京生，用大蒲草扇子在她周边扇了一阵，李京生觉得身上凉快了许多，冲韩冬笑了。在她眼里，韩大妈慈祥、可爱，很有亲和力，不由自主地对韩冬产生了一种亲近感，用河南口音开玩笑说，深更半夜您出来弄啥呢？

韩冬听后果然开怀大笑。

李京生夺下韩冬手里的大蒲草扇子，给韩冬扇着，大妈，您的工作是不是太辛苦太辛苦？韩冬抚摸着李京生的头，答非所问地说，看看，你长得比大妈个子都高，又是一茬子人啊！

这时，张刚和肖桂桂从一个小巷子出来。肖桂桂看见韩冬在与李京生说话，就拉了张刚一把，示意他停下来，听听韩冬和李京生说些什么。在她看来，韩冬与李京生如果没有事不会走到一起。

韩冬和李京生只顾着说话，没有注意有人在身后。治保主任虽然看了张刚和肖桂桂一眼，以为他们是过路的，没有在意。

李京生刚才想了一会儿韩冬提出的问题，回答说我们学校从初中一年级到三年级，每个年级五个班，一个班六十人，全校在校生九百多人，咱们十八里香的最多，占差不多一半。韩冬若有所思地说，还有小学、幼儿园，都加上快两千个孩子。李京生非常认真地点了点头，问：大妈，您怎么想起问这个？

韩冬从李京生手中要过大蒲草扇子，给李京生扇了几下。然后，她又从身上解下旅行水壶，用水壶盖倒了一杯水让李京生喝了几口水，才又问道：京生，你给大妈说说，你以后打算是长期在北京还是回老家？李京生不假思索，脱口而出回答说我就在北京，打死也不回老家。韩冬问你同学都这么想吗？李京生肯定地说那当然。韩冬又问：万一考不上大学，找不到好工作呢？李京生坚定不移地回答：就是在北京打工，也没人愿意回老家。说完，她好像感觉到了什么，问韩冬：大妈，是不是又有什么政策，要赶外地人回去？

韩冬马上摇头说没有，没有！这种政策永远也不会再出现了。

李京生问：那您刚才的意思是……

韩冬沉吟片刻，你们也不容易呀，从你们的父母开始，到你姐姐再到你，然后还有比你小的弟弟妹妹，一茬一茬的。现在，你爸爸那代人慢慢老了，不管他们是想叶落归根还是长期居住北京，都要养老、要看病，如果子女没有稳定的工作和收入，怎么孝敬他们？

李京生从来没有想过韩冬说的那些问题。所以，她听了韩冬的话，觉得有些茫然。

韩冬也不知道为什么给李京生说这些沉重的事情。笑了笑说，你瞧瞧，大妈跟你说这个干吗？嗐，好好读你的书吧。将来考大学、考研究生。将来有了本事，让你爸爸妈妈过个安稳的晚年。

李京生这时好像听懂了韩冬话中的意思，她激动地说大妈，您的话我记住了。

韩冬和李京生分手后，拐进了一条小巷里。张刚紧走几步追上李京生，跟她打招呼，问她这么晚去哪儿了。李京生一见张刚和肖桂桂，神神秘秘地说，我刚才在网上看到张杰哥哥的通缉令了。这回，张杰哥哥躲到哪里也不行。不如出来投案，给警察说清情况。

张刚阴沉着脸没有说话，他知道局势对张杰越来越不利。肖桂桂说现在要是能找到张杰就好说，着急是咱找不到他啊。

李京生像个大人一样叹息一声，张杰哥哥为什么要躲呢？你有理就可以理直气壮地站出来讲嘛。

张刚说有理还得有能讲理的地方。肖桂桂叮嘱李京生注意安全早点回家，就和张刚向垃圾中转站方向走去。他们走了大约三百米，突然听到身后传来一阵急促的脚步声。肖桂桂惊得猛然回头，借着微弱的灯光，看到李京生正冲她和张刚跑过来。她不知发生了什么事，拉了张刚一把。

京生，遇到什么事了？肖桂桂迎着李京生向前走了几步。

李京生气喘吁吁地说我……我刚才看到张杰哥哥了。

肖桂桂和张刚几乎异口同声地问：在什么地方？

李京生转过身，带着肖桂桂和张刚往回走。张刚的性子急，走得也快，不断地催促肖桂桂和李京生快点！

四

张杰在离开地下室之前，让孙泉去找周游了解情况。周游告诉孙泉，今晚好像街上多了一些巡查的人，让孙泉转告张杰注意一点儿。张杰综合了"小东北"和周游的信息，猜测街上巡查人员是冲着他来的。所以，他感到危机在向自己逼近，对孙泉说，我们这次分别，暂时不要联系。到了该联系的时候，我会找你们。

孙泉一听，眼圈红了，流着泪扑上前抱住张杰，杰哥，不管你到哪里，兄弟都愿意追随你。你不能丢下兄弟。

张杰也动了情。他一手拉着孙泉，另一只胳膊抱着"大别山"，声音哽咽了，患难见真情。这次我遭难，二位兄弟冒险帮忙，侠肝义胆让我永世难忘。只要我东山再起，绝不会亏待你们，哪怕是到了九泉之下，我也为二位兄弟做牛做马。

孙泉突然问道：杰哥，"小东北"怎么办？

张杰想了想，说你这几天盯着"小东北"那边，发现情况不对，赶快让她撤。

孙泉郑重地点了点头。

张杰想了想，又嘱咐孙泉把老孙家饭店的事做到底，不能让他们过得舒服。孙泉说下午已经向食品卫生监督部门和工商部门举报了，明天就会来查。他向张杰发誓，说杰哥，你就放心吧。

孙泉走后，张杰和"大别山"立即跟着出了地下室。他在地下室里闷了几天几夜，不由得深深吸了一口气。孙泉是从正门出去的，所以他和"大别山"绕向后门。从天大花园的后门出去不远，可以进入另一个小区，再穿过那个小区，就能到集贸市场附近。他打算在集贸市场藏一下，天快亮时再离开十八里香。

孙泉走的是天大花园正门，门口有两个小区的保安。一个保安拦住孙泉，问他是干什么的，住几栋几号？

孙泉盛气凌人地一扭头，向后指了一下：12栋，3门1号。

孙泉不知道天大花园的房子分布。他说的12栋是一个独体别墅，根本没有3门1号。那个保安一开始没有反应过来，孙泉出了门，他才想起来，冲孙泉警觉地叫了一声：你站住，我打个电话联系一下。孙泉知道露了马脚，撒腿就跑。那两个保安一边用对讲机喊着其他保安，一边追了上去。这时，张杰和"大别山"刚刚走到后门前，周游和另一个保安在后门值班。正门保安用对讲机一呼叫，周游马上对那个保安说：正门那边出事了，你快过去看看。那个保安跑着离开了。周游赶忙打开门让张杰和"大别山"出去，同时低声对张杰说，你那个从正门出去的小哥们儿出事了。

"大别山"一听，腿一下软了。张杰拉了他一把，厉声说快走！

孙泉跑出没多远，就被小乔和李跃进堵截住。

小乔从在老孙家饭店见过孙泉，就一直在琢磨张杰藏身的问题。作为片警，他对十八里香的每一个角落都很熟悉。他分析张杰不可能在十八香河南村或者安徽村、东北村某个地方藏着，因为这些地方人多眼杂，很多人都认识张杰，他断定张杰很可能藏在十八里香某个高档小区里。在这些高档小区里，有很多小发廊、小美容院、小洗脚店、小健身房等，一个人想藏身比较容易。有的小发廊、小美容院管理不正规，经常留客人过夜。公安系统打击过多次，但都是整顿一段时间又开业，开业后接茬儿偷偷摸摸做那些生意。有的业主过于强调小区的隐秘性质，无限扩大业主的权利，对公安机关的检查不配合，致使这种事情屡屡发生。一些高档小区的物业只顾着赚钱，把地下室对外出租，居住的人很杂而且流动性强，这也给小区治安管理带来很大压力。他晚上到几家高档社区巡查了一下，快到天大花园时，遇到了李跃进。李跃进不好意思对小乔说他在暗中跟踪肖桂桂和张刚，于是就跟着小乔到了天大花园。他们刚到天大花园正门前，就看见孙泉从里边发疯似的跑出来，后边有两个保安边追边喊。

小乔上前抓住了孙泉，开门见山地说，快告诉我张杰在哪里？他知道拖延一分钟，张杰就可能溜之大吉。

孙泉昂首挺胸，一副大义凛然的样子，坚定地回答说不知道。你说啥张杰，我不认识他。

天大花园的几个保安追上来，团团围住孙泉，一边骂一边想动手打孙泉。小乔喝一声：住手！谁要是敢动他，老子把他拘了。说着，他掏出手铐亮了亮。

那几个保安都知道小乔是警察，吓得后退几步。

小乔对孙泉说，小伙子，你是跟我去派出所还是老老实实说出张杰藏身的地方。现在你也看到了，我一离开，这个小区的保安就能把你打个半死不活。我看你还是跟我好好配合吧。

李跃进也在一旁劝孙泉，小爷们儿你别犯傻了。你就是不说，警察和保安把这小区一围，马上就能把张杰给摘溜出来。到时候，你还落个包庇罪。

孙泉琢磨着张杰此时肯定离开了天大花园，就说出了张杰在地下室里。小乔和李跃进以及几个保安急忙向地下室赶去，到了地下室才发现张杰早已人走房空。他们接着到了后门口，问周游是不是看见两个中学生出去了。周游看见孙泉，早已吓得灵魂出窍，指了指集贸市场方向，颤抖地说他们朝那个方向走了。

小乔他们离集贸市场还有一百多米远时，就看见一群人围在那里吵吵嚷嚷。小乔用电话向所里做了报告，又提醒李跃进和天大花园的几个保安注意。他自己则大步流星地走在了前头。

张杰和"大别山"听周游说孙泉出事了，马上就改变了主意。他和"大别山"没有进天大花园对面的小区，而是绕过那个小区，从一条小巷里穿过，然后去集贸市场。就在他们急急忙忙从小巷里出来，张刚和肖桂桂迎面走了过来。张杰的目光和张刚的目光相遇时，双方都吃了一惊。张杰没有回避，想也没想，走上前镇定地叫了一声哥！

张刚原本想抓住弟弟，先给他一顿拳脚。然后骂他一顿，你小子知不知道惹了多大麻烦，让多少人寝食不安？最可恨你跑了，把肖祥一个人丢在看守所里。可是，听见弟弟那声"哥"，他的心软了。几天不见，弟弟脸颊明显消瘦了，精神也明显倦怠了，两只眼睛里冒着令人恐惧的光。他上前握住张杰的手，张杰，你不要再躲了，现在就跟我去派出所，把你和肖祥的理说清楚。

张杰看了一眼肖桂桂，斩钉截铁地回答一个字：不！

张刚耐着性子，继续劝张杰：哥也听说你和肖祥是被人陷害。可是警察要证据，肖祥一张嘴说不清楚。你要是不躲，可以和肖祥互相作证，再加上其他证人，警察也就好调查事实真相。

张杰冷冷一笑：证人？证据？咱外地人证据北京的警察信吗？

李京生着急地说，杰哥你得信警察。没有警察，我们都不会过得这么太平。

肖桂桂说，讲良心的人还是多数，到时会站出来说话的。

张杰扑通跪在肖桂桂面前，乞求说，桂姑，你别让我哥逼我了。我一定会把这件事给你和肖祥一个交代。等我把该做的事情做完，水落石出以后，你们怎么骂我惩罚我都行。但是，今晚我无论如何也不能跟你们走。

张刚听了张杰的话，一下子火了。他抓着张杰的衣领，把他从地上提了起来，指着他的额头，你小子给我听清楚了。今天你想跑也跑不成，眼下只有一条路，就是跟我走！遇上事扔下朋友就跑，你看看你还像个男人吗？

张杰说，我就是要做个堂堂正正的男人，我能证明肖祥和我是无罪的！

张刚马上明白了张杰的心思，更加着急上火：你有什么能力什么办法？你想做的事就是加重你的罪。我告诉你，没门！

肖桂桂让张刚松开张杰。她走到张杰面前，苦口婆心地劝道：张杰，你哥也是为你好。你就是不为肖祥着想为你自己着想，也不能再跑再藏了。现在警察已发了通缉令，到处在找你，你一孩子家要钱没钱，要啥没啥能躲到哪里去，能藏到哪一天？

这时，集贸市场的人看到这边几个人拉拉扯扯，便过来看热闹。张杰身上已是大汗淋漓。他又急又气，突然抱住了肖桂桂，掏出砌墙用的那把砌刀，对着肖桂桂的脖子，哥，别怪弟弟对不住桂姑和你。你如果再逼我，我真的什么事都干得出来。

张刚没想到张杰会来这一手，按他的能力，他有可能夺下张杰手中的砌刀，但又怕张杰真的动手伤害了肖桂桂。他冲张杰摆着手说你把刀放下，把桂姐放开，哥听你的。

张杰看到一辆出租车开过来，对"大别山"说快拦住那辆车！

出租司机看到路上有人，自然而然地踩了刹车，同时按了喇叭。"大别山"见出租车停下来，拉开车门跳了上去，让出租司机不要熄火。出租司机还没明白怎么回事，张杰已上了车，用砌砖刀对着出租司机的脑袋，吼了一声：快开车！

张刚把吓得瘫软在地上的肖桂桂拉起来，转身就想去拦出租车，肖桂桂拉住了他。这时，看热闹的人将张刚和肖桂桂围住，一个中年男人问：她是你什么人？你们半夜三更到这儿干什么？一听话音就明白，他们误会张刚对肖桂桂拦路耍流氓。

张刚急中生智，说她是我媳妇。我们是在和两个跑走了的流氓打架。说完，他紧紧抱住了肖桂桂。肖桂桂犹豫了一下，但没有挣脱。

肖桂桂一屁股坐在路边的石椅上，双手捂着脸哭了。她哭得十分伤心，两只肩膀随着哭泣不断加剧也在剧烈抽动。张刚一时没了主意，着急地在肖桂桂面前走来走去，两只手反复交换地搓着。一会儿全身上下都被汗水湿透了。路上不时有车辆驶过，因为路面正在修整，铲去了柏油准备铺水泥，所以车辆过后，卷起一片飞扬的尘土。张刚想去拉肖桂桂，但是又鼓不起勇气。

肖桂桂边哭边说，我的娘啊，您咋就给了我这么一个苦命！让我怎么活下去呀。

张刚一听肖桂桂的话，吓得浑身的热汗变成了冷汗。他怕肖桂桂钻进死胡同想不开，劝导说，桂姐，做人哪有不难的。咱十八里香有成千上万的老乡，哪家都有难念的经啊。日子就像甘草，越嚼越甜。你还年轻，好日子还在后头呢。

肖桂桂的心动了一下，情不自禁地想抬头看张刚。张刚站得太近。她一抬头，额头碰到了张刚的膝盖上，疼得"哎呀"叫了一声。张刚赶忙捧起她的脸，惊慌失措地问道：碰到哪里了？让我看看。

肖桂桂泪眼汪汪地看着张刚。在张刚心里，她眼中那汪泪水变成了汽油，遇见火星就会熊熊燃烧。他不顾一切地把肖桂桂抱在怀里，用嘴唇舔着她脸上的泪水。肖桂桂没有躲避，这一刻反倒平静了……

五

冯功铭回到家时，宋肖新正在收拾行李，看样子想出门。他上前夺下她手中的行李箱说，宋肖新，你做事之前能不能想想别人的感受。

宋肖新针锋相对地说，那你想没想过我的感受？你妈、你妹……说着，她委屈的泪水流了下来。

冯功铭急了，猛地一用力，夺下她手中的箱子，额头却碰到门框上，咣当响了一声，疼得他哎哟哎哟地叫。宋肖新摸了摸他的额头，嗔怪地说，这不是你冯功铭的性格呀！

冯功铭说兔子急了还咬人呢！宋肖新你不知道，我现在就有咬你一口的心。宋肖新哈哈大笑。冯功铭顺势把她抱在怀里，发了疯一般吻她。她推开冯功铭，严肃地说你先把话说清楚，我走以后你妈你妹给你说了些什么？

冯功铭一时语塞，没有回答。

宋肖新说我猜得出来，也不为难你。我现在没工夫和你扯你家人，让你看个东西。我问你，网上那篇文章你看了吗？

冯功铭皱着眉头。宋肖新非常敏感，问他在想什么。你是不是又觉得这帖子说的不符合法律？冯功铭说，还真让你说对了。第一，说这件事是"假伤门"太武断。发帖子的人又不是给汪天大做检查的医生，也不是法医，不具这种资格；第二……宋肖新根本就没等他往下说，就生气地打断了他的话。冯功铭你太让我失望了。我怎么也想不明白的是，你也和抓肖祥的警察、和姓汪的穿一条裤子。

冯功铭说你别激动。我没有和他们穿一条裤子。再说，抓肖祥的警察也是依据汪天大伤残的证据办事，你也不能就说错了。

宋肖新说，冯功铭你什么意思，是不是我对你不好，你连我加我弟弟一起报复？

这回轮到冯功铭恼火了。他说，你宋肖新能不能心平气和地等人把道理讲完。这道理你还没弄懂就下结论，不是把道理给糟蹋了？我凭什么对你对你弟弟报复，简直就是无理取闹！

宋肖新说你认为我是个不讲道理的人就不要和我相处。你冯功铭这根高枝，我攀不上。说完就要走。

冯功铭没动，大口大口地喘着粗气，问你要干什么去？

宋肖新听得出，冯功铭虽然话里火气很大，但没有想和她闹翻的意思。

于是，她也缓和了一下口气。你在医院陪你妈尽点孝心，我回十八里香陪陪桂姑。她现在的心情特别不好，我怕没个人陪她说说话，她会闹出病来。

冯功铭对宋肖新的话表示理解。不过，他对她心存几分担忧，那是一种说不清道不明的忧虑，犹豫了一会儿才问，肖新，你坦白地告诉我，你会不会改变自己做人的原则？

宋肖新骂了句小心眼，推了他一把。他就势下了车。

路上，宋肖新想起冯功铭对她说过，你宋肖新是挂在我心中的一幅云遮雾绕的山水画。不过，我这个人生来就不服输。我就不相信你宋肖新不嫁给我！她凭一个女人的直觉，认定冯功铭坚持不了三天就会来找她。她不担心失去冯功铭，因为她自信冯功铭不会放弃她。但是，她对冯功铭刚才问自己的话有些不解。他担心我怎样改变，朝哪个方向改变呢？

肖桂桂刚回到家，宋肖新就进来了。肖桂桂很诧异，宋肖新很少这么晚来十八里香找她。

宋肖新一坐下就喊着口渴。肖桂桂给她拿来一瓶矿泉水，她咕嘟咕嘟一口气喝了个底朝天，然后才对一脸惊异的肖桂桂说，桂姑，我今晚得在你这儿住，行吗？

肖桂桂对宋肖新的到来很高兴，她也有一肚子话想要倾诉。她赶紧给宋肖新铺床，烧水洗脚。收拾完以后，躺到床上，她把今晚见到张杰的经过给宋肖新说了一遍。

宋肖新听了，不无担心地说，这孩子万一再招惹个什么事儿出来，十八里香一时半会儿别想安宁。

肖桂桂一骨碌从床上爬起来，摸到宋肖新睡的床上。她想摸宋肖新的头，却摸到了宋肖新的脚。宋肖新就势把她拉倒在床上，桂姑，你也睡这吧。过去肖辉肖祥哥俩还不就挤这一张铺上？

宋肖新的话又一次触动了肖桂桂。她想着肖祥的不平遭遇，又哽咽开了。她说我现在都不敢想肖祥。不敢想吧，又想得慌。打死我也不相信肖祥会犯罪。经过了这件事，万一他也像张杰那孩子一样走上邪道，我，我怎么活呀！

宋肖新给肖桂桂擦了擦泪水，对她说，我正在让冯功铭想法子给肖祥办户口。如果他的户口办好了，能继续在北京上学，咱一起看着他，说什么也不能让他学坏。肖桂桂说，你爸也答应帮肖祥办户口。他说只要花钱就没问题。宋肖新吃了一惊：你说赵家仁？他能有什么办法？过了一会儿，她又想起什么，着急地问：桂姑，赵家仁是不是收了你的钱？

肖桂桂没有回答。

宋肖新又问他还骗了谁？她问这话是有根据的。因为冯功铭告诉她，赵家仁曾向他打听办北京户口的事，而且她也隐约听说十八里香有能人，能帮想在北京考高中考大学的孩子办北京户口。她一直没把这事同赵家仁联系起来。肖桂桂如果不引个话头，她当然想不起问。

见宋肖新紧紧盯着这事，肖桂桂就更不敢告诉她真相了。肖桂桂知道她的脾气。要是告诉她，赵家仁已经收了几个老乡办北京户口的钱，她立刻就会去找赵家仁的麻烦。那样，就会乱上添乱。肖桂桂知道轻重。于是对宋肖新说，他只是在外边说说，怕是还没敢收钱。再说了，他自己还不知自己吃几碗干饭啊？

小小屋子通风不好，没多大会儿宋肖新身上就大汗淋漓。她这时有点儿后悔，要是在公寓房子里，就可以冲个凉水澡，再在空调调节得温度适中的环境中享受舒适。想到这里，她不由轻轻地叹息一声。肖桂桂好像觉察到了宋肖新的感受。她默默地下了床，烧了一锅温水，让宋肖新擦洗身子。宋肖新刚才还以为肖桂桂去了大公共厕所。直到肖桂桂把毛巾递到她手上，她才明白肖桂桂是在照顾自己。她感动地拉着肖桂桂的胳膊，好大会儿没说出话来。

肖新，姑姑把你当亲姐妹，啥也不瞒你。你给姑姑说说，你对张刚这人印象怎么样？肖桂桂等宋肖新擦完身子，重又上床后问道。

宋肖新不知道肖桂桂为什么突然问她这样一个问题，实事求是地回答说，张刚这个人粗中有细，看似毛毛糙糙，其实很精明。你看他也来不少年了吧，不管是摆地摊，还是揽些小工程，没出过啥问题，换句话说没吃过大亏，当然也没挣着大钱。没挣着大钱是和他没文化没技术有关系。肖桂桂说张刚也想到这一点了。他说他做过防水，打算等他弟弟的事了结了，带几个人一起搞个专业做防水的队伍。

宋肖新笑了。桂姑，他怎么给你商量这事？

肖桂桂忙说他不是和我商量，只是随便问问我。我说我不懂，他就没再说。宋肖新已经听出了些奥秘。她想，桂姑要是真的能和张刚在一起，那毕竟是个完整的家。她觉得自己在肖桂桂面前毕竟是晚辈，不好掺和，就没再往下说。肖桂桂说着说着，突然心思沉重地坐起来，双手抱着膝盖，低着头沉思。宋肖新平躺着看着她，借着微弱的灯光，发现此刻的肖桂桂就像一幅完美的雕像。她情不自禁地猛地抱着肖桂桂说，姑，我和肖祥一样把你当妈依赖……

第十章

一

　　汪光军一改过去坚持多年不变的生活规律，七点半就起了床，吃了早餐就到了公司，翻看招聘企业形象代言人的材料。他的公司是上午九点上班，女秘书提前五分钟到公司，看见汪光军已经坐在办公室里，大吃一惊，看了看手表，又找同事反复对了时间，确认自己没迟到而是老板的时间提前了，这才敢敲汪光军的门。

　　报告汪总，集团董事会秘书小方向你报到！女秘书立正，敬礼。这是汪光军给天大员工定的规矩。他说老子没当过一天兵，但是要当带兵的将军。韩土改一开始不习惯，又长着一副罗圈腿，敬礼时像只蚂蚱，让他看了别扭，就给他单独破了例。

　　汪光军把材料朝桌上一丢，不高兴地对女秘书说，你们的工作效率也太低了，走不快能不能小跑？跑不动就下岗嘛！这是他常对员工说的一句话，在一些政府部门、各类协会举办的活动，让他讲话时，他也常用这句话来形容天大集团的发展历程。咱走得没人家快就小跑，怎么说跑也比走快。

　　女秘书知道他在说招聘代言人一事，解释说企划部是遵照您的指示精神，按部就班准备的。汪光军在公司有要求，凡是部下对他说话，一律要称"指示"，而且后边还要加上"精神"。天大的员工进入公司培训的第一课就有这个内容。

汪光军说那就小跑呗。你告诉企划部，招聘的日子提前，就这个周末。

女秘书唯唯诺诺地退了出去。她当然不知道汪光军的心思。汪光军是想早一天把宋肖新拉到自己床上。女秘书出去后，他点燃了雪茄，轻轻地品了一口。

就是这个时候，高律师来电话告诉了他张杰从天大花园逃走的消息，同时还告诉他网上有人骂他。

有钱人没有不爱财如命的，也没有不爱命胜财的。这是韩土改在一次陪汪光军到外地出差，在飞机上给汪光军说的话。

汪光军同意韩土改的观点，并逐渐变成了他的理论。一个人连命都没有了，要再多的财产有什么用？汪光军想一想就有点儿怕。他当即对天大花园的物业经理进行了调整，要求在两天内解聘天大花园所有的保安，进出天大花园的人员一律要刷卡；接着，他又在汪天大住院的医院增加了两个信得过的保安人员，在自己办公室的楼层也增加了两个保安。这些安排妥当以后，他又约来了韩土改。他开始并没有告诉韩土改什么事情，一是想看一下韩土改的测算准不准确；二是不想让韩土改知道自己心虚。汪光军永远也不想让别人真正地看透。

韩大师，最近你的研究又有什么新突破啊？汪光军的语气似乎是闲得无聊，跟韩土改聊天解闷儿。他有一间专门喝茶和接待贵宾的房子，一般人不让进去。韩土改也是第一次踏进那间屋子。

韩土改早已料到汪光军这几天要找他。几年相处下来，他对汪光军的为人还是了解的。汪光军遇到事情时，越是表面上镇定自若，内心越是茫然、紧张。汪光军除了女人、喝洋酒，没有更多的爱好。他也打高尔夫球，只是为了陪陪领导，或者跟生意场上的朋友联络感情。所以，汪光军一大早把他叫来，肯定是有什么事情。韩土改猜测，他找自己十有八九是汪天大同十八里香两个孩子打架的事。你有本事把人家那两个孩子搞成这样，总得有个说法，总得收场吧？想到这里，韩土改没有迟疑，故意避开汪光军的提问，答非所问地说，老板，我看你这几天有事情。

汪光军一愣，心里想：这个韩土改还真厉害，怎么一眼就看出我有事情。他既没有承认也没有否认，脸上仍然带着淡泊的微笑。这种笑是汪光军的招牌，更是一种伪装，像他这样的富人，多半都有这个本事。有一回，他为一个领导过生日，酒席上像领导的孝子贤孙，对领导毕恭毕敬，不住地向其他来宾介绍那位领导是他干爸，还让汪天大叫那个领导亲爷爷。出了酒店的大门，上了车，他马上变了脸，骂那个领导装孙子，十万元钱的红包眼也不眨就收下了，还让我给他儿子找个工程。汪天大不解，爸，你不是说那个爷爷是你干爸吗？他说，儿子，老爸是让你装孙子。装，你懂不懂？

韩土改的神情变得几分深沉，由浅入深地说，老板，如果我没算错的话，是不是天大这几天里遇到点麻烦？

汪光军的脸一下沉了下来。他一方面怀疑韩土改从十八里香的老乡那里知道了汪天大在那儿打架的事；一方面讨厌韩土改给自己儿子测算。他说你就说说我的事吧。

韩土改掏出用一根绳子挂在上衣扣上的铅笔，又从口袋里掏出叠得方方正正的一沓纸，抽出一张在上边写了一串数字。他一边算一边皱着眉头，还时不时发出似有似无的叹息。这当然是韩土改放的烟幕弹，目的就是使人惴惴不安，这一招是他要饭的时候从老瞎子那里学来的。汪光军眼巴巴地盯着韩土改，这时偏巧电话铃响了，他恼怒地接通，刚听了一句，就慢吞吞地说：你找死。我让你抓紧办你抓紧，小跑。他说完就挂断了电话，把手机重重地放在茶几上。

韩土改虽然低着头在测算，心却在汪光军身上。他从汪光军的一言一行中揣测着他的心情。与其说他在测算，还不如说是在心算。他一边在纸上写着那些数字，一边想着如何讨汪光军欢心。他知道在汪天大与肖祥、张杰打架这件事情上，无论怎样测算也不可能让汪光军开心。过了一会儿，他对汪光军说，老板，我对你从来是实话实说，今天也不想糊弄你。从我算的看，你想办的事有曲折。

汪光军"噢"了一声，皱了下眉头，示意韩土改往下说。

韩土改说你想办的事之所以有曲折，不是因为对手强大。与你相比，你的对手太弱小，宝刀难断水，大网不捞沙啊。

汪光军一下子警觉起来。他刚才身子是靠在沙发上，现在坐直了，把头凑近了韩土改，一字一顿地重复道：宝刀难断水，大网不捞沙？

韩土改认真地点了点头：这就是强与弱、刚与柔、大与小的区别！

汪光军也点了点头说，你解细一点。

韩土改见汪光军进入了他的轨道，知道自己又赢了。他舒了一口气，把脑袋仰到沙发靠背上，眼睛盯着房顶，语气也变得飘飘忽忽：刀不断水，一是因为水柔，二是因为水多。就像这房子，一个人不住了，另一个人又会住进去；就像这社会，一人一事一物没了，又会有二人二事二物生出来，一生二二生三生生无尽啊。

汪光军吸了一口冷气。韩土改说的道理他听懂了，他没有想到的，确切地说是他怕的，恰恰是韩土改说的一生二二生三生生无尽。当然，汪光军迫切地想知道的暂时还不是这些，而是眼前的事情。他喝了一口水，使自己平静下来，然后更凑近一些问，能不能再解细一些？

韩土改对汪光军的用意已经猜到了七八成。他保持着刚才的姿势，闭上眼睛，意味深长地说，可怕的不是一滴水、一粒沙啊！老板是个聪慧无比的人杰，想必知道一二了吧？

韩土改似是而非的道理，放之四海而皆准，但在汪光军看来，却完全是针对眼前的事情的。汪光军也知道社会力量的厉害，现在是信息时代，一件事情一旦在网上传开，就会在社会上引起强烈的冲击波，互联网、报纸杂志、广播电视、手机短信等各种工具会把民众发动起来，形成铺天盖地的舆论压力，凝聚成无坚不摧的社会力量。这几年，被这种社会力量打倒的官员、老板不是一个两个。他想到这里，问韩土改：大师，有没有破解的办法？

韩土改没有立即回答。他故意卖了个关子，挺直身子，闭着眼思考了一会儿。别看只有短短几分钟时间，汪光军却着急得像被马蜂蜇了一样坐立不安，在客厅里来来回回转了几个圈。客厅里虽然开着空调，他的额头上还不时地流汗。韩土改其实心里也急，而且丝毫不亚于汪光军。他可以像以往一样，顺着汪光军的意愿，说一两条办法，让汪光军先解除心理压力。但这次不行，因为他对十八里香外来人口中新一代不了解，换句话说是预测不了事态发展的趋势。但是，他也不能不对汪光军有个交代。他说办法倒是有，只是我一时还算不准。

汪光军急了，那你算一算，比如，水和沙是不是可以理解成社会的力量？

韩土改回答说，社会力量，一旦动起来就如洪水猛兽啊！

韩土改这样说是有他的考虑。女儿可可说不定还会找张杰联系。他虽然没有谈过恋爱，没有这方面的经验。但是这几年他从电视电影、报纸杂志以及接触的形形色色的人的经历，对这方面有一定的了解。像可可这样80年代后出生的女孩子，喜欢做一些好奇、刺激、带有挑战性的事情，感情上也是如此。除非是她厌烦了那个男孩子，才会义无反顾地与其分手，否则，任何力量也不能阻挡。不像他们或再往上一代人，在这样的事情上往往要听从父母之命，媒妁之言。他虽然大骂了可可，也给她陈述了利害关系，但他从她的表情中看得出她对张杰还有留恋。他即使看守再严，也不可能万无一失。如果矫枉过正，可可也许会弄出个私奔一类更不堪的事情。如果汪光军能把张杰逼得远走高飞，可可找不到张杰，慢慢地就会心灰意冷；如果汪光军痛下狠手，利用关系网抓住张杰，把他送入监狱，可可也可能会放弃他；若是汪光军想息事宁人，放张杰和肖祥一马，大家相安无事，他会润物细无声地做女儿的说服工作，最终淡忘张杰。这三条路汪光军必走一条，别无选择。但是，他这话又不能对汪光军挑明。

韩土改走后，汪光军关上门认真地想了一个多小时，最后决定走韩土改设想中的第二条路，既让肖祥尽快认罪，又得让张杰赶快归案。他愤愤地想，你十八里香个破地方充其量是条阴沟，我汪光军是条大船，阴沟里的小泥鳅还能弄翻大船？那太阳不是从西边出来了！

他给冯援朝打了个电话，把张杰躲在天大花园地下室的事添油加醋地给冯援朝说了一遍，又自编了一个细节，说张杰打算把天大花园洗劫一遍。冯援朝说他一个屁大的孩子，有那么大的能量？汪光军说他是十八里香少年黑社会的头，一呼百应。再说，现在的社会是各顾各，指望着那些个业主团结一心不可能。尤其是那些单身女人，肯定是首当其害。

他说的"单身女人"当然包括冯援朝常常无暇顾及的李豫生。他相信冯援朝听了会着急上火。果然，冯援朝急了，我现在就强烈指示公安部门加大力度，挖地三尺也要把那小子找出来！

二

肖祥被提审的民警带到了审讯室。

这是他第一次被提审，心里有些慌张，坐在椅子上两只手也不知往哪儿放。民警提问时，他小心翼翼地回答，声音非常低。

叫什么名字？

肖祥。

住哪里？

十八里香。

知道自己犯什么罪了吗？

肖祥沉默了。这两天两夜里，他想了很多，就凭他和张杰与汪天大发生争执的事，应当构不成犯罪。重伤害轻伤害，首先得有个伤害。你碰都没碰他，怎么伤害他。

和肖祥同室的那些孩子，有的已是三进宫四进宫，对一些法律上的事情虽然说得不甚明白，但怎样应付警察的审讯却说得头头是道。他们给肖祥提了不少参考意见。有的说打死也不能认罪，坦白从"严"，牢底坐穿；抗拒从"宽"，回家过年。你不认他不敢打你，更不敢打死你。北京的警察就俩字"规矩"，换俩字"守法"。有的说最好的办法是不开口。那些警察是专吃这碗饭的。你一开口，一说话，他就能从你话中找出破绽。所以，肖祥面对警察的提问，采取了沉默的办法。

肖祥，你不要以为你不开口，我们就不能给你定罪。实话告诉你，我们已掌握了你的犯罪证据……高个子警察的话还没说完，就看见肖祥的眼泪已经流了下来。

另一个瘦个子警察拿了张纸巾给肖祥，安慰他说，小伙子别哭。我看你心里好像有事，有事就给我们说。

高个子警察的态度也缓和了，说你还是个孩子，出了这样的事总应当后悔吧。不为别的，你得替家长想一想。你们的家长千里迢迢，背井离乡来到北京图的什么？图的就是让你们这些做子女的能受更好的教育，能有更好的前程……

没等他说完，肖祥抹了抹眼泪开了口。他说我后悔，非常后悔。

那两个审讯的警察都很高兴，期待地看着肖祥。没想到，肖祥说完以后又是沉默不语。

告诉我们，你后悔什么？高个子警察问。

是不是后悔不该出手伤人？瘦个子警察跟着问。

肖祥摇摇头，接着又低下头。

两个警察互看一眼，一时也不知怎么办好。过了一会儿，高个子警察问肖祥：那天晚上在老孙家饭店吃饭，各吃各的，怎么就和汪天大发生冲突？

肖祥没有回答。

高个子警察又问：是不是你的同伙张杰，用啤酒瓶砸了汪天大的脑袋？

肖祥猛地站了起来。由于用力过猛过快，椅子倒在了地上。他张了张嘴，想说什么，但没有说出口。不过，那两个警察从他愤怒的神情、瞬间的冲动，看出了他对这个问题很敏感。于是，高个子警察用话激他：张杰用啤酒瓶砸汪天大的头时是不是很用力？

肖祥终于忍不住吼了一声：没有！张杰是拿啤酒瓶子，被我挡住了。啤酒瓶就碰了一下姓汪的肩膀。

那两个警察神情严肃起来。瘦个子警察走到肖祥身边，把倒在地上的椅子扶起来，让肖祥坐下，平静地对他说你慢慢说，别激动。

肖祥又从椅子上站起身。这次，他没有直接回答问题，而是直截了当地问道：你们是不是姓汪的派来的？

"啪！"的一声响，高个子警察发脾气拍了桌子：你小子说什么屁话？信不信我再给你加一条诽谤罪。

瘦个子警察没发火，耐心地说，小伙子，这就是你的错了。姓汪的是干什么的？他有什么资格有什么权力派我们？他指了指帽子上的警徽：我们这里戴的是国徽，是人民的警察。你小小年纪，怎么会想到这个问题？他的一连串问号，让肖祥说不出话来。他也是凭刚才高个子警察的问话，判断高个子警察是在替姓汪的说话。现在一想，人家确确实实是在问案情，并没有给他下结论。他红着脸，低声说了一句对不起。

高个子警察不依不饶地说，我可以明明白白地告诉你，你刚才这种想法是完全错误的。你必须端正认识、端正态度，老老实实交代你和张杰的问题。

瘦个子警察给了肖祥一杯水。肖祥摇头拒绝了。

高个子警察揣摩着肖祥的心思，又问：肖祥，你是不是因为和张杰是朋友是哥们儿，不愿意让张杰承担法律责任，才不愿承认张杰用啤酒瓶砸汪天大的头？

肖祥这回老实地回答不是。

可是汪天大的鉴定是脑震荡。你们俩中一个人用啤酒瓶子砸了他的头。高个子警察拍了桌子。

肖祥急得脸红脖子粗，眼睛也睁圆了。不过，他没有发火，也没有叫喊，而是平静地说，汪天大不会说出这样的话。

为什么？高个子警察问。他发现眼前这个孩子的确很实在。

肖祥低头想了一会儿。他把那天晚上发生在老孙家饭店的经过仔细回想了一遍。然后才对高个子警察说，开始是汪天大的朋友先骂我们，双方对骂了几句，态度是都不好。到了派出所和医院，汪天大就不生气了。他走时还给我留了他的手机号码，让我以后和他联系。我觉得汪天大是个富人的儿子，脾气大一些，蛮横一些，可是人还诚实。

高个子警察和瘦个子警察没想到肖祥会这样平静，同时还会这样评价汪天大，都感到出乎意料。两人商量一下，决定今天的提审到此结束。瘦个子警察问肖祥还有什么话要说。肖祥想了一会儿，恳切地说：我想请你们把我的书给我。快考试了，我得看书。

瘦个子警察的眼圈一下子热了。他亲切地拍了拍肖祥的肩膀，又摸了摸他的头说，放心吧，下午就给你送过来。

高个子警察又问肖祥，张杰平时和哪些人接触比较多，你分析他现在会躲在什么地方？

肖祥摇了摇头。

三

肖桂桂今天又去帮张刚看摊。两个人忙活了一阵，刚要开始营业，有个骑自行车路过的老乡对张刚说有人找他。找你的人已经到街口了，开着两辆车，来头不小呢！

张刚首先想到的是工商或者城管来检查。他的摊位没办营业执照，已经被查过两次，第一次被罚款，第二次被收缴了衣服，还被警告再查到第三次就要加重处罚。他三下五除二，快速把服装装进箱子和蛇皮口袋里，正在拆衣服架子时，找他的人到了。这一行有三四个人，为首的戴着副黑边眼镜，镜片后的目光比镜片上的玻璃还刺眼。他指着张刚，开门见山地问，你就是张刚吧？然后又指着肖桂桂问，你是不是肖祥的姑姑？

肖桂桂没见过这种场面，吓得嘴唇发抖，额头上出了冷汗。张刚从来者的穿着打扮和问话，看出他们不是工商和城管，紧张的心马上松弛下来，警惕地反问，你们是干什么的？边问，边紧了紧裤腰带。这是一些习武之人的习惯动作。

戴黑边眼镜的说我姓高，是天大集团的律师，也是汪光军汪老板的个人律师。

张刚一听汪光军三个字，火气直往头顶冒。他装着要撑开衣服架子，故意撞了高律师一肩膀。他用力过猛，又出其不意，丝毫没有防备的高律师一个趔趄，幸亏与他同来的一个年轻人出手快扶了他一把，不然肯定会摔个狗吃屎。他恼羞成怒，说姓张的你别挑衅，你弟弟的事还没完，你是想和他一起去蹲监狱呀？

张刚说去你的，关你大爷我的监狱还没盖好呢。你是姓汪的养的狗，不好好给姓汪的护院，跑这里来汪汪什么？你信不信你要是再乱叫，我打断你的狗腿！

和高律师同行的两个年轻人显然是跟着保护他的，这时候都拉开架势，跃跃欲试。张刚也不示弱，拳头捏得咯吱咯吱响，虎视眈眈地看着高律师。肖桂桂怕张刚吃亏，就拉了他一把，指着高律师说，你们，你们想干什么？

十八里香的贸易市场，从严格意义上说不是正规市场，众多没有职业的外来人口为了生存，做着各种各样的买卖。张刚这边一吵，瞬间就吸引了很多人。这些人中不仅有河南人，也有东北人、西北人、四川人，南腔北调；不仅有老头老太太，也有刚毕业的大学生。人越聚越多，把高律师一行人围得里三层外三层，你一言我一语纷纷指责高律师。

有个老头说你们欺负人真是到了家啦，抓了人家孩子不说，还欺负大人。老天爷有眼，不会容你们！一个老太太接上说你们这几个是狗腿子，狗仗人势。一个年轻人火气很大，跟他们啰唆个屎？刚子哥你不是会拳脚吗？咱还没识过，你揍这几个孬熊。

高律师心里害怕了。什么叫众怒难犯，眼下就是最典型的例子。这些"流民"真动起手来，吃亏的是我。他想赶快脱身，就直截了当地对张刚和肖桂桂说，你们不要挑动群众对我要横，我是个律师，是代表法律来和你们说事的。你们听着，肖祥、张杰二人打伤了汪天大，汪天大现在要追加一条经济赔偿。他伸出两根手指头，晃了晃，二十万！

围观的人群沉寂了片刻，接着是一片骂声。有人喊这不是抢劫吗？有本事你们直接抢银行，一次可不止二十万！接着又有人喊这不是来要钱，是来要命的，十八里香有几家能拿出二十万？能拿出二十万的还在这混？肖桂桂先是大吃一惊，脸色立马变得苍白，然后捂着脸蹲在地上，泪水顺着指缝朝外溢。张刚两眼冒着火星，一手抓住高律师的领带，一手扬起拳头。你再说一遍我听听。二十万，让我们赔他二十万，你说错话了吧？

该干啥干啥去，在这儿吵吵不怕摊上丢东西？说话的是韩冬。她是路过这里，听见吵吵声就过来了。她一眼就看见站在外层的李跃进，瞪了他一眼。唉，我说跃进兄弟、我的李协管，这边围了那么多人，影响了交通，又影响治安，你怎么站在一旁看热闹，问也不问？

李跃进的确来了一会儿。他低声说这事我没法儿管。

韩冬问是啥事？这不是张刚摆摊的地儿吗？他和人打架了？

李跃进既没肯定也没否定，说主任你进里边看看就知道了。我肚子有点儿疼，可能是拉肚子，我先去一趟厕所。说完，没等韩冬点头就溜出人群走了。

韩冬挤进人群里，看见张刚果然抓着一个陌生人的领带，挥动着拳头。那个陌生人一边挣扎，一边喊着：十八里香还有没有王法？十八里香还是不是共产党领导？他身边两个年轻人一副剑拔弩张的样子，围观的人不光跟着起哄，已经有人拿了家伙，随时都会爆发一场冲突。她上前一步，用力掰开张刚的手，把他推到一边，你是不是还嫌麻烦不多？你弟弟的事还没清白，你又闹上了，烦不烦啊？

张刚说这不是我挑的事，是他们来找碴。接着，他把高律师刚才的话向韩冬说了一遍。韩冬听了，眼皮翻了几下，两个巴掌拍得很响。大伙听听，张刚你这说的是真话吗？再怎么说，汪老板那是咱区里市里响当当的名人，大老板，能向你和肖桂桂要二十万赔偿款这种讹人的事？

在场的人都听得出韩冬是说反话，表面上数落张刚实际上是讽刺汪光军。高律师也不是善茬，接上问韩冬你干吗？不声不响冒出来叫唤什么？韩冬笑了，冲高律师拱了拱手。这位先生，我这是好心劝架。高律师问你是什么人？韩冬回答我是居委会主任，叫韩冬。高律师不屑地笑了笑，嘲讽地说你还真把自己当官了？告诉你，我是搞法律的，这居委会主任是做啥的我一清二楚。你也就是管管计划生育、大街小巷的卫生、刷刷标语，这治安方面尤其是法律上的事可不归你管。

韩冬也不恼，还是一脸笑容。这位先生的话没错。不过，我是十八里香的居委会主任，你和十八里香的居民吵架，我总不能不问吧？

　　她的话没说完，围观的人们就跟着吵吵起来。有的骂高律师跑十八里香来撒野；有的骂那个姓汪的老板心黑。骂着骂着，甚至扯出汪光军拖欠工钱的事。一时间群情激愤，吵吵的声浪一浪高过一浪。高律师有点儿犯怵，转身挤出人群走了。

　　韩冬赶紧招呼大家各忙各的事。她说这一闹腾，你们得少挣些钱，还不赶快去忙。别忘了看看摊子上少没少东西。等到人们渐渐散去，张刚才发现肖桂桂不知什么时候已经走了。他一下子着急了，撒腿就向肖桂桂家跑。韩冬好像看出了什么，让张刚邻居的摊主帮张刚盯着点，随后也去了肖桂桂家。

四

　　肖桂桂的确是回了家。

　　她起初听到高律师说姓汪的要求赔偿二十万时，脑子一下子涨大了。二十万，对于她来说无疑是个天文数字，凭她的收入，就是扎着喉咙不吃不喝也得二十年才能攒够。这是不是说祥要在里边蹲二十年？那他出来还不是三十多了？她不懂法律，就这样胡思乱想着，摇摇晃晃回到了家中，身子瘫软地跪在菩萨像前，放声哭了起来。她越哭越伤心，几近到了悲痛欲绝的地步。

　　张刚一见肖桂桂的眼睛都哭红了，更加着急。可是，他一时又想不出个办法。于是，到院子里给肖辉打了个电话。他添油加醋地说肖桂桂要死要活的，肖辉一听就急了，放下手中的工作就往十八里香赶，路上又给宋肖新打了个电话。

　　宋肖新和肖辉是一前一后到的肖桂桂家。肖桂桂被后边跟着来的韩冬劝了一会儿，已经不再哭了。可是一看到肖辉和宋肖新，又忍不住失声痛哭。

　　宋肖新听说是汪光军派的律师来要钱，立刻就暴跳如雷地破口大骂汪光军，什么东西，整个一流氓！

肖辉说你骂他没用。他不是能骂倒的。

宋肖新生气地说，那我现在就去找他。

肖辉又说你不是找过他了，越找他，他越变本加厉。再说了，你找他说什么？

宋肖新说我问问他为什么得寸进尺，这样苦苦逼人。不就是几个孩子打架吗？别说没真伤着他儿子，就是伤着他儿子，也不能由着他为所欲为。他要是真要这二十万，我，我……她想说我就把自己卖给他，话到嘴边没说出口。她清楚那是气话。她想了想，走到院子里给冯功铭打了个电话，打算咨询一下姓汪的要求赔偿的事在法律上能不能成立。可是，连续拨了几次，冯功铭都没接，她本来就窝了火的心里又火上浇油，眼泪一下子滚了出来。韩冬掏出自己的手绢递给她说，闺女，有什么事不能着急上火。

肖辉说，肖新你应该和小冯多沟通沟通。他是做律师的，比咱们懂法。再说，他也是肖祥的代理律师……

宋肖新没说话。她想了想，说是出去办点事就告辞了。

张刚搬了两只小板凳，招呼韩冬和肖辉坐。肖辉见他一副主人自居的样子，心里有点儿不悦，看了肖桂桂一眼，肖桂桂装作没看见，转过身去。韩冬不知是有意还是无意，对肖桂桂说，桂桂，我看你的班上不成了，不如就和刚子一起卖服装吧。又对张刚说，你那个小摊也别摆了。我瞅瞅哪家铺子要转手，到时帮你给盘下来。你和桂桂正儿八经开个店。

张刚说那好啊。你老人家真帮我俩盘个店，我先孝敬您一套秋装。

韩冬说，你大妈什么也不要你的，就要你一句话，你能不能保证对桂桂好？张刚看着肖桂桂，认真地点了点头。韩冬高兴地笑着，拍了拍张刚的肩膀，然后起身向外走。肖桂桂去送她，肖辉等她俩出去后，开门见山地问张刚，你听张杰的话音是不是想干点什么事出来？

张刚挠着头皮，回答说我听他有那个意思。

肖辉问，依你对你弟弟的了解，那他会做什么呢？

我估摸着他想挑战姓汪的，十有八九是想绑架姓汪的孩子，让姓汪的拿他孩子与肖祥交换。张刚如实地说，那年他听说姓汪的欠咱公司工资，光我爸一人就有一万多。他就说把他的车偷来，让他拿现金来换。要不是我爸和我拦着他，他真就做了。

肖辉听了张刚的分析，心里非常恐慌。张杰如果真的像张刚预测的那样去做的话，后果的确不堪设想。轻则导致汪光军加重报复，勾结个别腐败分子对肖祥施以重刑，会用种种借口拖延受理和审判时间，多关肖祥几个月，让肖祥错过参加中考；重则弄出人命，张杰搭上命，肖祥以后即使出来了，一辈子也会背着沉重的精神包袱，甚至一辈子不得安生。他想到这里，问张刚：你对张杰的做法怎么看呢？张刚脱口而出地说这还用问吗？肯定是下下策。俗话说"光脚的不怕穿鞋的"，那毕竟是过去的老话了。我弟弟才多大，凭什么要拿命当球踢？肖辉动情地说你这样就对了，关键是你弟弟现在不是这样想。他肯定想得很简单。你把我的哥们儿抓了。我也抓你的儿子。这叫一报还一报。他就没想过，汪光军不会和他这样交易，恐怕也不会给他如愿的机会。张刚说我现在很着急。所以，我才想让桂姐去盯服装档口，我去找我弟弟。肖辉想了想说，这件事是不是应当告诉小乔他们，让公安局出面去做，可能把握性更大。张刚一听，着急地说不行！不能交给警察。如果我抓到了我弟弟，是当哥哥的劝阻他、制止他干坏事，把他带回家，警察还不知道他有这种想法，好歹弄个投案自首；如果是警察抓到了他，那他就是犯罪未遂，就有了罪。这两种性质不一样。再说，万一我弟弟不服我，我最多打他一顿。万一他不服警察，就是抗拒公务，警察一开枪，说不定他的小命就完了。

肖辉认真地看着张刚。他这时才发现，张刚考虑问题非常周密，而且把这方面的法律理解得直白透彻。从这次与张刚的接触，他对张刚的印象有了转变。他觉得姑姑如果真的和张刚结婚，张刚完全有能力把家庭建设得像模像样。肖辉第一次意识到，一手把自己和肖祥拉扯大的姑姑不仅有幸福的可能，也有幸福的权利。

由姑姑的事，他又想到宋肖新。她会不会真的去单刀赴会？犹豫了片刻，他拨通了冯功铭的电话。

五

宋肖新半路上接到她所在的售楼公司的孙老板的电话。孙老板开门见山地告诉她，北五环那边有个高档楼盘要开盘，给代理公司的条件不错。公司打算把它接下来由你做销售部经理……

宋肖新说老板您太抬举我了。我怕做不了。

孙老板的口气不容置疑，公司已经定了，你就别打退堂鼓了。我会给你配备一个好团队。接着，孙老板说他在香港一时回不来，让她代表公司去参加开发商的招标会。她问是哪家公司？孙老板犹豫一下才说出天大两个字，说完就把电话挂断了。

宋肖新先是吃惊。她吃惊并不是因为她所在公司的孙老板与汪光军熟悉。专业从事楼盘销售代理的公司老板，和几个开发商比较熟悉是很正常的事情。孙老板要拿天大二期的代理，也没什么值得惊奇。她惊奇的是孙老板为什么点名让她去参加招标，拿到手后又让她做这个销售部的经理？

宋肖新没猜错，这的确是汪光军针对宋肖新而精心策划的。

汪光军自从见到宋肖新以后，心里就没平静过。在他看来，漂亮女孩，尤其是没根没底漂在北京的漂亮女孩，十有八九都看重名利，有的是重名，先成名再得利；有的是重利，趁着青春年少先弄一笔钱。他是对"金钱万能"坚信不疑的，同时，金钱的作用他也是屡试不爽，男人只要舍得花钱，什么样的女孩都能得到。有一次和一位朋友喝酒时谈到女人，他又说出自己的观点。那个朋友说你花钱能得到她的人，并不能得到她的心。他听后哈哈大笑，嘲讽那个朋友傻，你要她的心干吗？说到底，心不也就是身上的一块肉吗？你捧颗心是能当吃当喝还是能当看。

他把消费的目标放在女人身上，主张宁吃鲜桃一口，不吃烂杏一筐。他跟女人交往，只吃鲜桃，吃完就扔。对于宋肖新，他沉寂多年的心竟然有了萌动，一个小芽慢慢往外探头。那天，宋肖新和肖辉一起来找他谈肖祥和张杰的事，他认为是来敲诈他的钱财。没想到宋肖新和肖辉两人只字没提钱的事，而是求他撤诉。他以请宋肖新做代言人为诱饵，诱使她打电话求他，没想到宋肖新不为所动，婉转地拒绝了他，而且拐弯抹角地又向他提出了撤诉的事。这让他非常恼火，他压根儿就没想撤诉。我靠，天下哪有这样便宜的事，你要是依了我，我兴许会考虑考虑。火气消停之后，他还是想宋肖新。玫瑰花都是带刺的，刺越多，越难摘，他兴趣越大。他挖空心思想把宋肖新搞到手，一是满足自己的征服欲望；二是借宋肖新掌握十八里香尤其是肖、张两家的动态，尽快让张杰归案，了却一桩心事，消除一个隐患。

怎样打开宋肖新这个缺口，他想到了李豫生。他给李豫生打了个电话，让李豫生帮她约宋肖新出来谈一谈，交个朋友。李豫生一口回绝，你根本就不了解宋肖新，我和她从小一起长大，又是同学，她不是那种见钱眼开的女孩，说穿了不像我。你必须得打动她的心。

李豫生的话让汪光军很受刺激：我不信还有用金钱买不通的女人！再说肖祥是你同母异父的弟弟，是你的亲人，又能给你带来什么？就这样，他煞费苦心地安排了这场销售代理公司的招标会。他和宋肖新所在的公司的孙老板是高尔夫球场的球友，两人和冯援朝关系都铁。冯援朝早就把他俩叫到一起吃饭，让他把天大二期、三期都交给孙老板的公司代理销售。他开始不知道宋肖新是孙老板公司的，知道后马上喜出望外，给孙老板打了个电话。一开始，他单刀直入地说哥们儿，你挺深沉啊，藏着个大美女也一直没让兄弟见见。孙老板笑了，你是说宋肖新吧？那姑娘的确是个美人坯子。我听说她走大街上，都有星探拉着她拍照，要推荐她去剧组。给你说吧，她是我公司的红牌，用知识分子的话说叫品牌。

汪光军问，你一定用过了吧？

孙老板说，得，你以为我是那种没文化教养、庸俗不堪的人？你要想发挥美女效益，千万不要动邪念。再说了，兔子不吃窝边草这句老祖宗传下来的名言，可是博大精深。说完，反问道，你汪老板是不是看上她了？我给你说，对她你可得三思而后行！

汪光军发誓说没动邪念。我只是打算让她既做你的销售经理，又做我的形象代言。这样，咱们可以优势互补嘛！

　　两个人通完电话，孙老板就给宋肖新打了个电话，安排了任务。宋肖新明明知道这是汪光军使出的一招，也不好拒绝孙老板。她只好回了一趟公司，取了投标的材料去了天大公司。

　　天大公司负责销售招标的部门的一位主管看了宋肖新的材料，很客气地告诉她，现在房地产市场行情不是太好，公司对天大二期销售代理商的要求很高，由集团负责人亲自审查投标的事。这话等于明明白白地告诉她必须找汪光军。

　　到了这时，她突然明白了冯功铭问她的"改变"两个字的含义。也许，在汪光军的心里，她一个农民工的后代、漂在北京的女孩，在他的压力之下会改变自己的做人原则。就连冯功铭不也有这种担心吗？假如她是李豫生，"改变"可能已经发生。问题是她不是李豫生，又面对比李豫生更多的难题。她一时间对自己产生了动摇……

　　这时，冯功铭的电话打过来，开口就问她在哪里。真不想回家了。宋肖新本来就心烦意乱，听见冯功铭的声音，仿佛心里又添了一层堵，啥话没说就挂断了。上了车，一眼看见路边房屋中介公司门前写着大大的"家"字的招牌，她忽然想起冯功铭话中所称的"家"，心里又有点儿后悔。家，这个同温暖、安逸、幸福紧密相连的字，在哪个女人心中不是同生命一样重要？

第十一章

一

张杰昨晚与"大别山"并没走远，而是半路下车，又倒了两次车，悄悄回到了十八里香，钻进了梅子的美容美发店。

"大别山"刚听他说回十八里香，又惊又怕，还回那儿呀？！张杰毅然决然地说我想好了，只有在十八里香咱最安全。洗车场、洗浴中心都带三点水，水能淹没咱。

他之所以选择十八里香的梅子美容美发店，是因为他对那里比较熟悉。那家美发店在老孙家饭店斜对面。梅子是个年轻的寡妇，长得有几分姿色。老孙时不时到她这儿坐坐。"少半勺子"怀疑她与老孙有不正当关系，隔三岔五指使饭店服务员找她的麻烦。有一次，张杰去理发，遇上一个男服务员故意找碴儿，说女理发员把他的头发剪多了，不愿付钱。梅子出来和那个男服务员吵，那个男服务员要对梅子动手。张杰上前制服了那个男服务员。梅子对张杰也好，不仅免了他常年的理发费，经常送烟给他，每次见面，还主动说些俏皮话。他也自觉自愿地承担起梅子那家美发店的保护职责，只要梅子的店里有人闹事，他就会带着小兄弟们过去帮着摆平。他知道梅子店里也做不正经生意，那些嫖客大多是住在十八里香一带的单身农民工，一次花上个二三十元钱，做完就走。上个月，小乔曾经根据"少半勺子"的举报前去突击检查，但没有抓到现行。从那以后，梅子就小心多了，不是熟客一律不安排。梅子对张杰说过，找到机会一定好好整整"少半勺子"。他想这个时候去找梅子，梅子怎么也会容自己借住两天。警察一时也不可能想到他躲在那里。

张杰给梅子两千元钱，说，姐，我在这住一两宿。

梅子没有拒绝张杰，只是心有余悸地问，万一警察……

张杰没等她说完，掏出砍刀在梅子眼前晃了晃，如果警察来了，你就说是我用刀子威胁你，你不敢举报我。

梅子说那不是加重你的罪吗？

张杰不以为然地笑了笑，轻描淡写地说，靠，一条也是罪，两条三条也是罪，老子不怕。我不会让你和任何一个朋友因为我受牵连的。

梅子激动地当着"大别山"的面抱着张杰，在他脸上亲了一下说，瞧瞧我兄弟，这才够爷们儿！"大别山"说，我也是爷们儿，梅姐也抱抱我呗。梅子说，抱你吃奶呀？

梅子的美发店共三间房子，一间是营业用的门脸，也就是人们常说的营业厅，面积稍大一些；侧面一间是美容室，里边放着两张床和一些美容用品，过去的两个服务员就住在这间屋子里；院子里一间是梅子和孩子住的。张杰和"大别山"到后，梅子把他们俩安排到左边那间美容室住下。她虽然收下了张杰的钱，但心里忐忑不安，一直睡不踏实。对张杰这样的人同情可以，但收留其过夜，性质就完全变了。一旦败露，自己将承担刑事责任。刚才一时糊涂，已经收了他的钱，安顿了他过夜，现在再反悔显然会引起张杰的不满，甚至可能引来杀身之祸。她想来想去，决定还是把张杰的钱退还给他。这样即使东窗事发也留有余地。

梅子敲了一下左屋的门，开门的正是张杰。张杰用充满疑惑的目光看了梅子一眼，问：梅子姐，你有事吗？梅子示意张杰到外屋说话。她说姐反反复复地想这钱不能收。你比我的亲兄弟还亲，在这个时候我怎么能收你的钱，那不是趁火打劫？你还是拿回去吧。

张杰马上猜出了梅子的心思，冷冷一笑，严厉地说，梅子姐，我已经给你说过不用担心。万一有了事情，兄弟会一个人担当，绝不会牵连你。你就别给我耍小心眼了。

梅子这下真的不好意思了，愣怔地看着张杰。

一辆运送垃圾的卡车刚巧从街上经过，雪亮的灯光通过美发店窗户的玻璃射进屋子里，在梅子的身上晃荡几下。梅子屋里没有空调，只开着电风扇。因为天热她习惯地上身穿着短背心，里边也没戴乳罩，下身也只穿着短裤衩。汽车灯光在她身上晃荡时，张杰清楚地看见了她一片袒露的胸脯和探出一半的乳房。不知为什么，他突然冲动起来，下身的东西昂然而起，呼吸急促，两眼冒火。梅子是过来人，对张杰的这一变化非常敏感。她一时间觉得心慌意乱，说话语无伦次：兄弟，你……你早点睡吧。

张杰纹丝没动，眼睛盯着梅子的胸脯。他的心怦怦乱跳，脑子迅速热起来。就在梅子转身之际，他突然拦腰抱住了梅子，一边在她的脖子上、耳根边狂吻，一边用两只手同时抚摸她的乳房。梅子一丝犹豫后，片刻工夫也来了感觉，转过身紧紧抱住张杰，疯狂地亲吻起来……

张杰和梅子折腾了很久。梅子一直处于亢奋之中，她还是第一次和少年体验神奇、美妙和无比的快乐。她久久地抱着张杰，流着泪说，兄弟，姐从今天起就是你的人了，只要你不嫌弃，就是你以后娶了媳妇，我也跟你。

张杰没有回答梅子，他在想着明天应当怎样行动，"小东北"还能不能执行约定的计划。孙泉尽管说平安无事，但这两天不能用他，肯定有人在盯着。唯一能做的就是豁出去，摸清汪天大的行踪，自己直接绑了他，再和他老爸谈条件！

张杰让梅子明天帮他买几张不记名的手机号。他现在担心的不是可可，而是"小东北"。

二

"小东北"与汪天大已经打了两个晚上的高尔夫球。今天晚上是第三次，也是她向张杰立军令状的最后一天。

第一天晚上，汪天大给她发了那几条短信，她觉得很好玩。第二天晚上见了汪天大，她还故意躲躲闪闪，让汪天大有一种望得见抓不着浑身痒痒的感觉。

汪天大确实有点儿着急。他过去没有遇到过像"小东北"这样难上手的女孩。他当面挑逗她，她无动于衷；他发信息勾引她，她不理不睬；他请她吃饭，她礼貌地推辞；请她去玩，她婉言谢绝。他非但没有生气和失望，反而斗志旺盛。人就是这样，越是容易得到的越觉得乏味，而越是难以得到的越觉得稀奇。他琢磨着像"蕾蕾"这样的女孩，家庭条件一定很优越，说不定比自己家的财富还多。汪光军曾给他泼过冷水，在北京你老爸说到底也就是刚刚完成原始积累，要是搁在整个北京的汪洋大海里不过是粒小虾米。汪天大想，像"蕾蕾"这样的女孩儿，钱恐怕不好使唤，霸王硬上弓更不行，唯一见效快的办法就是投其所好。因此，他只是专心致志地教"蕾蕾"打球，循规蹈矩，像个文质彬彬的小绅士。

打球时，汪天大挖空心思地讲了些球场上的风趣见闻、老老少少球友很多可笑的故事，逗得"蕾蕾"不时地开心大笑，有几次还笑得把球杆也扔了，蹲在地上直不起腰。汪天大去拉她，她也不起，最后汪天大鼓起勇气去抱她，她没有表现出丝毫的拒绝和反感。汪天大心里暗自窃喜，为自己追女孩子的天赋洋洋得意。

打完球，汪天大主动送"蕾蕾"。临分手时，他问"蕾蕾"明晚还去不去打球？"小东北"假装为难地说我爸爸明天要出差。我妈妈也跟他去。他说明晚没有车送我，让我休息一晚上。汪天大问，你想不想打？"小东北"风情地朝他挤了挤眼，笑嘻嘻地说想！

汪天大觉得"蕾蕾"对他的笑中包含了多层意思，兴奋得差点儿跳起来。

他故作神秘地对"蕾蕾"说球场可以住啊！咱们明天晚上多打一会儿，太晚了就可以住在球场的别墅里。"小东北"沉思了一会儿，说我想想怎么给爸爸妈妈说，明天上午我给你发信息好吧？汪天大连连点头说好，那就把你的球包放在我车上吧？明天我来接你。

"小东北"抿着嘴"嗯"了一声，高兴地跳着跑着进了小区。

汪天大看着她活泼的背影，情不自禁地拍了拍后脑袋瓜。他一边开车一边给那个叫晶晶的女孩打电话，兴奋异常地告诉她搞掂了！晶晶在电话里问他：你把什么搞掂了？汪天大顿感索然无味，生气地说你那么蠢。就那个女孩啊！晶晶在电话那边笑了：你用的什么办法？

汪天大得意扬扬地说了一个字："情！"晶晶哈哈大笑，我靠，你汪天大还有情？我还没听说过老虎不吃人，除非是关在笼子里。关在笼子里的还叫虎吗？叫动物，能动的物。

汪天大愣怔了一会儿，既像是对晶晶说，又像是自言自语地说是啊，我难道真的对她动情了吗？

"小东北"下车后在小区里转了一大圈，估摸汪天大已经走远，这才出来打车回了家。躺在矮小简陋的小屋里，望着斑驳的墙壁和顶棚，她心里形成巨大落差。刚才还在风景如画的草坪上打球，这会儿却回到蚊虫乱舞的破屋。人都是有感情的，汪天大对她殷勤备至，深情款款，她难免不被触动。张杰对自己信任，让她产生士为知己者死的念头。但是，与汪天大接触两个晚上后，她对张杰制订和自己参与的计划隐约产生了一点不安和惶惑。如果半途退出，张杰的仇不能报，肖祥的冤不能伸，她就失信于朋友，在弟兄们面前抬不起头。如果她主动引汪天大上钩，然后嫁祸于汪天大，她就成了地地道道的坏女孩，社会上的嘲讽，"破鞋""骚货"的恶名她倒不是很在乎，汪天大恨她一辈子是她无法承受的。

她就是带着这种矛盾心理，又一次和汪天大约会。汪天大按照约定时间来了，看见她站在大门口喜不自胜。他从车上下来，亲自为"蕾蕾"拉开车门。一上路，他就给了"蕾蕾"一张高尔夫球场的贵宾卡，这是我专门让我爸爸给你办的一张贵宾卡。你以后到球场来打球，就可以刷卡消费，包括吃的喝的还有球场商场里的高尔夫专用品，你随便用随便拿！

"蕾蕾"接过贵宾卡看了一眼，又还给了他，我用不着。我想打球的时候就找你一起来。你不就是我的消费卡吗？说完，开怀大笑。

汪天大更是开心。他一边陪着"蕾蕾"放声大笑，一边故意拍了拍"蕾蕾"的大腿。"蕾蕾"不知是过于开心没有注意还是没有感觉，竟然没有任何反应。这一下，汪天大不禁心猿意马。他左手握着方向盘，右手小心翼翼地放在了"蕾蕾"的大腿上。"蕾蕾"这次有了感觉，抓住他的手，在他手背上轻轻地拍了一下，嗔怪地说你干吗？

汪天大忙把手缩了回来，抱歉地说没……没干什么。我过于开心有点儿忘乎所以了。你不要在意啊！"蕾蕾"害羞地看了汪天大一眼，把头扭向窗外，说了一声你坏蛋！

汪天大在对待女孩上毕竟有经验。他听出"蕾蕾"并不是真心生气，还有些害羞，不由得心花怒放，打开了车上的DVD。那是一个女歌手新出的专辑。"蕾蕾"听了，高兴得眉飞色舞，不等汪天大动手，她主动调大了声音，而且随着女歌手轻轻唱起来。

汪天大不失时机地说，你也喜欢她的歌啊？我特喜欢。我车上全是她的专辑。"蕾蕾"毫不掩饰地说，她的每一首歌我都会唱。汪天大说我也是。想不到咱俩的共同爱好还很多呢。

让汪天大意想不到的是，"蕾蕾"拍了一下他的手：哪天没事，咱们一起听她的歌，听一天，听个够。汪天大连连点头：好啊！好啊！接着顺手握住了"蕾蕾"的手。

"小东北"和汪天大来到球场以后才发现，晚上打球的人很多。她想了一下说，今天是礼拜五，咱们不该来。

汪天大说，我没去学校，也不知礼拜几了。

"小东北"故作惊讶地问：你们学校放假了？

汪天大摇摇头，坦诚地说不是放假，我是和两个外来的野孩子打架，住了医院。

"小东北"问：你被他们打伤了？

汪天大警惕地看了"小东北"一眼，没有回答。

"小东北"猜出了汪天大的心事，故意装着不解的样子，摸了摸汪天大粗壮的胳膊，惊奇地说，就凭你那么棒，怎么能被打伤？汪天大这才不屑地"哼"了一声，我被他们打伤？可能吗？一个还没出手就让我踢趴下，一个想用啤酒瓶子砸我，被我打倒了。是我爸爸让我装脑震荡，好让他们负刑事责任。现在，他们一个被刑拘了，一个跑了。我爸爸说他跑不掉。

"小东北"明白了，肖祥和张杰确实是汪天大他们家陷害的。难怪张杰要报仇。老板怎能这么黑心呢？

由于各自都有心事，两个人都没把心思放在打球上。

从球场返回时，汪天大问"小东北"：你今晚给你爸爸妈妈说了不回家吗？"小东北"点点头，兴味盎然地说我好长时间都没出去玩过。我想去看电影，再去玩游戏机，反正玩个通宵。汪天大点点头，兴致勃勃地说，那我就陪你过一个潇洒而又浪漫的周末。说着，他再一次握住她的手，她反过来握紧了他的手，含情脉脉地说，你对我真好，和你在一起我好高兴。我爸爸妈妈平时对我管得太严，不让我接触男孩子。他们说现在的男孩子特坏。我和你在一起，一点也没感觉你坏，还特温暖。

汪天大高兴得忘乎所以，一下子把"小东北"搂在怀里。"小东北"趁他不注意，把编好的信息发给了"大别山"。

"大别山"看了"小东北"的信息，兴奋得眼睛放光，"小东北"有信息了，她说汪天大亲口给她说，是他爸爸逼他装脑震荡住进医院。他兴奋地说，咱把她的信息告诉警察。让警察去医院找汪天大查一下，事情不就水落石出了嘛！张杰摇了摇头，沉思了一会儿，咬牙切齿地说那样就便宜了姓汪的。肖祥这几天的损失怎么说？我的损失、你的损失又怎么补？不行，我非得干一场不可。

"大别山"不再吱声，低着头摆弄起手机。他基于义愤，豪言壮语说起很容易，真要是动真格的，他有点儿二乎了。张杰和"大别山"的对话，梅子断断续续地听到了几句，心里像十五只吊桶打水——七上八下。

从上午九点开门后，梅子就一直在厅里坐着不敢离开，两眼不住地向大街上张望。她看到老孙家饭店大门紧闭，门上挂着一个写有"临时停业"的牌子。老孙家饭店停业，这条街上的人明显减少了很多。越是人少，街上越清静，她越觉得心像悬在半空中。一听到汽车声，她就不由自主地心跳加速。她怕在家里再待下去会吓出心脏病，就想了个法子，对张杰说今天是礼拜六，我带孩子进城去玩。我关了门停业，你在这里也安全。

张杰想了想，点头同意了。

梅子收拾一下，带着孩子走了。她走时，把门从外边反锁上，还故意对隔壁家的人说，孩子好不容易回家一趟，我带她去玩玩，今天不开业了。我也想明白了，不能拼着命挣钱，咱没那挣钱的命。

梅子走后，张杰和"大别山"研究起行动方案。他怕夜长梦多，决定今天晚上就到医院去，把汪天大搞出来。他刚说完，就听见街上有汽车刹车的声音，从声音判断不是一辆车。他像受了惊的兔子，一下跳到了窗前，把窗帘拉开一条缝向外看去。他看到宋肖新从车上下来，向肖祥家的巷子走去。他马上想到一个主意，对"大别山"说，快用你的手机给可可发信息，让可可……他话没说完，突然停止了。

"大别山"催问道：让可可干吗？

张杰一边紧张地思考，一边说我原想让可可去找肖祥的姐姐说汪天大的事。可是不合适，人家会问可可，你哪来的消息啊？

那就让"小东北"去说吧。"大别山"说。张杰摇摇头说，"小东北"也不合适。她不认识肖祥的姐姐。"大别山"说怎么会不认识？肖祥的姐姐特有名，十八里香哪有不认识她的。张杰白了"大别山"一眼，说，她就是认识，现在也不能公开站出来。我想现在最合适的是京生那丫头。别看人小，挺有正义感。"大别山"手里掂着手机，怏怏不乐地说可惜咱没有李京生的手机号码。

张杰说李京生不用手机，她爸爸妈妈不让她用。你把信息发到可可的手机上，让可可和李京生联系。再让李京生找肖祥的姐姐。你给她发信息，要快，赶紧发！"大别山"在写信息时，张杰又想起了一件事，对他说你在后边注明，让李京生不要告诉她爸爸。他是个"汉奸"。

三

李京生带来的消息让宋肖新和肖桂桂既震惊又兴奋。

李京生告诉她俩，一大早她就接到一个女孩儿打来的电话。女孩儿说有一个朋友让给你捎话。但是，你得先保证不能让你爸爸知道。

李京生说，你爱说不说，我想让谁知道是我的事。

女孩儿迟疑一下说，你们十八里香肖祥和张杰出事你知道吧？他们是被人陷害的。汪天大对别人说，他根本就没挨打，是他爸爸花钱找关系办的脑震荡鉴定。他还抱怨他爸把他关在医院。

李京生越听越生气。她看了爸爸一眼，见爸爸在观察她的神情，就假装笑了笑，对着电话说我知道了。咱朋友什么意思？

女孩儿说，你赶快去找宋肖新。她是肖祥的姐姐。

李京生忽然问那女孩儿，你是可可吧？对方不回答，匆忙挂断了电话。她缓了一会儿神，一口气跑到肖桂桂家。

宋肖新和肖桂桂听完李京生的讲述，都没有说话。这之前，宋肖新和肖桂桂以及十八里香很多人怀疑肖祥和张杰是被姓汪的陷害，那只是一厢情愿的议论或者说猜测，冯功铭就认为是十八里香人感情用事。现在的消息来源于汪天大亲口说的，而且还有汪天大每天晚上去打高尔夫球的证据。

猜测被验证后，仍然是震惊。

见宋肖新不说话，李京生着急地问：咱怎么办呢？要不去找姓汪的？宋肖新想了想，对李京生说，京生，下边的事你就别管了。你就好好学习吧。李京生说，我可以在网上发帖，让网民骂姓汪的。说着就一溜烟跑掉了。

李京生走后，宋肖新就拿着手机在犹豫，是给冯功铭打电话，还是告诉肖辉？最后，她还是给肖辉打了个电话，把情况向他说了。

肖辉在电话中听了宋肖新的讲述后，默不作声地思考了好长时间，才平静地说，说来说去的，都是这个人怎么说的那个人怎么说的，既不能作为证据，也没有证人，现在要紧的是把这些线索串起来，让它们可以成为证据。

宋肖新说，光说有什么用？你倒是串起来呀！

肖辉说，现在还缺太多的东西，我也想往前推，可是推不动。

宋肖新也有这种感觉，她现在像是在推一堆棉花，用尽全力，也只能把这堆棉花推变形，而整个棉堆则纹丝不动。她是个急性子，急性子的人在推棉花堆时往往能把自己累死。她有点儿悲观，有气无力地说，我想去医院找到汪天大，看看他到底有没有病！

肖辉说，那样也不会有太大作用。汪光军肯定对医院有交代，别说你不容易看到汪天大本人，就是看到人，也看不到病历。就算你能证明汪天大不在医院，你也改变不了他的医生鉴定。

宋肖新生气地说，这也不行那也不行，到底怎样才行？

肖辉说，现在看来，你还得听听你那个冯律师的意见，按他说的办。他的办法比咱多。

宋肖新赌气地说，要找他你去找，反正我不去！她弄不明白肖辉为什么在这事上显得软弱无力。

肖桂桂见她着急上火，在一旁小心地说，咱去找派出所小乔吧。

小乔耐心地听完她俩的话，思考了一会儿，说你们反映的情况有几个问题：第一，汪天大给什么人讲的，为什么那个人没有留下姓名，想找她也找不到，这种匿名电话做不了证据；第二，即使汪天大说的是真的，他到底是不是脑震荡，还得依医院诊断和法医鉴定为准。

肖桂桂听了有点儿失望，愁眉不展。小乔看出了她的心思，安慰她说，有了线索毕竟比没有线索好。你们反映的情况，我会及时给领导反映。你们就安心等待结果吧！

宋肖新和肖桂桂从派出所出来，想着应当给冯功铭说一下情况。不管怎么说，两个人生气归生气，不能误了正事。她拨通了冯功铭的电话，但响了很长时间没人接听。她又急又气，眼泪也出来了，有两滴挂在睫毛上，忽闪忽闪的像露珠儿。肖桂桂问她是不是给冯功铭打电话，然后一拍脑袋瓜子，这两天生气上火，记性也差多了。小冯来过一趟，把肖祥的课本拿走了，说肖祥用得上。宋肖新说，他那是打掩护，真实目的是看我住不住这儿。肖桂桂嗔怪地说，你就是心高气傲，得理不让人。人家小冯……宋肖新没等她说完就吼了一句，别在我面前提他！

肖桂桂愣了下，又接上说，肖辉一点儿忙帮不上，咱娘儿俩也是没辙，你又不理小冯，派出所的小乔……宋肖新正在气头上，说了一句：别人不帮咱，咱自己帮，反正不能让姓汪的就这样歪打正着，随心所欲。我不相信他有本事遮挡得住北京的阳光。

她的话是这样说了，心里却一片迷茫。肖桂桂说得对，肖辉、她、冯功铭、韩冬、小乔、张刚……有愁，有烦，有哭，有喊，是担心、是不安、是不平，唯一没有的是办法。

在回肖桂桂家的路上，不时可以遇到提着不同颜色的塑料桶，沿着墙根和马路边蹒跚行走的人，其中多数是些十几岁到二十几岁的女孩子，也有满头银发的老奶奶和几岁的小女孩。宋肖新有过这样的经历，肖桂桂至今还在重复着这种经历。十八里香地区的平房里没有卫生间。住在平房里的人晚上小解都是用这种塑料桶，第二天提着到公共厕所倒掉。日复一日，年复一年。当年，她每天也要重复着这样一件事。年龄渐渐大了后，提着塑料桶出门前，都像做贼一样，先探着头往外看一看，见街上没人或者人少才敢出门，那还红着脸、低着头。这种日子让她再回过来过一天，她都会发疯。

小乔在她俩走后马上向所长做了汇报，并且整理出了文字材料，然后就去了十八里香居委会。韩冬不在居委会，过了一会儿才匆匆回来。她上衣湿透了，一脸倦容，给小乔打了个招呼说小乔你坐，接着咕嘟咕嘟喝了两大杯凉白开。这才诉苦说，这居委会的工作越来越难做了。法律规定我们是群众自治组织，但是这部门那部门的工作都朝我这压，加起来几十种上百种，计划生育、环境卫生、社会治安、社区就业……多了去了。不干吧，街道办事处有意见；干吧，群众不理解，真是难死我这老太婆了。

小乔笑着说您是老居委会干部，有经验有水平有能力，您不干谁干？！不过您别着急，我听说区里为了加强奥运安保工作，打算招一批社区工作者。到时您这不就补充新鲜血液了！

韩冬问小乔是不是肖祥和张杰的案子有新的进展，小乔把宋肖新和肖桂桂找他反映的问题，以及所领导的意见向韩冬讲了一遍。韩冬一边听一边在琢磨，手中的大蒲草扇子一会儿紧张地扇几下，一会儿又慢慢地摇，有时还停顿片刻。居委会办公室有空调，她还用蒲草扇子，新来的社区工作人员忍不住暗自发笑。

韩冬用手中的蒲草扇子拍了下桌子，惊叹地说，依我看张杰这毛小子是冲着汪光军的儿子来的。汪光军的儿子现在在哪里？小乔说，宋肖新和肖桂桂提供的消息，他住进了医院，人却不在医院待着。

韩冬急了，看看，这事儿难度大了。他在医院待着还好些，张杰不能把他怎么着。他要是老朝外跑就不是好事……

小乔说，张杰知道那个叫孙泉的小哥们儿暴露了身份，公安机关一定会追查他。他要行动就得动作快一点。韩冬点点头，表示同意小乔的分析。她自言自语地说了一句：兔子急了也咬人！小乔说正是这个理。现在还有一个问题，如果汪光军知道了张杰的目的，必然会先下手，到那时，张杰就会面临更大的危险！后果也会更严重。韩冬想了想，主动说，这样吧，我一会儿给几个社区工作人员和协理员开个会，让他们这两天加强巡查。

小乔点了点头，嘱咐道：一定要注意两个方面结合，一是保护好汪天大，二是保护好张杰。咱们尽最大力量避免出事。韩冬送小乔出来，小乔半开玩笑地冲她鞠了一躬，说拜托了韩妈。韩冬说，切！但她分明看到了小乔眼里晶莹的光。韩冬禁不住鼻子酸酸的，不管是汪天大还是张杰、肖祥，都还是孩子，本该在书声琅琅的学堂里，可是这是为什么？

四

"小东北"整整一天都精神恍惚，坐立不安。早饭后，爸爸妈妈上班走了，她才敢把手机打开。她原以为手机上肯定会有张杰和汪天大的信息，打开一看却只有几条手机新闻和房地产广告。她一下子心慌了。她觉得张杰不给她发信息不正常。她昨天回来后给张杰发了一条简短信息，告诉他进展不太顺利。按理说，张杰应当给她回个短信，告诉她下一步应当怎么去做。难道张杰生气了，抑或是出事了？

想到这里，"小东北"的心紧张、惊慌而且充满了恐惧。同时，她觉得汪天大不给她短信和电话也有问题。凭一个女孩子的直觉，汪天大对她有了好感，而且在为一步步接近得手沾沾自喜。这种时候，他应当是趁热打铁。难道他的父母发现出了什么，察觉到了什么？他被父母控制起来，或者说自动放弃了和她的交往？那样，她就不可能完成对张杰的承诺。她想给张杰打电话，又不知道能不能打通，即使打通了又怎么对张杰说？她也想给汪天大打电话，约他今晚继续去打球，见机行事。可是不知为什么，汪天大笑逐颜开的样子在她眼前晃了几晃，她的心又动摇了，隐隐地觉得不忍心害他。汪天大可以说服他爸爸撤销对肖祥和张杰的起诉，本来汪天大就没有脑震荡；张杰也可以理直气壮地站出来向公安机关说明情况，没有必要对汪天大怎么样。她把脑袋都想疼了，还是想不明白。

手机响了，是汪天大打来的。一时间，她竟然不知该不该接那个电话，直到电话铃声断了，她还愣怔地看着手机屏幕。过了十多分钟，汪天大又打来了电话。她这一次虽然犹豫了一会儿，还是接听了。她说对不起，刚才我去卫生间了，没有带手机。汪天大笑呵呵地说，我还以为你昨晚生气了才不接我的电话呢！蕾蕾，你生气了吗？"小东北"说没有啊！我怎么会生气呢？我以为你爸爸不让你和我一起玩了。

汪天大不悦地说，我爸爸说有人在调查我是不是被那两个农民工孩子打成的脑震荡，所以让我老老实实地待在医院里。我和他吵了一架。不理他，天天疑神疑鬼的，多大的事呀？

为什么？"小东北"惊奇地问。汪天大说又不是我要装脑震荡，为什么让我老实待着？我一天不打球不出去玩都难受。谁爱查谁查去。查出问题我也不承担责任！让汪光军担着去。

"小东北"听了汪天大的话，灵机一动，打开了手机的录音功能，因势利导地说，你的头疼不疼啊？汪天大说不疼。"小东北"说你真不是脑震荡？汪天大说屁，是我爸脑震荡，非逼我住院。我烦着呢。"小东北"说没有脑震荡住什么医院？汪天大沉默了一会儿说，我今天就给汪光军说出院的事。"小东北"问你现在要是出院，不怕别人说你的脑震荡是装出来的吗？汪天大毫无顾虑地说，本来就是装的，但不是我装的，是我爸爸逼着我装的。"小东北"假装生气地说我看你人挺好的，怎么会这样呢？那两个农民工子弟都是中学生，说不定今年还要考高中。你不是把那两个人害苦了。那两个人就是蹲了大牢出来能善罢甘休吗？汪天大说到他们出来我就出国了。他能把我怎么样？"小东北"假装生气，说你出国，我干吗去呢？接着就挂断了电话。她想，如果汪天大继续来电话，她也继续给汪天大讲道理。如果我能说服汪天大，通过汪天大让他父亲撤诉，还肖祥和张杰自由与清白，既对得起张杰这个哥们儿，也对得起汪天大这个新结识的朋友。

果然，汪天大接着就把电话打了过来。他开口就解释说，蕾蕾你别误解我。我和那两个外来的孩子打过架以后就没事了。你不信可以问一问，他俩到医院做检查的费用还是我主动替他们付的。是我爸想要这个劲。再说了，那个农民工子弟学校是我爸掏钱赞助的。我爸是那个学校的名誉校长。我爸生气就是因为这一点。我爸爸说狗还不敢咬主人呢……

"小东北"一气之下，脱口而出地骂道，你爸真不是个东西。他把别人当狗，他算什么？再说，你爸爸也是爸爸，怎么不想想那两个孩子的爸爸妈妈怎么过。汪天大哈哈大笑，蕾蕾，你骂得太好了。我也想骂我爸爸一顿。这样吧，哪天我请客，让你当着面骂那个老混蛋。"小东北"也笑了。笑罢，她诚恳地说，哥，你给你爸爸说一说，让你赶快出院吧。我不敢跟你玩了。说不定哪天还能害我呢。

汪天大兴高采烈地问：你答应做我的朋友了？"小东北"又假装生气地说你真坏。你还没把我当成你的女朋友。你在要我是不是？你要敢要我，我把你家放火给烧了。汪天大赶忙解释说，我从第一天见到你，就把你当成我的女朋友了。不信你可以问晶晶，我给她说过。"小东北"心里高兴，说话却带着因嫉妒产生的怨声，你和那个叫晶晶的是什么关系？汪天大说笑话，我能看上她吗？她爸爸是银行的头，他爸贷款给我爸，我爸送钱给她爸，他爸和我爸关系铁，我才和她认识。"小东北"说我不许你和她眉来眼去。汪天大一连说了几个好。"小东北"从电话里仿佛听见他的心在笑。她想了想，哥，我听说大连海边有个好球场，咱去那儿玩吧？汪天大当即答应下来。"小东北"又问你出不了院怎么办呢？汪天大说我马上给我爸爸打电话，让他过来给我办出院手续！

汪天大做梦也想不到，他的话都被"小东北"用手机录音功能录了下来。她挂断电话后试听了一遍，没有一丝杂音，就连汪天大喝水时吱吱的声音都非常清晰。她高兴得跳了起来，赶忙给孙泉打电话，约他到网吧见面。可是到了门口，她又犹豫了。她想自己这样做肯定能够帮助张杰，让杰哥满意，但也肯定会伤害汪天大。她自己也弄不清楚为什么会在这俩男孩子之间动摇了。有人说少女的心是秋天的云，说变就变。难道你"小东北"真的变心了？她一遍遍地问着自己，不一会儿就觉得头又疼了。

五

汪光军听说儿子要出院，开始并没在意。他以为儿子自由散漫惯了，在医院行动受限制，所以才吵着出院。他了解儿子的性格，如果不顺他的意，继续把他关在医院里，本来没有病还真可能闹出病。他也考虑过万一儿子假装脑震荡的事情传出去，会产生意想不到的后果。可是，这个想法马上就被他自己否定了。于是，他给医院住院部负责人打了个电话，说是接儿子回家过两天再回医院，住院部负责人早就被汪光军搞掂了，比宠物还听话。可是，等到汪光军派人到医院接汪天大时，护士告诉来者汪天大已走了很久。

汪天大一回到家，就急不可耐地给"小东北"打电话，告诉她自己已经回家，向她要身份证号买飞机票。"小东北"实话告诉汪天大，她还没有办身份证。汪天大又问她的护照号，她一听就愣住了：什么护照？汪天大说护照就是你出国的身份证明啊。你不是告诉过我，你跟你爸爸去过新马泰吗？你去新马泰不得要护照呀？！他根本没有对"小东北"产生任何怀疑。

"小东北"听了汪天大的话却目瞪口呆，情急之下，又编了一个谎言：

那都是我爸我妈办的，我哪儿知道？她这时才体会到说谎其实是一件很累人的事。因为你说的是谎言，生怕被人识破，因此说话做事都得倍加小心，精神时刻处于高度集中，意识时刻处于警惕状态。这几天和汪天大相处，她就背着非常沉重的精神压力，几近崩溃。她说过几次错话，比如茅房，住楼房的称之洗手间或卫生间，对大街上的茅房称公共厕所。只是汪天大没留心。此刻，她的心几乎要跳出胸腔。

汪天大不知"小东北"为什么不回答，又连续催促，你要是找不到护照了，用你家的户口本也行。

"小东北"又找不到回答的词儿了。她家有户口本，就放在抽屉里。但那是东北老家农村户口，这对汪天大也没法说。她急得眼泪都要流出来了。她停了一会儿，才推脱说我爸爸不让我一个人到外地去，把户口本藏起来了。汪天大听出"小东北"情绪低沉，安慰她说，蕾蕾，你别着急，也别生气。反正去大连的时间多的是。今晚咱们还是去打球吧。我去接你。

"小东北"答应了，并且马上挂断了电话。

汪天大放下"小东北"的电话后，又给汪光军打了个电话。办公室电话没人接，手机不在服务区，气得他大骂一句混蛋！

汪天大是想和汪光军谈肖祥和张杰的事。他并不是出于对他俩的同情，也不是怕他俩报复，而是想给"蕾蕾"一个交代，一个好印象，让她感觉自己很善良，富有同情心。他更不管法律上对做假证据要追究法律责任。他仰面躺在沙发上，闭着眼睛，满脑子都是蕾蕾。他情不自禁地浑身发热，到卫生间里冲了个澡。他冲完澡出来，穿了件睡衣。保姆端着切好的西瓜送来时，一眼看见他直挺挺的下身，把裤裆都挑高了。保姆红着脸，赶忙低下头。

汪天大一边吃着西瓜，一边给"小东北"打电话，可是，电话通了好长时间也没有人接听。他忍不住有些着急。他看了看手表，离与"小东北"见面还有两个多小时。他想，这两个多小时怎么过啊？"蕾蕾"是不是还没下课？可是又一想今天是星期六，"蕾蕾"应当不上课。不如早一点去球场。早一点打完球，可以在一起多玩一会儿。他已经想好了，今晚打完球，邀请"蕾蕾"到家里来玩……想到这里，他给"蕾蕾"发了条短信，把见面的时间提前一个小时。

"小东北"收到汪天大发来的信息后心乱如麻。她迫切希望能与张杰联系上，把自己劝说汪天大出院，同意说服其父亲撤销对肖祥和张杰起诉的事告诉他，劝他冷静一下，放弃对汪天大的报复计划。可是，她打张杰的手机总是关机。她想来想去，拨通了孙泉的电话。

孙泉问"小东北"：约好了去网吧，怎么又失约了，电话也不接。"小东北"说正要出门，家里来了客人，妈妈不让她出去。孙泉说你打个电话发条信息给我也行，让我白在网吧等你半天。然后责怪"小东北"说，你做事能不能痛快一点，拖泥带水地误事。杰哥现在像只兔子，被追得东躲西藏，着不着急呀！

"小东北"说你以为这是撒泡尿那么容易的事？我也急。姓汪的不动手，我总不能脱了衣服拉着他上吧？孙泉冷嘲热讽地说，那你打算和他文明礼貌地像夫妻一样做啊。又问，你打算今天做吗？

"小东北"没有回答。她沉默了很长时间，直到电话里响起嘟嘟嘟的声音。她在犹豫是不是把汪天大的录音发给孙泉。

第十二章

一

汪光军把招聘企业形象代言人放在招标代理销售公司之前，也是费了一番心思的。他个人认为，只要宋肖新参加形象代言人的招聘，就说明她向他设计的圈子里迈出了第一步。往后，销售代理、放弃追究肖祥的冤案、和他关系从正常到亲密，再到上床……

他把招聘会的地点放在一家五星级酒店，而且搞得非常排场。天大置业在京城名头不小，企业形象代言人的费用很高，关键在于宣传的力度大，报纸杂志、电视网络、公交车以及航空等宣传手段可谓铺天盖地，所以颇具吸引力。消息一经公布，说情的、推荐的电话接二连三。这几年汇聚京城的模特成千上万，很多影视演员也加入了广告大军行列，外国模特大量涌入，致使这个行业的竞争越来越激烈。模特的知名度，在很大程度上靠广告宣传，像报刊发行、电影电视，静态的、动态的等。天大已经承诺，选上的形象代言人，静态、动态的广告都要上，而且时间比较长，投入比较大，对每一个模特和演员都具有非同一般的吸引力和诱惑。不过，汪光军早已选定了宋肖新。他搞这个公开招聘，只不过是走个过场，造个声势，同时也是给宋肖新施加压力。这么多竞争者，并不是非你莫属。你要想当我天大的形象代言人，就得听我的摆布。

宋肖新赶到现场的时候，现场已经来了一百多个应聘者，其中有一些人脸熟，在电视电影里见过。她在一个不显眼的角落处悄悄坐下，打算看一会儿就走。她的四周，有来看热闹的，有来为朋友助阵的，也有参加比赛的。他们的议论不时传到她的耳朵里。

看天大的架势，是要找个腕儿。咱们这些人只是来陪衬。

你们还不知道吧？有个女演员都跟汪老板上过床了，就是演那个女白领的……

听说天大的企业形象广告要在机场路上打个广告牌放两年，这太有吸引力了，再大的腕也想上。

姓汪的出手也大方。听说他这次出的价儿，是房地产行业形象代言人价格最高的！

宋肖新没有参加议论。她平时一直坚守一个原则，就是本分做事，不评论他人。她信奉"祸从口出"这句格言。尤其是女孩子集中的地方，你不参与，有时麻烦还会缠到你身上。一些从事模特工作的女孩，都千方百计地保护着自己的隐私，祖籍是隐私，家庭是隐私，收入是隐私，感情更是隐私。所以，她们之间很少有真正的朋友。她现在的心思还在张杰身上，没有心思去考虑其他事情。至于天大招聘企业形象代言人，她是应公司通知前来参加的。她把这件事当作自己的一项工作。

招聘会的表演时间不知因为什么向后推迟了半小时，场上有些骚动。有人说在等一个领导，有人说在等一个大腕级的模特。宋肖新这时看见坐在第一排位子上的汪光军站起了身，一边四下张望，一边对现场指挥说些什么。那个现场指挥拿着张名单类的纸，在排好队等待上场的应聘者中寻找了一会儿，冲汪光军摇摇头。她敏感地意识到，汪光军可能是在找什么人。

果然不出她所料。随着一阵唏嘘声，她也和大多数人一样扭回头，看到那个迟到的、让大伙等得不耐烦的模特出现了。有人惊奇地叫出声，哇塞，等的是这个人呀！还有人讥讽，说够派的，让大伙等她一个人，肯定有来头……宋肖新一眼就认出了来者是李豫生。

如果不是看到李豫生，也许宋肖新就放弃了。这时候，潜藏在她心中的怨气、强烈的竞争意识一下子冒了出来。从某种程度上说，人人都有竞争意识。竞争意识说到底是一种责任感的体现，更是人的一种生存本能。

汪光军这次招聘的代言人，是为楼盘做代言，所以没有走 T 台的场次。第一轮说是造型比赛，实际上是形象比赛。宋肖新临来前简单化了妆，既没刻意换时装，也没去做头型，基本上自然而然，在选手中独一无二。没想到，反倒赢得了几个评委的好评。一个评委夸奖她"天生丽质"，一个评委称赞她"质朴自然"，还有一个评委直截了当地说她是朵玫瑰！

第一轮下来，上场的一百多个应聘者只剩下三十个。第二轮是自选动作，也是造型。有的选手夸张地张开双臂，摆出拥抱的姿势，说是常见的楼盘广告词；李豫生则是躺在用来做道具的床上，说的是关于梦的话题……宋肖新是做楼盘销售的，对这个行业比较熟悉，更重要的是她渴望着在北京有一片属于自己安家立身的地方。她的造型简单明了：一个经过多年艰苦奋斗的女孩，在北京买到了房子，在属于自己的家中度过第一个夜晚，晚上激动得睡不着觉，披着外衣，侧身站在阳台上，看着外边灯火辉煌的街道。她没有配以这个造型任何广告词，甚至于连一个字也没说。由于完全陷入角色之中，幸福得有了家而感动的泪珠挂在她的眼角，晶莹剔透，格外引起在场人的注目。顷刻之间，全场掌声雷动。

第二轮过去后，只剩下十个。其中包括宋肖新和李豫生。两个昔日亲如一人的姐妹，现在却像彼此第一次见面，连头也没点一下。

下一项内容是联谊酒会。宋肖新同其他九个候选人，临时换了晚礼服在酒会上亮相。

咱们在这儿见面了！汪光军端着酒杯，与十个候选人一一碰杯，走到宋肖新面前时，他低声说了一句：这在我意料之中。他向李豫生招招手，李豫生马上春风满面地走过来，主动和汪光军亲热地拥抱了一下。宋肖新本来就对汪光军没有多少好感，肖祥的事，又让她对他增加了一分厌恶。如果不是公司通知她前来参加，她不会来。另外，她也不想让其他模特和现场的记者看出她和汪光军认识，那样有可能引来猜测和非议，甚至麻烦，更不想看见李豫生和他亲昵的动作，于是转身走到一边去了。

汪光军与选手碰杯后，又走到记者和评委那边，与记者和评委们碰杯。他笑容满面，春风得意。突然，一个女记者向他提出了一个问题：汪老板，我是《今京报》记者。我在网上发现一条与你有关的新闻，不知你有没有兴趣听。

汪光军先是一愣，继而笑了笑，说与我有关的新闻很多，因为天大置业就是我汪光军的代名词。不知你说的是哪一条？

尖锐和犀利既是记者的风格，也是他们吃饭的标签和工具。女记者毫不留情地说，我看到网上有一个今天刚发的新帖子，说你儿子汪天大前些日子曾在十八里香一家饭店与两个外来工子弟发生冲突，那两个外来工子弟用啤酒瓶子把你儿子打成脑震荡……

汪光军摆出一副不足挂齿的神态，大大方方地说这件事我也是事后知道的。不过，这是法律上的事情，自然有法律说话。他抬眼在人群中搜索了一下，看到宋肖新也在看他，目光充满疑问和不满。他继续笑着，又说：我从来主张依法办事。我经营房地产，从来都是遵纪守法，一不行贿，二不欺诈，三不偷税漏税，四不拖欠工人工资。在这件事情上，我也强调依法办事。我相信法律是公正的。

女记者等汪光军的话落地，直截了当地说，那个帖子上说，有知情人透露，那两个外来工孩子根本就没有和你儿子交手，是你儿子自己滑倒了，当天晚上医院检查几个孩子都没有问题。你儿子的脑震荡鉴定是假的。现在，很多网民关心这件事，管这件事叫"假伤门"。对此，你有什么看法？

女记者的话刚说一半，金碧辉煌的大厅里就一片哗然。围观的人们发出阵阵惊讶的嘘唏声和感叹声。汪光军仿佛挨了重重一记耳光，脸上一阵发烫。但他毕竟经过风雨见过世面，马上就镇静下来了，仍然满面春风地对女记者说，你的话让我震惊。我儿子的伤害鉴定是经过了医院检查和法医两个方面认定的，如果说是假的，那不仅是对我，更是对司法部门的污蔑。

女记者说，网上说这个事是你儿子亲口给别人讲的。你儿子说他在替你住院。

汪光军哈哈大笑，双手在空中挥舞着，说无稽之谈，无中生有。在座的可以想一想，如果我儿子的伤是假的，我儿子能向别人说吗？我汪光军的儿子不至于是个傻瓜蛋吧？！他说着看了宋肖新一眼。

站在汪光军旁边的一位男记者接上汪光军的话说，很明显，这是有人借网络制造谣言，目的是干扰办案。这种事情过去就发生过，根本不要理它。一位汪光军请来的评委也跟着说，网上恶搞的事情本来就多如牛毛。做记者的要讲究新闻的真实性，不能听信空穴来风。

宋肖新一直站在旁边默默地听着。同时，她也一直在观察着汪光军的情绪变化。尽管汪光军一直都很冷静，回答问题时也颇有风度，滴水不漏，但是，她从汪光军的眼睛中看出，汪光军的心已经乱了。

汪光军的确心乱如麻。如果那个女记者再追问下去，他可能就会发火，也可能会无言以对。决赛开始之后，他虽然岿然不动地坐在台下，虽然春风满面，脑子里却在紧张地思考。这件事是什么人捅到网上去的？十八里香的人还是其他人？为什么说是他儿子汪天大自己透露的做假鉴定？汪天大这几天除了外出打球，还和什么人接触了？他怎么也想不明白。而此时此刻，那些记者的眼睛都在看着他，他既不能打电话，也不能离开现场，那样就会引起记者们的怀疑和猜测。当宋肖新一身晚装走上台后，他突然想，必须保留三个选手，给宋肖新增加两个竞争对手。这样，他才好控制宋肖新。于是，他把策划师叫到身边，低声对他作了交代。

原定的程序是现场选出一名企业形象代言人，但决赛结束后，主持人在众目睽睽之下宣布包括宋肖新在内入选候选人。他郑重其事地宣布：今晚天大置业的企业形象代言人的招聘会结束，获得前三名的选手谁能担当天大置业公司的形象代言人，由天大置业集团最后决定！主持人的话音刚落，现场一片骚动。很多人为天大置业临时改变程序感到不满。汪光军怕记者纠缠，在主持人宣布之前就和刚刚赶到的韩土改离开了现场。

二

韩老师，您预料的事情果真出现了。汪光军一上车，就对韩土改说。接着，他把今晚那个女记者说的网上出现了汪天大假装脑震荡的事给韩土改简要地讲了一遍，然后感叹地说，我花钱让人去删帖，没搞定，骗了我！

韩土改知道现在是信息时代，网络的力量相当强大，网民们一旦群起攻之，汪光军难以招架。你有钱搞掂一两个腐败分子，但你不能搞掂成千上万的网民，更左右不了民意。韩土改猜想汪光军会向他讨教下一步的对策。他绞尽脑汁、搜肠刮肚地想着办法。他往后靠了靠，叹了口气：宝刀不断水，大网不捞沙啊，还真是逃不出这命里的运程。

汪光军没有闲着。他先打电话通知高律师马上到公司去，说是有要事商量。接着，他拨了汪天大的手机，谁知汪天大没接电话。他接着给医院打电话。汪天大住的病房里就有直拨电话，响了很长时间没有人接听。他打到护士站去问，值班护士告诉他，汪天大早已离开医院。汪光军又给家中打电话。保姆告诉他汪天大没有回家。他又给天大公寓的家中打电话，电话通了，也没有人接听。他气急败坏地骂了一句：跑哪里去了？！

汪天大此刻和"小东北"正在天大公寓里吃饭。他今晚不想让任何人打扰自己和"小东北"，进了家就把手机调到静音了。

"小东北"第一次踏进宽大、华丽的豪宅，眼睛完全不够用了。她怎么也想象不到，汪天大住得如此豪华。比起自己家住的两间工棚式的房子，地地道道的天壤之别。她羡慕的同时，也产生了不满：人与人之间的差距怎么如此之大呢？为什么我的爸爸妈妈终日忙忙碌碌、辛辛苦苦，连在北京买一个富人家厕所的钱也挣不到？这样一想，她自然而然地又把汪天大做假伤鉴定、陷害肖祥和张杰的事联想到一起。刚才被汪天大撩拨起来的欲望减退了许多。汪天大喊她一起看碟时，她推说肚子饿了。她这样一说，汪天大觉得自己的肚子也饿了。他连忙要打电话找钟点工来做饭，"小东北"劝他说：我会做饭。

你也会做饭？汪天大惊奇地看着"小东北"。"小东北"知道汪天大在怀疑她，于是编了个谎话。她说我们家保姆是南方人，做饭爱放糖，我不喜欢吃，就学着做了几道自己喜欢吃的菜。你要不信，我做出来你尝一尝。

汪天大对"小东北"的话似信非信。他跟着"小东北"一起进了厨房。他是第一次进厨房，不知道怎样开燃气灶。"小东北"从来没用过燃气灶，也对着燃气灶发愣。最后，两个人相视而笑，只好放弃了做饭。汪天大打了个电话，向附近的一家饭店要了"外卖"。

你会做饭，怎么不会用燃气？汪天大突然问"小东北"。"小东北"不高兴地说，我做饭时从来不是一个人，都是保姆放好了锅和油，我才开始炒菜。怎么，你不相信我？汪天大忙说我是没尝到你亲手做的菜，感到遗憾。我要娶个会做饭的老婆，每天给我做可口的饭菜，那我就是天下最幸福的男人。

"小东北"说我只是答应做你的朋友，可没说过做你老婆。汪天大抱着"小东北"，一边亲吻她，一边调皮地问道：我要是非娶你做我的老婆呢？"小东北"故意扭了下身子，指着汪天大的额头说，男人没有一个说话算数的。你才多大，到结婚年龄还得十几年，这十几年还不知找多少个女孩。你过去也用这话骗过不少女孩子吧？

汪天大一下跪在"小东北"面前，手指着天花板，信誓旦旦地说，我汪天大可以发毒誓。我从来没有和任何一个女孩子谈过结婚，你是第一个。如果我要骗你，今晚就让房顶塌下来砸死！

"小东北"一只手把汪天大拉了起来，一只手捂住他的嘴，嗔怪地说谁让你发毒誓了。要是房顶塌下来，也不会只砸死你一个人，我也在劫难逃。你这是好心还是坏心？

汪天大憨厚地笑了笑，把"小东北"又抱在怀里。

这时，家中的电话响了。汪天大看了一眼电话上的来电显示，不高兴地说是我爸爸打来的。

"小东北"一惊，推开汪天大跳了起来，慌张地问：你爸爸知道我和你在这里吗？汪天大安慰"小东北"，他怎么会知道。我原来约他好好谈一谈撤诉和出院的事。他说今晚有事。他现在肯定是忙完了事，想找我了。

那你爸爸会不会找到这里来？"小东北"问。

汪天大摇头说不会。他打这里的电话没人接来干吗，他又没病。他说着把"小东北"抱到沙发上坐下，接着打开了影碟机，开始播放已经选好了的光碟。这是一部男女性爱片，片子开头写着"儿童不宜"。汪天大对"小东北"说，上边写的是儿童不宜，咱们已经不是儿童了，所以我请你看算不上引诱吧。

汪天大无意之中的一句玩笑话，让"小东北"心里起了顾虑。她怀疑汪天大说的"引诱"两个字是针对她的。她心烦意乱，生气地说，你说这话什么意思？你是不是怀疑我是在引诱你？！

汪天大一愣：我没有这个意思啊！再说，你为什么要引诱我。我又不是小孩子。你也不是小孩子。

"小东北"用充满疑虑的目光看了汪天大一眼。汪天大也正用惊奇的目光看着她。她觉得有点儿不好意思，笑了。你让我到你家来就是想气我啊？汪天大见"小东北"笑得很灿烂，也忘记了刚才的不愉快，把"小东北"抱在了怀里。他正要解"小东北"的衣服。他放在茶几上的手机显示屏亮了。"小东北"借此机会挣脱了他，对他说你来信息了，快看看吧！

汪天大不情愿地看了一眼手机信息，脸色马上变得惊慌不安。信息是汪光军发来的，上边写得很清楚：儿子，我是你老爸。你不管在哪里，看到信息赶快回医院去。你要是不听我的话，就上网……

"小东北"见汪天大看了信息后脸色大变，神情慌乱，感到十分惊讶，问道：谁的信息？是不是你哪个女孩子啊？

汪天大没有回答，急急忙忙地打开了桌子上的电脑。他按照汪光军信息上的提示，很快找到了那条关于他假伤的新闻。没等看完，他就气急败坏地骂开了，哪个孙子这么损，说我陷害那俩孩子。

"小东北"一听，马上明白了怎么回事。她的心跳一下子加快了，脸上也一阵发烧，目不转睛地望着汪天大。

汪天大看到"汪老板的儿子自己说，是他爸爸逼着他装脑震荡住院……"一段时，突然警觉起来。他转过脸，疑问地看着"小东北"。这事他只给"小东北"和晶晶讲过。晶晶不会说出去，那就是眼前这个女孩说出去的。但是，他又不愿意把眼前这个女孩看成自己的敌人。她又不认识那两个外来的孩子，为什么要出卖我呢？

"小东北"的心怦怦跳得很快，表面上却装出一副不知情的样子，问汪天大，你怎么了？又是看信息又是上网，两眼看人也怪怪的？

汪天大让"小东北"去网上看看。"小东北"扫了一眼。她看到网上已经跟了很多帖子。大多数人对汪光军的行为表示"非常痛心"，指责他仗"钱"欺人。还有的网民把矛头指向了做司法鉴定的机关和人，要求重新对汪天大的伤情做鉴定。

有的说这位老板丢尽了北京人的面子。北京人向来以宽容、博爱、平等、忍让为美德。他的这种做法，与地痞流氓没有两样。

有的说北京绝大多数人是外来人，就是这位老板也不过是来北京的第二代。每一个北京人都看得清清楚楚，北京每一座高楼大厦，每一条新辟的道路，每一项重点工程都有外来人的血汗和智慧。他们是北京的建设者，也理所当然是北京新市民。我们应当善待他们而不是像那个老板那样欺负他们！

有的说看起来姓汪的儿子比姓汪的还通情达理。他最起码说出了真相。只不过他还没敢站出来公开承认错误，揭发他老爸弄虚作假的行为。我们希望他能够勇敢地面对事实，说出事实真相，还那两个外来孩子清白。

网上的帖子越来越多，"小东北"来不及看，汪天大就关了电脑。"小东北"的心咚咚地跳。她想如果汪天大追根究底，她就把自己的真实身份说出来。她想：大不了以后不再和你交往。反正我也没害你。

汪天大并没有追问"小东北"。他心烦意乱地在屋子里走了几圈，嘴里喋喋不休地骂道，汪光军这王八蛋没事找事，非得让我装脑震荡住院，现在弄出一堆麻烦。

"小东北"因为心中有事，情绪低落，起身要告辞。汪天大上去把她抱到沙发上。她问汪天大，你还有心思做别的？汪天大说这算鸟事！又不能死人。大不了我不在中国待了，反正我妈说下月回来就把我的绿卡带来。到那时我就是美国公民……

"小东北"的心一沉，你们有钱人有点儿事可以出国，我哪儿去？这样一想，她没心思和汪天大待下去了。但是，她也不敢和汪天大闹僵，毕竟屋子里就他们两个人，翻了脸对她不利。于是，她装作很害怕的样子，劝汪天大，你赶快回医院吧。咱们改天再玩。

汪天大毫不在乎，说不理网上说的。"小东北"问那你打算怎么办？不撤诉了？汪天大任性地说，他们越是在网上炒我越不撤诉。看看他们能把我怎样。"小东北"一听慌了神。她想，原以为你撤诉了，张杰和他朋友没事了，我也算给哥们儿有个交代了。你如果不撤诉，张杰怎么办？我怎么办？张杰能饶了你我吗！但是，她心里的话又不能对汪天大说出来。于是，她推开汪天大，一边站起身一边说，那你既然打算好了，就赶快回医院吧！汪天大不解地看着"小东北"。他已经欲火烧身，被"小东北"这一折腾情绪一落千丈。他怎么也想不明白这个女孩想干什么。"小东北"已经走到门口，拉出一副要走的架势。汪天大只好快快不乐地出了门。

二人上车后，汪天大还没有放过"小东北"的意思，一手握着方向盘，另一只手放在"小东北"的大腿根部抚摸着，嘴上还不停地说蕾蕾你留下陪我吧。我一分钟也不想在医院里待。

"小东北"脑子飞快地转动，思索着用什么办法说服汪天大撤诉。她借机对汪天大说，你的事情已经闹大了。你没看很多人要求司法机关重新对你的脑震荡进行鉴定，还要求追究司法界腐败问题。

汪天大问，脑震荡能鉴定出来吗？"小东北"拍了一下汪天大的后脑壳，半是认真半是玩笑地说，别说用科学方法鉴定，就是我也能给你鉴定出来。汪天大沉默了。他没有想到这件事情会发展到如此地步，心里真的有点儿后怕。他从汪光军发的信息看出，汪光军忧心忡忡。他想：老爸从来不怕事，现在都有点儿怕了，说明后果的确不堪设想，不如听"蕾蕾"的话撤诉息事宁人。

"小东北"看出汪天大有点儿怕了，想趁热打铁再吓唬吓唬他，你要是被查出做的假鉴定，那可是犯罪行为。到时，你要是去了那个地方，我想见你也见不上了。她说着，温情地把头靠在汪天大的肩膀上，一副非常伤感的神情。

汪天大亲了一下"小东北"的额头，似信非信地问道：蕾蕾，你真的会想我吗？"小东北"点了点头。汪天大问那你怎么老拒绝我？

"小东北"说人家从来没有接触过男孩子，不懂嘛！再说，做朋友哪有这么急的。我又不是……汪天大用嘴唇堵住了"小东北"的嘴。因为他在开车，瞬间又移开了。他一手握着方向盘，另一只手在"小东北"身上摸了一阵。"小东北"见汪天大对自己的话有了反应，接着说，就是你不被追究法律责任。那两个男孩子出来了也不会轻易放过你。我知道你不怕他们，可是我怕他们伤害你。

汪天大感动地把车停在路边，紧紧抱住"小东北"狂吻了好大一会儿。当两个人的舌尖碰到一起时，同时感到对方的身子在抖动，他下身那个东西一下挺立起来。他情不自禁地解开了"小东北"的裤腰带，正要把"小东北"裤子向下扒，被"小东北"制止了。"小东北"说你别着急。我要是在这样的地方和你……不是把自己当成站街的女人了吗？汪天大已经忍耐不住，急切地说别介，我没有那个意思，就是有点儿忍不住了。那咱们回家。"小东北"说不行！你还是先回医院。你去把撤诉的事办好，出了医院，咱都没有精神负担了。汪天大找不到说服"小东北"的理由，便松开了她。

"小东北"下车后冲汪天大挥了挥手。不知为什么，她突然感到心里有点儿酸楚，眼睛竟然潮湿了。

三

汪光军对网上的骂声可以不在乎。这两年他时不时暴出几句雷人的话，每回都招来网民一片骂声。你骂吧，老子又不能被骂倒！但是，对多数网民要求司法机关重新鉴定汪天大的伤情、追究他的法律责任，他既恼火又不安。在这种事情上，韩土改和高律师是汪光军理所当然的高参，此刻，两人坐在他的办公室里，目不转睛地看着他。

这之前，他接到过汪天大的电话。汪天大在电话中说，老爸，我快要闷死了。你就可怜可怜我，让我回家吧。

汪光军耐心劝说，现在有人说你的脑震荡是假的。你要是出了院，那不就证实了外边的猜测？儿子，你再坚持几天。

汪天大坚定不移地说，我一天一会儿都待不下去了。本来就是假的，是你让我装真的。你装几天看看急不急？那两个孩子和我无冤无仇，我不想害人家。你撤诉吧！

汪光军一时陷入了困境。他把汪天大的意思告诉了高律师和韩土改，让他们帮忙出个主意。高律师一听急了，说，撤诉对你汪老板不利。你花钱买通法医，给你儿子做脑震荡假鉴定，让那两个外来的孩子一个被刑拘，一个被通缉，造成了很大的社会影响。如果撤诉，那两个孩子肯定不会善罢甘休，提出赔偿是最基本的要求。

汪光军说，那就赔点钱给那两个孩子。

高律师说这不是赔钱能解决的事。如果追究责任的话，那会害一批朋友丢饭碗，你和天大也会因为作伪证、行贿承担刑事责任。经济损失是次要的，最重要的是刑事责任。你愿意把他们放出来，你和你儿子进去吗？

汪光军惊讶地看着高律师。他没想到问题如此严重。本来，他是想给儿子出口气，给自己挽回面子，才为儿子做了假伤鉴定。如果撤诉带来的是高律师说的那些后果，他肯定不能选择撤诉。可是，他也知道网络的力量，有的高官就因网络曝光出了事情。他急得在宽敞的大厅里转了几圈，停在高律师面前，伸出手说，高律师，你带烟了吗？给我一支抽。

焦躁不安的高律师看了看汪光军，然后盯着韩土改，不满地说，韩大师，你不是识天文懂地理，什么事情都能预测出来吗？那你说一说汪老板是撤诉好还是不撤诉好？

韩土改一直态度暧昧。他之所以没表态，一是汪光军还没有问他。他是掌握"天机"的人，不能随便泄露天机。汪光军也懂得这一点。二是他现在也没有主意。从内心讲，他支持撤诉，不管怎么说，肖祥和张杰是自己的老乡，还是在读书的孩子。尤其张杰一天没结果，他的女儿可可就会一天不安心。昨天晚上，可可又做了噩梦，半夜起床要去学校。他心里清楚，可可要去学校是假，想见张杰是真。但是，他也明白，汪光军性情难以捉摸。尽管他儿子强烈要求撤诉，他本人犹豫不决，如果说的意见不合他的心思，他以后就不会再信任自己。

高律师见韩土改闭着眼睛不说话，非常恼火。他把对汪光军的怨气也转嫁到韩土改身上，冷嘲热讽地说你是不是心疼你的小老乡，也想动员老板撤诉啊？你是无事一身轻，撤诉不撤诉对你无所谓，可是你想过没有，万一老板有了事，你也就没有市场了。我劝你还是积极主动帮老板想个好点子，别袖手旁观。

汪光军摆摆手制止了高律师，眼睛却看着韩土改，韩老师也没有袖手旁观。你没看见韩老师一直在算嘛！

韩土改这样一来倒不好意思了。他慢慢地睁开眼睛，目光望着窗外被灯光映照得半明半暗的天空，说了一句：天要下雨了！

高律师压根儿儿就看不起韩土改。在他眼里，这个外地来的农民工大字不识几个，所谓的"研究"都是些骗人的小把戏。他也知道汪光军和一些老板一样，之所以用韩土改，一是赶时髦，二是图吉利，三是利用一些官员和老板的迷信心理为自己拉关系。汪光军的确让韩土改给冯援朝看过，冯援朝信，甚至于对韩土改五体投地。当然不是一个冯援朝，还有其他一些官员，有的比冯援朝的职务还高。

高律师听了韩土改的话，心里很不高兴，又不好当着汪光军的面表现出来。他接上韩土改的话说天要下雨是正常的事。我理解韩大师的意思是说，网上就是下一场雨，没有什么了不起。

汪光军看了看高律师，又看了看韩土改。

高律师接着说网上恶搞的事情多如牛毛，每天都有。我认识一个女演员，网上说她同时和十几个男人有关系。她总是坦然面对，说从来不看那些狗屁文章。再说，他们能在网上发文章，咱们也能发。我找几个搞法律的，从法律角度发几个帖子，他们就会屁滚尿流。

汪光军两眼一亮，问道：这有作用吗？

高律师说当然有作用。老板你想想，现在是法制社会，国家在大力推进法制建设。咱们讲的是法律。人人都要依法办事。法律面前人人平等。老板的儿子被人伤害了，就不能起诉吗？没有道理。再说，咱们还可以多动员一些人上网发帖子。

汪光军没有马上表态，而是看了韩土改一眼。韩土改对高律师也没有好印象。他认为高律师这种人嘴里喊着依法办事，但实际上在做着违法乱纪的事。眼前这件事就是最好的证明。他们知法懂法却又不守法，而是时刻在钻法律的空子。但是，他已经看出汪光军对高律师的话非常感兴趣，所以自己不能有悖汪光军的意思。于是，他又说了一句：鱼死网破。

汪光军听了韩土改的话，果然有所震动。他想了想，对高律师说咱们分头做工作。我去找天大，让他再在医院忍耐几天。高律师你去找几个法律专家，让他们写点文章发到网上。你说得很对，不能让网民只听他们的一面之词。韩老师你去十八里香找一找你老乡，就说我同情他们，所以才想撤诉。

高律师说这样说比较好。受害人和家属可以主动要求撤诉。但是，撤诉不是因为没有证据或者说是假证据，而是因为同情那两个孩子，不想追究他们的法律责任。这样，于情于理都能说得过去。他拎着包要走时，突然又想起了什么，转过脸来看着汪光军，不无忧虑地问道：汪老板，你想没想过，他们要提出赔偿怎么办？

汪光军看着高律师，没有回答，好像是让高律师自问自答。

高律师明白汪光军的意思，认真地说花钱是少不了。但是，这笔钱你要坚持不能叫赔偿，如果叫赔偿就承认自己错了。再说，经济赔偿和法律责任是联系在一起的。你赔偿了他们，就等于承认了违法活动，或者说叫冤假错案。我想了一下，你可以拉他们一下。

汪光军点点头，说我准备让那个宋肖新做天大集团的企业形象代言人，给她的代言费够她买一套房子。她是姓肖的孩子的姐姐。只要她这边不坚持，问题不大。

韩土改点点头，别看她是个女孩子，在十八里香挺有人气。那些男孩子喜欢她的一大把。你摆平了她就摆平了十八里香。

汪光军又对韩土改说，我想给她点甜头尝尝。你了解他们，你说说看。

高律师说十八里香那个打工子弟学校你不给赞助了吗？可以跟学校说，再捣蛋就停了赞助！

韩土改说积德行善，终有好报。现在的人和过去不一样。过去的人受你滴水之恩，一辈子都记着涌泉相报。现在的人是受你涌泉之恩，你再少给一滴水，他都会骂你祖宗八代。

汪光军说韩大师这话说得千真万确。赞助的事也可以提，不过，往后这种行善还是考虑考虑，肉落千人口，没人说你好。

韩土改说我知道他们最想啥。

高律师没好气地说我也知道，想富想钱，这不用你预测！

韩土改不生气，不恼火，不紧不慢地说，谁不知道，钱并非一天能挣大把，家也不是一天就能富起来。他们想的是给孩子办个白（北）京户口。姓肖的也好，姓张的也罢，还有和他们一样的农民工孩子，不都想着白（北）京户口吗？这是大事，你汪老板要给他们办了，他们就不会再跟你闹腾。我敢打保票！

汪光军皱了皱眉头，在屋子里走了一圈，说这事可以先答应着，大师你对那些人熟悉，你掂量着办。

高律师这才明白，汪光军一直在想着对策，而且已胸有成竹。给有钱人当律师，往往只能任凭他们像木偶一样摆弄。

四

韩土改到十八里香的时候，已经是晚上十点多钟。家中没有空调，所以大家在外边乘凉，几乎每一盏路灯下都围着一堆人，有打扑克牌的，有打麻将的，也有的喝酒聊天。韩土改怕熟人认出自己，专门拣小胡同走。毕竟这几年来得少了，十八里香地区每年都有变化，有些路也改了道，他找李跃进家找得很费力，在一条胡同里还踩了一脚屎，到李跃进家时，已大汗淋漓，上气不接下气。

你怎么这个时候来了？李跃进惊奇地问韩土改，接着讥讽地说你就不怕十八里香的穷气沾身上拍不掉？！

李京生对韩土改不太熟悉，从屋里探出头看了一眼，冲韩土改笑笑，又回屋里做作业去了。

韩土改的确已经不习惯十八里香的生活环境，在李跃进简陋的小屋里待着，感到气不顺，心里烦。他对李跃进说，你就别拿我开涮了。我这次来找你有正经事。

李跃进拿来两只酒杯，倒满了酒，招呼韩土改说这酒是咱老家产的老白干，你天天喝茅台，恐怕好长时间没品尝过了吧。来，咱哥俩喝一杯。韩土改端过酒一饮而尽，对李跃进说还是这酒香，有劲。熊当官的和老板喝的茅台没几瓶真家伙。大饭店小饭店，大人物小人物天天喝，就算是长江也早喝干了。说完，又喝了一杯酒。这时，李京生又从屋里探头出来，让李跃进帮她拿毛巾。李跃进把毛巾送到屋里，不好意思地对韩土改说，如今的孩子使唤爹娘就跟使唤小工一样。

韩土改挤巴挤巴眼皮，问李跃进，兄弟你二丫头也快初中毕业了吧？李跃进点头，说初一了，明年，明年初二。韩土改说，那你马上也要头疼了。孩子没有白（北）京户口，不还得回老家？不回老家读高中、考大学，以后有什么出路？还像咱这代人……

韩土改的话没往下说，故意留下个埋伏。李跃进果然愁眉不展。他就两个女儿。大女儿李豫生虽然过得不错，但关于她坐台当小姐、被人包养当二奶的议论他不是不知道。他把希望全都放在李京生身上。可是，过去他不太了解户口与孩子前途之间的关系。肖祥的事出来后，他才真正知道了北京学籍政策的事。他媳妇花钱托赵家仁给小女儿买户口的事他不知道，但有的人家拿钱给赵家仁的事他听说过。他长吁一口气，说这事也没办法。谁让咱摊上这命呢！

韩土改挤巴挤巴眼皮，朝前探了探头说，车到山前必有路。李跃进眼睛立马亮了起来，紧紧抓住韩土改的手，大哥，你手眼通天办法多，帮小侄女想想办法。韩土改说办这事得花钱。李跃进问得花多少。他伸出两根手指头，我听人家说得这个数。李跃进的心疼了一下，说两万能办成也行，咱摔锅卖铁也给孩子买一个。老家盖房子的事过几年再说，反正现在腿脚还能动弹，暂时也回不去。

韩土改笑了，兄弟，两万能买张户口本皮子。李跃进一惊，问那得多少，二十万呀？韩土改点了点头。李跃进喝了一杯酒，把酒杯重重地蹾在桌子上。他说就是把我的头割了拿去卖也卖不出这个价呀！这辈子下辈子都不想这个事了。

韩土改见时机成熟了，才换了口气说，人和人不一样，没关系的就得花钱托能人办，有关系的一分钱不用花，还有人送上门。

李跃进听出韩土改话中有话，就说老哥你别卖关子了，兄弟知道你有办法。你放心，谁要是能给我家京生办这个北京户口，我给他当牛当马都无怨言。

韩土改端起酒杯，并没有喝下去，停了一会儿，才说我有个老顾客也是老朋友倒是能量很大，办这事易如反掌，只是在这节骨眼上，不好向人家开口。

李跃进说那就别为难了。反正有一点，三两万元钱的人情费我再难也掏得起，再多，那就免了，等下辈子吧。

韩土改说你误会了，我说的不好向人家开口不是钱的事。他朝外看了一眼，表情有些神秘，声音也放低了。天大的汪老板你认识吧，咱建筑队给他干过活。这人能量通天，办户口肯定没问题。可是，他孩子不是和咱这里肖家、张家的孩子打架，现在还没个结果吗？

李跃进说他们几家孩子打架出了事，又不关我家孩子的事。再说了，我是向着汪老板，硬压着没让张刚闹。不然的话，汪老板这会儿甭想清净。

韩土改故作吃惊，那个劝阻张刚的人是你呀？汪老板的确心存感激，让我帮着打听是谁，要好好感谢呢！这样我就好开口了。不过……他喝干了杯中酒，又说这事得保密。白（北）京户口可不是随随便便就办的。如果咱这里的人听说了，还不挤破头打破头？

李跃进点点头，老哥，我做事你还不放心呀。

韩土改说要是你们家闺女的白（北）京户口办下来。你在十八里香的威信又像前些年那样如日中天，张刚这些小字辈的还敢在你面前横鼻子竖眼？他这句话触到了李跃进的心头。李跃进对张刚抢了肖桂桂深怀不满，但又无能为力。现在这年代，什么事都得讲究实力。你没钱没势，别说在情人面前，就是在妻子儿女面前也硬不起腰杆。他明知大女儿李豫生坐台当小姐也不敢管。为什么？李豫生一句话就把他噎住了：你要有本事让我和我妈我妹弄个北京户口住上楼房，那你叫我干啥我干啥！所以，韩土改说完后，他毫不犹豫地表态，说汪老板如果帮了我这个忙，往后叫我干啥，我要皱下眉头我就是孙子！

韩土改再三强调，汪老板因为孩子被打伤的事，对十八里香咬牙切齿。我磨破嘴皮给汪老板说，十八里香有个李跃进你知道不？汪老板说这个人我知道，不过这几年没听说过他了。我给汪老板说，你再找点活给他，他保证给你干得漂漂亮亮。汪老板没表态。

李跃进一听说是还能从汪光军那里拿到工程，神情一下子就变了。他说咱十八里香的人杀姓汪的心都有，工程的事就算了。

韩土改一愣，你不是说有钱谁不想挣吗？这明明是赚钱的事，你怎么又说不能干？

李跃进说咱的建筑队伍就是姓汪的给弄垮台的。前些年咱给他干了一个工程。一开始，他让咱垫资，咱百十号弟兄四处托亲投友借钱、摔锅卖铁凑钱先干了。工程中间，他一次次拖欠咱的工钱，弄得给老少爷们儿发不起工资。张刚他爸不还爬过电线杆子要自杀吗？

韩土改见李跃进的态度并不是十分坚决。他一边慢腾腾地品着酒。过了一会儿又问：桂桂的侄子和张家二小子的事怎么样了？

李跃进说桂桂的侄子还没出来。张家二小子到现在也没消息。你和汪老板熟悉，给他说说，能不能撤诉算了。他说这话还有另一层想法，如果他出面让汪光军撤诉，肖祥平安无事了，那肖桂桂又会回到他的怀抱。

韩土改最终目的就是要李跃进这句话。这样，他既可在汪光军那里立功领赏，又可在十八里香的父老兄弟那里落个好人。不过，他没有马上表态，而是面露难色，说这事恐怕不太好办。汪老板要是撤了诉，桂桂的侄子和张家二小子反过来告汪老板怎么办？

李跃进说那不会。人家汪老板都撤诉了，不计较了，他们还没事找事啊！说罢，他抬着头陷入了深思。这是他多年养成的习惯。很多人深思时喜欢低着头，而他却偏偏是只有抬着头才能想事情。

韩土改问他们要倒打一耙，说汪老板冤枉他们呢？

李跃进说你都想哪里去了？你知道桂桂不是那种人。她要知道汪老板撤诉，她侄子没事回来，还不给汪老板烧香磕头？

李京生突然打开门，喊了一声，姓汪的儿子的脑震荡是假的。他本来就是冤枉和陷害肖祥哥哥。桂姑姑凭什么给他烧香磕头。

韩土改和李跃进都大吃一惊，目光同时投向李京生。李跃进训斥她说，你小孩子懂得什么，不要瞎说。李京生噘着嘴，不服气地昂起头，把脸扭向一边。韩土改拉了李京生一把，诱导说你一定是从网上看到的吧？闺女，网上的话能信？李京生回头看了韩土改一眼没有回答。李跃进赶忙插话道：大哥，你别听孩子瞎嚷嚷。她是在学校里听那些孩子们传来传去的牢骚话，孩子们嘴里哪有什么真言。李京生气得一下子站起来，据理力争地说，是一个叫可可的女孩告诉我的。她还让我把消息发到网上去。

李京生的话音刚落，韩土改惊叫一声，屁股上像被针扎了一下，跳了起来。他的脸由青变红，又由红变白，目光也因惊讶变得阴冷。

李跃进也目瞪口呆。

韩土改怎么也想不到，汪光军儿子假装脑震荡的事情是自己的女儿传出来的，这件事汪光军要是知道了，绝不会善罢甘休。李跃进同样也没有想到，网上的帖子是李京生发的。万一汪光军追究，一家人不知会有什么样的大祸临头。两人各怀心思，一时间都没了话说。

韩土改是晃晃悠悠地离开李跃进家的，他的腿轻飘飘的，踩在地上软软的，他觉得自己的身体似乎随时都会离他而去，那样他就彻底成仙了。

韩土改走后，李跃进翻来覆去想了半天，觉得该找赵家仁谈谈。赵家仁对宋肖新施加不了影响，但对她妈冯萍萍能施加影响。

第十三章

一

宋肖新到了肖桂桂家。肖桂桂和张刚正在吃晚饭。让她惊奇的是韩冬也在。

原来，韩冬帮张刚和肖桂桂盘了个铺子，今天正式开业。一天下来，两个人做了个结算，共卖出去十七件服装，净利润二百多元。两个人都很高兴。肖桂桂说这得感谢居委会的韩主任，韩主任不仅帮忙找了个铺子，还帮忙借了款，没有她做梦也办不到。张刚同意肖桂桂的说法。他提出请韩冬吃顿饭表示感谢，并且让肖桂桂先去买菜做饭。他给韩冬打了个电话。韩冬听了也很高兴，但是明确提出来不吃饭，说是论公，从市里到区里再到街道都有政策规定，居委会有责任为外来人员就业提供信息和其他方面的帮助，论私，你们叫我韩妈、大姐，我这个大妈、大姐不能白当，巴不得你们都能日进万金。所以，她饭后如约来到肖桂桂家。

宋肖新把在招聘会上女记者质问汪光军的话，以及她从网上看到的信息简单说了，韩冬听后，马上就急了。姓汪的也是有脸面的人，怎么能做这种伤天害理的事呢？这不是混蛋吗？他的孩子是孩子，人家的孩子就不是孩子了。我真想不明白，像他这样鸡肠狗肚的人怎么混到今天的。

肖桂桂难过地说，事一出来，我就说我们家肖祥是冤枉的。那孩子性情老实，受了这么大的冤枉，在拘留所待了几天，我真不敢想他出来会变成什么样子。

张刚恼羞成怒地说，姓汪的使坏心眼害人，不会有好下场。张杰报复姓汪的儿子，那也是他爸造的孽，活该！

韩冬看了看表，说，既然有事实证明姓汪的陷害肖祥和张杰，咱一刻也不能拖。我现在就去派出所找小乔同志，向他反映情况，让他尽快找上级，把肖祥放出来。

韩冬正要出门时，与冯功铭撞了个满怀。

肖桂桂看见冯功铭，热情地问道：小冯，你吃过饭了吗？你要是没吃，我给做去。宋肖新看了冯功铭一眼，故意把脸转到一边，没有搭理冯功铭。韩冬没等其他人介绍，主动地把她知道的信息加上宋肖新、张刚他们的信息给冯功铭简明扼要地讲了，最后也说了自己的态度，汪光军不单纯是欺负外来人，他这是欺负整个弱势群体，欺负咱十八里香，是给北京丢脸。

冯功铭边听边思考。韩冬说完，准备走的时候，他说了自己的意见，韩主任，您甭着急。这件事情不是那么简单。您现在可以先去给小乔同志反映情况，请小乔同志向上级反映。但是案子不会轻易解决。

韩冬说我就不信这个理，姓汪的再有钱，能买通一两个腐败分子，买不通法律和正义。冯律师你是搞法律工作的，比我这老太太懂得多，如今是共产党的领导，是咱老百姓的天下，人再大大不过山，地再大大不过天。我要向街道和区里反映……如果街道和区里不管，我就直接写信寄给市委书记市长。肖桂桂紧张地问冯功铭：冯律师，你刚才说的案子不会轻易解决是什么意思啊？

冯功铭说关键是在证据上。现在，咱们只有张杰两个好朋友的证词，还没有其他过硬的证据……

他的话没说完，宋肖新就冲着他嚷嚷起来：证据，证据，你口口声声要证据，这大活人不是证据？姓汪的儿子亲口说的是他爸爸让他装成脑震荡不是证据吗？冯功铭伸出手，问宋肖新道：汪天大是有揭发材料还是有书面证词，你拿出来。他这样一问，宋肖新哑口无言，气急败坏地说，冯功铭我们请不起你，我们自己会打官司，你走吧！

肖桂桂白了宋肖新一眼，带着几分歉意，笑着对冯功铭说，功铭，你别介意，肖新不是针对你。

从冯功铭来后一直没有说话的张刚突然问了一句：冯律师，那老孙家饭店的人还有李跃进的大女儿都说没看见打架，姓汪的证据又过硬吗？

冯功铭说，这就是肖祥还没有被批捕的原因。实话说吧，我们的公检法不像你们想象的那样不讲事实不讲证据。姓汪的有受伤的鉴定，所以公安部门依法对肖祥采取措施，但姓汪的只是单方面证据……他已经把这些意见写在法律意见书上，交到了公安分局，只是不便向宋肖新她们说明。

张刚问：照你说我们用什么办法才能拿到证据？

冯功铭回答：证据的事情，我会用法律的手段来想办法。你们不要着急。你们急了容易做出违法的事。

那我们现在该干什么？张刚又问了一句。姓汪的不光捣鬼抓了人，还要我们赔二十万。

冯功铭说他说的也好、他的律师说的也好，都代表不了法律。只有法庭做出的判决才有法律效力。所以你们不用着急，当务之急还是要想办法找到张杰，阻止他不要冒险干出真正违法犯罪的傻事。

宋肖新实际上早就认可了冯功铭的观点，她把肚子里的火气发泄完了，也能理性地面对眼前的局面。一时间，大家都沉默了。屋里的空气因为人多，变得更加沉闷，那台破旧的电风扇每转一圈都要发出"咔嚓"一声，似乎随时会断裂，沉闷变成了烦躁。张刚热得难受，站起身就把T恤衫脱掉，赤裸着上身，屋里几个女人多少有些不自在。肖桂桂白了他一眼，他又赶忙把T恤穿上，不好意思地冲屋里人笑笑。

冯功铭对张刚说，汪天大住在天大花园。你今晚就盯着天大花园。

张刚明白冯功铭让他盯天大花园的意思，点了点头说这一次只要让我看见张杰，百分之百不让他再走掉。

韩冬说你一个不行，我再带个人跟你配合。说什么也不能让十八里香这地方沾上血腥。

冯功铭语重心长地说，不是让张杰走不走掉的问题，关键是不能让他对汪天大采取报复行动。那样，他就真是有罪了。

韩冬见时间已晚，对张刚使了个眼色，说咱们回去吧，小冯和肖新还得回市里去。肖桂桂是个明白人。她说去送送韩冬和张刚，也跟着出去了。

屋子里只剩下宋肖新和冯功铭二人。两个人谁也不先开口，屋子里只有电风扇呼呼旋转的声音。最后，还是冯功铭忍不住了，开口问宋肖新回不回去？这地方澡也不能洗，又没有空调，你能受得了啊？

宋肖新冷冷一笑，我就这命，过去二十年不也受过来了。

冯功铭还要说什么，宋肖新却下了逐客令。你回去吧。咱们都好好再想一想。

冯功铭怏怏不乐，又有点儿恋恋不舍地走了。

肖桂桂回到屋里，冲宋肖新扬了扬手，你要是我亲闺女，我今天非揍你一顿不成。人家小冯对你多好，你怎么总是对人横鼻子竖眼的。

宋肖新在肖桂桂面前不想说假话。她叹息一声，桂姑您不知道他妈妈他妹妹对我的态度。我就是要争口气，什么时候他家里人接受我了，我才能把自己真正交给他。

这时，宋肖新的手机铃声响了。电话里传来一个中年男人的声音，她刚要说"你打错了"，对方报出了名字。你是宋肖新宋小姐吗？我是天大的汪光军！

有事吗？宋肖新不想和汪光军啰唆，冷淡地问。

汪光军开门见山地说，我现在后海，想约宋小姐过来一起坐坐，谈谈企业形象代言人的事情，不知你有没有兴趣？

宋肖新想拒绝，但是转念一想又换了主意。她觉得与汪光军谈一谈没有什么了不起。再说，可以借这个机会给汪光军进一步说说肖祥的事。她当即答应了下来。

肖桂桂听说是汪光军约宋肖新，吓得脸都变白了，两条腿像大风中的树枝抖个不停。她拉着宋肖新的手，孩子，你不能去，不能去。那是个狠心肠的人，不知能做出啥事。

宋肖新说为了肖祥，就是让我像当年那个叫江姐的一样挨皮鞭抽、坐老虎凳、喝辣椒水，我也不会眨眼。她见肖桂桂神情紧张，又笑了，您就放心吧，我心里有数。

肖桂桂一直把她送到街口停车的地方，看着她上了车，依然恋恋不舍，让宋肖新徒然生出几分壮烈感。

二

北京的后海多年来一直是休闲娱乐的所在。春天人们来游玩，夏季来游泳划船，冬季孩子大人来滑冰。最近几年，这里成了著名的酒吧一条街，越到晚上越热闹。

他把宋肖新约到音乐厅来，就是想让宋肖新看到他是一个有文化有品位的儒商。交往不多，但他已经看出来宋肖新不同于李豫生。他只要给合适的钱，就可以得到李豫生的身体甚至良知，而宋肖新绝不是金钱就可以得到的。所以，他处心积虑地想好了利益分配措施：用形象代言人，满足她想成名的需要；用销售代理，满足她挣钱的需要；用放弃对肖祥的起诉，满足她保护亲情的需要。当然，他得到的利益将数倍于她：她的身体、她的放弃、她的名誉……

宋肖新赶到后海时已是中午十二点多钟，而这个时候正是来后海消费的高峰时分。她熟悉汪光军等她的那个酒吧音乐厅，很快就找到了地方。汪光军看见宋肖新进来，从沙发上站了起来，颇有风度地向宋肖新招了一下手。他五指摊开，指向对面的沙发，示意宋肖新先坐。然后，他还摆出一副绅士架子，等宋肖新坐下后才坐下。这样一个小小的手势，是对女士的尊敬和男人的风度。当然不是对所有的人。他就是和冯援朝一起吃饭时，如果冯援朝到得晚，他也只是打个手势招呼一下，不会彬彬有礼地站起来。

　　宋肖新嘲弄地说，汪老板很会选地方啊！汪光军说，请大美女谈事，总不能选个没有文化氛围的地方吧。

　　气氛经过汪光军精心的设计和宋肖新有意的迎合，显得恰如其分地轻松。

　　宋肖新不想和汪光军浪费时间，直言不讳地问道：汪老板有什么指教，请直说吧。她说完，目不转睛地盯着汪光军，想从他的神情变化上看出他内心世界的变化以及真实意图。她参加过房地产开发商的销售招标会，也了解一些销售公司为了拿到楼盘的销售代理，千方百计做房地产开发商的工作，房地产开发商主动约请代理公司的，而且又是老板，她还是头一次遇到。她虽然没参加过形象代言人一类的招聘，但也想得到企业出面谈招聘或者招标的，基本上是企划部或者公关部、广告部等部门的工作人员，老板直接与选手见面交流，而且是单独交流的很少见。

　　汪光军同一些出身贫寒、小时候吃尽苦头，后来发了财的老板一样，非常喜欢消费，当原始积累基本完成后，就把消费重点转移到女人身上。在他看来，漂亮女人是为男人而生的，天生就是男人的消费品，自古以来，大凡漂亮女人，要么做有权势、财富的男人的姜，像皇帝的妃子，大财主的小老婆，要么与那些官宦或富家子弟演绎一场风花雪月事，真正与穷苦人家相亲相爱的大都是些美丽的神话故事，或者说是穷人做的梦，像《天仙配》中的董永，想找仙女，说到底不就是穷人演绎的一场梦吗？一个售楼小姐业绩再好，每年又能有多少收入？所以，他也开门见山地说，我今天请宋小姐来想谈两件事。第一件事就是企业形象代言人。不知你对天大了解有多少？

　　宋肖新说我对天大集团的了解，和社会上其他人一样，是从广告宣传那里得来的。我有一位朋友住在天大花园。我去过她那里。从小区的规划、环境、物业管理来看，天大做得还不错。

　　你朋友是不是叫李豫生？汪光军问。

　　宋肖新点了点头，惊奇地问：你认识她？

　　汪光军笑笑，没有回答。他心里冷笑了一下，李豫生住的房子就是我给她的。否则，她凭什么住天大花园那种高档小区。其实，宋肖新从汪光军的表情中已经猜测到，风闻李豫生被一个老板包养，这个老板是不是汪光军呢？

汪光军说，听宋小姐这样一说，我觉得你和天大很有缘分。世界上的事情都要讲究个缘分，是不是？缘分是合作的基础。我对下边的人讲过，找企业形象代言人，不仅要看她长得是不是漂亮，漂亮女孩遍地皆是，一抓一大把……他发现自己不小心爆了粗口，不好意思地笑了笑，又说，关键是要看她对我们企业了不了解，对我们企业文化认同不认同。形象代言人不是简单的美女，而是要让这个美女通过她的形象来表现我们企业的精神、文化。我们企业搞形象代言人的目的是什么，当然是与企业的经营活动相辅相成，换句话说是企业经营的一部分。企业形象就是竞争力的体现……这一段话，事前由公司的文秘起草，他背了半天。

宋肖新一直在认真地听着汪光军说话。她开始觉得汪光军有些做作，故意装出一副有文化的样子，可是听着听着，就有了些改变。她想，汪光军能把天大做得那么大，光有市场意识和胆识恐怕还不够，肯定有他独到的地方。当今老板中，有一部分过去是"洗脚上地"的农民，也有像汪光军这样曾被称为社会渣滓的人，但是，经过改革开放的洗礼，他们经受了锻炼，提高了素质，所以不能一说民营老板、开发商就把他们统统划到没文化的一族。

汪光军看出自己的话在宋肖新那里引起了效应。他发现她看他的目光不像刚进来时那样怀有戒备和敌意，而是开始变得柔和了。

音乐厅里的音乐不断变换。刚才是轻盈委婉的曲子，灯光昏黄，让人感到轻松。现在换了一种激烈疯狂的曲子，灯光也随之变得鲜红、热烈，让人情绪亢奋。有些人伴随着音乐声开始跳起舞来。几个外国人和几个中国女孩，手中举着酒杯，一边跳还一边对饮。汪光军看了一眼跳舞的人们，转过脸冲宋肖新笑了笑，说这叫不叫纸醉金迷啊？

宋肖新点点头说算是吧。汪光军叹息一声说今天总算长了见识了。要是在平时，哪有时间到这种地方来呀。这还得谢谢宋小姐。怎么样宋小姐，能请你跳支舞吗？他见宋肖新有点儿犹豫，又说宋小姐不要认为我是借谈工作之名让你做不愿做的事。宋肖新说跳舞也是我工作的一项内容。不过，我现在确确实实没有心情……汪光军笑了笑说，想开些吧。我有个体会，世界上最亏本的生意是生气。

　　就在这时，宋肖新看见一张熟悉的面孔在窗户的玻璃上闪了一下。她马上就明白是桂姑或肖辉怕她吃亏有意安排的。她突然产生了一个大胆而且带有刺激性的想法，主动向汪光军伸出了手。

　　汪光军心里非常得意。在他看来，宋肖新在巨额形象代言费和代理销售楼盘的巨大利益面前已经动摇了。只要自己再加一把劲，多让她得到一点利益，她就会投入自己的怀抱。如果让宋肖新以肖祥姐姐的身份在网上发一个帖子，说明肖祥和张杰的确有罪，是他汪光军慈悲为怀，主动撤诉，那么，撤诉后就不会再发生意外之事。所以，他一边与宋肖新跳舞，一边盘算着怎样向宋肖新开口。一曲音乐终结，宋肖新和汪光军回到座位上。她对汪光军说，你的第二件事也请尽快讲出来吧。我这个人平时说话做事喜欢直奔结果，不喜欢复杂的过程。

　　汪光军慢慢腾腾地喝了一口茶，笑容可掬地说，我不是奉承你。实话说，我就喜欢和你这种风格的人打交道。这样大家都简单。那天你和姓肖的来找我以后，我一直在考虑你们提出的问题。我觉得你说得有一定的道理。

　　宋肖新问你打算撤诉？汪光军迟疑了一下，说正在请律师咨询。事情到了这一步，不是我和我儿子能做主，只有法律才能说了算。

　　宋肖新脸上的笑容一下消失了。她神情严肃，目光冷峻，与刚才完全判若两人。她认真地说，我弟弟是个很用功很努力，而且很善良很懂事的孩子。他受了这样一次沉重打击，不知会变成什么样子。

　　汪光军说我特别理解你的心情。听说你请了假专门跑你弟弟的事，我心中充满对你的敬佩。这个问题我这两天一直在考虑，我坚持用你做企业形象代言，把天大二期交给你们公司代理销售，除了欣赏你本人，还有就是想对你家庭给一点补偿。你知道，我们这两个事上合作成功了，无论是对你和家庭改善生活，还是对你将来的发展都有帮助。现在不是讲可持续发展吗？说着，他装作无意识地拍了一下宋肖新的大腿，见宋肖新没有表示强烈反感，就把手继续放在她的腿上。

　　要是搁在几天前，汪光军这细小的动作肯定会引来宋肖新的强烈反感，说不定会给他一个巴掌，起身离去。此刻，她却仿佛精神麻木了，没有任何反应。汪光军暗自得意，心里想着不妨再给宋肖新一点压力。他把手从她的腿上移开，握着她的手，说这事也需要你们配合。

宋肖新问，你不是说让我们赔偿那二十万，才考虑撤诉？

汪光军哈哈大笑，顺势抚摸了一下宋肖新的脸。宋肖新这次反应很快，马上把他的手拨拉开了。他又把手放在她的后背上，让她感觉是朋友之间表达亲近的一种方式。他说，你真会开玩笑，我缺你们那二十万呀？

宋肖新一下子跳了起来，怒视着汪光军，你，你是在耍人？

汪光军回答，实事求是地说这也不是我情愿要做的。他们打伤了我儿子，应当承担法律责任，当然也要给予经济赔偿。我之所以现在又有新的考虑，是因为我的一个大师朋友告诉我，人要多做善事，多栽善果，善始善终，以德服人……

宋肖新没听完就哈哈大笑起来。她的笑声太响亮，引起了周围人们的注意，一些人不由自主地把目光转向宋肖新和汪光军。汪光军面对一双双惊讶的目光，浑身上下感到不自在。他突然意识到宋肖新今晚是有备而来，她的根本目的不是争天大的形象代言人和销售代理，而是为了肖祥。他心中不禁对眼前这位美丽的姑娘产生了几分敬畏。他对她的敬是因为她重情重义，为了同母异父兄弟的自由，不为巨额金钱所扰；他对她的畏是因为她敢作敢为。他的经验告诉他，不为金钱所动摇的女人最难对付。不过，他并不甘心，想了想，说我考虑了一下，如果你配合得好，我不仅可以考虑撤诉，放弃让你们赔偿，相反对你弟弟和那个姓张的孩子给予帮助。我知道他们最需要的可能并不是金钱。

那你认为他们最需要什么？宋肖新问。

汪光军说，据我了解，他们最需要的是北京户口。有了北京户口，他们就不需要为了回原籍读高中犯愁，更重要的是……他故意停顿了一下，想让宋肖新掂量他的话：他们成了真真正正的北京人，精神上不会再有被人瞧不起的压力，换句话说是尊严！

宋肖新听了汪光军的话，心里也感到很震惊。她想，这个房地产老板，不仅对房地产市场研究得很透彻，还对人的心理研究得很深刻。但是，她没有表现出来，而是平静地说，户口已经不像前些年那样重要了。外地人在北京买房买车和北京人一样。汪光军笑了笑说，对宋小姐这样的人来说，漂亮的脸蛋就是最好的名片，户口可能不太重要。但是，对你弟弟和姓张的那个孩子来说，户口在某种程度上会改变他们的命运。他说完，看见宋肖新两道细长的眉毛不易察觉地向上扬了扬。他心里暗自得意，我就不信捅不到你的痛处。

宋肖新的确心动了，如果汪光军真的能撤诉，让肖祥和张杰恢复自由，同时又能帮助他俩办了北京户口，岂不正是自己想要的？她本来想问一问汪光军有什么把握给肖祥和张杰办北京户口。冯功铭一直也没有把这事办成。他汪光军能耐有那么大？但是，她犹豫了一会儿，还是没有问。她不想让汪光军看出自己的动摇。

汪光军猜出了宋肖新现在的心情。他没有再说下去，而是把话题转回到企业形象代言人上。他说天大下一步准备上市，争取做大做强，当行业排头兵。所以，天大的形象代言广告打算放在首都机场高速路、北京火车站等最引人注目的地方。为了把形象代言广告做好，他已经交代公司有关部门不惜投入，要找一流的、有发展前途的代言人，要找一流的、行业内有影响的摄影师，要找一流的、高水平的制作公司。他说也请你帮助我们策划和设计一下。当然，请你做形象代言与你弟弟肖祥的事毫无牵扯。我请你来也绝非谈什么交易！

汪光军这么一说，宋肖新反倒觉得有点儿不好意思了。她带着几分歉意说，汪老板的意思我都听明白了。如果你们天大公司真的选定我做企业形象代言人，我会尽我最大的努力，让你满意。

汪光军又刺激她说，有一个姓李的模特托领导找我，要当天大的代言人，说不给钱也行，只要把照片挂在机场高速路上。你也知道，如果被哪个制片人或导演选上，很可能就是明日的影星！

宋肖新表面上无动于衷，内心却泛起波澜。她猜到汪光军指的可能是李豫生。李豫生啊李豫生，从小到大我都让着你，由着你。可是你连做人的道德底线都不要了。对不起，这一次我真的要和你竞争！想到这里，她激动地说，如果我竞选上，绝不会让你和天大集团失望！

汪光军兴奋地张开双臂，把她抱在怀里，亲切地拍了拍她的肩膀。那一刻，她竟然忘记了他是自己咬牙切齿的仇人，哽咽着说，这些对我都不重要，我最需要的是想让我弟弟尽快恢复自由。

汪光军抱紧了她，轻轻地亲吻着她的头发、她的右腮，当他的舌尖舔着她的耳根时，她的身子颤抖起来。汪光军敏锐地感觉到她的这种反应，乘机在她耳边说道，这个社会，做人就得现实一点。我都为你抱亏。李豫生论长相论口才论人品，哪一条也比不上你，凭什么比你吃得好住得好穿得好，不就是她看透了看明白了，讲究现实嘛！

宋肖新的理智几近崩溃，脑海里一片空白，只知道有个宽广的胸脯在拥抱着自己，而不知道是不是值得自己依靠。直到汪光军的手伸向她的胸前，碰到了那个敏感部位时，她才推开他，仓皇地逃离了那家酒吧。

汪光军看着她的身影从窗户的玻璃上消失，嘴唇边泛起一丝嘲笑。

三

宋肖新上了车，长长地出了一口气。她没有马上走。她在等待着冯功铭。因为她猜测得到冯功铭就在附近，而且一定会找她兴师问罪。除非他身上的醋劲跑光了。果然，冯功铭一路急走过来了，没等她搭话，拉开车门就坐进来，一开口就带着浓烈的火药味：宋肖新你本事不小，把姓汪的大老板都搞掂了。

宋肖新看也没看冯功铭一眼，傲慢地说你有什么事就说什么事，没事就请你下车。我还有事情要做。冯功铭见宋肖新对自己的态度生硬，强压着满腔的烈火，平静地问道：姓汪的找你谈什么？是不是他想撤诉？宋肖新毫不客气地说，我和他谈什么是我们之间的事，与你没有关系。

怎么能说与我没有关系？你是……冯功铭一时找不到合适的词汇。宋肖新抓住这一点，问我是你什么人？你能准确地告诉我吗？是你未婚妻？好像还不是吧？冯功铭一下子发了火，吼道：你是不是觉得傍上了一个大款就了不起了？

宋肖新反问：那你觉得我和你在一起又有什么了不起吗？

冯功铭气急败坏地说，我……我是你老公！他是你什么人？

宋肖新冷冷一笑。老公？冯律师，这在法律上是什么意思，你比我明白吧？你说你是我老公，咱认识这半年多来你为我做过什么？

冯功铭被宋肖新问住了。他从来没有认真考虑过自己究竟为宋肖新做过什么。他只知道自己对她付出的是真正的感情。

冯功铭下了车。他看着宋肖新的车渐渐远去，想不清是自己变了还是宋肖新变了，更想不通是自己错了还是宋肖新错了。

宋肖新一路开得很快。她丝毫没有感觉到对冯功铭过分。她想，也许自己在遇见冯功铭时考虑得过于草率，觉得他对自己真心，对自己好，将来能成为自己人生的依靠。然而她发现，冯功铭没有满足她的需求，实现她的愿望。现在毕竟是新的时代了，男女之间相亲相爱的基础也随着时代的发展变化而变化。李豫生在这方面比她走得更快些，所以，李豫生已经拥有了房子、车子和折子（银行存款），也可以说有了雄厚的赖以生存和生活的基础。李豫生说得对，爱情并不是一种超越生活，在真空飘荡着的东西。也许人就应当活得现实一些。既然你改变不了现实，就得去适应现实。其实，这并不需要付出太大的代价，往往只是一念之差，就像现在，只要她接过汪光军抛过来的橄榄枝，不光肖祥可以走出拘留所，落户北京，她自己也会像李豫生所说的那样"少奋斗二十年"……

现实环境最能够改变一个人的生存原则，尤其是当这个人感觉到自己的尊严被另外一个人轻而易举拿走时，往往只有两条路可走：一条是抗争，结果是两败俱伤，鲜血淋淋；一种是投降，求得生路，以图东山再起。现实生活中选择走第二条路的是多数人。宋肖新在和冯功铭争吵后，想了很多很多。

她这样想着的时候，一个声音在她的心里响起来，宋肖新，这是你吗？她摇了摇头，无力地趴到方向盘上，眼泪止不住地流了出来。包里的手机铃声响了一遍又一遍，她没有去接听。有一阵子，她脑海里一片空白，灵魂仿佛已经飘离了这个世界。终于回到十八里香，从停车的地方到肖桂桂家的几百米路，她慢慢腾腾地走了半个多小时，到肖桂桂家时已经是夜间十二点多了。

肖桂桂还没有睡，好像刚刚送走什么人。宋肖新的心情不好，没有多问，冲了个凉就上床了。她刚躺下，肖桂桂主动告诉她，赵家仁在她来之前刚刚离开。她说赵家仁好像有话，见你不在就没往下说。临走才撂下句话，你转告宋肖新，她还有个同一个母亲的弟弟。

宋肖新想了一会儿，也没想出赵家仁的话到底是什么意思。她把汪光军要撤诉，请她做天大形象代言、给张杰和肖祥补偿的事和肖桂桂咕嘟了半天，问肖桂桂怎么看。肖桂桂毫不迟疑地回答说，这事不能应了姓汪的。他把咱孩子搞成这样子，想用钱堵咱的嘴。咱要是应了他，那不是拿咱孩子的前程跟他做交易了吗？

宋肖新把汪光军说的对肖祥和张杰的补偿办法告诉了肖桂桂，又问肖桂桂什么意见。肖桂桂听说汪光军能帮助解决肖祥的北京户口，一下子沉默了。过了一会儿，她半信半疑地问：他真那么说了？能给肖祥办户口？

宋肖新点点头，他是这样说的。

肖桂桂又沉默了。宋肖新猜得出肖桂桂的内心在激烈斗争。她不想让肖桂桂过于为难，就打开了手提电脑，在网上找到了肖辉，把和汪光军见面、汪光军的承诺给肖辉说了。

肖辉冷嘲地说，汪大老板开出的条件蛮不错呀。肖辉说事态的发展肯定对姓汪的不利。毕竟中国的法制建设环境越来越好，制度越来越完善。但是，姓汪的也不会善罢甘休。因为他这种人往往把自己估计得太高。宋肖新急了，你能不能说明白点。你是大部委的干部，我们是小小老百姓。你讲得太深奥我理解不了。肖辉说这并不深奥。你记得我们一起找姓汪的时，他的那种态度吗？张口就说认识我们的副部长，还认识这个领导那个领导。这种人自以为编织了一张关系网，拥有了一些官场的资源，不把平民百姓放在眼里。网上骂他几句，他不可能就认输。他会调动他的资源，把事情引向他希望看到的结局。宋肖新不服,说他不是害怕了吗? 他不害怕干吗找我说这些? 肖辉沉默了一会儿,有人要打你,你低头弯腰就说明你服输了吗? 不一定,也许你是弯腰捡石头,准备给对方致命一击! 你千万留意。

肖桂桂端着一杯茶走到宋肖新面前。宋肖新清楚地看见她的手在抖动。她没敢看肖桂桂的眼睛,接过茶杯放在了一旁。突然,两滴带有温度的水珠掉在她的手背上。她抱着肖桂桂哭出了声。

这一晚,她翻来覆去睡不踏实。

四

汪光军和宋肖新分手后,上了车第一件事就是给汪天大打电话。他心里像着了火一样,可是,汪天大的手机关了,家里电话没人接。他更加着急了,让司机加快向天大花园赶。他又着急地拨通了韩土改的电话。大师,你说宋肖新真能控制住十八里香的大局吗?

韩土改告诉汪光军,只要摆平了宋肖新就没大问题。宋肖新可以影响肖桂桂,肖桂桂又可以影响张刚。这样,汪光军才着急地安排了和宋肖新在后海会面交谈。韩土改回到家后躺了一会儿,此刻正坐在沙发上搓脚,手也没洗就接了汪光军的电话。他听出汪光军的声音十分着急,马上想到了他和宋肖新的谈话没有结果。他说老板你不能急,更不能让那熊妮子看出你比她急。接着,他又编了个谎子,说李跃进听说汪老板还记着他,又答应给他女儿解决北京户口,感动得眼泪哗哗地往下流。李跃进说了,在十八里香别的不敢说,外来人尤其是河南人,他咳嗽一声都得像雷响,汪老板就放一百个心吧。

汪光军对他的话半信半疑,问到底是先摆平姓宋的还是姓李的?

韩土改说两边都得用劲。你看咱用的绳子哪一条是单股的? 都得几股合起来才有力。我还打算明天再跟赵家仁两口子,也就是肖祥的爸爸妈妈说说,就说他家小子也能办白(北)京户口,这样,那边也就没有大问题了。

汪光军有点儿不高兴,吭哧了一会儿说,你这法子行吗? 我可没那么大的能耐帮他们都办北京户口。做假的那是犯法，搞真的那要条件。说完，他不等韩土改再说话就挂断了电话。

他回到天大花园时，已是夜间十二点多钟。小区高大宽阔的大门灯火通明，在黑夜里更显得雄伟壮观。门前的保安比过去明显增加了一倍，而且个个精神抖擞。他看了心里非常满意，同时也踏实了很多。

因为他事前打过电话，小区物业负责人和保安负责人都在物业公司办公楼等他。他在物业办公室坐下后，物业负责人向他汇报说，汪天大十点多时的确回天大花园来了，还叫了保安帮他把球包送到家里，现在车子就停在地下停车场。物业负责人在汪光军到之前还专门去看过。

汪光军问他是一个人回来的吗？

物业负责人肯定地回答说是他自己回来的。门口值班的保安和地下停车场的保安都说车上就他自己。

汪光军略一思索，又问他回来后没再出去过？

物业负责人又肯定地点了点头。

汪光军又问了小区这两天的治安情况，有没有发现可疑人员等等。物业负责人一五一十地向他做了汇报。物业负责人生怕汪光军不满，讲得非常细，惹得汪光军老大不高兴，几次让他简单些。谁知道物业负责人越想简单，就说得越复杂，汪光军最后让他停下来。他还是不太放心汪天大，决定到家里看一看。

天大花园是汪光军涉足房地产的第一个项目。他的第一桶金就是十八里香的天大花园。这个小区规划设计做得比较好，最受业主欢迎的是绿化面积大，小区里有一个公园，公园里还有一片湖。那时十八里香地区刚开发，拿地便宜。所以，天大花园是这一地区样板楼盘。小区由二十栋高层塔楼，二十栋低层板楼和三十多套别墅组成，当时就创下了这一地区商品楼盘销售纪录。他在这里留了三套房，其中他自己住的是一栋低层板楼中一套面积最大的房子，平时不住人，但有个保姆。汪天大每到周末到这里住，名义是便于在十八里香的球场打球。

这种同一户型的几套房子，汪光军都是花了高价请人精心设计、又进行豪华装修，以公司名义留下来的。他称这几套房子是公关房，也就是照顾关系用的。比他房子高一层的那套，他"借"给了冯援朝的外甥女。冯援朝非常关心这个外甥女，每周来看两次，遇上周末就住在外甥女这里。汪光军明明知道冯援朝的那个所谓外甥女就是李豫生，也不点破。前几天，冯援朝给他打招呼，让他把那套房子过户给他的外甥女。他清楚是那个外甥女给冯援朝施加压力了。

汪光军问"1951"来了吗？19是19号楼，5是楼层，1是1号。这个数字是汪光军为冯援朝挑选的。因为冯援朝是1951年出生的。

物业负责人低声说今天回来得早。好像和外甥女吵架了。

汪光军听了，笑笑没有说话。他心里想，不吵不闹才怪呢！她年纪轻轻为什么跟你？一是为钱，二是为前程，用欲壑难填、无休无止形容这些女孩一点不过分。你一点不满足她，她就会吵会闹甚至闹出事来。他曾劝过冯援朝"喝牛奶不一定要养奶牛"，冯援朝就是不听。

汪光军上车后，隔着玻璃向1951看了一眼，见屋子里灯光突然亮了。他好像意识到了什么，又从车上下来，让司机把车开到一边。他自己则回到电梯口等候。过了一会儿，冯援朝果然从电梯里出来，一看见他，惊讶地张大了嘴巴，不悦地问道，汪老板不是在跟踪我吧？

汪光军笑着说区长大人真能开玩笑啊？你借个胆子给我，我也不敢。冯援朝也笑了：开句玩笑。你怎么这么晚了还过来？

别提了。汪光军长长地叹了口气。冯援朝看了看汪光军，又看了看表，不太情愿地问事情很急吗？

汪光军点点头。

冯援朝想了想说那咱们换个地方谈谈吧。

汪光军上了冯援朝的车。冯援朝每次到天大花园来，都是自己开车。他开的是一辆黑色丰田轿车，而且是旧车，在北京茫茫车流里不显山不露水，很难引起人们的注意。这辆车也是汪光军"借"给他的。当初借车时，汪光军要给冯援朝买一辆新奥迪，被冯援朝拒绝了。冯援朝说天天坐奥迪，没劲。你就从你现有的一般化的车里给我找一辆就可以了。上车以后，汪光军把网上新闻的内容给冯援朝讲了一遍。

你说的网上的新闻，我已经看到了。冯援朝说已经有人把这条新闻下载报给了市领导。市里一位主要领导作了批示，要求严肃查处。

汪光军一下子紧张起来，脱口而出地问道：有那么严重吗？

冯援朝毫不客气地说情况的确很严重。区里调查小组明天正式成立，就要开始调查了。我原来想明天上午找你谈一谈。既然咱们是哥们儿，你就给我说句实话，你儿子的伤害鉴定是不是你做了手脚？冯援朝曾经在处理这件事情之初，给公安分局、检察院等相关部门打过招呼。那时，汪光军的确给他看过鉴定证明，说他的儿子是让外来人口的孩子打伤的。

汪光军用沉默作了回答。他突然间没有了回答的勇气。他的谎话在对下面的人说时，响当当的，洪钟一样，但对几乎能决定他命运的冯援朝说，底气就不足了，尤其是眼下，说不定还要冯援朝给他擦屁股。

冯援朝没有责备汪光军。有时候，责备已经发生过的事情，不仅没有任何作用，而且也显得自己水平太低。他沉吟了一会儿，问汪光军：你打算怎么摆平这件事？

汪光军毫不迟疑地回答说，网上几篇狗屁文章就想搞倒我，兄弟我还在北京混什么？我已经布置下去了，花钱把那几个网站摆平……

冯援朝借着烟头的微弱火光看了汪光军一眼。汪老板，我强烈地告诉你，你这法子不行。我问你是真不懂还是假不懂？这网络不同于报纸，报纸要几级审稿，把关，网络可是任何人都能登录的。我再强烈告诉你，十八里香几万外来人口，那是一股不可低估的力量。

汪光军告诉冯援朝，他正在分头做十八里香那边的工作。第一步是从内部瓦解他们。他说到了李跃进、赵家仁，当他说到宋肖新的名字时，冯援朝突然刹了车，把车停在路边，转过脸看着汪光军，认真地问道：你是说在孙老板那儿售楼的宋肖新？

汪光军点了点头说是的。她是那个姓肖的孩子同母异父的姐姐。韩大师说她在十八里香有影响。事刚出来，她曾经找到我让我撤诉。我当时没有同意。

她现在什么态度？冯援朝急不可耐地问。

汪光军看着冯援朝，心里有些慌乱。他不知道冯援朝为什么对宋肖新这个名字感兴趣。但他断定冯援朝和宋肖新不是那种男女之间的关系，否则，冯援朝早就会干涉这件事情了。他实事求是地对冯援朝说：我今晚刚刚与她谈过。她没有表态。不过，我估计问题可能不会太大。她虽然对做天大的企业形象代言人和楼盘代理不一定有太大的兴趣，可是对解决她和肖祥的北京户口很动心。

冯援朝想了一会儿，一边重又发动车向前行进，一边对汪光军说，这件事情你一定要处理好。撤诉能让十八里香的人气顺些，平息下来当然是好事。不过，我强烈地感到，撤诉之后这事也不一定能完。

汪光军一下把住冯援朝的手，大哥，不，冯区长，你把话给兄弟说明，是不是上边一定要立案调查？

冯援朝皱了皱眉头。他对汪光军表现出来的恐惧感到不满。不过，他没有说出口，而是拍了拍汪光军的肩膀说，你把十八里香那边的事处理好就行了。你的朋友很多，关键时刻都会伸出手来帮你。他的话等于向汪光军表明了自己的立场和态度。汪光军听了十分感动地说什么叫哥们儿？冯区长这就是真正的哥们儿！

五

冯援朝和汪光军分手后，直接回了办公室。他泡了一杯浓浓的普洱茶，一边慢慢地品着，一边想着如何解决汪光军给他惹的麻烦事。

汪光军这些年没少给他找麻烦事。

他首先想到十八里香外来人口的稳定。只要他们不闹腾大，不搞成群体性事件，这事情他还可以控制得住。至于网上炒，那就让他们炒去，让有关部门给市领导写个调查报告，附上汪天大在医院检查的证据，就说是依法办事，领导不会轻易否定下边的意见。这种事情他见得多了，比市领导大的领导批示他也办过，只要领导不盯着往下追就好应付。至于给汪光军说得很严重是必须的。这孙子太张狂，太显摆，除非能让他感到大难临头，他才会老实一点。怎样让十八里香外来人口稳定，他又想到了汪光军告诉他的：宋肖新在那里有影响。于是，他给儿子冯功铭打了个电话。

冯功铭回到家已经躺下了。他看了一眼来电显示，心头一惊，爸爸这么晚了打来电话干吗？是不是妈那边发生了病变？他赶忙打开电话接听。冯援朝在电话里约冯功铭到咖啡厅谈一谈。

一路上，冯功铭反复猜测着爸爸找他谈什么。让他怎么也想不到的是，冯援朝还没等他的屁股坐稳，就开门见山地提出了他和宋肖新的事：你也老大不小了。我过去总认为婚姻是你个人的事，可是看看你妈妈你妹妹每天为你愁眉不展，我的心里也一天天沉重……说说，你和小宋怎么打算的？

冯功铭赌气地说能怎样打算，还不是要看你和妈的态度。

冯援朝温厚地笑了笑，把搅和好了的那杯咖啡推到儿子面前。冯功铭也没客气，端起来就品。接着，冯功铭又要了一瓶啤酒，自斟自饮起来。冯援朝突然之间发现自己与儿子之间相隔十分遥远。这种距离是心与心之间的。儿子从小学到中学到大学，再到今天的二十多年里，正是他事业飞黄腾达的阶段，他几乎很少和全家人坐在一起吃过一顿饭，就连过春节也没有在家待着，更不用说关心儿子的学习和事业了。过去，他一直没有想过与儿子的感情问题。即使儿子买了房子搬出家，他也没想过。今天，他才意识到人与人之间的真正距离是感情距离。你即使给了子女高官厚禄，也代替不了感情。想到这里，他觉得眼睛里有一股热乎乎的东西。他情不自禁地抓住了儿子的手。

他的神情这一变化，冯功铭的心里感应到了。但是，他没有表露出来，表情仍然十分平淡、十分冷漠。

这样吧。我和你妈你妹妹通过气了。冯援朝说我们同意你和小宋的婚事。冯功铭心里剧烈地动了一下。他表面上无动于衷，一连串的问号迅速地冒出来，他不知道父亲态度的突然明朗，背后隐藏着什么。

冯援朝看出了儿子的心事，直言不讳地说，你妈你妹过去不同意也不是因为小宋是外地人，没有北京户口，没有稳定职业。他们主要是担心……好了，都过去了。周六你约上小宋，咱们一家一起吃个饭。说完，他没等冯功铭表态就离开了。

第十四章

一

汪光军早上还没起床，手机电话铃声就急促地响起。他眼皮也没睁开，一边嘟哝着什么人，找骂呢？一边伸手到床头柜上去摸手机，手机被他碰到了地上。他这才不得不睁开眼，弯腰捡起手机看了一眼，屏幕上没有显示号码。他马上意识到是他媳妇从美国打来的。

汪光军的媳妇在电话中怒气冲冲地问他，你汪光军又在搞什么鬼？汪光军说媳妇你哪儿来的火，你不在，我敢搞什么鬼？他媳妇说你别给我装孙子，我在网上看到了，几万条帖子在骂你。骂你我不管，可是还有骂儿子的……汪光军赶忙打断媳妇的话，解释说这都是那些仇富的人干的。她媳妇说你别给我瞎掰乎，那么多比你富的人怎么就没人骂？我告诉你汪光军，你好你坏我不管，可你不能毁了我儿子。我儿子要是名声坏了或出了什么事，我饶不了你！他媳妇说完，没听他解释就挂断了电话。

汪光军睡意全无了。他草草地洗漱一下，边吃饭边打电话。他先是给高律师打电话，老高你给我听好了，不管花多大的代价，你把网上的帖子全给我删掉。接着，他又给韩土改打电话，韩大师你用心给我想想，约两个在十八里香说话分量重的人来公司谈谈。不是我，是你给他们谈……韩土改知道汪光军的办事作风，没有多问。他琢磨了好大一会儿，给李跃进打了个电话，说是汪光军约他和赵家仁到公司谈谈。他之所以带上赵家仁，是考虑他求富心切，爱子心切，当然是他和冯萍萍生的那个男孩子。赵家仁要是使起坏来，比李跃进更猛。

李跃进和赵家仁到了天大公司，汪光军并没有出面，而是韩土改接待他们。三个同一个村、喝同一口井水、同一个时间段到北京、又曾同在一家建筑工地住同一个工棚、吃一锅饭的人，此时坐在一起，竟然没说几句话就彼此沉默了，场面一时有些尴尬。

赵家仁从进了屋，两眼一直盯着韩土改扔在桌子下的一双旧皮鞋。那双皮鞋是汪光军送给韩土改的，韩土改穿了几天，脚气越来越重，嫌捂脚，就扔在桌子下，上边落了厚厚一层灰尘。韩土改看透了赵家仁的心思，对他说，家仁兄弟，咱俩脚差不多大，那双皮鞋你要不嫌旧就拿去穿吧。赵家仁嘴上说着谢谢，人已钻到桌子下把皮鞋拿了出来。他用力吹了一下上边的浮土，灰尘一下子在屋里弥漫开来，呛得李跃进连续咳嗽几声，轻蔑地看了他一眼。

韩土改好像并不在意。他心里想，这邪（鞋）气终于让我给赶走了。他等赵家仁重新坐好，把他早已想好，经过汪光军同意的几条意见给李跃进和赵家仁简明扼要地说了一遍。他说我和家仁都不懂啥叫政治，跃进好歹当过干部，比我俩强。这眼前恨富人的成了股风，越刮越邪，好像富人都不是好人。其实汪老板这人挺侠义，压根儿就没有想孬咱的意思。抓人吧，那是公安的事。他孩子受了伤能不报案？抓不抓人他能说了算？赔偿二十万的事，那也是高律师出的主意。

李跃进心想，去你的，一派胡言乱语，哄三岁的孩子啊？不过，他对韩土改夸奖自己当过干部，懂政治还比较满意，所以没打断韩土改的话。

韩土改突然压低声音说，我给汪老板编了谎子，说祥他姑和他妈听说还要赔偿二十万急得快疯了。他姑喝了农药，幸亏邻居发现得早，朝胃里灌了两桶肥皂水，才给救过来。他妈夜里跑到河边要跳河……

李跃进说你编都编不圆满。十八里香谁家有农药？赵家仁马上接着说，俺家没农药可是有老鼠药。你就说是老鼠药呗！说着，他又把那双旧皮鞋拿到手上，左看右看一会儿，见鞋尖上有块污点，吐了口唾沫，撩起衣襟擦了擦。

韩土改说，别看外边传汪老板怎么怎么样，其实他这人的心特软。他一听我这样说，连着叹了几口大气，说太可怜了、太可怜了。他把自己关屋里想了半天，又把我叫过去，给我说韩大师你替我做主，看看怎么个了吧。

赵家仁惊奇地看了韩土改一眼，哟，你能当汪老板半个家？

韩土改没回答。他说了两个条件，一是肖祥和张杰在网上给汪老板的儿子认个错。张杰不管在哪里得把他找出来；二是十八里香的人不再和姓汪的敌对，相反要感恩。韩土改说，这两条你们做到了，汪老板答应回报两条，一是不再起诉肖祥和张杰，也不要赔偿那二十万；二是可以给十八里香的孩子解决五个白（北）京户口……

赵家仁忙问要不要花钱？韩土改沉吟了片刻，到时再谈条件嘛。要是让汪老板高兴了，钱算个屁？我给汪老板也说了，李跃进过去带的十八里香建筑队很棒，拿过国优。汪老板说我知道我知道，老李是个干事的人。我说前两年还能吃了上顿没下顿。这两年上下顿都断了。你天大公司搞拆迁，搞开发都得用队伍，用谁不是用，再给他们找点活干呗。汪老板答应考虑考虑。

赵家仁高兴得蹦了起来。多好的条件呀，咱答应。

李跃进没好气地说你答应，你答应管个屁用？人家前边有两个条件呢。你那大闺女能答应，肖辉能答应，张刚又能答应？他没说肖桂桂。赵家仁像个泄了气的皮球，长长地叹了口气，无力地坐在沙发上。

韩土改说还是我跃进兄弟厉害，不愧当过干部，管过上百号人。我听汪老板说过，老赵家那闺女肖新找过他几次了。不过那闺女心太渴，要这要那，所以没谈拢。

李跃进听了无动于衷，因为他清楚韩土改是在编谎。赵家仁听了却气急败坏，破口大骂宋肖新，小熊妮子心里光想着自己。韩土改说得了得了，你还是回去先找你老婆捣鼓捣鼓，看怎么和肖新那闺女说。你们答应了，我也好给汪老板回话，让肖祥那孩子早点没事。

二

　　赵家仁和李跃进从汪光军的天大公司出来，没有马上离开。两个人在马路牙子上一坐，就埋怨起宋肖新来。赵家仁敞着怀，右手攥着衣角不住地扇着风，汗水依然顺着脖子往下流。李跃进不愿费那事，直接撩起衣服角擦汗。然后又把汗水浸湿的衣服角拧干。这两个来北京做了二十多年辛苦活的乡下人，如今像当初来北京一样，头顶无属于自己的一片瓦，脚下无属于自己的一块砖，唯一的变化就是老了，他们把自己最为光辉灿烂的青春贡献给了这座城市。

　　赵家仁说没想到宋肖新那么偃。人家汪老板开出的条件多好啊，又能让肖祥和张杰两个孩子没事，又能解决北京户口，咱撅着屁股在北京干了几十年，也捞不到这么大好处。她咋就不能给姓汪的低低头。

　　接着，他失望地叹息一声，说打小我就不喜欢这孩子，想把她送回老家，是你动员我让她留在北京上学。看看，要是没有她，咱……

　　李跃进瞪了他一眼，咦……子不教，父之过。你家闺女没教好，怪到我头上了。你要把她送回老家，说不定就没今天这事了，你还咱什么咱？要我说你就是打小对她太不近人情，让她心里恨你。

　　赵家仁看着那双旧皮鞋，委屈地说我没打过她没骂过她，最多就是挤对她几句。人要是没心没肺，怎么样都不说你好！

　　李跃进觉得口渴，从腰带上把保温杯取下来，晃荡了几下，见茶叶沉淀了，才喝了几口。他十几年前当建筑工地的小头头时，就习惯了带保温杯。不过那时是放在包里边，越是人多的时候才拿出来喝。当时，那是身份的象征，也是显示与屁眼朝天对着自来水管子喝水的农民工的区别。喝完水，他又掏出烟，抽出一支放在嘴上夹着，然后把烟盒捏了几下，意思是让赵家仁看看他的烟盒里没有烟了。这也是他这几年创造出的一种新的节约方法。和别人在一起时，你掏出烟来自己抽，显得抠门儿。可是如果也给别人抽，无疑又是贴本。他每次身上都带几个烟盒，每个烟盒里边只放两三支烟，想抽时掏出一支，然后把烟盒捏巴几下让别人看，里边已经没烟了。现在，坐在他身旁的赵家仁就没看出来。他等李跃进点着了烟，要过去抽了两口，又还给了李跃进，心事重重地问，跃进兄弟，你看这事咋弄？

李跃进想了想，说咋弄？你问我，我问谁去？

那就说这事黄了？赵家仁一脸沮丧，攥着衣角的手摆得更快了，汗也流得更多了。

李跃进打心里看不上赵家仁。要是换在以前，他早就拍拍屁股走人了。可今天不行，他不能拍拍屁股走人。姓汪的不是为他李跃进的孩子办北京户口，是冲着肖祥和张杰两家不再和他过不去而用的计。他李跃进要想给自己的孩子办，没有赵家仁那比登天还难。他想了一会儿，对赵家仁说我看这事咱得兵分两路。赵家仁不耐烦地说，跃进兄弟你就别给我倒弄词了。你就直接说有啥好法子！李跃进大大方方地把手中剩下的烟屁股给了赵家仁，然后站起身，拍了拍屁股上的土，对赵家仁说，走，我先带你去买瓶大宝！

赵家仁不解，没动身子，仰着脸，问你买大宝顶个屌用？你还有心思搽脸？

李跃进已经走出几步，头也没回，也没搭理赵家仁。赵家仁赶忙从马路牙子上站起来，追上李跃进。他突然想起过去见李跃进买过大宝，是送给肖桂桂的。肖桂桂不用化妆品，也舍不得买，李跃进就给她买大宝。电视广告里有个词：要想皮肤好，早晚用大宝。他马上明白了，李跃进是想找肖桂桂，让她来说服宋肖新。他不安地问，跃进兄弟，桂桂还听你的吗？她现在可是和张刚那小子黏一块了。

李跃进没理赵家仁。他一提肖桂桂和张刚，心就像被刀子割了一下，疼。不过，他自信肖桂桂非他李跃进莫属。张刚只不过找了个空子钻到他和肖桂桂之间了。再说，也是他不想和肖桂桂再纠缠下去了。肖桂桂对侄子肖祥的疼爱甚至超过了一般的母爱。如果她知道肖祥可以平安无事地放出来，又能解决北京户口，她会权衡轻重。肖桂桂心地善良，胆小怕事，让她烦心、闹心、揪心的事完了，她不会纠缠着给别人找烦心、闹心、揪心的事。这些话他没对赵家仁说。他买了大宝，回去的路上，才给赵家仁说了"兵分两路"

的计划：他做肖桂桂的工作，赵家仁回家做冯萍萍的工作。

赵家仁还没听李跃进说完，头摇得像个拨浪鼓，两手摆着，跃进兄弟，这法儿不中。你又不是不知道，我媳妇和她那闺女是针尖对麦芒。这种事儿你让我给我媳妇说了，保准没点儿屌用！李跃进不满地白了赵家仁一眼，你怎么不会动动脑子？有句话怎么说来，叫晓之以理，动之以情。不管怎么说，过去的恩也好怨也好，都是过去的事。现在为了肖祥的前程，母女俩有共同语言了嘛！

赵家仁说那话叫晓之以理，动之以情。李跃进不高兴了，咦，你还在我面前咬文嚼字啊？我是故意那么说。不这样说你不会重视。

赵家仁一路上绞尽脑汁想着怎样给冯萍萍说。他心里是掂量着韩土改说的五个北京户口指标。他的盘算是给肖祥一个、张杰一个，再给自己的亲生儿子一个，剩下的两个最好由他支配。这样，他可以给"少半勺子"一个，李跃进小闺女一个。实在不行，也得先给"少半勺子"家的孩子办，那样他才能有钱赚，不然，"少半勺子"的钱他拿什么退？李跃进也时不时地给他说上几句鼓气的话。回到十八里香时，赵家仁已经像一只充足了气的皮球。

三

赵家仁万万也想不到，有人在天大集团公司楼下看到了他和李跃进。这个人是宋肖新。

宋肖新与肖辉通完电话不久，听到手机的信息提示音响了。她看见手机里有一条没读的信息，心一下子紧张起来。如果是冯功铭发来的信息，会是什么样的内容呢？可是，她打开一看，是李京生发来的。李京生说肖新姐，你方便上网吗？你到网上看看，有一个叫"路不平"的人写的文章……

宋肖新马上上网，找到了署名"路不平"的文章。文章的标题是：《有钱真能买鬼推磨吗？》。这篇文章不长，她一口气读了下去：

被网民朋友称之为"假伤门"的事件，最近在十八里香炒得沸沸扬扬。这个老板的儿子亲口告诉他的朋友，汪老板觉得农民工的孩子太不给他这个有钱人面子，花钱做的脑震荡鉴定，还逼他住进了医院，目的就是让农民工的孩子知道有钱人不好惹。

这件事现在已经引起网民的公愤，纷纷要求有关部门给个说法。

我对说"法"一词不敢苟同。法是什么？难道百姓还要向什么人讨"法"？讨就意味着乞讨，我们难道连保护生命的尊严都要向他人乞讨吗？老板和他儿子的尊严与面子，难道比农民工孩子的前途和命运还重要吗？医院鉴定甚至法医鉴定这样神圣的事情花钱也能搞定，人类还有道德底线吗？法律还有尊严吗？旧社会有钱能使鬼推磨，我们现在是新时代新社会，还能容许这样的事情存在吗？

这篇文章的后边，出现了几万条跟帖，几乎都是声讨汪光军和做假鉴定的医院，要求政府和有关部门严肃查处。有一个网民跟帖说：不是说市领导已经指示严肃调查了吗？难道市领导的话在十八里香贯彻不下去？

宋肖新读完，感觉心里舒服多了。她隐约感觉到，这篇声讨性质的文章是出自肖辉之手。因为只有肖辉告诉过她，他从一位在市委那边工作的同学那里听到市领导对"假伤门"有批示。她想，肖辉也许只能用这样的方式来帮肖祥了。

肖辉在为肖祥做事，冯功铭呢？她一想到这里就来了气。

这时，汪光军的秘书给她来电话，通知她到公司去面试。她本来想拒绝，想想又答应了。她要看看汪光军到底还会出什么样的招。

电话刚放下，肖辉的电话打进来。肖辉告诉她，他已经向单位请了假，现在正往十八里香赶。宋肖新没好气地说你不怕丢了你的乌纱帽？肖辉说丢就丢了吧，反正我的帽子也轻，风一吹就跑了。我现在不想给你探讨乌纱帽的问题，有话回到十八里香再说吧。宋肖新说那你就等着吧，我得去见汪光军。肖辉愣了一会儿，又去见呀？你是不是真的想当天大集团的形象代言人呢？宋肖新愤愤不平地说，他要撤诉，我免费做他的形象代言人；他如果不撤诉，给我一千万姑奶奶都不稀罕。

宋肖新在天大集团公司楼下停车时，看见了赵家仁。如果只看见赵家仁，她也许不相信那是赵家仁。可是看到和赵家仁一起的李跃进，她不能不信了。她犹豫片刻，没搭理他俩，直接上了楼。

女秘书说汪光军还没有到。不知是有意还是无心，年轻的女秘书把她带到了公司策划部。在那里，她却无意间看到了李豫生的照片。那是一幅巨幅照片。照片的背景是一座建筑开放式阳台，阳台上放摆放着几盆名贵的花。李豫生侧身半躺在一张藤椅上，面前放着一张圆桌，桌上放着几本杂志和一杯咖啡，咖啡还冒着淡淡的热气。照片上还有一句广告词：天大，我的天堂。一看就知道这是一幅房地产广告。

女秘书说，这个女孩拍过很多广告。说完又问宋肖新，宋小姐，你看这幅广告拍得怎么样？宋肖新虽然脸上带着温存的笑容。她心里一阵翻腾，说不清是慌乱还是醋意。她生气不是因为李豫生要夺走她一笔收入不菲的代言费，而是她想到李豫生不站出来为肖祥和张杰作证，原来是与汪光军有私下交易。她转身要走时，女秘书挽留她，说汪总马上就到。

其实汪光军就在他宽大、豪华的办公室里。他办公室的里间是卧室，放着一张大床。那是一张仿古的红木大床，就这张床，足可以换一套三环边三室一厅百多平方米的大房。秘书告诉他宋肖新来了的消息，他好像服了兴奋剂，情绪一下子变得高昂起来。他断定有了昨晚那场私密接触，她的防线已经垮掉，今天可能就会像温顺的小绵羊一样和他上床。所以，一见面他就张开双臂，摆出要拥抱宋肖新的架势。

宋肖新却走到沙发前坐下了。这样，汪光军也只好挨着她坐下。不过，他还是试探性地把胳膊搭在她的肩上，开门见山地问，美女，考虑好了吗？

宋肖新讥讽地说，你不是找了个歌厅昔日的头牌当你的形象代言人了吗？这照片往外一放，多有代表性？本来人都说"人间天上"歌厅有你汪老板的股份，这个广告更能为你争光！

汪光军当然听得出她生了嫉妒。这正是他想要的结果。多年的经验告诉他，祸从嫉妒起。一个女孩子会嫉妒别的女孩子，才能让男人有机会。他决定再刺激一下宋肖新，实话告诉你宋小姐，这个女孩虽然我也认识，但推荐她的是冯区长。

宋肖新听后沉吟一会儿。她知道李豫生和汪光军之间的关系。冯援朝与李豫生的关系，她虽然是第一次听汪光军说，而且汪光军没有明说，她也相信。她突然之间对汪光军和他说的话产生了强烈的反感，灵机一动说，张杰至今没有下落，他有可能在寻找机会对令公子进行报复。我诚恳地劝你一句，最好让你家公子注意一点。

汪光军惊讶地睁大了眼睛，嘴巴也张得很大。他好大一会儿没有说话。他知道网上关于那件事情的新闻和一些文章，与十八里香的人有一定关系。他们的目的就是借助网络的力量，对他施加精神压力，同时形成一种声势，增加社会的同情。宋肖新说张杰可能要报复他儿子，是善意的提醒，还是故意恐吓？他一时拿不准，问道：宋小姐这个消息来源可靠吗？

宋肖新看出了汪光军的心思，回答道：我是从这几天和张杰一起待过的孩子那里听到的。汪老板也不用紧张。汪光军目光突然变得阴沉了。他板着脸，恶狠狠地说他要是敢对我儿子有半点不利，我会让他难受一辈子！宋肖新跟着接了一句，请汪老板也别忘记一句老话：光脚的不怕穿鞋的。

汪光军虽然表面上镇静自若，但心已经乱了。宋肖新今晚带给他的这个消息，让他想到了事情的另外一个层面，沿着这个层面往下想，后背禁不住隐隐冒冷汗。他也曾听说过，有些外来工子女，因为在城市的精神压力过重，加上生活的困难，对社会怀有报复心理，作案的手法相当残忍。假如张杰真的怀着对他儿子报复的心态，后果的确不堪设想。他忍不住连续几次看表。

宋肖新说，汪老板，咱说话别绕口令了。这么说吧，我同意当天大公司的企业形象代言人。但是，有一点必须说明，就是不能附加其他任何条件。

汪光军问有人给你谈附加条件了吗？说着笑了笑，宋小姐，我倒感觉你给我的附加条件多。宋肖新明白汪光军话音所指。她坦率地说你不就是指我弟弟的事吗？我想清楚了，我们不乞求任何人给我们公平和尊严。汪老板认为我可以，咱就合作。你认为还有更优秀的，可以另选高明。汪光军说是的！是的！民营企业也要搞民主决策，要市场化运作。我不能独断专行。接着，他叫来女秘书和策划部人事部的人，说具体的事情我不插手，你们面谈。

所谓面谈，说白了就是面试。汪光军把面试说成面谈，是要给宋肖新一些亲近感。面试实际上是走过场，无非是宋肖新曾经做过哪些代言，对天大企业有什么认识等官话。面试结束后，女秘书对宋肖新说，这事最终是汪总拍板，你等汪总通知就行了。

走出天大总部的办公室时，宋肖新清楚地意识到，汪光军让她来，只是他计划中的一个步骤，是让她知道冯援朝和李豫生的关系，进而打压她，促使她妥协。识破了汪光军的把戏，宋肖新有一种成就感。对于冯功铭的父亲和李豫生的龌龊事，她已经不再感到震惊，这些天噩梦般的经历使她不得不以更复杂的眼光来面对这个纷繁复杂的世界。正是出于这种想法，她突然觉得应该与冯功铭好好谈一谈了。尽管冯功铭有时说话不让她高兴，但那是一种负责任的表现。她给冯功铭拨了个电话，和过去生气时一样，拨通就挂断了。如果冯功铭打过来，她可以说拨错号或按错键了。谁能保证没有按错键的时候啊？

过了好大会儿，冯功铭都没回电话。她的倔脾气又上来了。你不给我电话，我也不会再给你电话。

四

其实，宋肖新这次判断出了错。

冯功铭为与宋肖新感情的事大伤脑筋已不是第一次。他自己无法说清楚为什么每次下决心和宋肖新分手，但最后都坚持不下来。这一次又是老调重弹，他整整一个晚上都处在焦虑状态，精神也恍惚不安。他一会儿拉开窗帘向街上看，希望能看到宋肖新的车子出现；一会儿找手机，看看有没有宋肖新回的短信。甚至还担心手机死机，用家里的固定电话拨打自己的手机试验，以证明它确实保持在正常的状态。这中间有一个朋友曾给他打电话，事情还没谈到一半他就急了：好了好了，别啰啰唆唆的，我还要等一个重要电话呢！上床以后，他翻来覆去睡不着，就下床去摆弄花，一不小心把一盆花的主枝剪断了。

宋肖新给他拨电话时，他正在茶馆和高律师聊事。

高律师和冯功铭是大学同学，毕业后又同在一家区法院工作，不过他比冯功铭早一年做律师。他之所以约冯功铭，一方面是想探听一下冯功铭调查了解的情况，另一方面想通过冯功铭劝肖祥"认罪"，同时也通过冯功铭影响一下宋肖新。冯功铭知道法律界对他这位同学颇有微词，形象不佳，和他基本没有来往，就是同学聚会，也只是点点头而已。他答应和他见面，也是想通过他了解一下汪光军方面的动向。高律师见了面就开门见山地说咱哥们儿说话别绕圈子。我听说你在为十八里香那两个农民工的孩子做代理律师，而我是天大公司的代理律师，说白了是在替汪光军打工。所以说，咱们各为其主、各司其职。

冯功铭说，哥们儿，那你告诉我，汪光军的儿子汪天大的脑震荡有多严重，那两个农民工的孩子构不构成伤害罪？这不违背法律的有关规定，纯粹哥们儿之间的探讨，你别紧张。

高律师意味深长地笑了笑。他从包里取出法医鉴定书和医院诊断书复印件递给冯功铭。在冯功铭看那两份东西时，他说，那两个农民工孩子出手也的确太狠。这是一起典型的仇富案例。

冯功铭仔细地看了看医院的诊断书和法医鉴定书，从那两份东西上的确看不出什么问题。他突然间感觉到手上那两张纸沉甸甸的，心情也变得沉重起来。

哥们儿，千万别告诉我你看了以后受到致命打击啊！高律师调侃地说。接着，他换上一副很严肃很认真的面孔，不无忧虑地说，这已不是我第一次接农民工二代犯罪的案子了。这两年我发现，农民工二代犯罪的比例不断升高。这些农民工二代在都市长大，熟悉都市生活，渴望融入都市，按社会学的分类，他们应该是北京人、城市人；可是按户籍管理的标准，他们还只能是外地人、农村人。这种割裂，不要说没受过什么教育的他们，就是放在咱们身上，也指不定会怎么样。这就是现实，这就是中国特色呀哥们儿。你还别不服气，放在你身上，你能保证对北京人，对有钱人，甚至对整个社会不产生强烈的仇恨和报复心理吗？这帮小子犯罪目标大多是在金钱上，往往手段残忍。我打算好好研究研究。你要是有兴趣的话可以一同探讨。

冯功铭说你也别拉拢我。这么多年你也知道，我从来不夺人之美。你有什么事找我，就直截了当吧。

高律师把编好的词背书似的讲了一遍，无外乎汪光军如何善良，对肖祥和张杰两个孩子十分同情，已经打算撤诉等。同时，也说了撤诉的前提条件，请求冯功铭到拘留所跑一趟，把汪光军的意见和条件告诉肖祥。他说，不追究法律责任，又给一笔补偿，再办北京户口，这些条件可以了吧？肖祥肯定不会拒绝。

冯功铭早已听懂了高律师的意图。他的心里一阵翻江倒海般不平。尽管他不能断定汪光军给儿子做了假鉴定，不能断定高律师在这场大戏中扮演了不光彩角色。但有一点他在心里下了判断：汪天大脑震荡鉴定有问题。他说，肖祥不可能答应。而且，我是替他打官司的律师，没有权力诱导他！高律师愣了一下说，那咱哥们儿只能在法庭上见了。冯功铭理直气壮地说，奉陪到底。

临出门上车前，他看高律师有些失望，提醒他说，哥们儿，你如果研究农民工二代的犯罪问题，最好不要带着偏见。建议你从大的社会环境、背景入手，挖一挖他们犯罪的深层原因，提出几条好的法律建议。

高律师笑了笑，笑得有点儿意味深长。

五

这天晚上，冯萍萍很早就上床睡了。恍惚中先是觉得有人在脱她的裤衩，接着就感到下身一阵疼痛。她马上就明白发生了什么事情。一瞬间，她想起听人讲过的故事。说是有一个女人，因为夏天的夜里屋子里太热，就在门外的空旷地上铺了张凉席睡觉。一个二流子经过，看到那个女人身边没人，就上去了。那个女人以为是自己男人回来了与她做那事，兴奋得不得了。那个二流子三下五除二干完事以后就窜了。又过了一会儿，那个女人觉得下身又插进个东西，就半是玩笑半是责怪地骂道：你不过一袋烟的光景又弄，就不怕淘空了身子。再过十年二十年你弄不动了，别怪老娘找野男人！那个女人的话音还没落，脸上就挨了一拳头。原来，她男人听了她的话，明白她被别人弄了而恼羞成怒。冯萍萍想到这里，惊叫一声，狠狠一脚把压在身上那个沉重的人踹到床下。她开了灯，赵家仁从地上爬了起来，不满地嘟哝一句：半年没弄了。弄一下你还那么狠。冯萍萍生气地把一条毛巾被扔给赵家仁，让他到外边去睡。

赵家仁坐在床沿上，对她说你别赶我。我知道你嫌我没本事，帮不了祥的忙。你就不问问我咋回来这么晚？冯萍萍说你爱干啥干啥，我没心情跟你弄那事。赵家仁说我也不是光想弄那事。我是要告诉你，祥的事有希望了！冯萍萍听了，困意一扫而光。她淘了条毛巾给赵家仁擦了擦身子，又给赵家仁倒了杯泡好了而且冷凉了的银杏叶茶。然后才挨着赵家仁坐下，听赵家仁把同李跃进商量好的事情讲了一遍。

赵家仁同冯萍萍一起生活了十几年，对冯萍萍的生性脾气了解得彻彻底底，加上李跃进又为他出了一些主意，所以，他专门找一些让冯萍萍动心的话说，咱要是答应了汪老板的条件，一来祥就可以平安无事回家了；二来咱家的小宝能办北京户口；这第三，汪老板以后也会对咱照应点。冯萍萍呆呆地看着地下，脸上挂着两行泪水。他觉得一副可怜相的冯萍萍比以往还美丽，下身的家伙突然之间硬了起来。他已经有一段日子不能干那事了。他给别人说是"小鸡鸡懒得不打鸣了"，其实，这在医学上说是疲软。刚才，他之所以把冯萍萍弄得不舒服，就是因为软绵绵的没有力度。他当然不会放过这次机会，饿狼一样把冯萍萍压在身下。说来也怪，他这一次不仅硬了起来，而且做的时间特别长。可是，当他精疲力竭地从冯萍萍身上下来时，才看清冯萍萍神情麻木，好像没发生过什么事情。他一下子觉得索然无味，拿起毛巾被就想离开。

冯萍萍一把抓住了他，说你是没人性的驴呀？我要你告诉我，你刚才说的事是不是已经答应人家姓汪的了？他不解地看着冯萍萍：这样不好吗？

这事，这事肖新不是不答应吗？冯萍萍反问了一句。赵家仁一听就火了，她是老子还是你是老子？凭什么都听她的？

冯萍萍也火了，你不也一直都听她的吗？我不听她的听谁的？

赵家仁多年来积压在心里的不满和怨气一下子爆发了。他给了冯萍萍一个拳头，老子凭什么听她的。她不就一婊子吗？！冯萍萍嫁给赵家仁后，他今天是第一次冲她发火和打她。这一点她还能接受或者说忍受。你是人家的老婆。他打你一拳头也算不了大事。只是她第一次听人骂自己的女儿是婊子，而且是出自和她一家人的赵家仁嘴里。这让她无论如何也没法接受。她摸起枕头，狠狠地砸向赵家仁，你个龟孙子，凭什么骂我女儿是婊子？我女儿是偷人还是养汉了？！你今天不给我说清楚，我就和你拼了！

赵家仁也不相让，理直气壮地说，你问你那闺女都干些啥？她不让这个那个跟姓汪的接触，她自己私下和姓汪的上床，答应做姓汪的女人，让姓汪的给她一百万，还把她的照片挂机场上……你女儿不是婊子是什么？

让赵家仁性情大变的正是这一百万——他想象中的一大笔代言费就是他口中的"一百万"。赵家仁知道宋肖新的脾气，他知道宋肖新很有可能不会要汪光军的一百万。在赵家仁看来，这一百万对自己很重要。宋肖新要是拿了这一百万，他可能拿不到分文，可冯萍萍作为她的亲生母亲，说什么也能得到个二三十万，那还不是他赵家仁的？再说，他由此还会跟汪光军沾上关系。沾上了汪光军的关系，就等于有了钱，也有了地位，甚至有了跟韩土改相当的荣耀，赵家仁也就从此不再是人嫌狗不待见的混街猴子，而是河南老乡里令人敬仰的人物。宋肖新要是不拿这一百万，那赵家仁除了还是原先的赵家仁外，还彻底地断了跟汪光军沾上关系的一切可能，最不能接受的，最令赵家仁害怕的，是因此沾上跟汪光军的仇气，那就连他唯一的宝贝儿子也从此永无出头之日了。这种担忧在赵家仁的心里渐渐郁结成了愁闷，又渐渐演变成了愤懑，一个女孩子家，让谁睡不是睡！汪光军睡了也不耽误冯功铭睡。赵家仁担心的不是宋肖新成为婊子，而是她不当婊子。

心里充满了愤懑的赵家仁终于搂不住了，终于要发泄了，似乎诅咒和谩骂能使他跟那飘在空中的一百万产生某种紧密的联系。

赵家仁恶狠狠的咒骂让冯萍萍一下愣住了，接着又号啕大哭。

赵家仁这才傻了。冯萍萍像是被狼叼走了孩子似的号啕，使他又回到了原先的那个人嫌狗不待见状态，他扑通往下一跪说，祥他妈，祥他妈，我是为祥的事急了。我说肖新，也是听别人传的，说她过去就想当演员想出名，想出名想挣钱就得陪当老板的睡觉……

冯萍萍根本听不进去，一边哭一边骂一边挥着枕头砸着赵家仁，直到枕头破了，里边塞着的破烂四处乱飞，她也累得两臂酸软，才停下来。她用毛巾被裹着头和身子，不再理赵家仁。

不过，她的心里的确十分矛盾。赵家仁说的条件，是她连做梦也没敢想过的。祥儿平安无事地回来，又解决了北京户口，这样，祥儿也不用回老家读书了；小宝的户口解决了，是一辈子的大事。外来人想这户口都想疯了……但是，她也知道宋肖新的脾气。这种用肖祥的名义做的交易，她一定不会同意。如果宋肖新知道她事先就答应了下来，又会和她闹翻。可是，赵家仁说的姓汪的老板和宋肖新好上的事，她不敢相信，也不愿相信。不过，在一百万这样的巨额金钱面前，尤其是牵扯到能救肖祥、办户口，女儿会不会毁掉自己的底线，她没了把握。冯萍萍哭着，但心里又确实是希望女儿做了这笔交易。

赵家仁见她拉着脸，虎着脸威胁她说，你要是管不了你那个宝贝闺女，等着咱儿跟你闹吧。你这辈子也别想安生！

冯萍萍想来想去，只好硬着头皮去肖桂桂家找宋肖新。

六

冯萍萍不去找宋肖新，宋肖新也打算去找她。赵家仁越来越不是个东西。他竟然跟着李跃进，想拿肖祥和姓汪的做交易！所以，冯萍萍刚说了个开头，她就蹦起来。你就这样窝囊？！肖祥是你儿子，你身上掉下的肉！姓赵的那老混蛋不吃人粮食，你也跟着他……

姓汪的对李跃进和你赵叔说，只要咱同意，明天祥就能回家！读完初中，他负责给祥找个重点高中。冯萍萍一边说，一边看着女儿的脸色。她心里有些悲哀，又有些不解：自己像女儿这个年龄时，都是听妈的话，在妈面前大气不敢喘，现在倒好，翻了个儿，当妈的在女儿面前得小心翼翼。世道真的变了，变了！

宋肖新淡泊地笑了笑，说赵家仁要是在这儿，我保准会骂得他钻地缝里去。

冯萍萍一愣。

宋肖新又问，知道我为什么骂他吗？

冯萍萍说不管怎么说他是你继父，吃苦受累养了你那么多年。你骂他就不对。

宋肖新说他是你继夫我承认，可是我从来没承认他是我继父。继父是那么好当啊？继就是继续、继承、继往，是责任，是义务，是给人当爹！我现在不给你说这些。你不是让他说动心了吗？那你就按他说的去做吧。她说这些话时口气一直很平和，不像过去带着浓浓的火药味。冯萍萍也缓了口气，说我也没说就听他的。这不来找你商量吗？

宋肖新说我对你们怎么做没兴趣。我只知道我该怎么做。他姓赵的想怎么做是他的权利。我只想让你转告他，犯法的事千万别做，监狱里不少他一个的口粮。

肖桂桂赶忙劝宋肖新。谁知她这一劝，倒给冯萍萍壮了胆。她忘了老家形容女人吵架的话，叫作越劝越上赛。冯萍萍指着宋肖新说你骂姓赵的混蛋，你也好不哪去？你和姓汪的拉拉扯扯不是也想图点啥？

宋肖新问，我和姓汪的拉拉扯扯了吗？

冯萍萍说你以为你做的事别人不知道？人家说姓汪的让你做他的什么人，给你一百万，给你一套房，给你拍照片挂机场，给你上白（北）京户口……

宋肖新大吼一声，一脚把放在地上的热水瓶踢碎，飞溅的热水溅到肖桂桂脸上几滴，肖桂桂忍不住叫了一声。宋肖新正在气头上，如同已经上足了劲的发条，想停也停不下来。亏你这个当妈的说得出口？你扪心自问，你尽到一个当妈的责任了吗？

冯萍萍也不示弱，哭着说，谁让你生在那个穷困潦倒的山沟沟里？谁让你摊上个短命的爹？我一个人带着两个孩子，伺候着三个老人，过的是什么日子你知道吗？我是把自己的血汗榨干了把你养大的。你说赵家仁不好，可他还通人性。我带着你和祥刚到北京那几年，吃的穿的用的不都是他辛辛苦苦挣来的？

肖桂桂见冯萍萍娘俩话越说越激烈，情绪越来越冲动，再不劝阻更不堪收拾。于是，她先冲宋肖新严厉地说，肖新你自己看看你像个当闺女的吗？有闺女这样和妈说话的吗？你有苦有难有冤枉，给自己的母亲诉说是应当的，怎么能用这种方式！说完宋肖新，她又批评冯萍萍，你这个当妈的也沉不住气。自己的孩子自己还不了解啊？肖新是什么样的人咱十八里香的都知道。这么多年也没听谁说过她这方面的话，她就不是那种瞎胡来的孩子。等到冯萍萍和宋肖新都停止了争吵，她又自我检讨说，咱苦也好难也好也走到今天了，让祥知道一家人闹成团乱麻，心里不更苦！说着，她抹了把眼泪。

冯萍萍和宋肖新见她说得很诚恳、很真切，动了感情，反而觉得不好意思。宋肖新气得浑身还在发抖。她觉得再和冯萍萍吵下去没有什么意义。她说你走吧，我不想再和你吵架。

冯萍萍说你今天不给我个说法，我就死在你跟前。

宋肖新的倔劲上来了。她说你不走我走。说着，连东西也没收拾就走了出去。她上了车以后不知不觉流了泪。这个时候，她发现自己想冯功铭了。只有冯功铭能真正地容忍她、善待她、安慰她，她在他面前可以吵可以闹甚至可以发疯。真正的爱情，在心理上的抚慰，超过了世界上任何的良药。

她风风火火地到了冯功铭的住处。她按门铃，里边没有回应。她身上明明有钥匙，就是不想开门，她要的是冯功铭亲自给她开门，把她拥到怀中。于是她又打冯功铭的手机，电话响了一会儿没人接听。她仔细听了一听，屋里也听不到手机铃声。无奈之下，她才拿出钥匙开了门。

她进了屋，还没来得及开灯，后腰就被一双有力的胳膊紧紧抱住了。她说冯功铭你还没给我检讨，我也没原谅你，你这是违背妇女意志的犯法行为！嘴上这样说，手中的包却扔到了地上，转身抱住了冯功铭。突然之间，她感觉冯功铭的胸怀很宽广。

两个人谁都没有说话，紧紧地拥抱着、亲吻着，而且不知不觉地从门口挪到了沙发上。冯功铭的手哆嗦着在她身上乱摸，过了一会儿手稳当了，又触及她敏感的部位……她呻吟了几声。那种呻吟实际上是一个女人向她爱着的男人发出信号。冯功铭突然发了疯一样，迅速地扒下了她的裤子，然后迫不及待地进入她的身子……

冯功铭疲惫不堪地从宋肖新身上下来时，才发现宋肖新流泪了。他大吃一惊，问：你，你怎么啦？

宋肖新没有回答，起身进了卫生间冲澡。她自己也不清楚流泪的原因。从卫生间出来，她换上衣服才回到客厅。冯功铭已经泡好一杯热茶，在等待着她。他揽着宋肖新，轻轻地抚着她的头发说，新新，我没法不爱你，真的没办法不爱你。

宋肖新的头无力地靠在沙发上，一句话也不说。

见宋肖新的情绪低落，冯功铭以为她还是在为肖祥的事难过，就开门见山地对她说，肖新，我这边有了汪天大的最新消息……

是不是要撤诉的事？宋肖新问，又接着说他撤诉也不能完事。肖祥这几天的拘留所白待了？名誉白丢了？

冯功铭说，汪天大撤诉并没有说肖祥和张杰就没有事。

宋肖新看了冯功铭一眼，功铭，我真不想跟你吵了，我想歇歇。汪天大撤诉不是对肖祥和张杰的恩赐，外来的孩子也不见得就不守法。

冯功铭赶忙解释说我不是那个意思。你也不要错怪我。我的意见其实和你是一样的。汪天大撤诉了，也要把事实弄清楚。我在医院，已经接触到了汪天大没有脑震荡的间接证据，只是我现在还没有拿到更直接的真凭实据。

宋肖新听冯功铭说完，才明白自己误会了他，朝他怀里挨近了些，把她了解的信息有条有理地又对冯功铭详细说了一遍。冯功铭一边听，一边用食指在茶几上一遍又一遍地写着肖祥、张杰、汪天大三个人的名字。宋肖新说完，问冯功铭下一步怎么走？他深思了片刻，对宋肖新说了一句话，而且说得坚定不移，汪光军不会自己往火坑里跳。否则他就不是汪光军。

宋肖新说，你打算怎么做？

冯功铭说，放心吧，我用法律办事。说完，又抱紧了宋肖新。

第十五章

一

　　冯援朝在市政府参加北京奥运会筹备工作的一个会议。坐在主席台上的一位市政府主要领导几次看他，看得他心惊肉跳。那位领导在讲话时，有两次脱稿，严肃批评一些干部傍大款，以权谋私。冯援朝出了一身冷汗，一直到散会也没敢抬头。

　　老冯，你留一下。散会时，市领导叫住了他。他感觉到双腿像被人砍掉一样，突然动弹不得。去年，区里有位干部受贿暴露，纪委对其"双规"时也是在一个会议散会的时候。冯援朝目睹了此事。所以，他怕自己也会这样。

　　市政府领导直截了当地问，十八里香那两个农民工孩子的案子调查清楚了吗？冯援朝擦了擦汗，回答说正在调查。从初步掌握的情况看，网上一些帖子是农民工中的几个人在网吧发的。市政府领导生气地骂了句扯淡，谁让你们调查谁发的帖子，在哪儿发的帖子啦？

　　冯援朝瞠目结舌。

　　市政府领导拍了拍他的肩膀，语重心长地说，有一个十八里香打工子弟学校的女孩子，在网上给我写了一封信。她有一句话让我至今忘不了，永远也忘不了。她说，老板的孩子有人疼，我们就没人疼了吗？我们在都市里真的是后娘养的吗？老冯啊，你听听，这一字一句在拷问咱们的良心啊！

出了市政府大门，司机习惯地朝区政府方向驶去。冯援朝火了，方向盘在你手里你就想怎么开就怎么开？想去哪里就去哪里吗？司机吓得一脚踩住刹车，由于用力太猛太急，车颠动了一下。冯援朝更是火上浇油：你小子也想害我啊？司机既不敢解释，也不敢顶撞，任凭冯援朝发了一通火。后来，司机在接受市纪委调查时谈到这里，还心有余悸地说我当时还以为冯区长喝多了酒。我跟了他快十年，从没见过他像那天一样失态！

冯援朝发了一通火，让司机开车去十八里香。他很快意识到了自己的失态，拍了拍司机的肩膀，抱歉地说老弟别怪。我刚才有点儿着急。

冯援朝要亲自出面给十八里香施加压力，换句话说给点颜色看看了。所以，他到了十八里香，在车上转了一圈后就到了街道办事处。

街道办事处的领导见冯援朝不约而至，不免有点儿紧张。当下领导到基层，大多是提前通知什么领导来，来做什么，便于基层提前准备汇报材料，布置现场，这样对上对下都好。果然，冯援朝屁股还没坐稳当，就冲街道领导拍了桌子，看看你们十八里香基层组织的战斗力成什么样子了，我甚至怀疑还是不是区委区政府领导的地方。别的地方拆迁任务进展很快，你们到现在没见多大动静。

街道一位领导为难地说，冯区长，我们与别的地方不一样。我们这里外来人口多，租着居民的房子。居民想得房租这块的收入，要做工作；让外来人口离开出租房，那么多人一时间找不到安置的地方，而且他们在这里也习惯了，也得有做工作的时间。政府强调和谐稳定，咱总得给人家出路吧……

冯援朝恼了。你是说我不给他们出路了？我看是你们这些同志的思想、观点、路线、方法有问题。你一口一个外来人口，快成外来人口的代言人了。你们算算，离北京奥运会还有多少时间，拆迁、建设又需要多长时间。中央对市里有要求，市里对区里有要求，你拆迁这第一步走不好，下一步还走啥？

街道领导见冯区长发了火，也都不再吭声了。在城市里，街道干部工作属于最基层，面对千家万户，工作千头万绪，每天千辛万苦。有人开玩笑说要想整治哪个干部，就让他到街道去工作。这话可能有点儿过头，但也有一定道理。上边千条线，下边一根针，经济发展、社会稳定、百姓生活，甚至环境卫生，都压在街道这一层面上，是街道义不容辞的责任。别说一个副区长，就是区里某个部门的办事员到你街道来检查工作，你都得恭恭敬敬，不敢有半点怠慢。这些年城市建设力度很大，规划布局尤为重要。区里在你这个街道布局一个地产项目或者商业项目，对你这里的经济社会发展拉动作用多大？要是布局一个公益项目，效益又是多大？街道干部哪个不心知肚明。

冯援朝可能觉得自己有点儿过火，喝了口茶，口气缓和了一些，我说话直截了当，可能批评得重了些，我对事不对人，请你们不要介意。实事求是地说，我着急也是为你们街道好。十八里香是个老大难。我多次在区委常委会、区长办公会上说过，十八里香的干部工作最辛苦，战斗力最强，今后我们提拔使用干部就得从这样的地方优先考虑。这样吧，我再给你们拨三百万经费。不过，你们得抓紧。

在场的街道领导感激之情溢于言表。

一打一拉，打过再拉是官场上常用的一种为官之术，而且逐渐形成了气候。上边到下边检查，先是下边的汇报，大致三个部分：一是基本情况；二是取得的成绩；三是取得成绩的原因，这里必然有几个关键词即上级领导决策英明，领导有方。领导听完汇报，再作重要指示，一般也是三个部分：一是充分肯定下边的工作成绩；二是讲讲宏观形势；三是提几点希望或者说要求。冯援朝深谙官场之道。所以最后又提出了几点希望。上车后，他才后悔莫及，我为什么跑十八里香发一通无名火？扯淡，简直就是扯淡！

他马上给汪光军打了个电话。他想该和汪光军好好谈一谈了。

二

汪光军晚到了半个小时，让冯援朝心里很不高兴，所以一见面，没等他坐下就把他训斥了一通。你不是说能摆平十八里香那些农民工吗？你看看，他们不光没有消停，而且反映越来越强烈。

大哥，我有个想法。汪光军大大咧咧地往沙发上一坐，跷着二郎腿，右手的食指不停地、有节奏地敲着茶几。服务员进来倒茶时，看见他这副样子，厌恶地皱了皱眉。冯援朝也看不惯汪光军的做派，只是不愿表现在脸上。他等服务员出去，才示意汪光军往下说。

我打算荡平十八里香！汪光军的一句话，仿佛用锐利的刺刀狠狠地刺了冯援朝一下。他惊得连续欠了欠身子。他知道汪光军"荡平"这个词，是说给他听的，既表明态度，又给他压力。他往椅子上靠了靠，两条腿习惯地摆动着，没有看汪光军，调侃地说，你用的这个动词很强烈，很气势磅礴啊，说吧，你想怎么个荡法？

汪光军看着冯援朝的样子，笑得前仰后合，我的区长哥哥。你以为我用黑社会的办法对付他们？那是我十几年前打打杀杀的做派。再说这儿是北京，是中华人民共和国首都，黑社会望而却步的地方。他走到冯援朝身边，给冯援朝点了一支雪茄。现在讲法制，当然用法律去荡，我想把十八里香的开发权全拿过来。这也是你老哥答应过我的。

冯援朝刚想松口气，听汪光军一说又紧张了。他指着汪光军的额头，半是认真半是玩笑地说，你小子的胃口太大了点吧？十八里香整个地区几千户人家，加上外来人口，有四五万人哪。

汪光军说真正有本地户口的也就一千多户、四五千人。其他那些外来人口，统统让他们卷铺盖滚蛋。

冯援朝把放到嘴唇边的雪茄放在烟灰缸里摁灭，用手指敲着桌子，神情严肃起来，外来人口怎么办？三四万人，你不管，政府也不管？那还不闹得天翻地覆。

汪光军转到冯援朝的背后，两只手拍了拍冯援朝的双肩：哥哥，你不就是政府吗？外来人口怎么了？三四万人又怎么了？蚂蚁再多，也架不住一泡尿滋。

冯援朝有点儿恼怒，汪总你也是个京城的名人，这话可有点儿欠水平。

汪光军咬了咬牙：我就是要赶尽杀绝！谁得罪了我汪光军，我让他沾亲带故、八辈祖宗都不安宁。说完，他仰面靠在沙发上，眼睛望着天花板，小肚子不时起伏，仿佛心中的怨气还没吐尽。

冯援朝的目光在汪光军脸上足足停留了半分钟，好像要重新认识汪光军。突然之间，他的心头掠过一道阴影：汪光军的话，显然是说给他听的，话里示威的意思他当然听得出来，示威背后的用意，他也能猜出几成，汪光军急了，需要他的帮助，并且逼他进一步合作或者逼他就范。汪光军和他之间，说白了是投入和产出的关系，作为投入者，汪光军当然希望得到更大的产出，作为手握实权的副区长，他也没有那么容易被压住，在和汪光军达成新的妥协之前，他有必要先压一压汪光军的气势，稳住眼前的局面。

他在汪光军旁边坐下，拍了拍他的肩膀说，照这么说，你是主意已定，来通知我一声是吗？那你就去荡平呗！汪光军张了张嘴，我，我这不是找你吗？没你老哥的话，没你老哥做后台支持，我汪光军能做什么。冯援朝重又坐下来，老弟，有话就说，别来开场白，咱又不是唱戏，还用得着先叫板呀！

汪光军起身从冯援朝的烟盒里抽出一支软中华，他把烟叼在嘴上，但没有点儿。冯援朝打着了打火机递过去，汪光军起身，两只手捂着火苗点着了烟。抽了两口就摁灭了。

冯援朝说，是不是要我当你的消防队长，帮你把火灭了？他把十八里香地区复杂的情况简单说了一遍，诸如本地居民靠向外来人租房子，每月都有一笔稳定的收入，对拆迁并不积极；外来人口不仅仅占据半壁江山，而且是个庞大的群体，他们中有的已经在十八里香住了二十多年，全家老小都在那里，如果不妥善安置，会闹出大事；十八里香地区的发展和建设规划还在修改之中，即使要开发，土地也要按规定进行"招拍挂"，不能哪一个领导说了算……最后，他无限感慨地说，我的一位对我有恩的老领导的儿子也搞房地产开发，早就盯上了十八里香那块地方，给我打过几次招呼了，我也没敢答应。现在不同以前几年，那个时候有些法律条款不成熟，有操作的空间……

汪光军没听冯援朝说完，不满地站起来，凑近冯援朝，我的区长哥哥，你别给我提这些了。什么稳定了、和谐了，是你们当官的事。我只考虑怎么挣钱。十八里香我是志在必得。那个老领导早退十几年了，理他干吗？再说，现在是你说了算，他想拿地，不也得你点头吗？

冯援朝为难了，还要我再说一遍吗？就是拿地，也不是我一个人说了算，要走正规程序。汪光军笑了，哥哥唉，程序不也得人去操作吗？要是程序能解决问题，弄个电脑当区长就行了，还要哥哥你干吗？冯援朝拍了拍沙发扶手，刚想说话，被汪光军用手势制止了：反正我把话撂在你老哥这儿，你看着办！说完，起身要走。

你回来！冯援朝脱口而出。

汪光军站住了，但没有转身，拿后背对着冯援朝。冯援朝也没有转身，眼睛盯着窗外，把市领导对他说的话，给汪光军说了一遍。没想到汪光军没听他说完就吼起来，那个写信的女孩就是婊子养的宋肖新，你未来的儿媳妇。我对她一忍再忍，要不是看在你和你儿子的分上，我早把她办了！说完，又扔下一句：我的事，你都办得了。说完开门就走。

冯援朝气得浑身哆嗦，摸起茶杯狠狠地摔在地上。茶杯滚了一个圈，不仅完好无损，竟然杯口向上立了起来，似乎是一个暗示。

冯援朝迟疑了一会儿，拨通了韩土改的电话。他认识韩土改，是汪光军从中搭的桥。但是，他从第一次接触韩土改就看得出，韩土改想避开汪光军，巴结他这个副区长。千百年来，人们总是认为农民老实巴交，比较单纯，其实，最狡猾而且野心勃勃的人也在农民中。封建时代的历次起义，出身于农民的草莽英雄居多；改革开放几十年来，从农民打拼出来的大老板也居多，就连改革也是从安徽小岗村的农民开始的。因为农民对改变其地位、命运的愿望比知识分子、工商阶层更强烈。韩土改就属于农民中比较狡黠的一类人。过去，他不想和韩土改单独交往，不仅碍于汪光军，还因为他骨子里就瞧不起韩土改。一个农民，没上过几天学，大字不识几个，突然之间摇身一变成了"大师"，简直就是天方夜谭！可是，他今天却想找韩土改，而且十分迫切。冯援朝心中的结很乱，他需要一个打开这个结的工具，虽然韩土改算不上什么好工具，但冯援朝眼下能用的也就是他了。他向韩土改说了自己摔茶杯的事情，问韩土改是什么征兆。

韩土改接到冯援朝打来的电话，心情十分激动。但是，对于冯援朝的问题，他一时解答不上来。有人说过，识人一百，就可以基本掌握人的性格特征。韩土改这几年毕竟给很多人算过运程，其中以当官的和老板居多。虽然冯援朝电话中说茶杯是他不小心碰掉在地上的。韩土改却敏锐地意识到，茶杯是冯副区长摔在地上的。至于冯副区长为什么摔茶杯，答案也不问自明，肯定生气了、发怒了！在韩土改的印象中，冯副区长是个温文尔雅的官员，既不张扬，也不独断，为人谦和。这种人不到万不得已不会发火，尤其是怒火。你想想，一个官员，在自己的办公室里发火摔茶杯，一定是心里烦得不能再烦了。想到这里，他小心翼翼地说，冯区长，这不是件坏事。茶杯落而不碎，说明事物闪而不失；杯口朝上，有两方面的说道：一是张开口迎接福气；一是张开口放飞灾祸。

《易经》里是这样解释的吗？冯援朝问。

韩土改马上回答，冯区长，我从小学的是麻相。麻相学里有这样的解释！他知道这几年不少官员私下里研究《易经》，而他本人对《易经》总是吃不透，所以，他巧妙地避开了冯援朝的问题。你反正没看过麻相学，再说，麻相学版本众多，我这样说你也找不到依据。

冯援朝在电话那边沉吟了一会儿，又问韩土改，韩大师，汪老板最近找你看过吗？

韩土改实事求是地回答：前两天看过一回，是招企业形象代言人的事。我给他推荐了我过去十八里香姓宋的邻居家的女孩。他知道宋肖新和冯援朝儿子的关系，所以又特别强调说姓宋的女孩有菩萨相，身材又好，讨人喜欢。虽说有点儿脾气，但女孩有脾气是好事。谁家娶这个儿媳妇，保准风调雨顺，年年平安。

冯援朝没再向下问，说了句客套话，就把电话挂断了。接着，他又给妻子田桦打了个电话，说是马上到医院去看她。

三

冯援朝到了医院，把妻子田桦带到医院的花园里，告诉她，他准备答应冯功铭和宋肖新的婚事。田桦一听火冒三丈，指着冯援朝，你，你冯援朝想干什么？你天天在外边看花瓶还没看够……

花园里锻炼身体的人多，三步一个五步一堆，有几个妇女还大声谈笑。冯援朝四下看了一眼，不便向妻子发火，低声说你能不能让我把话说完？田桦说我没心情听你啰唆。你不是也不同意你儿子找一个农民工孩子、一个北漂的女人吗？看看顶不住，投降了不是？就你冯援朝这德性，"双规"不要十分钟就会把什么事都吐出来。

冯援朝的脸色一下子变得铁青。事实上，他这两天的的确确有一种不安全的感觉。汪光军的儿子与十八里香农民工的孩子发生冲突，此后汪光军利用关系伪造其子脑震荡的事他不知道。但是，给区公安机关施加压力，对农民工的孩子采取措施，以及后来知道了汪光军伪造证据而没有及时纠正，他负有不可推脱的责任。如果仅凭这一条，他也不会感到害怕。到时候，他可以推说证据确凿，依法办事，最多就是承担调查不深入、表态过于轻率的领导责任。他害怕的是"拔出萝卜带出泥"。这种事情这些年已经屡见不鲜。一个领导的孩子开辆好车，几年没问题，但出了个交通事故，被网上炒得沸沸扬扬，最后刨根问底，追到老子身上，暴露了老子的腐败问题，父子俩同时锒铛入狱的事情不是没发生过。万一网上再追着问汪光军经济方面的问题，或者说农民工再不依不饶地向汪光军讨说法，很可能就会牵涉到自己。即使这些可以摆平，那汪光军伪造证据的罪名也是成立的。汪光军要是向他提出保他平安的要求，他做不到的话，汪光军也会翻脸无情。这些年来，他没少给汪光军帮忙，也没少从汪光军那里获得回报。他先后给汪光军批了两块地。在这两个豪华小区里，他各得了一套价值不菲的房子。他女儿结婚，汪光军给了五十万和一辆宝马车。他夫人每年带着他的岳父母出国旅游，都是汪光军出的钱。汪光军有一次故意借着几分酒意对他说，老哥，人都说有些东西千金难买，其实，那是老皇历了。千金什么都能买。我不就是一千万交了你这么个高官朋友。咱俩可以说是"千金交情"了！他当时就出了一身冷汗。一千万，这是个什么罪呀！杀头，绝对杀头！正因如此，表面上，汪光军对他恭敬有加，心里边，他对汪光军唯唯诺诺。他所认识的官员，不管比他职务高还是比他职务低的，只要是和哪个老板有了金钱方面的关系，都和他是一样的心态。

他也曾经想过，我凭什么听从你一个老板的摆布。你要敢把给我行贿的事情说出去，你也不会有好下场。在中国，行贿也是罪行。有一段时间，他故意躲避汪光军。可是，没过多久，这种想法就改变了。西部有一个区的官员出了问题，供出了给其行贿的老板。后来，那个官员被判了刑，老板却平安无事。他听说有一个不成文的规定，私营企业老板如果揭发检举犯罪的官员属于立功，一般情况下不追究法律责任。追究行贿者的法律责任，行贿者还敢作证吗？怎么挖出腐败分子？这算什么逻辑？！没办法，他和汪光军的关系只能小心翼翼地保持下去。"一荣俱荣，一毁俱毁"。他像是走在用冰做成的独木桥上，不仅要时刻防备滑倒，还要时刻提防桥被踩碎了。这不是游戏，这是一生的赌注，因为桥下就是万丈深渊，掉下去，就是万劫不复。冯援朝是个男人，他不会把这些说给头发长见识短走路脸朝天说话牙刮地的田桦听。

老冯，你怎么了？田桦见冯援朝面色苍白，两眼无神，额头上汗珠密密麻麻，有点儿紧张了。她扶着冯援朝在花园里走了大半圈，想找个地方坐一坐。花园里摆放的十几张连椅上坐满了人。没办法，她只好抱着冯援朝。她的这一举动，引得花园里晨练的人们纷纷投去好奇的目光。有人低声说看人家老两口多亲密！

冯援朝在来医院的路上准备好了不少词汇，但见了田桦又犹豫不决。有些事情的确是难以启齿的。你脸皮再厚，也不可能对自己的老婆说在外边还有另一个比她年轻比她漂亮的女人吧。可是，关于同意冯功铭和宋肖新的婚事，他又不能不说。这关系到他和他一家的生死存亡。所以，他思索再三，还是开了口，老婆，我说真心话。如果不同意儿子的婚事，我真有可能被

"双规"！

田桦大吃一惊，呆若木鸡地望着冯援朝：难道……难道你和那个宋肖新有不正当的关系？其实，田桦对冯援朝在外边搞女人的事心知肚明。副区长工作再忙，也不至于三天两头住办公室不回家吧？她也闹过，甚至跟踪过冯援朝。后来，女儿劝她不要再管这样的事，你把我爸搞得身败名裂甚至进了监狱，你下半生怎么过？我和哥还要不要脸了？从此，她就睁一只眼闭一只眼。

冯援朝听了田桦的话，又气又恼，脱口说了句粗话，你除了裤裆里的事情还知道什么！

田桦知道说得不是时候，赶紧赔笑。

冯援朝压着心中的火气，把宋肖新同肖祥的关系、汪光军的儿子与肖祥的冲突以及前前后后发生的事给田桦简单讲了一遍。田桦马上就明白了冯援朝的意图，你是说只要摆平了宋肖新，汪老板就没事了，你也就不怕了？冯援朝点了点头。他过去一直以为自己的老婆不懂政治，今天突然发现她其实对政治很明白，只是穿着厚底鞋不怕扎脚。

田桦想了想问：这事你给儿子说了吗？冯援朝说，给他说不等于自捅马蜂窝？你的儿子你还不了解。他要是知道了内情，没准会去市纪委检举咱！

你就断定那个姓宋的妮子会答应你？

这不是要谈条件嘛！她和咱儿子结婚，北京户口解决了。再给她弟弟解决户口和上学的事，汪老板还给她继父他们挣钱的工程干……他还没说完，田桦就急了：凭什么给他们这么多条件？她以后进了咱的家，再无休无止地要这要那，你都给她解决？冯援朝也急了，就这些条件她也不一定答应呢！他带点厌恶地看了田桦一眼，给她的东西是你的吗？等我进去了，你就是想给，拿什么给呀你？说完，他气急败坏地上车走了。

田桦望着冯援朝的车子出了医院大门，身子晃了几晃，多亏一个病友扶了她一把才没跌倒。她很清楚，现在只有按照冯援朝的想法往下做，否则后果真的不堪设想。后悔吗？没用了。该吃的吃了，该拿的拿了，该要的要了，怎么吐得出来。即使吐出来也是污秽，照样不会干净。

田桦回到病房，没心思吃早饭，躺在床上边哭边想。最后，她决定让女儿出面和宋肖新谈一次。

四

冯蕾蕾本来对宋肖新没有好感。她和一些富贵家庭中长大的女孩一样，对靠着漂亮的脸蛋和身材吃"青春饭"的女孩不屑一顾。所以，她对冯功铭与宋肖新的婚事竭力反对，没给过她一个笑脸、一句好话。如果不是母亲告诉了她一些真相，有求于宋肖新，她打死也不会主动给她打电话，而且还要带着热情和笑意。她说，嫂子，我是冯蕾蕾。宋肖新虽然知道冯功铭的妹妹叫冯蕾蕾，但她非常诧异，问了一句，哪个冯蕾蕾？冯蕾蕾说看来你只认冯功铭。以后我叫你也得叫冯功铭的媳妇喽！

宋肖新以为冯蕾蕾打电话是想说她和冯功铭的事，不想和她说下去，就直截了当地问冯蕾蕾有什么事。冯蕾蕾说是大事，我爸我妈让我找你商量你和我哥的婚事，这难道不是头等大事？！她的这句话的的确确让宋肖新感到突然。她一时觉得不可理解。冯功铭的妈妈和妹妹一直坚定不移地反对她和冯功铭恋爱，怎么突然之间提出婚事？要提也该是冯功铭先提，为什么是她们先提？

冯蕾蕾见宋肖新不回答，追问道：怎么了嫂子？

宋肖新一脑袋雾水。她看了一眼表，与冯蕾蕾约了半个小时后在昆仑饭店大厅的茶座见面。

在去昆仑饭店的路上，宋肖新不停地在想着冯蕾蕾为什么会突然提出要和她谈与冯功铭的婚事。她想给冯功铭打电话问一问，又忍住了。这个冯功铭到底在搞什么？昨天晚上只说他爸爸妈妈想约她一起吃饭，压根儿就没商量结婚的事。虽然和冯功铭有了肌肤之亲，但以她现在的心情，她实在是没法去谈婚论嫁。那么会不会是因为冯功铭看见她和汪光军接触，怕她自己有了钱就变心？那是小看了宋肖新。宋肖新是缺钱，但宋肖新绝不会像李豫生那样为了钱而不要感情。

宋肖新心里乱极了。

位于北京东三环的昆仑饭店是一家五星级大酒店，酒店二楼茶座常常宾客满座。宋肖新在二楼一出现，马上吸引了众多的目光。女人常常是这样，当她的美貌成了一个闪亮的焦点时，她更会骄傲地挺直胸膛，仿佛这时自己被赋予了某种职责，要把自己的美貌化成光芒去照亮周围的人们。早到一步的冯蕾蕾都看在了眼里。她突然发现对宋肖新鄙视不起来了。

宋肖新落座以后，开门见山地问冯功铭呢？他没和你一起来？

俗话说："听话听音，锣鼓听声。"冯蕾蕾从宋肖新这句话中听出她对冯功铭有怨气。明明是你和冯功铭同居，怎么向别人打听他的去向？她笑着摇摇头。不过，笑得很勉强。

你妈出院了吗？宋肖新又提出一个让冯蕾蕾心烦的问题。要是在过去，冯蕾蕾会针尖对麦芒地反问宋肖新，我妈不是你和冯功铭气的吗？今天，她却忍住了，又摇了摇头。宋肖新见冯蕾蕾只是摇头，心里有些急了，也有些烦了，但是又不好发作。恰巧服务员过来问她们点什么东西，她接过茶单低着头看起来。

冯蕾蕾是被田桦赶鸭子上架赶来的，并不是出于自己的真心。加上她觉得这样做无疑是求宋肖新和自己的哥哥结婚，心里不痛快。所以，她一时找不到自己认为合适的话。好在茶很快就上来了，两个人客客气气地谦让一下，然后各自品茶。

冯蕾蕾本来就不是幽默的人，在电话里跟宋肖新贫了几句，把词都给用光了，现在当着面反倒觉得有点儿张口结舌了。她挖空心思地想了一会儿，拨通了田桦的电话，低声说了几句就递给宋肖新，说我妈要和你通话。

宋肖新接过手机，刚"喂"了一声，里边就响起田桦热情洋溢的笑声，肖新啊，我是你妈！

我妈……宋肖新惊异地说。田桦没等她往下说，就打断了她的话，接着说你瞧，我把你跟蕾蕾一样当闺女了。其实，说起来儿媳妇比闺女还亲。老辈子不是说过，闺女是泼出去的水，儿媳妇是接进门的人。

田桦的这几句话让宋肖新有些不快。你不是反对我和你儿子的婚事吗？怎么突然又亲热起来？当然，这话她没有说出口。田桦非常精明。她一方面早就料到宋肖新不可能受宠若惊似的高兴，一方面猜测到了宋肖新沉默的理由。她没有一点责怪的意思，说妈向你检讨。过去，我让你受了委屈。实事求是地说，我们家功铭是个书呆子，只顾着学习。大学毕业读硕士再读博士，从来没谈过恋爱。他的年龄比你大，长得没你好。你又年轻又漂亮。我和他爸主要担心你哪天不高兴了，和他分手了，他恐怕会自杀。这不是吓唬你。闺女，你得理解做父母的心啊！通过这么长时间的观察，我和功铭的爸爸和他妹妹都看出你是个善良正直、有上进心的女孩，我们放心了。所以，我和功铭的爸爸商量好了，给你认个错，希望你能原谅……

田桦这一通话的确把宋肖新感动了。是啊，两个老人家也是为了孩子好，有什么可挑剔的？比比自己的母亲和继父，真是天壤之别。今后，和这样有地位又讲道理的父母亲生活在一起肯定幸福。她感动得泪水在眼圈里打转。如果不是冯蕾蕾在一旁，她可能会哭出声。

田桦从宋肖新哽咽的声音中判断出，她的话已经打动了宋肖新。于是，她进一步往下说道，听说你弟弟那个事后，功铭的爸爸和我都很着急。他爸爸亲自出马，责令那个姓什么的老板马上撤诉。当然，这个工作做起来难度比较大，牵涉到法律问题。功铭的爸爸也给有关部门说了，都还是孩子嘛，还是要坚持以教育为主。你就放心吧。这事很快就会解决。

怎样解决？宋肖新从田桦提到肖祥起就开始警觉起来。她敏锐地意识到，冯蕾蕾找她谈，田桦打电话来谈，可能都与肖祥的案子，不，准确地说是与汪光军有关系。这让她自然而然地想到了冯援朝与汪光军关系的种种传说。

田桦直率地说出了她的想法，那个老板不会不给我们家老冯面子。我和老冯的意见是，你赶快准备和功铭的婚事，这件事情让他们去办吧。

宋肖新问，阿姨，您所说的他们是指谁？

田桦可能没料到宋肖新会向她提出这个问题。她一时回答不上来，迟疑了一会儿才说别管他们你们了，处理的结果让你满意不就行了吗？咱们现在是一家人了，功铭的爸爸和我考虑事情理所当然要对你有利。不等宋肖新表态，她又果断地说这事你听我的话。当妈的还能害你不成？明天是礼拜六，咱们一家好好坐下来商量商量你和功铭的婚事。说完，她就挂断了电话。

宋肖新手里拿着手机，好一阵子没有反应过来。她还沉浸在胡乱思考之中。田桦的意图是为了让她放弃同姓汪的理论和打官司，那就证明了冯功铭的父母同姓汪的关系果真非同一般，肖祥被冤枉入监可能都与冯功铭的父亲有牵连。那么，她下一步就多了一层忧虑，或者说多了一道障碍。她要是坚持让汪光军承担法律责任，就有可能影响到冯援朝。冯援朝毕竟是冯功铭的亲生父亲，自己未来的公公。他要是出了问题，冯功铭会怎样对待她？感情破裂不说，肯定会恨她一辈子……

嫂子，我妈的话你听明白了吧？冯蕾蕾问道，你还给我妈带什么话吗？宋肖新点了点头，然后又摇摇头。她此刻的心情十分复杂，也十分混乱，一时不知怎样表达。冯蕾蕾满意地笑了笑说，那好，咱们就礼拜六见吧！她一边说，一边招呼服务员买单。宋肖新把单夺了过去，争着付了账。她们到了停车场才发现，两个人的车也停在一起。冯蕾蕾说了一句：看来咱还真有缘分！

宋肖新的目光却注意到冯蕾蕾的车。那是一辆原装进口的宝马车，带有可以敞开的硬顶，市场上价值上百万元。去年，她被邀请去参加过一次车展，做宝马车的车模。有一个山西的煤老板在参观车展时，一边称赞宝马车，一边色迷迷地看着她，最后竟然让他的马仔来和她谈，说是只要她答应和煤老板做朋友，煤老板就送一辆宝马车给她。她当然明白煤老板的意思，故意逗那个马仔，你们老板要我做他什么样的朋友？那个马仔笑了，摸着光秃秃的脑门，这个，这个……你应当比我明白。她说那要等车展结束了再聊！她说完给了那个马仔一个手机号码。后来，她把这事给冯功铭说了。她说到给那个马仔留了手机号码，冯功铭急了，你给他留下手机号码，他真的找你怎么办？

宋肖新笑得前仰后合，指着冯功铭的额头说，真看不出来，你还真是个大傻瓜。我给他留的是公安局公开的报警号码。

一直到冯蕾蕾的红色宝马车在宋肖新的视线里消失，她才上了车。她的车挡风玻璃下边，就放着汪光军的天大公司招聘形象代言人的宣传册。形象代言人一旦入选，收益相当诱人，正像汪光军透露给宋肖新的那样，一些专业的模特公司、影视公司和文化类公司围绕着竞聘天大公司形象代言人，开展了各种各样的公关活动。她心里十分清楚，这种机会一生中没有几次。现在，又多了一个冯功铭父母给的承诺。她过去不太愿意思考问题，因为思考问题太头痛太累人，往往你思考的问题又很难与现实结合起来，就像雾里看花，那样，挖空心思、绞尽脑汁地思考不如不思考。今天，她不得不面对一个抉择。

五

宋肖新不到二十分钟就到了十八里香。肖辉早到一步。肖桂桂正要出门，说张刚又去找小乔和韩冬了，她得去看铺子。

宋肖新不以为然地说那你劝劝他别跑了。小乔就一民警，韩主任也就一社区居委会的主任，他们能帮上什么忙？白搭精力和时间。有那点空你让他多想办法挣钱。

肖辉说你这样说就不对了。社区是社会的细胞。社区活了，社会才能充满活力。社区和谐了，社会才能和谐。这不是给你讲大道理，是事实。北京和一些城市这些年对社区工作越来越重视，市和区、街道都成立了社工委，专门负责社区的工作。韩主任代表社区向上反映意见，上边会重视。说到底，比我们这些外来人口反映的意见有作用。

肖辉的心里对韩冬充满了感激。人，不管官大官小、职位高低都不能没有良知，没有良知就做不好官，做不好官就对不起一方百姓。

宋肖新不满地说你说不是大道理，讲起来还是大道理。这重要那重要，重要你怎么还死乞白赖地待在部机关不到社区工作？

肖辉说知我者还是你宋肖新。你怎么猜到我有这个考虑？

宋肖新瞪了他一眼，并没在意他说的话，你就贫吧。我问你，好歹你也是大部委的人。人家部里的人啥事都能办，肖祥和张杰的事你怎么一点也帮不上忙？你是不是没上心。

肖辉刚把烧开了的水灌进壶里。他听了宋肖新的话，马上信誓旦旦地说你能不能改一改你这个多疑和猜忌的毛病。你说我对肖祥的事不上心，可是我敢对毛主席保证，你说得一点都不对。至于你说我在大部委工作，这就更没有必然联系了。在北京这地方，部委多如牛毛，虽说是改革了，部委减少了，可部级局、部级协会相反却增多了。部委也分权力部委和无权部委，不管项目不管钱不管人的部委，谁看得上？再说，就是部委里边司局处室也不一样……

宋肖新没等肖辉说完，就示意他打住，问他：辉哥，你说你那个部委权不大，我问你区里干部权大吗？肖辉没明白宋肖新的意图，脱口而出地说了一句，那也要看在区里是干什么的？

要是副区长呢？宋肖新问。

肖辉马上明白了宋肖新的所指。他不知她想做什么，如实地回答说副区长当然有权力，权力也很大。不过也要看什么事情……

宋肖新打断了他的话，我问你的是副区长如果有权力，有钱的老板会不会巴结这个副区长？

肖辉笑了，这还用问吗？当然会。你没听老话说县官不如现管？什么叫现管？手上握着具体权力的就是现管。电视、报纸上报道的那些出了事的官员，别说是副区长，就是副市长省长部长，大多因为受贿。受贿的钱不都是来自那些有钱的老板……不过，这也在于个人，即便是不多，传说中的廉洁的官员也还是有很多的。

宋肖新手里摆弄着矿泉水瓶子，边听边点头还边想。肖辉怎么也弄不明白她问这些问题，想这些事情的目的是什么。他知道宋肖新的脾气。她不愿说或者不想说的话，你就是问也问不出来。现在，他只能被动地等待她提问题。过了一会儿，宋肖新突然又问，辉哥，你说副区长的女儿开豪华宝马车是不是受贿来的？肖辉忍不住笑出了声：那你要看人家本人是干什么的。如果本人就是搞公司的，可以自己挣钱买车。我们部一位领导的儿子自己开公司，买的还是悍马呢！

宋肖新问当官的孩子脑袋比别人孩子的脑袋大吗？肖辉摇摇头。没等他回答，宋肖新又说他们的孩子脑袋又不比老百姓的孩子脑袋大，凭什么开公司就能挣钱？还不是靠老子的权力。肖辉说当然了，这还用问吗？这就是起点，起点不同，别的还能相同吗？就说我吧，打小在农村，后来跟着桂姑来了北京，上那个北京的孩子看都不看一眼的破学校，再辛辛苦苦地回老家上高中，考大学，最后幸运地留在了北京。转了这么一大圈，用去了二十多年，还不如人家高官的孩子生下来时的起点高，这能公平得了吗？这就是现实。人家现成的资源，你一辈子都争取不到。

宋肖新说，你悲观了？

肖辉说，我？确实悲观过，现在，基本想通了。

想通什么了？宋肖新紧追不舍。

不悲观了呀！肖辉说，太阳每天都出来，人每天都吃饭，为什么老跟争取不到的东西较劲？还不如让自己快乐一点。

宋肖新嘲笑他：这么说，你现在活得快乐了？

肖辉说，说了你也不信，就这几天，我确实想通了，想通了还真是快乐多了。

宋肖新意味深长地说了一句：但愿你的快乐是真的。接着，她把李跃进、赵家仁找汪光军给孩子办北京户口的事给肖辉说了。

噢，还有这样的事？肖辉一下子坐直了身子，他敏锐地意识到，汪光军这个时候提出这样的问题，肯定有目的。

宋肖新问肖辉下一步有什么考虑。肖辉说，汪光军看来有点儿坐不住了。你不能不相信网络的力量。宋肖新说那就再往重里骂他，让他彻底坐不住。肖辉同意宋肖新的想法，说这也是没有办法的办法，全当发泄吧。注意别把自己绕进去，还是要小心点。

肖辉临走时告诉宋肖新，我明天就要到西部工作了。之前部里定的那个同志身体不好去不了，我就报了名，已经批下来。宋肖新看着肖辉，直到他上了车也没说一句话。

六

冯蕾蕾回到家，把和宋肖新见面的经过给田桦讲了。田桦眼泪汪汪地说，我对姓宋的一百个不满意。整个一个衣服架子、花瓶子，摆家里你爸你哥爷俩儿看呀？

冯蕾蕾说我哥夸她很努力、很争气，业绩不错，收入也蛮好。

田桦说那也不能一辈子售楼吧？再过十年二十年北京还有盖楼的地方吗？还有楼售吗？唉，我这一辈子在你爸和儿女们面前都是委曲求全过来的！

冯蕾蕾伤心地抱着田桦哭了。妈，你要是不想见到她，我陪你到国外我姐那儿去住。

田桦想起冯援朝给她说的韩土改的话。她对冯蕾蕾说还没到那一步，你叫你哥过来一趟吧。

冯蕾蕾说，我现在就打电话让我哥过来一趟。

冯功铭一脚进门，冯蕾蕾的脸上立马晴转多云，嘲讽地说，哟，京城名嘴大律师今天是被什么风刮来的。妈，不是来找您取证的吧？

冯功铭怕爸爸妈妈，但不怕冯蕾蕾。他反唇相讥，说这么大个人，连话也说不清楚，好像怕见阳光。

冯蕾蕾瞪了他一眼，拉着田桦转身进了她的房间。他们家这套房子是冯援朝名下分的，五室两厅，一家四口每人一间，还有一间是冯援朝的书房。其实，冯援朝这种副厅级的干部，按规定只能住一百多平方米的房子。冯功铭走到大厅一角放着的钢琴前，掀开覆盖在上边的红绸布，仔细看了看钢琴的牌子。这种牌子的钢琴，市值十几万。有一次，冯蕾蕾神神秘秘地告诉他，这台钢琴是汪光军送给她的生日礼物。今天，他看着这台钢琴，又想到冯蕾蕾工作之余经商，代理空调、建筑材料、钢材等，动辄一单就赚几百万……把这些和几天来发生的事情联系起来，冯功铭后背一阵阵发凉，爸爸和汪光军之间的确存在着不正常的关系。

这些年，腐败类案件多发，其中相当大比例的案件发生于房地产。有关部门每年公布的查处的腐败案件都有这方面的数字。冯功铭作为律师，也代理过不少这样的案子。他的心慢慢地紧张起来，好像一块吸了水的海绵，被一只有力的大手紧紧攥着，越挤越紧。

田桦从房间里出来，一眼就看出儿子的脸色发青，额头上冒汗，吓得赶忙上前扶住他，着急地问：儿子，怎么了？你哪儿不舒服？妈陪你去医院。

冯蕾蕾听见田桦焦虑的声音，也从房间跑出来，又是倒水又是拿毛巾，忙得不可开交，仿佛冯功铭突如其来地得了一场大病。冯功铭已经没有心思与妈妈和妹妹纠缠下去。他现在最想一个人冷静地待一会儿。于是，他谢绝了妈妈带他去医院的要求。冯蕾蕾说你那个未来的老婆很厉害，不光售楼，还搞反腐败，要把汪光军和他背后的腐败挖出来！冯功铭少气无力地说，你别没事找事，无事生非。我没时间陪你瞎折腾。冯蕾蕾把毛巾扔在他脸上。你就有时间陪那个卖楼的折腾！

冯功铭出门以后，听见冯蕾蕾问田桦：妈，您给我哥说了吗？田桦回答的声音非常低微。他上了电梯后，又听见冯蕾蕾的吼声：他要是和姓宋的拧一块搞我爸，我就和他俩拼命！

突然之间，他觉得心好像停止了跳动。上了车，他就毅然决然地关了手机。

第十六章

一

肖祥从一个刚刚被关进拘留所的孩子那里知道了和自己有关的网上消息。那个孩子外号叫"鬼子",也住在十八里香,与张杰、肖祥有过来往。他是因一起打架斗殴的事被拘留的。他一看见肖祥,就嚷嚷开了:祥哥,我在网上看到了你和杰哥的消息,网上说你们是被姓汪的老板冤枉的。

肖祥听了"鬼子"的话,一把抓住了他的胳膊,迫不及待地问:你有张杰的消息吗,他现在怎么样?

"鬼子"摇了摇头,网上说杰哥逃跑了。现在也不知他跑到哪里去了。有的说他已经到了边境,准备出国;有的说他不做掉姓汪的儿子不会离开北京。

你听谁说他要做掉姓汪的儿子?肖祥急了。他最担心的就是张杰铤而走险,把自己弄成真正的刑事犯罪分子。

"鬼子"说,这是我和几个认识杰哥的哥们儿猜测出来的。凭杰哥的性格,他不会扔下你一个人逃之夭夭。杰哥这人最侠义。我们这次和人打架,要是杰哥在,就不会吃亏。

肖祥听到这里，长长地松了一口气，然后对"鬼子"说：他侠义，可是你们这些做朋友的不侠义！

"鬼子"不解地看着肖祥，问道：我们怎么不侠义了？杰哥有事的时候，一招呼我们也都去！

肖祥认真地说，你觉得这是侠义啊？我给你说吧，张杰有今天就是你这样的朋友给捧出来的。我早就给他说过，为朋友不怕两肋插刀那是古代人干的，现在真的为朋友好，就不应该让朋友两肋插刀。

"鬼子"先是愣怔，然后笑了，祥哥，怪不得杰哥说十八里香哥们儿中他最佩服你，一直称你为大哥。你真的和我们这些人想的不一样。

"刀疤脸"一直在静静地听肖祥和"鬼子"对话。这时，他突然上前，紧紧抱住了肖祥，哥们儿，你怎么不早说你是十八里香张杰的大哥？你是张杰的大哥，也就是我的大哥。来，来，受兄弟一拜！说完，他招呼其他几个人，齐刷刷地跪在肖祥面前。肖祥一时不知所措，红着脸，连忙摆手，不要这样，不要这样，我和张杰是同学是朋友，不是他大哥。你们也不要叫我大哥。我从来没有答应过做大哥。

"刀疤脸"看了"鬼子"一眼，目光里充满了疑惑和不解。"鬼子"也一时不知该怎样解释，茫然地看着肖祥。"刀疤脸"一下子从地上站了起来，抓住"鬼子"的衣襟，恶狠狠地问：你小子是不是吃了狼蛋？敢欺骗爷爷？！

"鬼子"指着肖祥说他真是肖祥。张杰走哪里都称他大哥。

肖祥见状，硬着头皮对"刀疤脸"说你别难为他。他说的都是实情。张杰是叫我大哥，但我从来没同意做他那种形式的大哥。

这么说，你看不起杰哥？"刀疤脸"咄咄逼人地问。

肖祥说我从来没有看不起他。他有他的处世方式，我有我的做人原则。这不影响我们是好朋友。

"刀疤脸"盯着肖祥看了一会儿。肖祥刚才神情有些紧张，现在已经恢复到坦然和从容。"刀疤脸"笑了，拍了拍肖祥的肩膀说，你像张杰的朋友！

接下来，"刀疤脸"告诉肖祥和"鬼子"。他是两年前认识的张杰。一开始是因为争一个台球厅，"刀疤脸"为首的一伙孩子和张杰为首的一伙孩子打了几架。"刀疤脸"说没想到外地来的孩子打起架来不要命，尤其是张杰和他的一帮小哥们儿，像孙泉、"大别山"，还有个叫"小东北"的女孩，越是见血越上劲。我的几个小哥们儿与他们真是相形见绌，喊得响叫得凶，见了血，腿哆嗦。没办法，只好甘拜下风。不过，杰哥很讲义气。他赢了也不吃独食，说是大家都得有钱挣。从那以后，我就和张杰成了好朋友。说完，他又拍着肖祥的肩膀说，你们有什么难事怎么也不告诉兄弟一声。不管怎么说，北京我比你们熟悉，能找个地方让杰哥待着，不至于跑国外去。

"鬼子"上前握住"刀疤脸"的手，带着几分羡慕问道：哥，你是北京人啊？

"刀疤脸"点点头。

你是北京户口？"鬼子"又问。

"刀疤脸"看了"鬼子"一眼，不解地反问道：怎么了？

"鬼子"怏怏不乐地回到自己的铺上躺下，仰望着天花板，感叹地说，我真羡慕你们有北京户口的。

"刀疤脸"说，北京户口顶个蛋用！没本事没能力没关系没门路的不照样打工照样下岗照样偷照样抢照样蹲大狱。

"鬼子"一翻身坐了起来，目光快速地在屋子里转了一遍，唏，哥哥你说得真对。我原以为这里关的都是我们这样没有北京户口的呢。你知道吗？我在网上看到的，和杰哥祥哥打架的就是你们北京孩子。那个北京孩子就没事……

肖祥打断"鬼子"的话，认真地说我和张杰没和他们打架！

"鬼子"忙说，我在网上看到了，所以我才觉得不公平。

"刀疤脸"在"鬼子"面前坐下，用力地抚摸着"鬼子"的头。"鬼子"以为"刀疤脸"要欺负他，不由自主地攥紧了拳头。"刀疤脸"看在眼里，突然出其不意地抓住了"鬼子"的拳头，笑着说兄弟别紧张。我们现在是狱友。过去人们说"一日夫妻百日恩"，咱们是"一日狱友情谊深"。什么北京人外地人，等以后出去了，咱们一起做事。

"刀疤脸"接着说，还是先想想眼下吧。你觉得杰哥真的会跑出国吗？

肖祥摇了摇头。

"刀疤脸"肯定地说，我敢断定，杰哥是躲在外边想办法报复那个陷害你们的孙子。肖祥一听，急了，抓住"刀疤脸"的胳膊，问道：你觉得张杰会干什么？"刀疤脸"故作深沉地想了想说，我也不知道他现在处境怎么样，做了什么样的准备。我只能凭我对他的了解猜测。他要做就会做出一件轰轰烈烈的大事。

你是说杀人？肖祥惶恐不安地问道。他见"刀疤脸"没回答，急得在屋子里走了几个来回，额头上沁出了汗水。突然，他走到门前，高声呼喊：警察叔叔，我有话要说！

"刀疤脸"一把将他拖住：你，你要干什么？

肖祥说我不能让张杰真的犯罪。他要因为我铤而走险。我要制止他，制止他！

这时，狱警听到肖祥的叫声走了过来，问了情况后，把肖祥带到了副所长的办公室。副所长见肖祥十分着急，就给他倒了一杯水，让他沉住气，慢慢说。肖祥把"刀疤脸"的话改成自己的猜测，恳切地对副所长说我想给张杰发条信息，劝他不要铤而走险。副所长很喜欢眼前这个孩子。他从进入看守所以后，既没吵过也没闹过。在预审提审时，他也是心平气和地讲述那天晚上发生争执的经过，检讨自己"不冷静"的错误，既没有埋怨任何人，也没有对抗情绪。他只提过一个要求：自己马上要考试了，希望能把他的书送来，好好复习复习。当时，预审的几个民警都很感动。书送到后，他就利用一切时间看书。今天，他又主动提出给张杰发信息，劝张杰不要盲目冲动，做出害人害己的事来。副所长问他：你又不知道张杰在哪里，现在用的什么号的手机，怎么给他发信息？

肖祥说张杰懂得东西很多。他肯定能想到你们警察会监听，早把手机换号了。我想了一个办法，就是群发。和他关系比较密切，来往比较多的那几个人，我都给发，我的记忆力好，我记得住他们的号码。张杰只要和他们中间任何一个人联系，就会看到我的信息。

肖祥好像已经考虑好了，接过副所长的手机，用了几分钟的时间就写好了信息，让贾副所长先看了一遍。他在信息中说：张杰，我是肖祥。你不要闹出什么事来，你要是还当我是朋友是兄弟，就听我的。为了我们的将来，千万别冲动。我不是骗你，也不是被人逼着给你发信息。我的话都是发自心里的。

副所长看完肖祥的短信，心里很不平静。他感慨万千地拍了拍肖祥的脑袋，想说什么，又没说出口。

肖祥把信息发给了张刚和他知道的张杰的朋友，同时也发给了宋肖新。

二

张杰从天一黑就处于焦虑、惶惑和紧张之中。因为没有任何信息来源，他无法确定汪天大现在何处，也不知道孙泉、"小东北"的情况，就像一个临战前的指挥员不了解战场和敌方的情况，无法制订作战计划一样，一时间举棋不定。他有几次想打发"大别山"出去打探一下消息，又怕暴露目标。

梅子去市区一直没有回来。他理解梅子的心思，如果梅子回来，就要开门营业，那样出出进进的人多，会对他和"大别山"的安全构成威胁。"大别山"几次向他建议给大个子和"小东北"打个电话，他都没有同意。他听犯过事的哥们儿说，现在警察的侦查手段非常科学和先进，说不定早就张好网在等待他。他不想冒那个风险。

时间是世上最无情的，也是最公平的，它从来不照顾任何人，毫不迟疑地一分一秒地向前走。不管是位高权重的高官还是平民百姓，只有在时间面前才最平等。张杰眼看着时间已到了早上九点，心里更加焦躁不安。他从窗帘的缝隙向街上张望，见斜对面的老孙家饭店门前车水马龙，街上一些小吃摊也红红火火，来来往往的行人络绎不绝，还有一些上了年纪的老人，改不了在农村老家养成的习惯，搬着小板凳，拿着扇子，在街道边一溜儿排开，一边乘凉一边聊天。整条街上一片热闹景象。他出了一身冷汗，仰着脖子，嘴对着自来水龙头，喝了几口冷水，心里才觉得清凉了一些，对"大别山"说再睡一会儿吧。不管怎么样，咱今晚都得干！

"大别山"抱怨地说孙泉和"小东北"特不是东西。明知咱们在等消息，一点消息也不给。他气得呼哧呼哧直喘粗气，张杰硬是把他拉到床上，让他躺下。张杰正要躺下，门外响起了梅子和一个男人的对话。他一下子就听出那个男子是他哥哥张刚，惊恐万状地跳下床。梅子真够阴的，竟然把我哥叫来了。他拉起了"大别山"，低声嘱咐他做好跑的准备。

门外的说话声十分清楚。张刚纳闷儿地问：梅子，你这么晚从哪儿回来？怎么没见你孩子？梅子答道孩子在我姑妈家睡着了。我不想叫醒她。这大热天带孩子挤公交车，我姑妈也不同意。张刚又问梅子：你这里每天来来往往的人多，听没听到我弟弟的消息啊？梅子说我这里是理发店，来的都是理发的，又不是派出所，怎么会有你弟弟的消息。不过，我倒是听人议论，你弟弟是被姓汪的冤枉、陷害的。张刚叹气说就是因为被冤枉，他心里才不服气不认账，想着干点什么。这最叫人担心了。梅子没有说话。停了一会儿，才问张刚你这么晚了要去哪里？张刚说我怕我弟弟一时犯傻，对姓汪的做出点什么事来。叹息一声又说，两个差不多大的孩子，怎么就想的做的不一样？他说着掏出手机，打开肖祥的信息给梅子看，说肖祥给我和他姐姐肖新都发了信息。这信息是给我弟弟的。

梅子看了信息说，这孩子真了得，眼界宽，心里亮。你能不能把这条信息转发给我？张刚惊讶地看了梅子一眼：你能联系上我弟弟？

梅子赶忙解释说我哪有那能耐！我和你弟弟也不太熟悉，他怎么会和我联系。我那去的人多，可以帮着打听打听。

接着，是张刚渐渐远去的脚步声。再接下来，是梅子开门的声音。张杰听到这里，一颗吊着的心才放下来。他等梅子进了屋里，突然上前把她紧紧抱在怀里。

兄弟，别这样……梅子慌张地推了一下张杰。但是，不知是她用力不够还是张杰抱得太紧，她没有挣脱张杰的怀抱。张杰打了个愣，他不明白梅子为什么突然不接受他的亲热。黑暗中梅子的眼睛像潭深水，里面是飘忽的两点星光，就像在一片海洋中动荡的两只小船。他不由得问了一句，姐，你是不是害怕了？

梅子摇了摇头。张杰的胸脯贴着梅子的胸脯。他明显地感觉到梅子快速的心跳，她用手轻轻地捧起张杰的脸，低声问道：你喜欢姐吗？张杰点了点头，脸埋进梅子的双乳间。

梅子感到眩晕时，张杰把她抱起来。梅子幽幽地哼了一声，紧紧地搂住了张杰。

梅子觉得自己飞在空中。

张杰把梅子放下来时，她感到地有些绵软，梅子把头倚在张杰身上。张杰抽了一支烟，说，今天一天不见你，我都像热锅上的蚂蚁一样，我觉得我真的喜欢上你了。

梅子严肃地说，你要是喜欢我，就听我一句话，挺着胸脯走出去，和姓汪的堂堂正正地在法庭上理论理论。她想，张杰和肖祥的遭遇得到社会上的极大同情和支持，眼下他没必要东躲西藏，完全可以光明正大地同姓汪的在法庭上交锋，揭穿姓汪的，不必再铤而走险。她说，兄弟，我知道你心里不好受，不服气。可你想过没有，你和肖祥本来没有罪，是被姓汪的冤枉的，如果堂堂正正和他打官司，打赢了，你和肖祥不仅可以洗清罪名，还可以让姓汪的赔偿你和肖祥的精神、名誉损失；如果你去报复姓汪的孩子，伤害了他，你就是真正的罪犯。

张杰没想到梅子绕了一个圈子，是劝他放弃对汪天大采取报复行动。他恶狠狠地说我就是坐一辈子牢，也得出这口气。

梅子说出气的方式多了，不一定都要杀人，最蠢的人才那么干。就拿姐姐我来说，年轻貌美，又是个寡妇，多少男人打我的主意。有的来到店里理发，在我身上摸一把挠一下，有的还趁没人的时候抱我搂我。他们得不到我，就在外放风造谣，说我怎么怎么样。说实话，我对他们哪一个也没动过心。你说我恨这些坏男人吧，打心眼里恨。但是，我不能拿剃刀把他们的喉咙都给割了吧。我也不能把他们拒之门外吧。我是做生意的，开店没人来理发，那还不喝西北风。

张杰听了梅子的话，心有所触动，轻轻地叹了一口气。

梅子看时机到了，就把肖祥的信息让张杰看了。张杰看第一遍，骂了一句我这个哥哥真傻。看了第二遍，他沉默了。看第三遍的时候，他突然泣不成声地叫了一句祥哥。梅子感觉到了张杰的情绪变化，然后对他说，过去姐一直把你当大孩子，姐不怕你笑话，实话告诉你，包括我以前的那个男人，没有一个男人像你这样让姐真心真意。但今晚以后，咱就是亲姐弟，姐一心希望你赶快了结这件事。

三

李跃进是上午十点被韩土改请到汪光军在天大花园家中的。韩土改的行踪非常神秘，先是打电话把李跃进约出家，然后又和李跃进在街上转悠了一会儿。李跃进急了，老韩哥，你有话就直说，别耽误我的时间。我不像你不愁吃不愁喝。

韩土改笑着劝慰他说，你不就这几年没活干了才闲得慌吗？我现在就是要带你去找活，而且是个大工程。

李跃进的心怦然一动，问：是不是天大花园二期拆迁的活？没等韩土改回答，他一屁股坐在马路牙子的砖头上，点燃了一支烟，边抽边说，这活让张刚带人去干吧。我打算回老家盖房子，以后就在老家安安心心养老啦。韩土改看了他一眼，笑了笑。兄弟，你别给老哥玩里格楞。你哪一次做梦不想着东山再起，不想着把张刚踩在脚下？李跃进一口接一口地抽着烟，眼睛也没抬。韩土改拉了他一把，他半推半就地跟着韩土改进了天大花园。

汪光军正在打电话，见韩土改和李跃进进门，眼皮也没抬，拿着手机到阳台上继续通话。韩土改和李跃进两人只好站着，你看看我，我看看你，显得十分尴尬。

汪光军这个电话通了二十多分钟。通话结束，他大模大样地朝沙发上一坐，点燃了一支雪茄，指了指沙发，让韩土改和李跃进两人坐下。李跃进的屁股还没坐实坐稳，汪光军一句话又把他吓得站了起来。汪光军说老李你不简单啊！给我玩起斗智斗勇了？

李跃进的脸一下子红到了脖子根。他不等汪光军往下说，慌忙解释说，汪老板你别误会，我，我李跃进可以拍胸脯向你保证，我没掺和你们的事。不信，你问问我老韩哥，我一直是在劝肖家张家熄火，不要和你作对。

韩土改点点头。他也不清楚汪光军为什么要诈李跃进。

汪光军冷笑了几声，说我不怕什么人和我作对。他们算什么？老子一个电话就让他们滚出北京。

韩土改和李跃进都吓得不敢说话。李跃进在裤兜里摸索了一会儿，想拿出支烟抽，最后还是没敢拿出来。

汪光军头靠在沙发上，两眼仰望着天花板，慢腾腾地说，这两天有人在网上发帖子攻击我和我儿子，说我儿子的脑震荡鉴定是假的，是我花钱找人做出来的，还说我儿子要撤诉……

他的话让韩土改松了口气。因为汪光军说的网上发帖的事和他都没关系。韩土改虽然经常见女儿上网，但弄不清上网是怎么一回事。

汪光军突然盯着李跃进，目光有些凶狠，说话也咄咄逼人：我已经查清了，上网发帖子的是个女孩子，就在十八里香的一家网吧，那个女孩子上网的照片我也拿到了！说完，他从包里取出几张照片扔在李跃进面前。

李跃进从汪光军说出是个女孩子那一刻起，心就狂跳不停。他脑子飞快地转动着，回想着小女儿李京生这两天的表现。难道是京生干的？她为什么要这么干？汪老板如果知道是京生干的，会是什么样的后果。汪光军把照片扔到他面前时，他犹豫了一会儿，不敢拿起来看。韩土改见场面有些紧张，拿起照片看了一眼。千真万确，照片上的女孩子就是李京生。虽然网吧里灯火昏暗，又是拍的侧面，但仔细看一下还是能够认出来。韩土改明白，汪光军想要知道的事情，就一定能弄得清楚。他为了控制自己的情人，甚至用上了私家侦探和国际上最先进的侦查设备，情人和什么人通电话，去哪里做了什么，一举一动都在他的掌控之中。有一个女孩曾对韩土改诉苦说过：和姓汪的相处，就一字，累！韩土改还知道，汪光军为了控制一些官员，也采用了跟踪、盯梢以及录音等手段，到了关键时刻拿出来的东西能置人死地，没人敢不就范。此刻，他想到假如李跃进认了照片上的女孩是自己的女儿，汪光军绝不会善罢甘休，一方面会给李跃进施加压力，一方面会给他压担子，让他出面摆平十八里香的父老乡亲。而这两点对他都没有任何好处。他对汪光军说，这女孩子照片不太清楚，也不一定就是十八里香谁家的孩子。说着，他给汪光军递了个眼色。

汪光军明白韩土改的意思，没让李跃进看照片，就把照片放进包里，然后换了个口气，对李跃进说，这件事我会查到底的。今天请老李来，主要是想谈谈拆迁的事。天大花园二期要拆迁你们知道了吧？

李跃进长长地舒了一口气，实事求是地回答，这事是居委会韩主任在管。汪光军恼怒地拍了拍茶几，居委会主任算什么屌官，凭什么管拆迁的事？说完，他摸起手机就给冯援朝拨了个电话：冯区长啊，我那二期拆迁的事怎么交给了居委会？这居委会一没权二没钱三没人，一帮子老头子老太太能干成啥事？我跟你说，队伍得我自己来挑。

汪光军放下电话，让李跃进先回去，说是和韩土改还有事商量。李跃进一出天大花园的大门，顶头碰上放学后往家走的小女儿李京生。他窝了一肚子的火，上去一把揪住李京生，噼噼啪啪就是两个耳光。

李京生突然受到父亲的抽打，也一时茫然不知所措，哭闹着冲李跃进又踢又打，你干吗打我，干吗打我？

李跃进吼道你做了什么坏事自己不知道吗？我打你，我打你都是轻的，要是被人查出来你上网，你的小命都没了！

李京生听明白了李跃进的意思，也清楚了李跃进打她的缘由，不服气地说，他当老板的可以干丧尽天良的事，为什么还怕人家网上骂？我说的都是事实，没有编谎。

李跃进骂了一句：我 × 你妈，举起手要再打李京生，被人挡住了。这人是正巧路过的张刚。张刚说好你个李跃进，亏得我们还叫过你"乡长"，你不觉得亏心？闹了半天，你是在拿京生替姓汪的出气。他说着，就势给了李跃进一个顺手牵羊。李跃进一个跟跄，好在张刚没有再下绊脚，否则就会摔个狗吃屎。他转过身，弯下腰低着头朝张刚撞过去。这一招在他老家乡下叫"拾头"，也就是用头撞人，两层意思：一是撞着了你就够你受的；二是我把头让你打，你总不敢打我的头，那可是致命部位。张刚不是等闲之辈，早已闪开身子。李跃进的头撞到了另一个人身上，那人疼得当时就蹲在了地上。

这人是赵家仁。李跃进和韩土改进天大花园时，被正在买菜的冯萍萍看见了。冯萍萍回到家就告诉了赵家仁。赵家仁的心里像打翻了五味瓶，酸甜苦辣咸一齐来了。×你李跃进的姥姥，想吃独食呀？你明着说不想和人争，弄得乡里乡亲的面子过不去，暗地里却通过韩土改个老小子找姓汪的老板说情。你不仁别怪我不义。你以为十八里香这些外来老乡就你缺钱用？他原打算等李跃进回来向他讨个说法。没想到遇上了这样的场面，还白白被李跃进撞了一头。他骂李跃进：你那么狠心干啥呢？就算你一头撞死我，就没人和你争活争钱了？

李跃进听得出赵家仁话中的意思，委屈得直咧嘴，说，你就别跟着上眼药了吧。人家姓汪的找我是让我管教闺女。

张刚在一旁骂道，你是姓汪的养的狗啊？他让你管教你闺女，你就那么听他的。京生替老乡打抱不平，你为这事打她，就是打咱所有老乡的脸。你就不是个东西。

赵家仁一下子弄不清李跃进和张刚争论的焦点，拉上李跃进进了老孙家饭店。张刚当然不好意思跟着，也就忙活自己的事去了。

李京生挨了爸爸的一顿耳光后，既感到非常委屈，又感到非常气愤。她把委屈和气愤都归罪于汪光军的身上。你仗着有钱有势欺负我们外来人，还理直气壮，太没有道理了吧？你可以随心所欲做你想做的事，凭什么不让我们喊几声冤叫几声屈？你越是这样，我偏不服你。她连家也没回，饭也不吃了，直接到了网吧。

小姑娘，你回去吧。我们这个网吧装修不营业了。网吧的大门紧闭，一个认识她的保安对她说。李京生探头向里边看了一眼，发现网吧里关着灯，没有人在上网，但是也没有装修的迹象。她心中奇怪，这家网吧不久前刚刚装修过，怎么又要装修？她问那个保安：你们不挣钱了？那个保安四下看了一眼，压低声音对她说有人给我们老板一笔钱，让我们老板先关张几天，说我们再营业就把网吧给砸了……

给你们老板钱的人姓汪吧？李京生马上想到这事是汪光军做的，目的是为了堵十八里香人的嘴。那个保安摇头说我不知道。那个老板很厉害。他还花钱买走了我们网吧的录像。

李京生一下慌了神。这事毫无疑问是汪光军干的，是冲着上网发帖的人来的。这就告诉了她，汪光军已经注意到了她，或者说已经发现了她。她的腿突然抖起来，心也跳得急了，慌张地四下看了看，觉得周围有眼睛在看着自己。她快步朝家里走去。她没想到，一场急风暴雨在等着她。

四

李豫生进了家门就找李京生，李京生，你给我滚出来。

李跃进的媳妇告诉她李京生还没回来。她一听火了，这都几点了啊？别人家的孩子都回家了。她是不是又跑去上网发帖子了？她一边嚷嚷，一边到李京生的屋里翻腾，枕头下边，被子里边，李京生放书的箱子，全都让她翻腾得乱哄哄。李跃进的媳妇在一旁着急地问她：出了什么事，让你着急上火？

李豫生说咱家出了个小丧门星，要大祸临头了。

李跃进的媳妇吓得脸色苍白，浑身哆嗦，抱着李豫生哭出了声：豫生啊，是不是京生惹了祸？事大不大，你给妈说实话。

李豫生一把推开妈，埋怨道：你还好意思问？你和我爸平时都怎么管教的她？

李跃进的媳妇摸不着头脑，嗫嚅地说京生这孩子老实巴交，胆子还没你一半大，她，她能惹啥祸？会不会弄错了？

李豫生火了，指着李跃进媳妇吼道：你看看你看看，这就是你和李跃进对她的态度。从小就夸她聪明、老实，说我不给你们争气。这些我都忍了。

可是，你们对她的事不管不问，让她胆子越来越大，大到把天捅个窟窿。

李豫生是在李跃进从天大花园出来后，接到的汪光军的电话。汪光军一开口就臭骂了她一通：李豫生你个臭婊子跟我玩起阴的了。是不是我没答应让你当天大的形象代言人，你就怀恨在心。你怀恨在心就对我明着来，让你妹妹一个小屁孩上网发帖子骂我臭我算什么本事。你是不是活腻了？

李豫生如坠云里雾里，问：你说什么网吧发帖？我听不懂。

汪光军说你别给我装。我现在就给你说一句话。你赶快让你妹妹给我停下来。她是小孩子我不计较，可是我不放过你和你爹你妈两个老混蛋！你和冯援朝睡觉的录像明天纪委就能看到。说完，他就挂断了电话。

李豫生不是傻子。她想了一会儿，就弄明白了汪光军的意思。她也知道网上炒汪光军给其儿子做假鉴定、陷害肖祥和张杰的事。但是，她无论如何也不敢把这事同自己的妹妹李京生联系起来。她连妆也没化就朝十八里香赶。一路上，她在反复想着这件事。汪光军是个什么样的人她太了解了。李京生弄不好连小命都可能搭进去。她想得更多的是李京生为什么要做这种事。你一个初一学生，好好念书学习才是本分。她坚信李京生是受人胁迫或者说上当受骗。得把这事给京生、给家里说清楚，想起汪光军她心里就哆嗦。

李豫生把事情向她妈一说，她妈着急了，巴掌拍得山响，脚也跺着地，咦……唏，这孩子怎么能惹这大的祸呢？说着，抬头看了看天，又看了一眼桌上的小闹钟，额头上的汗珠滚下来，今儿已经晚回二十分钟，会不会出什么事了呢？一边说一边低头朝床下找鞋子。李豫生拦住了她，说现在还没那么严重。再发展下去就不好说了。你一定得看着她管着她。她妈一下子把她紧紧搂在怀里，泣不成声地说，豫生，你可不要吓唬妈。李豫生猛地推开她妈，不满地说大祸临头你知道急了，早干啥了？

她妈脸色苍白，浑身发抖，说话结结巴巴：咦唏，那就把京生送老家待些天，你爸正打算回去呢。

就在这个时候，李京生回来了。她妈忙着接过李京生的书包，接着又去盛饭盛菜。李京生看见自己的床、写字桌被翻腾过，气得噘着嘴，理也没理李豫生。她白了李豫生一眼，二话没说，端起饭就吃。李豫生生气地夺下她的碗，责备地说，你惹了那么大的祸，还有心思吃饭？

李京生说屁，我惹什么祸了？

李豫生说你还挺会装。网上发的汪光军汪天大爷俩的帖子是不是你干的？你以为做得天衣无缝，不会有人知道，人家早就监控你了。孙猴子以为自己本事大，十万八千个跟头也翻不出如来佛的手掌心……

李京生针锋相对地说，我光明正大上网，发帖子说的是事实，不怕他。我才不怕别人知道，知道得越多越好。让大家看看世上有姓汪的这样的人！

李京生长这么大，第一次对李豫生硬碰硬地说话，让李豫生感到惊异。她问是谁让你上网发这样的帖子的？李京生问你真想知道吗？

李豫生火冒三丈，怒吼道：你老老实实地告诉我！她妈听见姐妹俩吵吵，也过来劝李京生：你姐问你话，你就给你姐实说。李京生挺了挺胸脯，指着胸口窝，认真而又坚定地说良心，是良心让我做的。接着又嘲讽地说，我不像有的人，为了自己平安，为了从老板那儿挣钱，连良心也不要了。

她的话把李豫生给说哭了。李豫生指着李京生，对她妈说，妈，你听听你们最听话最老实的闺女说的啥？良心，良心，你知道良心长在哪里吗？我告诉你，我要是没良心，就不会供你上学，我要是没良心咱妈的病就不能治好，我要是没良心你在北京连这样的房子也住不上……

她妈也在一旁数落李京生：这个不知好歹的丫头，怎么这样给你姐说话。你姐说你也是为你好。你姐不说你，哪天那个老板花钱雇人把你装麻袋里扔河里你哭都没人应。

李京生不想听妈妈和姐姐像开批斗会似的，你一言我一语没完没了。她抓了个馒头就走。她妈在后边又喊又叫，还拉了她几次，她理都没理。她妈回过头又埋怨李豫生，看看你这当姐的弄啥呢？多天不回家，回家一趟就不能好好给她说。她要真有个三长两短，你当姐姐的有多好看呀？

李豫生没想到会是这种结局。她气得鼻子眼里冒火，脸色铁青，饭也没吃就走了。

这事一定是肖辉写好文章交给宋肖新，宋肖新让李京生做的。她心里愤愤地想。好你个宋肖新，自己家的事非得把别人扯进去。这还不说，你自己和汪光军打得火热，挤破头当他的企业形象代言人，却让我们家京生给你当炮灰，上网发帖子。你，你还是人吗？她拨通了宋肖新的手机，连句客气话也没说，就向宋肖新开了炮：宋肖新你还是人吗。有你这样当姐姐的吗？我们家京生才多大，你就把她当枪使唤。你自己和姓汪的腿穿一条裤子里了，还反过来害我们家的人。

宋肖新也反骂她，放屁！我怎么把京生当枪使唤了？你自己不要脸，以为别人也和你一样不干净。

李豫生说我是先不要脸，那时我啥也没有。你呢，你现在啥都有，还干不要脸的事，不是更不要脸吗？

宋肖新说我问心无愧，不像有的人睡觉做梦都不踏实。

李豫生说你问心无愧？你问心无愧就上网看看你自己，别装聋作哑跟没事一样。你就是当选上天大的企业形象代言人也不光彩！李豫生冷笑一声挂断了电话。她了解宋肖新。她这一番话一定会让宋肖新暴跳如雷。你不是拿我们家人当枪使吗？我就是要逼着你自己去蹚地雷。

果然如李豫生预料的一样，宋肖新听了李豫生的话，气得七窍生烟，把碗筷也扔了。她打开随身带的手提电脑，上网搜寻了一下自己的名字，的确有两张最新的照片，一张是她和汪光军在高尔夫球场打球的，一张竟然是她的裸照。这张裸照虽然是侧面，但能清晰地看出她脸型的轮廓，而和她拥抱的男人的脸则是完全被遮挡的。这两张照片的文字说，她为了争天大企业形象代言人和销售代理，私下频繁约会天大的董事长汪光军，两人关系火速升温……这两张照片下边有好多跟帖，都是骂她的，即使有中性的也是表示"在物欲横流的社会，潜规则可以理解"，说到底是换个方式骂她。宋肖新气得浑身发抖，举起手提电脑就要往地上摔。手举到了半空，准备往下摔时，又犹豫了。她想，摔了手提电脑，损失的是我自己的钱，那不傻吗？她想到这里，自嘲地笑了。

第十七章

一

　　冯功铭在办公室的沙发上睡了一上午。他手机关了机，办公室的电话线也拔掉了，有人敲门也不开，弄得所里的同事既莫名其妙又非常着急。有的猜测他是失恋了，有的以为他在为案子焦虑……反正大伙都不敢去惊动他、打扰他。

　　到了中午时，不知谁给他发了条短信，冯大律师，网上有你女朋友的照片，你看了就会恍然大悟。他犹豫了一会儿才上网搜索了一下，果然，在骂汪光军的跟帖里，有两张宋肖新的照片。一张是宋肖新在后海酒吧同汪光军交谈的照片，两人几乎头挨着头，一副亲密无间的样子。一张是她和一个男人在床上的照片，那个男人是背面，她是正面，照片不知是拍摄的问题，还是经过处理，有些模糊。他一开始心里隐隐不快，咬牙切齿地骂宋肖新欺骗了他。可是，再仔细研究一下照片，就发现了漏洞，而且马上想到这是阴谋。宋肖新和汪光军在后海酒吧见面的过程他全都看见了，她与汪光军接触的目的不在争天大的形象代言人和销售代理，而是为了肖祥和张杰的事，甚至是想报复汪光军。他一时弄不清这两张照片是什么人发到网上的。毫无疑问不是宋肖新，她不至于故意把照片发到网上，告诉竞争对手自己通过"潜规则"已与天大集团的老板达成了默契。那就是汪光军，或者是汪光军指使的人。汪光军的目的又是什么呢？他本身就不想让宋肖新入选，故意制造舆论焦点？抑或是为了报复网上对他和他儿子的指责，把矛盾转移到宋肖新身上。网上确实有骂宋肖新拿自己同母异父弟弟的名誉，作为自己出名和挣钱的条件的跟帖。这就说明跟帖人了解汪光军—宋肖新—肖祥之间的关系。他觉得自己在这个时候应当为宋肖新做点事，哪怕精神上或者道义上的支持。

如果单凭这两张照片就对宋肖新说三道四，未免有失公正。我首先质疑照片的真伪。第一张在酒吧的照片无法让人信服。你看，那女孩子对汪老板的眼神明显带着仇视，不要说她想求汪，就是普通的熟人、朋友，她也应当表现出一点热情。第二张床上照片造假更明显。一条隐隐约约的缝隙，告诉眼睛雪亮的人，这张照片是拼接上的。

当然，我也是一家之言，仅供各位网友参考。不过，发帖的无论是什么人，目的却只有一个，就是朝宋肖新身上泼脏水，让她放弃竞争"天大"企业形象代言人的机会，放弃为她弟弟争正义、争尊严的权利。我觉得，这应当是我们必须旗帜鲜明反对的行为。因为在我们这个市场经济还不完善的阶段，用这种人身攻击、造谣诽谤的手段是一种倒退……

他发出帖子后，突然想起宋肖新后背的左侧有一颗黑痣。他惴惴不安地重又上网找到了那张裸照，这一看他才发现，那个裸照上的女孩后背的左侧没有黑痣。他几乎要发疯了，跳起来在屋里转了几圈，然后又发了一个帖子：

照片上的女孩子完全是假的，因为她的后背左侧没有黑痣，而真正的宋肖新恰恰在那个地方有一颗非常明显的黑痣。我是她老公，以我和宋肖新纯洁的爱情发誓……

　　然后，他发了一张宋肖新的照片上去。发完帖子，他心里舒坦了一些。没多会儿，跟帖就出现了，有的骂发那两张照片的人阴险、无耻，有的夸宋肖新长得纯美，还有的说宋肖新摊上这样的老公是福气。

　　他痛痛快快地睡了一个好觉。起床后，按照原定计划去拘留所见肖祥。他没有提高律师的话，而是动员肖祥申诉。他说，你要相信自己，相信法律，就应当正当行使法律赋予自己的权利。

二

　　肖祥的申诉材料当天晚上就到了区委书记和区政法委书记的手上。区委书记写了一大段批语，要求尽快弄清事实真相。他动情地写道：看了这个初中生的申诉材料，我很感动。尽管现在尚不清楚他申诉的内容是否属实，但是，整篇看不到一个指责、批评办案的字，没有一句抱怨政府、抱怨社会的话，同时也看不到心灰意冷的表达。他只有一个请求，就是放他出来，他要回老家去继续读书。这就是我感动的原因……请冯援朝同志督促有关部门尽快落实区委的意见，明天我和区委的其他领导一起听汇报。

　　区政法委书记一边找冯援朝协商，一边指示分局等相关参与此项工作的人员加快工作。他严肃地说这孩子已经被关一周多了。我们都是身为人父，设身处地想一想，假如是自己的孩子会是什么样的心情？一天也不能再拖！

　　冯援朝看到区委书记的批示和肖祥的申诉材料时，已经是下班以后。他并没有把肖祥的申诉材料和区委书记的批示当回事。他在官场多年，深谙为官之道，就说领导批示吧，并非件件都有落实。领导真正关心、真正重视，根本不需要批示，打个电话或叫到办公室交代一下就可以。再说，这个案子是有司法鉴定的，做鉴定的法医现在外地休假，找谁调查去？他的意思是拖一拖，给汪光军充分的准备时间。他把材料和批示朝包里一放，想明天再处理。

冯援朝当然也心有余悸，事态如果朝不利于汪光军的方向发展，对他来说肯定不是好事。不过，他不相信事态会朝坏的方向发展。只要那个医院做诊断的医生和后边做鉴定的法官不把汪光军咬出来，汪光军就没问题。即使他们说出真相，汪光军也可以把责任朝高律师身上推。最后责任推不掉了，汪光军一个私营企业老板，最多是社会声誉受点影响，也不至于追究法律责任。那么，他本人就更平安无事。

司机把冯援朝送到他家的楼下，冯援朝并没有回家，到地下车库开上那辆不起眼的黑色丰田，悄悄地去了天大花园。两天没过来了，有些放心不下。毕竟那个年龄比他小三十岁的女孩子不是自己的老婆，不可能和自己过一辈子。他知道这女孩过去和汪光军有过一腿，也猜得出她和他的第一夜处女膜是做的，还了解她就是十八里香的外来工子女。他之所以不点破，就是他心里清楚这女孩迟早一天要离开他。他也没有告诉女孩自己的真实身份。不过，他从第一次和她在一起就给她约法三章，不允许她在陪他期间再有别的男朋友。即使这样，他心里还是不踏实。

李豫生除了能施展自己服侍男人的本领，让冯援朝离不开她，还有一点让冯援朝喜欢的，就是她坚守做情人的潜规则，不打听他的单位和职业，不干涉他的时间和交往，不过问他的收入和家庭。只要我想得到的你满足了，那些对我来说毫无关系。她唯一不满的是他给她的自由太少了。有时想想，不就几年吗？怎么也能挨过去。

她对冯援朝的习惯已经很熟悉。冯援朝每次过来，如果打算过夜，在路上给她打电话，让她做几道他喜欢吃的菜。同时，上楼时会把书包带来，吃了饭，看一会儿电视，再看些带来的材料。如果不在这里吃饭，也没把书包带来，就说明不会在这过夜。今晚，冯援朝在路上就打了电话来说来这吃饭，她知道冯援朝今天会在她这里过夜。

果然，一切如往，吃饭，看电视，然后看材料，冯援朝的节奏掌握得非常准确。不过，他这次不知为什么违了章，把看了的材料放在桌子上，就进卫生间洗澡了。李豫生本来不想看那材料，她从来没有犯过这样的错误。可是，她在收拾冯援朝扔的水果皮时，无意看了一眼，肖祥两个字跳进了她的眼帘，让她惊奇地一口气看完。这一无意中的发现，把她吓得魂飞魄散。如果真的追查出来材料反映的问题属实，汪光军成了倒霉蛋，她又和汪光军上床、收了汪光军的钱，做了伪证的事可能会大白于天下。不用说姓冯的还会不会管她，就是十八里香父老乡亲的唾沫也会淹死她。她害怕了，确实害怕了，头脑里一片空白。直到听见卫生间的门响，才赶忙一头钻进卧室，爬到床上，假装无事地翻着一本新买来的时尚杂志。

冯援朝一骑到李豫生身上，就敏锐地感觉到了李豫生心中有事。男人就是这样，如果在做爱时感觉到女人配合不默契，或者说不主动，兴趣会大减。事完之后，他开门见山地问她，你有心事？

李豫生忙说没有，又反问他：怎么了？

冯援朝严肃地说有话直说，等我不想听了，想说也没机会。

李豫生犹豫了一会儿，小心翼翼地回答说，我，我想问您天大企业形象代言人定了吗？

冯援朝沉默了一会儿，突然穿上睡衣走到客厅里，灯也没开，坐在沙发上抽起烟。他平时很少抽烟，尤其是从来不在办公室和家中任何一个房间里抽烟。李豫生看着客厅里一明一暗的烟火，心里徒然生起一种失落感。我和这位冯副区长到底算什么？不光没有人身自由，就连话语权也没有。她翻了个身，又想，宋肖新是你儿子的女朋友，你那么全力以赴地帮助她当天大企业形象代言人，为什么不帮我？说到底你就是把我当成一件发泄工具。过几年你玩够了玩腻了，就把我当作一只破鞋扔掉了。没那么便宜的事！这一回你要是不帮我当上天大企业形象代言人，别想再让我跟着你。我玩死你。她咬牙切齿地在心里发了誓。可是，转念又想你拿什么和人家玩？真的让你去和他拼个鱼死网破你会吗，你又值吗？她就这样翻来覆去地想着。冯援朝在客厅里咳嗽了一声，她假装没听见。冯援朝低声叫了她一句，她没有搭理。冯援朝进了卧室，开了灯，站到她面前，她才惊慌地坐起来。

你……冯援朝的确很生气，两眼几乎要迸出眼眶。可是，他的目光落在李豫生两只高高耸起犹如雪峰一般的乳房上时，目光一下子变得柔和了。他突然扯开她的两腿，下身再一次进入了她的身子里。这一回，也许是因为他的占有欲猛烈，竟然做了很长时间。越到后他一边用着劲，一边气喘吁吁地对她说，我爱死你了。我明天就找姓汪的，让他定你当代言人。

李豫生轻轻咬了一下他的舌头尖，姓汪的会不会倒霉、完蛋？

冯援朝这时也完事了。他把李豫生拉起来，盯着她的眼睛，问你是不是偷看了我的文件？李豫生说什么叫偷看。你放在茶几上，我无意看了一眼。冯援朝朝床上一躺，长叹一声，自言自语地说，这些老板，总爱制造不稳定因素。开车撞人，拆迁打人，抢地盘伤人，造假害人……没有他们不敢做的事。

李豫生没说话。她不敢再轻易开口。她这一会儿也没闲着，到卫生间冲洗了一下下身的部位，又拿湿毛巾给冯援朝擦了下身，然后帮着冯援朝按摩。冯援朝突然翻身坐起来，目光咄咄逼人地看着李豫生：我想起来了，肖祥的申诉材料上说，当时你也在现场，是吗？

李豫生心里一阵紧张，赶忙点了点头。冯援朝问警察取证时没找你调查吗？李豫生如实地回答说找了，还有你儿子、你儿子的女朋友都找过我。我给他们说我没看见。冯援朝说不对。肖祥的材料上说你还跟着骂了姓汪的孩子一句别欺人太甚。你为什么做假证？是不是汪光军找过你？李豫生连忙摇头。她认识冯援朝是汪光军介绍的。冯援朝曾经问过她是不是和汪光军上过床，她回答没有。冯援朝当时冷冷一笑，说他能放过你？如果她现在承认汪光军找过她，冯援朝一定会对她和汪光军之间的来往和关系生疑。她说汪光军托人给我打过电话，问我当时是不是在场，我说没看见。冯援朝半信半疑，上上下下看了李豫生一眼。他躺下后，等到李豫生关了灯，才说了一句，这种事不能随意改口，改了口就等于承认你自己开始说了假话，做伪证要承担法律责任。

李豫生刚说了句我懂，放在床头上的手机电话铃声响起。她一看来电显示是李跃进的号码，张口就埋怨，也不看看几点了，还给人家打电话。有话就不能等明天再说？

那边说话的不是李跃进，而是她妈。她妈说要是能等我会半夜三更呵使你？京生被人打伤住院了。李豫生听了，一下子心慌意乱，语无伦次，她怎么能让人打伤？伤得重不重？她妈说她从网吧出来就在门口挨了一棍子。多亏张刚就在不远处，听到她喊叫赶到了。要不然，她小命都难保。这孩子，怎么就那么倔呢……说着就哭开了。李豫生急了，你哭管个屁用。她人在哪？她妈说在社区医院，医生正在缝她头上的口子。你爸让我给你打个电话。

李豫生一直在黑夜中通话。她知道冯援朝在听，对冯援朝说，老公，我得去看看。不管怎么说，京生是我妹妹。

冯援朝的确也一直在听李豫生和她妈妈的通话。他比李豫生想得及时，想得深刻，想得全面。李豫生的通话还没结束，他就想到这事肯定与汪光军有关。他早晚会把天捅个窟窿。他没有阻拦李豫生，反而帮她穿好衣服，叮嘱她不要着急上火。

李豫生到了地下车库，才想起车子送去保养还没提回来。她想回家向冯援朝借车，又觉得不妥当。正在犹豫时，保姆匆忙过来了。保姆说，先生想起你的车送去保养了，让我把他的车钥匙送下来，让你开他的车。李豫生一阵感动，眼睛发热，泪水差点儿掉下来。她发动了车，看见保姆还站在一旁，问还有什么事吗？保姆犹豫了一下说，先生让告诉你少说话。

三

李京生的确是在网吧门前遭遇的黑手。

她中午回家挨了李豫生一顿骂，心里窝火，到学校又被老师找去训斥了一通，说她在网上发帖子给学校惹麻烦，让她不要再去网吧。老师说李京生啊李京生，你和他俩无亲无故，那么多大人都不管不问唯恐躲不及，你还学飞蛾向火里扑。

李京生理直气壮地回答：他们欺负人，我看不惯。

老师说你看不惯的事多了。就这一点你看不惯吗？看不惯能管得了吗？李京生语塞了。不过，她心里压根儿不服气，硬邦邦地说他们欺负人就不行！

老师说你这孩子脾气咋这倔呢？我告诉你吧，汪老板每年都给咱这打工子弟学校投资一笔钱。他是咱这学校最大的赞助商。咱学校明年要扩建，他已经答应赞助三百万。他万一不给咱校赞助了，咱学校扩建不了，不是有更多的孩子没教室上学了？再说，咱学校老师的工资奖金你们家发呀？告诉你吧，我也同情肖祥和张杰。可是，我想想又觉得校长说得对，不能因为一两个孩子，耽误了几百个孩子……

李京生骂了句汉奸，转身跑出了老师的办公室。

整整一下午，她人在教室里，心里却一直想着怎样写一个打击力更大的帖子。放学以后，她就到校门口等待相处很好的两个同学。这两个同学一个比她高一届，一个和她同届但不同班，家都住在十八里香，所以每天放学时同乘公交车回家。比她高一届那个女孩家庭条件稍好一些，还请她和另一个同学看过电影。可是，她左等右等一直等到学校关门上锁，也没看见那两个好朋友。她给其中一个发了信息，你们怎么还不出来？急死我了。那个好朋友回了条短信，我们快到家了。京生，你别再给学校惹麻烦了。你在网上发的帖子都让删了。你斗不过有钱的。她看后肺都要气炸了。

一路上，她一直在想着帖子的内容。下了车，她找了一家新的网吧。上网一看，她发到网上的帖子以及网民的跟帖，凡是涉及汪光军做假陷害肖祥和张杰的内容被删掉许多。李京生想，你要是有本事删，我还发，反正网民一看就明白怎么一回事。你要得罪了一大片网民，肯定会引来骂声一片，那是自讨苦吃。

于是，她又写了一段话：

"假伤门"真相马上要浮出水面了。汪老板坐不住，赤膊上阵了。他请大师上门说情，许了一大堆愿：知情人只要放弃在网上揭露他，他帮着给办北京户口；十八里香的河南老乡只要不追究他造假的责任，给他们找能挣钱的活干；他还耍两面派，威胁如果不按他说的做，就让十八里香外来人"躺着出去"……网友们，快来挺一下！谢谢了。

　　从网吧出来，她觉得心里轻松了许多。人的心里不能压抑太多太重的东西，尤其是让人烦恼的东西，否则人就会感到烦躁不安，积压久了，还会像火山爆发前一样不断地运动，寻找爆发的时机，而一旦爆发则威力无穷。

　　天已经黑下来。十八里香地区的路灯亮的时间比较晚，而且像患了一种病，不是这个地方灯泡坏了没及时更换，就是那段线路正在检修没有送电，有的几十米几百米的胡同里只有一两盏灯。李京生刚从网吧出来，突然眼前一片雪亮，照得两眼睁不开，她下意识地想到是小轿车的灯光，不由停下脚步。没容她定下神来，汽车已到了她身边，一个男人骂了一句找死呢，再上网发帖就撞死你！接着，她头上一阵剧烈的疼痛，昏倒在地上。

　　第一个发现李京生受伤躺在地上的是张刚。他当时骑着摩托车正往肖桂桂家里走，听到喊叫声就停下车，看见李京生躺在地上，两手抱着头，忙问她发生了什么事情，李京生指了指汽车远去的方向，愤怒地说有个开车的打我。张刚非常敏感地意识到发生了什么事情，扯着嗓子喊起来：黑社会来了！黑社会来了！他这一喊，附近的居民全都从家里围了过来。有本地居民，有外来人，还有些在十八里香地区施工的。别看这些外来人平时各顾各的，事情一来马上就抱成一团。他们中有的握着平时干活用的工具，长的有铁锹、杠子，短的有扳手、锤子，有的老头老太太举着家中炒菜用的锅铲子、炉钩子……一时间胡同里挤得水泄不通，人声鼎沸。

　　李京生妈妈赶到了，看见女儿头上出了血，吓得号啕大哭。

　　围观的人群吵吵着，声音一个比一个高。

　　这事肯定是姓汪的指使人干的。告他！

　　姓汪的也就这点熊本事，只敢对小孩子下手。有本事把十八里香铲平？

　　连黑社会都用上了，当老板的真狠毒。

　　谁要是有本事把他弄死，我饿半个月肚子也得放一千块钱的鞭炮！

　　正在巡察的小乔听到这边吵嚷声也赶来了。他一边劝李京生的妈妈，一边和张刚一起把李京生送往医院。

　　张杰在理发店里也听到了人们的怒吼。

四

事情发生的时候，李跃进和赵家仁正在老孙家饭店门口喝酒。

李跃进过去来老孙家吃饭，从来不坐门口，他认为那是跌面子。这一两年，他手中没有报销的权力了，囊中也羞涩了，只好放下架子，委曲求全地和那些他过去瞧不上眼的人一起坐在门口设的桌椅上。这几天赵家仁总是找他商量事，一约就约这地方。好在每回都是赵家仁掏钱请他，不喝白不喝，不吃白不吃。赵家仁一上来就提他小女儿的事，让他心里很烦。他说这孩子比她姐脾气还倔，说她一句，她有两句等着，还净给你讲大道理。

赵家仁说那你别老是吹胡子瞪眼，你给她好好说，就说能给她办北京户口，她还能连北京户口都不想要。

李跃进最近几天上火牙疼，一颗花生米得小心地嚼老大会儿。花生米在嘴里，说话有点儿不清楚。我这二闺女是来北京后生的。她压根儿就不知道什么户口不户口。我给她说北京户口，她说她就是北京人。肖祥他们的事出来后，她好像知道了有户口这么档子事，可没放心上。

赵家仁说就算她不想要北京户口，咱还得要汪老板的工程挣他的钱呢。你无论如何得管住这妮子，不能再让她捅汪老板这个马蜂窝。

李跃进叹息一声，没有回答。

赵家仁被啤酒呛了一口，不住地咳嗽。"少半勺子"出来看见了，拉了个凳子坐在他身旁，帮他捶了捶后背。老赵大哥，你这是怎么啦？该不是前列腺毛病吧？说完，哈哈大笑。

赵家仁明明听出她是在损自己，也没有发火，反倒在她圆圆滚滚的屁股上拧了一把。妹子，前列腺有毛病的人，是办那种事办多了。

别看"少半勺子"嘴骚，但从不轻易让别人占便宜。她马上招呼来一个服务员，让给赵家仁的桌上再上两瓶啤酒，加两盘炒菜。你个赵家仁也不看看老娘是谁？对门梅子家美容美发厅里的小姐摸一下得给个三五十元，你摸老娘也得付点代价。当然这只是她的心里话。

　　两瓶啤酒上了桌还没打开，两盘加的菜也没来得及动筷子，李跃进的媳妇就找来了。李跃进的媳妇上前先把桌子掀翻了，然后就抓着他的衣领把他拉起来，好你个李跃进，你闺女快让黑社会给打死了，你还有心思在这喝闲酒。

　　李跃进一愣，手中的几粒花生米撒落地上。他撒腿就往家里跑，他媳妇跟在后边边跑边骂：你朝哪跑？你闺女让小乔和张刚送医院了。李跃进的媳妇从来不敢在他面前大声说话，今天像变了一个人，不光破口大骂，还不时弯腰捡地上的石头块朝他身上扔。

　　这年头女人疯得比男人快。

　　赵家仁等李跃进走远了，把他撒落在地上的花生米一粒粒捡了起来，一边吃着一边自言自语地叨唠：怎么啦，这是怎么啦？

　　"少半勺子"从酒店里出来，好奇地问赵家仁发生了什么事。赵家仁把李跃进媳妇的话给她说了一遍。她听后神情一下子变得有些慌张。赵家仁让她再来一瓶啤酒。她冲赵家仁突然吼了一句你就知道喝！头也不回地回了饭店。赵家仁咕嘟了几句自己也听不懂的话。

　　十八里香地区有一家社区医院。这家社区医院是韩冬到街道、到区里跑了两年才建起来的。虽然建起来了，但医护人员、医疗设备等是按常住人口比例配备的，就是说外来人口不享受北京居民同等医疗待遇。张刚把李京生送到社区医院，闻讯赶过来的梅子帮着垫了钱，值班医生先为李京生做了伤口处理，然后又做了检查，说是只受了外伤，伤势不重。张刚提出让李京生住院治疗，但社区医院没有住院条件，医生也不同意做转院处理，张刚火了，和医生吵了起来。他说要是你们北京人的孩子，你能这样不负责任吗？

　　医生给张刚耐心解释了好大会儿，张刚一句也听不进去，坚持要让李京生转院。他一方面是不相信社区医院的医生，一方面想通过李京生遇袭的事扩大社会影响。肖祥和张杰没沾着姓汪的孩子的边，姓汪的孩子就脑震荡，李京生的头破了还不是更严重的脑震荡？看看你姓汪的怎么收场？这回不光让你认错放了肖祥，还得赔偿名誉和经济损失！

　　李跃进和李跃进的媳妇到社区医院时，李京生还在打吊针，张刚也没停止和医生争执。梅子也在一旁央求医生。李跃进的媳妇上前把李京生抱在怀里，看着她头上缠着的绷带，哭天抹泪。

李跃进低着头蹲在地上，呼哧呼哧地喘着粗气，两手忽而握成拳头，忽而换成巴掌朝自己的头上轻轻打几下，仿佛要打醒自己。

李豫生因为停车进来得晚一步。她一看见李京生就发了火。我早就警告过你不要惹麻烦，你偏偏听不进去。怎么样，让我说对了吧。人家这是手下留了情，不然的话一棍子下去，你脑袋不开花？

李跃进的媳妇听李豫生这样一说，放开李京生，抓住了李豫生的手，气急败坏地问她，照你这样说，你知道是谁害的京生？你告诉我他是谁，我和他拼了！李豫生一愣，看了张刚一眼，见张刚瞪眼看着她。她摇摇头说，我也只是猜测。就算你知道是谁，又能怎么样？李跃进的媳妇恶狠狠地说，我把他的心挖出来看看是红是黑。李豫生说你算了吧。说不定咱家的屋已经让人给点了。又指着李京生说她的本事不是大吗，让她再上网发帖子骂去！

李京生说他不打死我，我还天天发帖子骂他。

张刚的眼睛布满了血丝，好像要渗出血来。他指着李豫生骂道，亏你还是京生的亲姐姐，不光不说句人话还冷嘲热讽。你要是我闺女，信不信我掐断你的喉咙？！

梅子拦住了张刚。

闻讯赶来的韩冬见了李京生就把她搂在怀里，说了一大堆安抚的话。她说光天化日之下，对一个小孩子下毒手，分明就是狗急跳墙。京生她妈你也别着急，咱一定得讨个说法。

这时，从事发地赶来的十八里香的父老乡亲拥了过来，把社区医院围得水泄不通，一时间群情激愤。小乔在门外劝导情绪激动的人们。他对张刚和大伙说你去街道去区里闹，不也是想解决问题吗？现在我和韩主任都在，我们保证把这事处理好。

张刚说你早说过肖祥和张杰的事也包在你身上，到现在不也是没结果吗？不是哥们儿不相信你和韩主任的为人，是你们官太小，权太小，没那个能力。

　　小乔说我实话给你说吧，韩主任给市长写信了，我也主动签了名。我和韩主任的态度你们也了解，不管是本地居民还是外来人口，只要是在十八里香的地盘上的都是咱们一家人。我们都会尽最大努力让你们安居乐业。张刚还要和小乔争辩，肖桂桂拉了一下他的手，暗示他不要再逞强。张刚气哼哼地对小乔说了一句：到明天中午如果你们不给我们一个交代，我们绝不答应！

　　张刚和肖桂桂走后，人群也开始散开，各自回家去了。

　　李跃进发怒了，像被人用刀子狠狠捅了一下的疯牛，两只脚乱踢，韩冬和他媳妇怕他闹出事来，一人抱着他的一只胳膊，他就用头撞墙，撞得墙咚咚响。小乔对李跃进屁股上踢了一脚，老李你有话就说出来。

　　李跃进这才骂出了声我 × 他个姥姥！他的声音不像从嗓子里发出的，而是从胸腔里迸出的。

五

　　汪光军是在歌厅里被冯援朝叫到天大花园家中的。冯援朝第一次对汪光军发了火。你也太混蛋了。你明明知道上边正在调查你儿子做假鉴定的事，十八里香的人对这事盯着不放，怎么又派人到十八里香打人呢？真以为有两个臭钱就可以无法无天啦？我今天强烈告诉你，你必须罢手！

　　汪光军这才知道他手下的人把事情搞砸了。这些天他因为网上的帖子恼羞成怒，知道是李跃进的小女儿李京生所为后，发过很大的火。他确实找过李跃进，骂过李豫生，也安排手下的人盯着李京生，制止她再去发帖。为此，他还给李京生常去的网吧一笔钱，让那家网吧关门停业一周。可是，他没想到手下的人会对李京生动手。可是，事情既然发生了，光生气不是办法。他知道冯援朝之所以冲他发火，是冯援朝认为这件事情没办法摆平。他想了一会儿，对冯援朝说大哥您也别生气了。我弄个小子去投案自首，认下这件事……

汪光军的话没说完，冯援朝又发了脾气，你真糊涂了啊？你要是让人顶了这颗雷，不就是认了这事是你指使的。我强烈要求你，抓紧兑现和十八里香那些人谈的条件。

汪光军问那你说怎么办？

冯援朝说据我所知，那个女孩和她家胡同里的人没看清车和车号，他们要说是你手下干的，你可以反过来说他们栽赃陷害。说完，又补充了一句：我再强烈要求你别再惹麻烦了。

这时，李豫生从卧室里走出来。汪光军一愣，以为她会破口大骂他一顿，没想到她好像什么事情也没发生，冲他笑着点点头，从冰箱里拿出一听可乐递到冯援朝手上，然后又拿出一瓶苏打水递给了汪光军。冯援朝用充满疑惑的目光看了她一眼。

李豫生问，汪老板，你们形象代言人定宋肖新了吧？

汪光军看了冯援朝一眼，见冯援朝的表情非常冷漠，好像没有听见，就冲李豫生笑了笑，李小姐还对这个代言人感兴趣呀？只要我大哥一句话，我投资给你拍一部电视剧，让你过足明星瘾。

李豫生接过冯援朝的可乐瓶，看了看他的指甲，嗔怪地说了一句，就知道忙，忙工作忙你小兄弟的事，一点不关心自己。她拿出指甲刀，大大方方地拉着冯援朝的手帮他剪起指甲，头也不抬地说，汪老板，你觉得形象代言人和拍电视有矛盾吗？人家明星哪个不是又拍电影电视又不耽误拍广告。

冯援朝仍然是一副漠不关心的样子，起身进了卫生间。不过，汪光军清楚地看见，卫生间的门闪了一条缝。他故意大声说，李小姐，我看你对这事没太上心。人家宋肖新可是把工作做到家了。他的话音刚落，听见卫生间里响了一声，好像有什么东西掉在了地上。

李豫生一生气，嘴上的岗哨突然撤了，脏话一下蹦了出来：我×，她不会玩你吧？

汪光军并不生气，反而哈哈大笑，说还不知谁玩谁呢。

李豫生愤愤不平地说，老汪，你的事可都是我们老冯给你摆平的。他包里现在就装着上告你的信。宋肖新一个没有北京户口，没有稳定职业，没有家庭住房的农民工子女，除了能和你上床，还能帮你什么？

汪光军打心眼里瞧不起李豫生这种女孩。你陪一个当官的睡几天就成官太太了？可笑！与李豫生相比，他更觉得宋肖新那样自强自立的女孩有魅力。不过，他不想和李豫生在脸面上过不去，就没再搭理她。这时，冯援朝从卫生间里也出来了。他就把话题转到冯援朝身上。他问：大哥，十八里香拆迁的手续我什么时候能拿到？

冯援朝看了李豫生一眼，示意她回避一下。李豫生正在气头上，一心想让汪光军表个态，假装没有看懂冯援朝的眼色，还大模大样地坐在了冯援朝身边。冯援朝低声说了句：我要谈工作。李豫生哼一声，说你冯大区长谈工作怎么谈到家里来了，要不要到床上去谈？

冯援朝心里正烦，见李豫生当着汪光军顶撞他、奚落他，不由得火冒三丈，抬手给了她一个响亮的耳光，骂道：滚，滚一边去！

李豫生愣怔了一会儿，眼睛的余光看见汪光军脸上幸灾乐祸的笑容，更加恼羞成怒，跑进卧室哭去了。

汪光军冲冯援朝摊开手，耸了耸肩，大哥，何必搞得不愉快呢！

冯援朝看了看表，皱着眉头说不说这些了。反正你往后得准备过一段艰难的日子。

汪光军懂得冯援朝话中的含义，坦然地笑了笑。临出门时，他握着冯援朝的手说，女孩子得哄。你的办法不时兴了。

汪光军乘坐的电梯已经到了楼下，冯援朝还心事重重地站在门口。他听着卧室里李豫生的哭声，眉头皱得更深了。灯光把他的身影投到墙壁上，看上去像一位老态龙钟的长者。

李豫生听见汪光军走了。她原本想出来，但是又忍住了。过去，她也和冯援朝生过气。冯援朝一生气就不理她，或者是扬长而去，或者是坐在沙发上抽烟、看材料，即使躺在床上也是背朝她。每回都是她主动与他和好。她使出自己能够使出的能量，或者是哭着向他认错求他原谅，或者是帮他按摩让他放松。可是，今天她不想这样做了。因为她掌握了这两个和她有过关系的男人铁的证据，应当是他反过来求她为他保密。那样，她就可以向他提出一连串的条件：做天大企业的形象代言人，为妹妹李京生办北京户口……

冯援朝在沙发上连抽了三支烟。他现在想的不是怎样去"哄"李豫生，相反是想着如何把她打发走。汪光军喝剩下半瓶的苏打水就放在茶几上。这小瓶苏打水明确无误地告诉他，李豫生曾经和姓汪的有关系，现在与姓汪的还有联系。他不在乎她曾被那个男人占有过，而在乎她和他还有联系，并且把他蒙在鼓里。这是危险的。说好听点儿，她是汪光军派来照顾他的；说难听点儿，她是汪光军潜伏在他身边的间谍。这样的女人万万不能继续留在身边。可是，他一时又想不出打发她的办法。给她安排个体面的工作，他能做到但她不会接受。这种女孩子享受惯了，你让她一天八小时盯在岗位上，一个月几千元钱的收入，她根本不会同意。或者给她一笔钱，让她自谋出路，但是给多少她才能答应？即使这样，也不能保证她今后不会找上门来再要这要那，以及在外边打着他的旗号干些有损他声誉的事情……冯援朝深深地陷入了困境之中。

"孩子哭抱给他娘去。"他突然想起了这样一句话。既然是汪光军介绍来的，那就叫他去打发吧。他对付女孩子有一套。他为自己终于想到一个好办法暗自高兴。不过，一想到李豫生要离开自己，他心里有些恋恋不舍。李豫生的身体让他销魂。他突然间下身硬了起来，三下五除二脱掉衣服冲进卧室，扑到李豫生的身上……

六

汪光军是个聪明绝顶的人。他还没离开冯援朝和李豫生住的地方时，就看出了冯援朝已经厌恶李豫生了。他也猜得到冯援朝会把李豫生还给他。在他看来，冯援朝只有这样一条出路而绝无第二条。他当务之急，是赶快打发掉那两个致使李京生受伤的人，让他们在北京消失。

然而，让汪光军想不到的是，他还没回家，就接到了一个小兄弟的电话，告诉他那两个在十八里香打伤李京生的人已经被警察抓住。他一下子愣住了，一走神，油门踩得大了点，车子哐当一下，撞到了前边的车子屁股上。前边的车停下来，他也停了车。前边那辆车上下来一个年轻人，走到他的车前敲了敲他的车窗，愤怒地问道：你怎么开车呢？那么宽的马路偏偏咬人家的尾巴。

汪光军向那人看了一眼，吃了一惊，原来是冯援朝的儿子冯功铭。他走下车，冯功铭也认出了他，两人沉默了一会儿，相视笑了。

冯功铭问：汪叔，这么晚了，你还没回家？

汪光军说我刚和你爸说点事情，正准备回家。你看看，怎么撞上你了。他看了看冯功铭的车被自己的车撞的部位，右边的车灯完全破碎，后保险杠也陷了一个坑。他拍着冯功铭的车，功铭，这车你也别开了，叔叔给你买辆新车。你喜欢什么牌子的？

冯功铭赶忙说不用了。我这车才开了五万公里，用起来挺舒适。明天送厂里修一修，花不了大钱。

汪光军想了想说，要修也得我替你修。这样吧，你在后边跟着，我带你去一个地方。冯功铭还要拒绝，汪光军已经上了车，开车在前边走了。他只好跟上汪光军的车。其实，汪光军是突然之间萌发的想和冯功铭谈谈的想法。他知道冯功铭是律师，还是宋肖新的男朋友，对他儿子与肖祥、张杰这个案子了解得比较多。再从他驾车行驶的方向能够看出，他也许是从十八里香回来的。从他那里可以了解到十八里香那些外来人的想法。到了关键时刻，把冯援朝和自己的关系说给他听，他不能不帮忙。不管怎样说，他是冯援朝的儿子，不会置自己亲生父亲的政治生命于不顾。

事实上，冯功铭的行踪果然被汪光军猜中，他的确是从十八里香回来的。

晚饭后，"少半勺子"给他打电话来，说是心里难受，想和他聊聊。他喜出望外，马上赶到了"少半勺子"的饭店。饭店里还有一些客人，包间里有，大厅里也有。到了这个时候，还待在老孙家这样大众饭店的客人，大致有三类：一类是酒晕子，这类人平时就恋酒场，酒量也大，喝了白酒再喝啤酒，不到酩酊大醉不会散场；一类是正儿八经谈买卖或谈别的事情的，没有谈出结果，所以也没散场；第三类是在十八里香或者附近地区做活，尤其是做工程的农民工，收工以后三三两两凑到一起，要一盘花生米，几瓶啤酒或者二两二锅头，边喝边聊，消磨时光、排遣愁闷的。"少半勺子"这次把冯功铭带到了一个包间里。包间虽然打扫过了，但酒气、烟味还相当浓烈，让冯功铭感到有些恶心。

"少半勺子"第一句话就是太欺负人啦！接着把李京生遭黑手的事简单说了。又绘声绘色地把肖祥、张杰和汪天大那天晚上吵架，事后汪光军指使人上门怎样威胁她的情况，原原本本地给冯功铭说了一遍。说完，她如释重负地长长出了一口气。

第十八章

一

汪光军把冯功铭带到了公司的地下停车场。他指着一排十几辆还没开过的新车对冯功铭说，这些车中你随便挑一辆你喜欢的，我马上让人把钥匙送过来。冯功铭看得目瞪口呆。这十几辆全是进口名牌车，奔驰、宝马、劳斯莱斯、迈巴赫、沃尔沃……而且都是顶级配置，最次的价值也在百万以上。他连连摇头，说不用不用。我怎么开得起这样的车。汪光军大度地笑了笑：瞧你说的多见外。这些车是我的也是你爸的，那还不就是你的。他见冯功铭看他的目光充满了疑惑不解，又说我和你爸是最铁的哥们儿，花钱上从不分彼此。你也不要见外。

冯功铭直言不讳地说，我爸可从来没说过和你交情那么深。

汪光军一愣。他意识到了冯功铭话中的深层含义，心里有些不悦。我靠，你小子知道什么？不过他没有表露出来，仍然笑容可掬地拉着冯功铭的手上了电梯，一直到了他的办公室。他亲自烧了开水，泡上普洱茶，同冯功铭边喝茶边聊起来。

功铭，你和小宋的事，你爸爸妈妈还反对吗？汪光军问。没等冯功铭回答，他自己给了答案，我听你爸爸话中的意思，好像有点儿无可奈何，不想管了。我给他说，这就对了嘛。孩子的婚姻大事由他们自己去定，当老子的少操那份心。再说你们家功铭不是一般的男孩子，是有学问有思想有主见有个性的孩子，他认准的女孩会差吗？人家小宋不就是外来人，农民工二代，没有北京户口，收入不太稳定，其他条件也还不错，长得不用说了，也有稳定职业……他说这些话的时候，一直盯着冯功铭的神情变化。让他心里不得不惊奇，不得不佩服的是，冯功铭的神情始终非常平静，看不出喜怒哀乐。韩土改曾说过这样的人不是凡人是超人，看来，这小子比他爹还有主意。

功铭，叔叔有句话问你。汪光军决定单刀直入，捅一捅冯功铭的心窝子，看他能不能觉得疼。我这个天大集团招形象代言人，女孩子报名的人数比报考公务员的还多，打招呼的也多。你怎么就连一个电话也没给我打过呢？是不是你不喜欢小宋抛头露面？

冯功铭这时才开了口。我认为企业形象代言人是企业经营战略的一个组成部分。因而，企业形象代言人从某种程度上说对企业的发展起着积极作用。企业自然会有标准、条件，优中选优，如果考虑背景、社会关系这些庸俗的条件，那就没有意义了。再说，她也没让我帮她。

汪光军边听边点头，突然冒出一句：可是你爸爸向我推荐了小宋一个姓李的同学、老乡。

冯功铭笑了笑，说也许他是受人之托。

汪光军赶忙又补充一句，你爸爸后来也提了小宋。肥水不流外人田，代言人不论从名誉、宣传力度还是经济收入来说都不错。毕竟，你爸爸还是关心你的，他已经把小宋当成自家人了。他一语双关，也很直白。冯功铭当然明白，所以就势说道，小宋已经放弃了，原因想必你也清楚。

汪光军尽管心里感到愕然，表面上依然泰然自若，笑着说道不就是为她弟弟的事吗？我能理解。只是，只是为小宋感到惋惜呀！

冯功铭也单刀直入地问道：你没觉得通过这些天的闹腾，天大企业形象在社会上影响很差吗？

汪光军装出一副大吃一惊的样子。没有啊！怎么会呢？他故意迈着方步，大摇大摆地走了几圈，在天大花园总体规划图前停下来，指着规划图说，照你这样说，我的房子也售不出去了？可事实上，公司做市场调查的人告诉我，现在房价一路攀升，比一期要上涨两倍。

冯功铭明显感觉到汪光军有点儿虚张声势，因而断定汪光军不用多久就会原形毕露。于是，他在心里告诫自己沉住气。恰巧，宋肖新这时发来信息，说是打伤李京生的两个人被警察抓住了。他按捺住激动的情绪，给宋肖新回了条短信，我告诉汪光军，你已放弃了"天大"形象代言人的竞选。不知是不是违背了你的意思。

宋肖新很快给他回了信息：老公，我爱你！

汪光军的确沉不住气了，问冯功铭：功铭，你说我儿子天大和十八里香那两个外来孩子的这个案子，我儿子撤诉妥不妥？

冯功铭说实话说吧，现在可能晚了。

那会是什么结果呢？汪光军急不可耐地问，没等冯功铭回答，接着说我是委托律师找医生鉴定了，又出了法医鉴定书，结果不是我出的，我一个开发商不会做鉴定也没权做鉴定。鉴定出来后，是我的律师建议起诉，我接受了他的意见。

冯功铭听得出汪光军已经找好了顶雷的人。他不禁为自己的同学高律师感到悲哀。一旦事情暴露，高律师轻则会失去律师从业资格，重则还会受到刑事处罚。想到这里，他突然出其不意地问道：今天晚上有人开着车到十八里香，打伤了一个上网发帖的女孩，十八里香的人说是有人指使。这事你怎么看？

汪光军好像早有思想准备，一点不感到意外，弹了弹烟灰，从容不迫地说，我刚在天大花园你爸那里听说了这件事。我也感到奇怪。那个女孩的姐姐叫李豫生吧，她当时也在。她说她不相信这事和我有关系……

汪光军这一番话非常恶毒。他是明确告诉冯功铭，你父亲在天大花园有住处，而且是和李豫生住在一起。实际上他是在对冯功铭摊牌，同时通过冯功铭给宋肖新摊牌。冯功铭一下子跳了起来，盛怒之下把茶几掀翻了。他指着汪光军破口大骂：汪光军你听着，你别想陷害我爸！

他到了停车场，上车后看见汪光军的车停在他的车旁边，又从车上下来，对着汪光军的车踢了几脚。然后，他关上了手机。

二

打伤李京生的两个人出了十八里香地区没多远，就被警察抓住了。这是小乔处理得及时，同时也是北京城市网络化管理的成效。小乔接到报警后，第一时间向市公安局报警中心报告。市公安局通过网络化系统，锁定了那个时间段所有从十八里香出来的小车，最后跟踪一辆超速行驶的小车，在那辆小车即将驶入河北境内时将其拦下，把两个打伤李京生的人当场抓获。经过两个多小时的审讯，那两个人承认在十八里香打了李京生一棍。他们都是在十八里香农贸市场做蔬菜买卖的外来人，和李跃进、李跃进的媳妇等河南村的多数人都认识。今天下午，有一个戴墨镜的陌生人找到他俩，让他俩帮忙教训一下李跃进的小女儿，并给了他们每人两万元钱。

那两个人不认识找他们"帮忙"的人，只有一个那人留下的联系电话。警察经过检查，那个号码只用了一次，是告诉那两个犯罪嫌疑人李京生的行踪，催促他俩动手的，此后就关了机。这就是说，线索到此中断了。小乔对这个结果非常不满意，明摆着，找不到戴墨镜的人就查不到幕后的指使者。十八里香的外来人对这个结果一定会不满意，有可能聚众上访，影响这一地区的社会稳定。他从分局出来后，直接去了十八里香，在肖桂桂家找到张刚。

张刚这两天通过观察，加上肖桂桂不断劝说，对小乔的态度有了很大的转变，认为小乔和韩冬对北京原居民和他们这些外来人没有偏心眼，说话、办事公平。不过，他对小乔深夜来访还是有些疑心。小乔不想当着肖桂桂说出审讯结果，让张刚和他一起走走，看看运气，说不定能碰上你弟弟！张刚不好拒绝，跟着小乔离开了肖桂桂家。小乔让张刚上车，张刚犹豫了片刻，问：小乔同志，你啥意思？怕我带头闹事，想控制我啊？我可不想坐你的警车。

小乔说废什么话！把张刚推到了车上。他不管张刚怎样吵怎样喊，一口气把车开到三里屯的一家酒吧门前停下。张刚说你请我喝酒怎么不早说。我这一路上喊得嗓子直冒烟，得多喝两瓶啤酒，你别心疼。

小乔果真要了两瓶啤酒，都给了张刚。他自己要了一瓶矿泉水。张刚半瓶啤酒下肚，直截了当地说，小乔同志，你既然把我找出来，就是有话对我说。我谢谢你的信任，有什么话尽管说吧。

小乔把抓住那两个打伤李京生的犯罪嫌疑人，以及审讯的结果对张刚说了，然后等待张刚的反应。张刚听完，愣了一会儿，仰起脖子把剩下的半瓶啤酒喝个底朝天，又打开另一瓶啤酒喝了两口，抹了下嘴角，问那两个坏种没提姓汪的老板？

小乔摇摇头。

张刚一脸困惑和不解，连说这怎么可能，怎么可能！会不会又有人从中弄虚作假？

小乔告诉张刚，他参加了堵截和审讯，根本就没有任何人有任何机会作假。张刚不相信，头摇得像只拨浪鼓。不知是酒喝多了还是着急，脸涨得像猪肝。你们可以把姓汪的抓起来审讯。一审，他不就招了？

小乔说姓汪的也会说，能出起这几万元钱的在北京不下几万几十万个。你没看报所以不知道，北京的亿万富翁千万富翁全国排第一。

张刚问：那就是说又没办法弄那个姓汪的？

小乔说不是没办法是没有证据。

张刚喝光了第二瓶啤酒，又向服务员要第三瓶，小乔没拦他。张刚又让服务员上包烟，小乔这回拦了一下。他说张刚，我劝你别学抽烟，小心肖桂桂和你分手。张刚这才作罢。他又喝了半瓶啤酒，对小乔说，乔同志，我明白你找我的用意，是想让我劝阻我那些老乡闹事。对吧？这样给你说吧，第一呢，我谢谢你对我的信任。在你心中我张刚是个人物。第二呢，我的老乡们压抑在心里的不满和怨气太多太重，就像干柴堆，一点儿火星就能点着形成大火，这事……

小乔一直目不转睛地看着张刚，想从他的态度中进一步了解十八里香外来人的动态。张刚猜出了小乔的用意，故意说了半截话，又把话题拐到肖祥和张杰的问题上。他说肖祥在里边关了快十天了吧。我弟弟也走了十天，这件事你们到今天也没给个说法。

小乔坦诚地说我还是那句话，属于我职责范围内的事，我会做好；不属于我职责范围内的事，只要对十八里香社区稳定有利，我也会积极去做。据我了解到的情况，应该很快就有结果了。

张刚说什么结果？把肖祥放了，让我弟弟也回来？姓汪的平安无事。这件事不了了之？

小乔说不会。你相信我。就是你们答应了，我也不会同意。

张刚突然激动地握了握小乔的手，乔同志，我们老乡都说北京你和韩主任这些基层的干部真好，官不大，活不少，对工作认真，对人认真。所以，我们也不想为难你们。你放心……他话没说完，眼睛一亮，指着酒吧的一个角落对小乔说，你看看那边喝酒的不是宋肖新的男朋友吗？

小乔顺着张刚手指的方向望去，果然看见冯功铭一个人坐在角落里喝酒，一眼就能看出喝得有点儿多了，头不停在随着酒吧里的音乐声轻轻晃动。他感到惊奇的是，冯功铭还不时用手抹着眼睛，好像在流泪。张刚说十有八成是和宋肖新剐架了。我过去劝劝他。说完就直奔冯功铭而去，大大方方地朝他对面一坐，要和他碰杯。

三

冯功铭从汪光军那里出来以后，心像是系了个大秤砣一样沉重。

汪光军的话中掺杂了多少水分他不清楚，但是他的父亲冯援朝和汪光军之间不干净这一点，他已经非常明白，同时也最不能接受。汪光军把这些告诉他，无疑是有目的的，甚至可以说是蓄意、阴谋。他把最近几天发生的事情联系起来回忆了一遍，找到了答案：汪光军是想利用他威胁他父亲继续在肖祥的事情上给十八里香施压，也利用他在他与十八里香外来人之间调停。现在，十八里香外来人中真正有影响的是当事人肖桂桂、张刚，又加上女儿被人打伤的李跃进，而这些人宋肖新对他们都有影响力。可是，他没有勇气，也没有办法对宋肖新说出这些真相。所以，他从汪光军那里出来打的去了三里屯酒吧，想理一理思路。他对职业十分投入，平时烟酒不沾，二两酒下肚就觉得头疼，又碰上张刚再灌了他点酒，整个人晕了。

响鼓不用重锤。做了多年律师，经历了数以百件案子的他心里十分清楚，肖祥的冤案真相大白之日，就是汪光军身败名裂之时，而爸爸也难以摆脱干系，说不定会牵出更大的事情，后果不堪设想。他不能想象爸爸站在法庭上接受审判的情景，不敢想象爸爸穿着囚衣在监狱中仰天长叹的滋味。冯功铭是个孝子，就算不是孝子，谁也不愿看到自己的老子经受牢狱之灾，尤其是不会亲手制造这场牢狱之灾。

然而，他清楚自己的能力已经不可能阻止这种事情发生。十八里香的民愤他无法平息，宋肖新的怨气他无法消遣，肖祥和张杰的清白他无法偿还，汪光军的贪婪和流氓本性他无力改变，更重要的是，法律的公正和尊严他不能亵渎……长这么大，他第一次感到关键时刻的一次抉择是那么地艰难。

他比小乔和张刚早到了一会儿。他要的是洋酒，已经喝了小半瓶，有些醉意。他认出坐在对面的是张刚，惊讶地张大了嘴：你，你找我有事？张刚说我找你没事，是看你有事。冯功铭问我有什么事？张刚指了指心口窝说你这里有事，难受。冯功铭笑了笑，说你能看到我心里去呀？说着，端起酒瓶朝张刚的杯子里倒了一些酒。洋酒和啤酒掺和到一起，一般人都会不习惯。张刚喝了一口，哇地吐到了地上，顺带骂了一句：我靠，这酒咋和马尿一个味！

冯功铭又问张刚一遍找他有什么事。张刚有点儿急了：怎么着，找你喝酒这事不可以啊？你快成俺们河南女婿了，我提前祝贺祝贺你。冯功铭听后，神情有些迷茫，喝了一口酒，叹息地说我不够做你们女婿的资格啊！

张刚一把夺过冯功铭手中的酒杯，瞪着眼问道：姓冯的你小子什么意思？是不是玩够了想甩了俺河南姑娘？我警告你，你要是来歪的邪的，别怪我对你不客气！

这时小乔也过来了。他拉了张刚一把，严厉地说，这里是公共场所，说话注意点。他又冲冯功铭笑笑，劝告他：冯律师，我看你喝得不少了，别再喝了。

冯功铭见小乔和张刚在一起，有点儿惊奇，不过没有表露出来。他和张刚碰了碰杯，又喝了一口酒，然后就招呼服务员买单。张刚坚持再喝，冯功铭没理他。小乔抢着付了钱，拉着张刚跟冯功铭走出了酒吧。夏日夜晚的三里屯，一个挨着一个的酒吧里灯光迷离，人声鼎沸，让这片地方比起北京城的其他地方显得更加燥热。虽然已经过了晚上十二点，来往的车辆和人们依然川流不息，把周边的大街小巷挤得水泄不通。各个酒吧门前，都有肤色不同且语言不同的外国人一边饮酒一边舞动着脚步……

冯功铭出门没走几步，就扶着一棵树弯腰呕吐起来。小乔想扶他一下，他抱着树不肯松手。小乔等了一会儿，再去扶他时，发现他竟然抱着树睡着了。张刚说你劝他不成，得让他媳妇来。说着就给宋肖新打电话。他的嗓门儿高，加上急躁，说话就像小钢炮：宋肖新你又怎么欺负人冯律师啦？气得他一个人跑酒吧来喝酒，醉得不省人事……

放下电话，他对小乔和冯功铭说，这个宋肖新，不骂不成！

四

宋肖新在接张刚电话之前一直在与冯功铭联系。她开始是在社区医院里陪李京生母女俩。李京生打完一瓶吊针后，坚持要回家。她母亲见劝不住她只好同意了。宋肖新把李京生母女送回家，见李跃进和李豫生不在家，心里有些不悦。家里出了这么大的事，当爸爸和姐姐的在家待不住，还有点儿人情吗？她安慰了一会儿李京生就告辞了。路过她自家门口时，她看灯光还亮着，敲了敲门。冯萍萍开门看见她，先是一愣，接着紧紧张张地把她拉到屋里。她见赵家仁不在家，才坐下来，问了一句：他人呢？冯萍萍说李跃进一句话不说，他怕他出事，就一直跟着他。说完，神色不安地对宋肖新说，肖新呢，你得小心点了。这帮子坏种暴发户什么坏事都干得出来。你一个人开车这去那去，有时候忙到大半夜，万一他们花钱雇人盯上你……

宋肖新打断冯萍萍的话，不耐烦地说有心的算计无心的，怎么防？我不怕。然后问冯萍萍，姓赵的还想着跟姓汪的交易吗？冯萍萍长长叹息一声，没有回答。宋肖新也没再追问。不知为什么，她从离开这个家搬到外边住以后，从没有怀念这个家。每次回来，只要听见冯萍萍叹息，她的心就像被铁锤沉重敲击一样疼痛。她曾不止一次说过，妈，我求你，别在我面前叹气了好不好。可是冯萍萍犯愁的事太多，根本无法改变。所以，她也渐渐地成了习惯，不再理会，只是听了心里烦。

宋肖新临走时，对冯萍萍说，你给老赵说一声，别再做让老乡瞧不起的事。

她上了车就给冯功铭打电话，冯功铭关机了。她回到冯功铭的住处才发现冯功铭没有回来。她洗了个澡，又看了一会儿电视，然后再给冯功铭打电话，冯功铭仍然是关机。她开始着急起来。她现在不怀疑冯功铭会背着她寻欢作乐，她担心的是冯功铭这几天情绪不稳定，心思太重，万一想不明白做出匪夷所思的事情。她很小就听大人们说过，性格过于内向的孩子往往会做出不同凡响的事。长大以后接人待物也让她了解到，失落和落差最容易让人精神崩溃。这两天，说话和做事都十分小心谨慎，生怕触动冯功铭敏感的神经。她知道冯功铭的苦恼和烦忧来自冯援朝，但又不知道冯功铭对冯援朝的事情了解多深。接了张刚的电话，她一刻不停地赶到三里屯。小乔和张刚已经把冯功铭抬到了小乔的车上。宋肖新到时，冯功铭还没醒酒，打着呼噜睡得正酣。宋肖新叫了他几遍，他似醒非醒地哼哧哼哧两声。宋肖新抱着他，脸紧贴着他的脸，心疼得掉下眼泪。也许是她的眼泪让冯功铭感觉到了她的温情，他慢慢地睁开眼睛，看了看她，突然冒出一句让她感到心惊的话：抱紧我，我害怕！

通常情况下，这样一句话是孩子在做噩梦或者遇到恐怖的事情时，对父母说的话，也有时是女人害怕失去心爱的男人而对男人说的话。宋肖新一时弄不清冯功铭对她说这句话的深层含义，但是知道他的醉酒和失态，与他的心情不好有关，他的心情不好又与最近发生的一系列事情分不开。她心里觉得有些内疚、不安，又抱紧了冯功铭。

张刚想帮宋肖新把冯功铭抬到她的车上，被宋肖新推开了。她一下子把冯功铭抱起来。张刚惊得目瞪口呆。小乔也暗自感叹。

张刚看着宋肖新的车消失在灯火辉煌的马路尽头，对小乔说，哥们儿，你走吧。小乔听张刚称他哥们儿，莞尔一笑，拍了拍他的肩膀，问：怎么，还没喝够？张刚反过来拍了拍他的肩膀，有点儿少气无力地说，放心吧。我给你保证，不会给你添麻烦。

小乔握住张刚的手，也亲切地称了他一句哥们儿！

宋肖新和冯功铭一进屋，就把冯功铭推进卫生间，让他冲澡，然后到厨房里给冯功铭做饭。冯功铭冲了澡出来，她也把热好的饭菜端上桌。冯功铭低着头吃饭，始终不看她一眼，好像一个犯了错的孩子心怀愧疚地坐在母亲面前。这让她隐隐约约感到一丝不安。她进门时把客厅的灯光全都打开了，房间里很亮，她心里却掠过一片阴影。她非常清楚自己已经爱上了冯功铭。随着肖祥被冤枉的真相越来越清晰，如同被大雪覆盖的一堆垃圾，大雪在阳光照射下融化之后垃圾堆自然暴露，与汪光军有利益关系的一些人和事也渐渐地浮出水面。其中，冯援朝是个关键人物。尽管她对当今官场的事一无所知，但从案发以来冯援朝的态度，到田桦、冯蕾蕾出马找她和好，再到冯功铭的情绪变化，种种迹象表明，冯功铭对冯援朝与汪光军之间关系的了解远远比她多。冯功铭是不是退却了？会不会为了自己的父亲和家庭与自己分手？她感到十分茫然，脑海里一片空白。

我们，我们分手吧！冯功铭突然说道。

这是让宋肖新万万也没想到的事情。她沉默了一会儿了，突然发了疯一样冲上前卡住冯功铭的脖颈，骂道：冯功铭你有种就再说一遍！你要分手怎么不早分手，非要等到我的心给你了，我还以为你是个可以相信可以依靠的男人，没想到你……

冯功铭仿佛一尊雕塑，任她打任她推纹丝不动。她伤心地哭了。冯功铭我告诉你，不管发生什么事，你想抛弃我没门！

冯功铭哇地哭出了声，像个孩子一样倒在她怀里。

五

一大早，区委书记一行人就到了十八里香看望李京生。

李京生被人打伤的消息在十八里香传开以后，来她家看她的人络绎不绝，不光有河南老乡，也有居住在十八里香地区的东北人、四川人，还有不少北京市民。

区委书记来时，李京生家门前狭窄的胡同里挤满了人，后来有人形容说人头攒动。

区委书记一行到李京生家时，李京生刚刚坐下吃饭。李跃进的媳妇忙着搬凳子、擦凳子、倒茶端水，李京生只是冲区委书记笑笑，屁股也没挪动一下。李跃进的媳妇在李跃进换洗的裤兜里掏出半盒烟，抽出一支递给区委书记。区委书记摆摆手拒绝了。

韩冬接到通知，晚几分钟才赶到。李京生见她来了，马上笑容满面地扑到她怀里，亲热得一连喊了几声："韩妈。"区委书记眼里闪过一丝不易察觉的微笑。

区委书记问了李京生的伤情，问了打工子弟学校以及她本人的学习情况。李京生态度非常冷淡，有的问题避而不答，有的三言两语应付过去。她母亲在一旁急得直拿眼睛瞪她，她假装没看见。区委书记问到她和同学毕业后的打算时，她张口就说我们同学都说北京的政策不公平。

是吗？那你说说看，哪些政策不公平？区委书记笑着问。

李京生一下子来了情绪，滔滔不绝地说，因为我们的爸爸妈妈是外来人，我们要上学就得交一大笔借读费，越是我们收入低，还越得多交钱；北京孩子进图书馆、公园可以免票，我们得花钱……她母亲几次制止她，她都不理。

韩冬把李京生紧紧抱在怀里，接着李京生的话说，我替孩子说几句吧。他们最不能接受的是——初中毕业必须回原籍读高中再参加高考。好多孩子就因为不愿回去，也有的是回去没人照应，放弃了继续读书。

区委书记边听边点头。最后，他安慰李京生好好学习，咱们国家大，人口多，很多方面的改进要有个过程。

临走时，跟着区委书记前来的人给了李跃进媳妇一个红包，说是慰问金。李跃进的媳妇犹豫了一下，接了过去。让区委书记一行万万没想到的是，他们的车刚刚行驶了几米远，李京生就追了出来。李京生气喘吁吁地上了车，把红包递给区委书记，说我的伤好了，用不着！

一车人都愣了，所有的目光都追随着李京生的身影消失在自家的院子里。车重新开动后，一车人沉默不语。

韩冬一直没看见李跃进，觉得奇怪，就问李跃进的媳妇：咱的"李乡长"呢，怎么不露面？

李跃进的媳妇一脸愁容，叹息一声说，昨晚从社区医院走后就没回家。

韩冬急了：那你也不找找？她没有往下说，因为她知道李跃进不喜欢自家的媳妇，过去夜不归家是常事。她要是再往下说，怕李跃进的媳妇接受不了。李京生背着书包正要出门，接上说了一句：韩妈你放心，我爸不会自杀。

六

李跃进的确没有自杀，但是他却做了一件让十八里香的父老乡亲另眼相看的事。

昨天晚上离开社区医院后，赵家仁见李跃进气得不轻，怕他窝出病，就拉他去停车场。这家停车场是十八里香地区最大的停车场，能停下三百多辆车。这些车有外地来京过夜的长途汽车，有商贸运输车，更多的则是当地居民的私家汽车。有人说中国的城市设计规划师目光短浅，20世纪80年代设计城市街道、社区时没预见到汽车工业会发展得如此神速，所以才出现了今天的街道拥堵，小区里汽车无处停放。这些年新建的小区设计了地下停车场，也大多是按一户一车标准建设，没考虑到有的家庭一人一车，更没考虑到北京因为限行甚至出现一人两车。十八里香地区这家停车场过去是垃圾中转场，汪光军想占这块地搞开发，就把它建成了临时停车场。既占了地，又有收费收入，何乐而不为呢？赵家仁的工作是看夜场，晚八点到早八点。两个人坐在停车场的棚子里，每人一瓶二锅头酒对起来。河南南部的人才称喝酒为对，意思是对着喝比着喝。其实这两爷们儿酒量都不大，三两酒下肚，不光话稠了，意气也上来了，你一言我一语地天南地北地骂起来。

李跃进说我 × 个姓汪的姥姥，心比狼还狠，对孩子也下毒手。我家京生说她要是不机灵地歪了下脖子，那一棍砸头上还不砸个脑袋瓜子开花。

赵家仁说像姓汪的这样的有钱人，总觉得高人一等。二十年前你不就是个到处流窜的小商贩。

李跃进说，我听说人家外国有钱的大老板仗义着呢。有个叫什么盖的，把钱都捐给社会了。你有钱搁着发霉发臭那是你的事，可是你不能把钱用在雇凶买凶伤害穷人上，奶奶个熊这叫啥？

赵家仁说姓汪的王八羔子就这样。他陷害肖祥肯定没少了花钱做手脚，这次对你们家京生也是花了钱的。

李跃进说早知这样，当初我就让豫生站出来给肖祥作证了。这么多年，咱吃了多少亏，受了多少气，都是忍，忍，再忍，忍到他娘了个 × 不能再忍了，还往死里弄咱。

赵家仁说那年姓汪的拖欠咱工资，咱去找他，他就让人半路上截着打咱，伤了几个兄弟。我们都要上访，你拦着死活不让。

李跃进哭了，哭得很伤心：咱不是穷吗？为了有活干，有钱挣，当儿子当孙子也得忍。过去说人穷志不穷，扯淡啊！人穷志短。可是，你欺负我这辈子人可以，不能再欺负我孩子。

赵家仁问那你打算怎么办？手里又没证据，告他也没门！

李跃进没回答。赵家仁看见他两眼里怒火在燃烧。

赵家仁说你这回可以理直气壮地向他伸手要，先让他把京生的户口给解决了，再让他跟咱签个长期施工合同，保证不拖欠咱的工钱。

李跃进白了他一眼。

两个人把酒瓶喝了个底朝天，醉得站都站不起来。李跃进把小便都尿到了裤裆里。第二天一早，赵家仁醒来后发现，李跃进不知什么时候已经走了。

他以为李跃进回家去了，加上自己的头还有些疼，又倒下睡了一会儿，直到停车场的保安踢他的屁股才醒。

一个四方脸保安恶狠狠地瞪着他，厉声问道：昨天晚上你是不是带外边的人来了？赵家仁睡意蒙眬地揉着眼皮，回答说我有个老乡非得要请我喝酒，我走不开，他就带着酒来找我。随后反问：怎么啦？犯法呀？

四方脸保安捉着他的衣领把他从地上拎起来，冲他挥着拳头，怒气冲冲地说你不光不想干还不想活了。你给我出去看看。

赵家仁被四方脸保安拉着，跟跟跄跄地到了停车场大门口。大门口围了很多人，吵吵嚷嚷，气氛紧张。几个保安被人们推搡着，已经退到了墙角。看见赵家仁过来，一个保安指着他大喊：昨晚是这个人值夜班，有事你们找他！一群人呼啦啦一拥而上，把赵家仁围了个严严实实。一个胖胖的女孩站在赵家仁面前，手指着他的额头，一张大嘴像喷壶，一开口唾沫星子飞了他一脸。她说我认识这个人，是个农民工，老赖皮了。接着用劲推了他一下：你说，我们的车轮胎是不是你用刀扎的？你想干什么？

赵家仁糊里糊涂的不知发生了什么事，我，我干吗拿刀子扎你的车胎？

那个胖女孩抓着赵家仁的衣领，四方脸保安在后边推拥着赵家仁，在停车场里走了一圈。赵家仁这才弄清楚，昨天夜间停车场里有十几辆小轿车的车胎被刀子扎破，今天早上车主们来开车才发现。他的心里一惊：难道是李跃进趁他睡着了偷偷做的？

你说，是不是你做的？胖女孩问。

赵家仁又是摇头又是摆手，我，我扎你们的车胎干吗？我是看车的，又不是修车的。

四方脸保安问，那是不是你带来的那个人做的？

赵家仁又摇头，说那人是胆小鬼，平常走路都怕树叶掉下来砸破了头。再说，他身上又没带刀子，用手捅呀。

四方脸保安一个扫堂腿把赵家仁放倒在地上。赵家仁问，你凭什么打我？四方脸保安说我打你都是轻的。你把这停车场的名誉给毁了，把我们哥几个的饭碗砸了。你信不信我现在杀你的心都有？

赵家仁不服气地说,我要说是你们哥几个故意做的,你承认吗?

那些车主也在一旁吵嚷。有的说告他这停车场。车停你这儿,你收了费,就得保证车的安全。有的说不光要告他停车场赔偿车的损失,还得赔偿咱上班挣钱的损失!胖女孩说得更绝,让他这停车场赔偿咱损失后就关门!

四方脸保安力逼着赵家仁交出扎车胎的人,赵家仁当然交不出来,四方脸喝令几个保安把赵家仁捆了起来,拉到工棚里就是一阵拳脚,要不是派出所来了人,他不断几根骨也得掉一层皮。

派出所的警察对赵家仁进行了讯问,然后在赵家仁的带领下找到了李跃进家。听说停车场十几辆车胎被扎,有可能是李跃进干的,有人摇头,不相信李跃进有这个胆子;也有一些人对李跃进的行为赞不绝口,说他终于像个男人了;甚至有人觉得不过瘾,扎几辆车胎屁大点事,不如把那些富人的车都给点了。当人们听说那些车胎被扎的车主,还有几个保安打了赵家仁后,情绪一下子激动起来,吵嚷着要去停车场砸车。赵家仁再人嫌狗不待见,他也是老乡,是河南人,物伤其类,多年的压抑又找到了一个出口,群情沸腾再正常不过了。两个警察一左一右,用身体拦着几十个跃跃欲试的人。

正在这时,张刚和肖桂桂过来了。张刚拉过一个老乡简单问了问情况,转过来帮着警察劝阻十八里香的老乡,咱十八里香的人,不,是咱河南人不是不讲道理的人。韩主任和小乔说得好,咱得先稳定,先和谐,才能有钱挣有饭吃。咱背井离乡来北京干啥的?不是来打架闹事的吧?要我说,那几个保安捆老赵哥打老赵哥,警察自然会严肃处理。咱们该干啥干啥去……

人群散开以后,一个警察拍着张刚的肩膀说,哥们儿,你说得很对。张刚不好意思地抚摸着脑袋说,这些都是韩主任和小乔教的。他见李跃进的媳妇哭个不停,又对她说嫂子你也别急。跃进大叔不会出啥事。我帮桂桂把货送到铺里就去找他。

肖桂桂说他神经病,你叫跃进大叔,又叫他媳妇嫂子,你到底是个什么辈分?

张刚嘿嘿笑了。

第十九章

一

十八里香地区的社会稳定问题引起了区委、区政府的高度重视。

区委书记一行从十八里香回到区里，立即召开了区委常委扩大会议，专题研究解决十八里香近期的一系列问题。韩冬、小乔也被邀请列席会议。

会议开始之前，区公安分局的领导又向区委书记汇报了十八里香停车场发生的扎胎事件。区委书记一开始就激动地说，十八里香的稳定问题已经到了非下决心解决不可的时候。短短十天里接二连三发生了一连串事件，对社会稳定的影响不可低估。这个地方的三万多外来人口，工作岗位分布在十多个行业，不说别的，就是他们中的环卫人员停工一天，十八里香甚至北部地区的环境会出现什么样的情况？

韩冬见区委书记看着她，马上心领神会地接上说，垃圾能堆积如山。现在是夏季，臭气还不把人熏死！

冯援朝不以为然地说停工就没收入，他们才没那么傻呢！

冯援朝的心情非常糟糕。今天早上五点，田桦就打他的电话，告诉他冯功铭夜里带回家的信息，不过，他对冯功铭与宋肖新分手感到意外，尤其是冯功铭同汪光军撞车的事让他震惊和不安。姓汪的是无意还是有意？他对我儿子说了些什么？下一步他还会怎样做？开车上班的路上，他一直在想着对策，既要想着怎么对付汪光军，又要想着怎么对付十八里香的外来人。区委办公室通知他开会，他就想到了会议内容可能与李京生昨晚被人打伤有关。无论如何不能把火烧到汪光军身上。虽然他一点都不同情汪光军，甚至想着要是有人把他杀了可能是最好的结局，但此刻，他必须保护这个让他恨得牙痒的流氓混蛋。

区委书记让韩冬、小乔把十八里香社区近些天的社会稳定情况向与会人员做了介绍，然后，区政法委、检察院、公安分局、综治办、维稳办、流动人口管理办等部门先后将调研结果做了汇报。结果表明，汪天大的脑震荡鉴定是假的，出具鉴定的法医已经主动坦白交代，老孙家饭店的老板娘和服务员也写出了旁证材料，肖祥的申诉材料得到了证实，这就证明了肖祥、张杰是被冤枉的；李京生因在网上发帖揭露真相遭到伤害，尽管目前还没有查到幕后指使人，但她所在的打工子弟学校证明，此前天大集团有人到学校威胁过校方，如果不停止网上攻击汪光军，给学校的赞助就停下……冯援朝听不下去了，也坐不住了，你们调查来调查去，目标都指向汪光军，我觉得不妥。外来人仇富可以理解，我们自己的一些同志也持这种心理就让人不理解了。

韩冬不服气地说，你指责我们仇富，是不是有点儿武断了？

冯援朝说，我不否认汪光军太溺爱自己的孩子，问题在于你们的调查没有一份证据证明是汪光军指使给他儿子做假鉴定，故意陷害肖祥、张杰，相反，那些外来人借着这件事对汪光军漫天要价，要工程，要现金，要名誉，要解决北京户口。如果我们一味强调对外来人口让步，那也同样会影响社会稳定。他举了十八里香停车场昨天夜间十几辆车胎被扎一事，说，十八里香社区原居民、高档小区的居民现在意见也很大，说我们光照顾了外来人口贫困人口的利益。

小乔说冯副区长讲的事实确实存在，但这些人是一少部分人。

区综治办负责人接上小乔的话说，一部分人也代表了一种倾向。我觉得应当把原居住人口同外来人口的和谐相处作为一件大事，否则，收入差距拉大，贫富悬殊加大，有可能会引起长期的社会不稳定。

韩冬激动地说，我就是想不明白，分什么本地人外地人，喝同一条管道的水，吃同一个店买的粮，住同一条街道上，不就是一家人吗？有福同享这是咱老祖宗的传统……

冯援朝见没有人支持自己的意见，越说越激动，你们光知道咱区财政在区县中排名靠前，却不了解这财政收入的结构。咱区地方财政收入中相当一部分来自房地产，就是说汪光军这样的房地产开发商对财政的贡献很大。有的同志天天喊着调整产业结构，转变发展方式，你转一个百亿千亿的大企业出来我看看！

这种话出自一个副区长之口，不能不让在场的同志感到惊愕。

冯援朝知道众怒难犯，不想得罪大家，于是缓了缓口气，平和地说，我首先声明我和汪光军除了工作关系，没有其他来往。我是在想，为了两个农民工孩子的声誉而毁了一个开发商，丢掉一大笔财政收入，到底值不值！

韩冬这一阵子觉得心口疼得厉害，所以坚持只听不说，以保持心态平静。可是听到这里她忍不住了，站起来严厉地反驳冯援朝说，冯区长你这话我听着不对劲。开发商大老板的身份就比农民工的身份高吗？咱这是中华人民共和国，是首都北京，人人平等，公平正义是咱的立国之本。我是个居委会干部，说到底是平民百姓。但是，我是共产党员，我觉得生命和尊严比金山银山都重要！

韩冬的话音一落，会议室里响起一阵热烈而持久的掌声。区委书记等到掌声平息后，站起来发了言。他激动地说，韩冬大姐给我们上了一课。我个人觉得非常深刻。希望在座的同志都认真地想一想，自己的屁股是不是坐得正坐得稳。

冯援朝的脸红了，像半生半熟的葡萄皮。

最后，会议形成了几项决定，其中最重要的一条就是区检察院、区公安分局提出的立即无罪释放肖祥。

散会以后，区委书记又与冯援朝单独谈了很长时间。他们的谈话内容外人不知道，直到一年后冯援朝因受贿案发，人们才明白区委书记那一次与他谈话，是敦促他正确认识自己的问题。

二

韩冬和小乔都很兴奋。他们约好一起回十八里香。小乔没有开车，韩冬是坐公交车来的。韩冬为了把无罪释放肖祥的好消息早一点当面告诉肖桂桂和冯萍萍，提出要打的回去，这么重大的事情，必须要当面通知，还必须要庆贺。

他们下车的地点离冯萍萍住的地方近，所以先找到冯萍萍，告诉她肖祥要回来了。冯萍萍听了，愣了一会儿，泪水唰唰地流下来。她扑通一下跪在韩冬和小乔面前，咚咚磕了两个响头，把韩冬和小乔搞得手忙脚乱。韩冬把她扶起来，对她说，妹子你也别感谢我和小乔，你得感谢咱这个时代咱这个社会。我早就给你说过，公平和正义任何时候都不会倒。

冯萍萍一边抹着眼泪，一边给宋肖新打电话，接着又去找肖桂桂。肖桂桂正在为一个买衣服的包装，听了冯萍萍的话，拔腿就向外跑，连钱也忘了收。她站在门口的台阶上高声喊道：刚子，你快来，咱接咱侄子去！

她这一喊，整条街都沸腾了。不少人扔下正在做的生意围了过来，纷纷向肖桂桂和冯萍萍表示祝贺，当然也没忘记对韩冬和小乔说些感谢的话。有人跟张刚开玩笑说，你还没娶媳妇就捡了个儿子，得好好请咱喝一杯。张刚说这就请你喝！打开一瓶啤酒冲那个人从头到脚倒了一身。一个做唱片生意的，还放了一段《好日子》：

今天是个好日子，心想的事儿都能成……

优美的歌声飞扬在空中。

汪光军的车子刚好经过。他不清楚这些外来人为什么像遇到大喜大庆的事情一样欢欣鼓舞，就让一个随行人员下去打听。那人回到车上后告诉他，是姓肖的孩子要无罪释放了。他听后马上给高律师打电话。高律师的电话关机了。他又给冯援朝打电话，电话响了一声就被挂断。他心里生出一丝不祥的感觉，额头上沁出了汗水，着急上火地催促司机去区委大院。他要去找冯援朝，是与冯援朝摊牌还是抓住冯援朝这根救命稻草，自己一时也说不清楚。

冯援朝不在办公室。秘书告诉汪光军，冯援朝去了奥运场馆建设工地。汪光军不信，于是给李豫生打了个电话。李豫生接了电话，没等汪光军开口就哭起来。汪光军出了一身汗，你哭丧啊？是你爹死了还是你老公死了？李豫生说谁是我老公？你还是姓冯的？你们全是流氓！我告诉你姓汪的，你转告姓冯的，你们不仁姑奶奶我也不义。我把你们的勾当和黑幕全给揭出来，让你们不得好死！说完，她就挂断了电话。汪光军刚才是急得出热汗，现在却吓得出了一身冷汗。这个婊子犯神经了吧？不然怎么会说出这种话？他想问明白，同时也想吓唬一下她，再打她的电话，电话却关了机。一种不祥的预感萦绕在他的心头。这个时候，他开始相信金钱并非万能的钥匙，有些锁并不能打开。

今年夏天北京的雨水相当丰富，前几天刚下过一场大雨，今天雨又来了，而且来得相当突然，相当猛烈。汪光军正在车旁边拨电话，大雨突然而至，他上了车，来不及擦一擦头上脸上的雨水，又给冯援朝拨电话。这次冯援朝很快接了电话，开门见山地告诉他说，你的律师已经在接受公安调查了。你早点做准备。还有，那个被打的女孩的姐姐也有些不安分，我让她找你，你好好安排一下，别让她掺和进去。汪光军把李豫生刚才和他通话时说的话告诉了冯援朝，提醒冯援朝李豫生比宋肖新难对付。他说宋肖新心地善良，只是认理，而李豫生心渴，知道的事情又多……冯援朝好像已经看透了他的心思，没等他说完就不耐烦地说，这种事你处理起来有经验。你这边的事情我帮你搞定，你就放心做别的事情吧！

汪光军等冯援朝挂断电话后点燃了一支烟。外边的雨此刻下得更大，雨点敲击着车窗，仿佛要敲破一个洞钻进来。他抽了两口烟，一个计谋在脑海里形成，对司机说，去天大花园！

三

肖祥一大早起床后，像以往一样做了几节操就开始背英语。拘留所房间的成员几乎每天都有变化，有走有来。算一算，他已经在这里待了整整十天，是这个房间的"老人"了。"刀疤脸"昨天晚上临睡前告诉他，他的申诉往好了说至少要半个月才能有信，往坏了说不知要到猴年马月。他听了，虽然心里不舒服，情绪却没有像刚进来那样糟糕。他记着冯功铭的话，要相信自己，相信法律。

吃早饭的时候，"刀疤脸"神情严峻地向全室人宣布：各位难兄难弟，咱们今天就要分别了。法庭审判结束，我将转到另一个地方，和各位兄弟只能几年后再见了！他的话音未落，两个和他关系"倍铁"的就抱着他哭出了声。他给了这个一巴掌，又给了那个一脚，我又不是砍头的罪，你们哭丧啊？话是这样说，肖祥看见他的眼圈也红了。

"刀疤脸"过来拥抱肖祥，抱得很紧很紧，让肖祥喘不过气来。之后他拉着肖祥的手，对全室的人郑重其事地说，如果你们还都认我是大哥，就听我一句话，不，是我肖祥哥哥的话，大胆坦白，承认问题，接受法律审判，这是我们这些犯了法的男子汉重新做人的勇气！我以前教你们硬扛是错的，用肖祥哥哥的话说那才是真正的懦弱。

肖祥说，这是冯功铭冯大哥对我说的。

"刀疤脸"说，我不认你那个冯大哥，我就认你这个哥哥。这回不管政府判我蹲几年牢，我都接受。出去后，我就跟你这个哥哥混。不，不，是重新做人。

有人说他要是考不上大学，找不到工作，你跟他喝西北风？

也有人说肖祥哥哥说的理我信服，可是让我像他那样忍辱负重我做不到。我要是他，出去后第一件事就是把那个有钱人的儿子给做了。他有钱陷害人，我让他断子绝孙！另一个人接上说那可不行。他有钱还能找女孩子生孩子，那不是多一个善良女孩受害！

一时间，小小的屋子里争论声此起彼伏。"刀疤脸"火了，看你们的熊样，还有点儿男子汉的味吗？他见肖祥不停地给他递眼色，示意他不要发火，才按捺着怒气，心平气和地说，反正该说的肖祥哥哥还有我这个大哥都给你们说了，我们也不能牵着赶着你们怎样去做。我最后再说一句掏心窝子的话，好死不如赖活着，要活着就得适应社会。说完，他又对肖祥说，哥，刚才是和你开玩笑。我说的出来后跟你混是和你处朋友，做兄弟。如果我哪天混出个人模狗样，我就全力以赴支持你做你喜欢做的事。

肖祥给了"刀疤脸"一拳头，责怪地说，瞧瞧，两句话就下道了吧？"刀疤脸"抚摸着脸上的刀疤，不好意思地笑了笑。

上午十点，贾副所长和两个警察来叫肖祥，嘱咐他带上自己的东西。那个自称张杰哥们儿的好像看出了什么，握着肖祥的手说兄弟你自由了，见了杰哥帮我带个好！肖祥看了贾副所长一眼，贾副所长拍了拍他的肩膀，接着在他肩膀上轻轻捏了一下。他马上明白张杰的哥们儿说中了。他一时激动，不知说些什么，走到门口时才回转身来，对着屋里一双双复杂的目光，高声说了一句：相信自己。那些人几乎异口同声地喊道：相信法律！

出了看守所的大门，肖祥看见一张张熟悉的面孔：姑姑肖桂桂、妈妈冯萍萍、姐姐宋肖新、继父赵家仁、张杰的哥哥张刚、社区居委会主任韩冬、民警小乔，还有打工子弟学校的校长、班主任老师，以及头上包着绷带的李京生。他的眼泪再也控制不住，上前一个个拥抱他们，当拥抱肖桂桂时，他突然感到两腿发软，扑通一声跪倒在地上。肖桂桂叫了一句我的好孩子，也跪下了。在场的人全都流下了眼泪。肖祥转头向班主任老师说，老师，对不起，让您和同学们担心啦。李京生抢着说，肖祥哥哥，咱学校的同学在捐款，准备帮你打官司呢！你人虽然出来了，名誉官司还得继续打，给你讨回个公道。

肖祥见李京生头上缠着绷带，就问她怎么不小心撞了头。冯萍萍在一旁愤愤地说京生是为你挨了一棍！赵家仁忙拉了一下她的衣角，冯萍萍这回没听赵家仁的，说我儿子不能白在里边蹲了十天，京生说得对，咱得让姓汪的赔偿损失，还有京生头上这一棍子不能白挨，也得找姓汪的包赔！

　　肖祥一上车就问宋肖新：姐，张杰现在有消息吗？宋肖新摇了摇头。肖祥又着急地问：我发的短信你转告他了吗？宋肖新点了点头。肖祥不解地自言自语，他还想干什么呢？这一下，车子里的人都沉默了。

　　宋肖新觉得压抑，就给冯功铭拨了个电话。她告诉冯功铭接到了肖祥，肖祥的精神状态很好。她不无自豪地说，我家兄弟不会垮。

　　冯功铭说我这里也找到一个这些天让你十分牵挂的人。

　　宋肖新惊喜交集，脱口而出地问：是张杰吧？你在哪里找到他？

　　冯功铭有些无奈地说他和肖祥简直判若两人，表面看接受了我的意见，心里又有自己的想法。我说肖祥中午就可以到家，他死活不相信。宋肖新说你们在哪儿，我现在就带肖祥去和他见面。见了面，他不会再不相信了吧？

　　冯功铭沉默了一会儿才叹息一声说他到商场门前下车，说是给肖祥买礼物……结果又让他走掉了。

　　宋肖新急了，冲冯功铭吼道：你冯功铭存心的是不是？他一个未成年孩子，你一个大男子汉，怎么就拦不住他？冯功铭没有辩解，只是长一声短一声地叹息。肖桂桂在宋肖新后边拍了她一下，你好好和人家小冯说话。

　　肖祥一直在听宋肖新与冯功铭通话，此刻也接上肖桂桂的话说，姐，冯哥是个好人，也有学问。要不是冯哥两次去看我，给我讲道理，我的精神可能早垮了。

　　宋肖新表面上不动声色，心里却像是喝了蜜一样美滋滋的。她让冯功铭到十八里香等她，见面再商量。

　　冯功铭说我得等他，他在商场门前下的车，说是给肖祥买点见面礼物。

　　宋肖新说，坏了，你快去找找他。我们现在就赶过去！

四

　　冯功铭和张杰相见纯属偶然。

　　这些年北京的城市建设日新月异，其中一个突出的特点是结构变得越来越科学，环境变得越来越优美。街道两旁，一座座供市民休闲健身的小花园不仅提高了城市的品位，也增加了城市的亮点，专家则称为"肺活量"。到了夏天，从天刚发白，树叶儿醒来，这些小公园就开始热闹，练功健身的、扭秧歌舞的，还有吊嗓子的，一片欢腾，到了上午十点左右，一些不喜欢吹空调的上了年纪的居民自带着小椅子、小板凳到离家较近的小公园乘凉，看书、读报、打牌、下棋、喝茶聊天……有人做过民间调查，称广播电台的节目听众中，准确地说是忠实的听众中，活跃在城市小公园里的这些人占了相当的比例。

张杰一大早就到了公园里。他听了梅子的劝告后的确动摇了，几乎要放弃对汪天大实施报复。同时，他也想到一个地方不能待得太久，太久容易被发现。再说，他也不能让梅子长期收留他。一个男人怎么能靠女人养着，那不成了吃软饭的？他张杰不是吃软饭的。想到这点他就心痛，就上火。曾被一帮小兄弟前呼后拥伺候着的人，眼下像丧家狗一样四处躲藏，不敢见天日，太跌份。与其这样生活，不如走出去，光明正大、轰轰烈烈干一场。听到姓汪的指使人黑李京生，他又恼羞成怒。妈的人来到世上走一回，想诸事顺心如意不可能。看透了就那么一回事，不能流芳千古，那就遗臭万年，总比留下遗恨好。

"小东北"那边的信息几乎中断，偶尔联系上了，她不是说汪天大的行踪捉摸不定，就是说她在汪天大那里已经暴露，汪天大对她有了戒心。孙泉对她的这些行为非常恼火，骂"小东北"是个骚货。她要么是喜欢上了汪天大，要么是喜欢上了汪天大的钱。他建议把"小东北"也收拾了。

张杰骂他"白眼狼"。你别动"小东北"的念想。不管怎么说，她曾是我最好的姐妹，她也帮我做过事，姓汪的转变是她一功。张杰想得更多的是缘分。要不是为了自己的事，"小东北"一个外来的女孩子怎么会认识汪天大？怎么能和汪天大结缘？人世间讲究情义二字，为什么情摆在义之前，很明显情在人与人之间更重要，贯穿人生的始终。"小东北"如若真的变化了，他也能理解，就是孙泉、"大别山"这些人都变化了，他也不会恨他们。他决定自己亲自出马，到医院把汪天大"弄"出来，然后同汪光军谈条件。一人做事一人当，我谁也不牵连。

第一次去医院，他没有见到汪天大，汪天大在他到之前外出了。但是，他弄清了汪天大住的病区和病房，同时也掌握了医院住院部查房和探视的规律，医院外大街的小公园，是他昨天选择的临时蹲守点。汪天大所住的病房在住院部二楼，朝北向的后窗正对着这个小公园。这些年城市的机关和单位"拆墙透绿"，砖墙改成铁栅栏，在小公园里就可以看到病房。他一大早就到了小公园，在路边的报亭买了张报纸，取出两版铺在石椅上垫屁股，拿着另几版当样子，也是挡挡脸，目光不时向汪天大的病房张望。这时他觉得肚子有点儿饿，想吃点早点。医院门前有几个卖早点的，他于是就过去排队。

冯功铭打算同宋肖新一起去接肖祥，路过医院门前，突然看见排队买早餐的那个男孩面熟，一时又想不起在哪里见过。他看了一眼医院的牌子，突然想起那个男孩是张杰。他停好车，四下张望一会儿，看见张杰正坐在小公园的石椅上津津有味地吃着早点。他不动声色地走过去，在张杰旁边坐下，低声问了一句：小兄弟，报纸可以借我看一看吗？张杰也见过冯功铭。两人四目一对，都叫出了对方的名字。

冯功铭不想和张杰耽误时间，于是坦率地告诉他，肖祥已经写了申诉材料，司法机关也做了调查，他今天就会出来。我带你去见他。

张杰从地上捡起一块小石头，对着汪天大住的病房窗口瞄了几瞄，脸上的表情非常复杂，过了一会儿才不以为意地说，我知道你是好心。可眼下的世道是钱能买通人，姓汪的一个房地产商，凭什么呼风唤雨，不就是有钱吗？

他想了一会儿，对张杰说，我也不想和你争论，就算你不信，可我和宋肖新会害你和肖祥吗？

张杰听了，表面看无动于衷。可是冯功铭从他一声轻轻叹息，目光变得暗淡，接着把手中的石头块丢了等几个不易察觉的举动，窥测到了他内心在发生变化。他把张杰带到他的车旁，对张杰说，我们找个地方再好好聊聊。你放心，我这个人从不会违背他人的意志强迫人家做任何事。

张杰点燃了一支烟，装作若无其事的样子，扭头看了看汪天大住的病房，有些恋恋不舍，又有些犹豫不决。冯功铭猜出他的心思，拍了拍他的肩膀说，你想见的人我能让你见着。你见了他想怎么对待他呢？张杰毫不犹豫地回答，弄死他！冯功铭冲着张杰鼓了几下掌，好，果然是名不虚传的汉子！张杰对冯功铭的赞扬感到莫名其妙，问：你，你啥意思？冯功铭正要回答，他的手机铃声响了。张杰的神情仿佛一下子绷紧了，两眼快速地转动，看了看他的眼神，又看了看他的手机，接着四下张望着，好像在寻找逃脱的路线。冯功铭为了让他放心，把手机挂断了。

早上八点至九点是北京上班的高峰，大街上车水马龙，噪音很大。他们俩虽然站得很近，说话时也不得不提高嗓音。他一针见血地说，你弄死他就可以当英雄，你和肖祥的事就圆满解决了？我可以告诉你，这事出来以后，网民几乎一致声援肖祥和你，为什么，我研究了一下，就是因为他们认为你和肖祥没做违法的事情。可是，一旦你真的伤了别人，我敢对你保证，网民会一致支持惩罚你！

张杰拧着头，不服气地说，那我也得报这一箭之仇，不然我以后怎么面对我的兄弟，怎么对得起李京生。冯功铭说，你这样想又错了。你的那些兄弟为什么尊敬你，是因为你能帮助他们。尽管你现在能力有限，帮不上大忙，可是那些小忙也是他们需要的。假如你因为犯罪进了监狱，你那些兄弟还会像以往一样尊敬你吗？想见肖祥这个好朋友好兄弟一面都困难。张杰说不会。肖祥不会不理我！冯功铭说我说的不是肖祥不理你，而是你们根本就见不上面。肖祥遇到了困难想找你也找不上。那样，肖祥慢慢地就会认为你不够朋友。张杰一愣，情绪显得非常急躁：我怎么不够朋友？

冯功铭耐心地说，周华健有首名字叫《朋友》的歌怎么唱的，我记得是"朋友一生一起走"。你和朋友走了连一半也不到的路，不等于是把朋友丢掉了？张杰刚才一直在抽烟。也许是天气太热，也许是心里烦躁，他脸上的汗水不停地往下流，T恤衫的胸前部位也全都让汗水湿透了。听到冯功铭这句话，他神情变得更加不安，好大一会儿没说话。冯功铭借机劝他说上车吧，我带你去见一个你想见的人。

张杰这才不情愿地上了冯功铭的车。

　　这样一来，冯功铭心里有了底，料定可以说服张杰放弃他原来的计划。世上没有生下来就不讲道理的人，关键是有人把道理说给他并且能让他接受。张杰上了车，又朝汪天大住的病房看了一眼，好像有些不忍心。他问冯功铭，你是带我见姓汪的吧？冯功铭说是肖祥，他中午就可以到家，咱们现在过去能和他见上面。

　　车子经过北三环一家商场门前时，张杰突然让冯功铭停车。他说见肖祥得带件礼物，没等冯功铭反应过来，跳下车就朝商场里面跑。冯功铭停好车，在车里等了一会儿，不见张杰出来，正在着急，宋肖新来了电话。放下宋肖新的电话后，他知道可能会有不好的事情发生，赶忙进了商场。

五

　　张杰是看到"小东北"才让冯功铭停的车。他没有直奔"小东北"身边，而是在商场选择了一个能够看到"小东北"的地方观察起"小东北"的举动。汪天大和"小东北"一起进商场，他看得一清二楚。他现在还不能断定"小东北"已经倒在汪天大的怀抱中，但是，他看到汪天大马上气就往上涌，早把冯功铭给他讲的道理扔到了九霄云外。他想，就在商场里对汪天大动手。既可以考验一下"小东北"，如果肖祥真的今天被放出来了，又算他给肖祥一个见面礼。于是，他悄悄跟在汪天大和"小东北"身后寻找着下手的时机。

　　"小东北"有两天没见汪天大了。两天前孙泉找过她，问了她一些汪天大的情况，并劝告她不要和汪天大"动真格"的。她既不敢得罪张杰，又不想伤害汪天大，所以采取了躲的办法，就是张杰、汪天大两个人都躲。毕竟她是个情窦初开的少女，她明明知道自己和汪天大以后不可能在一起，心里还是想着他。今天，她实在忍不住了，给汪天大打了个电话。汪天大约她到商场门前见面，她急急忙忙就跑了来。她做梦也想不到会被张杰发现和跟踪，陪着汪天大在商场高高兴兴地转着。两人到了四楼少女服饰专柜，汪天大挑了一件衣服让她试，她从试衣间刚出来，张杰就出现在她面前了。她当时就吓得脸色苍白，手中的衣服掉在地上。张杰低声对她说别害怕，把汪天大带到电梯间，我在那儿等你。

"小东北"不敢违抗，她知道张杰的小兄弟多，今天不知来了多少，再说张杰报复汪天大这件事已经蓄谋十天，必然有准备，她躲肯定躲不掉。而且，她也不想躲了。两个男子汉，有什么恩怨当面锣对面鼓说清，大不了再打一架。她这样想着，就对汪天大说商场里太闷，出去透透气，不等汪天大同意就直奔电梯口。汪天大正要刷卡给"小东北"付衣服钱，无奈地一边喊着哎哟喂，一边追过去。

为了防止其他顾客上电梯，张杰早有准备，推了辆运货用的小货车放在里边，还把电梯口一只垃圾桶放在小货车上，有两个顾客到电梯看了一眼，果然放弃了乘梯。"小东北"和汪天大一进电梯间，张杰马上关了门，问汪天大，你还认识我吗？汪天大先是一惊，接着不以为然地说，不打不相识，咱不是打过架吗？现在见就是老朋友了！说着向张杰伸出手。张杰知道电梯间不能停留，直截了当地说，你别给我套近乎，我今天是找你算账的。汪天大不知是故意装作听不懂，还是想在"小东北"面前奚落张杰，说你让人看看，我像欠你账的还是你像欠我账的。张杰把"小东北"拉到身后，指着汪天大说，你放聪明一点，别给我油腔滑调，你下了电梯老老实实跟我走！

汪天大以为张杰想挟持"小东北"做人质，马上紧张地应着，好，好，我听你的。你说到哪都行，就是千万别伤着我朋友。不然我也会跟你玩命。

电梯到了地下停车场，张杰让汪天大先下，他正跟着汪天大下电梯，"小东北"突然从他身后抱住了他，恳求地说，杰哥，我求你别犯法了。说完，她又冲汪天大着急地喊，天大你快走。

张杰和汪天大愣住了。这两个性格不同的男孩，第一反应竟然完全相同，都出奇地镇静。张杰说，这是我和他之间的事，你不要再往里边陷了。汪天大则站在电梯外，对张杰招着手说，你放我朋友走，我跟你走。你就是把我弄死扔荒山野地喂狗我也不怪你！他的这句话，把"小东北"感动得眼睛都红了。张杰想他还挺重情义。他使劲一挣，自己和"小东北"都出了电梯。

一辆突然而至的车停在了他们面前。车上第一个下来的是肖祥，随后宋肖新、肖桂桂也下了车。

肖祥已经站到车前，张杰，我们终于见面了。

张杰的眼泪流了下来，他指着汪天大说，祥哥，你看看我把谁弄来了。这是你我的仇人，就是他装病害得你蹲了十天，我像丧家狗一样东躲西藏，李京生还让他们破了相。咱能轻易放过他吗？肖祥说这不是他的错。他也是被人利用的工具。你看，我现在不是没事了吗？

匆忙追踪而来的冯功铭，接上肖祥的话说，就算他犯错犯法，也得由法律惩罚。我已经给你说得够多了，肖祥比你受的苦多都比你明白。

宋肖新把车停在车位上，走过来替冯功铭拍了拍身上的土，对汪天大说，天大你先走，我回头再联系你。

肖祥紧紧抱住了张杰。他挣扎了几下，和肖祥一起摔倒在地上。他呜呜地放声大哭，让我弄死姓汪的解解气。肖祥也哭了，这十天我想死你了。

汪天大并没有走远。他不顾"小东北"的阻拦又回来对肖祥说，祥哥你放心，从今往后我和你心换心。

宋肖新怕张杰再闹出事，连推带拉让汪天大走。她说张杰这些天心里窝火，一时昏头做的事，你别往心里去。汪天大马上明白了宋肖新话中的含义，信誓旦旦地说姐你就放心吧，今天什么事也没发生过！

汪天大走了。张杰虽然有些不甘心，却又无可奈何，只好跟着肖祥一起上了车。肖桂桂给张刚拨了个电话，告诉他找到了张杰，马上就带他回家。张刚竟在电话那头哭出声来。

宋肖新和冯功铭对视了一会儿，都羞赧地笑了。宋肖新拉开冯功铭的车门，问他要钥匙。冯功铭问你的车怎么办？她说放这还怕丢？再说，我不怕丢车而是怕……冯功铭心领神会地跳上车，紧紧抱住了她。

第二十章

一

肖桂桂因为肖祥要回老家，心里堵得慌，一连几天吃饭时只吃几口就看着肖祥发呆，这让肖祥十分不安。他找到宋肖新，忧心忡忡地说，姐，我担心姑姑往后怎么过。宋肖新气得骂道：都是北京户口惹的。说着，瞪了坐在旁边的冯功铭一眼。

冯功铭避开宋肖新凌厉的话锋，告诉肖祥，他已经把肖祥被拘十天的国家赔偿的相关法律文书准备好了。他说这个赔偿是必须的。它不仅关系到纠正你的错案，对促进法制建设也很有意义。换句话说，这不是你一个人的事。

肖祥点点头，说冯哥我听你的。然后又冲宋肖新问：姐，我啥时候改口叫冯哥姐夫啊？宋肖新在他头上轻轻拍了一巴掌，不好意思地笑了。肖祥又对宋肖新说，姐，我走以后，你要常回十八里香，帮我照顾姑姑。宋肖新说以后我不是常回去，可能是天天回去。她的话让肖祥不解，看了看她，又看了看冯功铭。宋肖新笑着，故意不往下说。冯功铭忍不住对肖祥说，北京市为了加强社区建设，准备招一批社区工作人员。你姐已经报名了。她报的岗位就是十八里香街道的社区工作者。

宋肖新这才接着说，我是在十八里香长大的，"北漂"漂了这么多年，也该有个追求的目标了。

肖祥激动地抱着宋肖新，冲她竖起大拇指说，姐，我过去一直觉得在十八里香你最棒，以后还是你最棒。

张杰又回到洗车场。他第一件事就是让孙泉去找"小东北"。孙泉怕张杰对"小东北"出黑手，就说她可能回东北老家了。张杰踢翻了椅子，发了火：你立马就去把她给我找来，就是找遍整个东北也得找来，你说杰哥请她来停车场帮忙。孙泉犹豫了一会儿，吞吞吐吐地说还有周游呢。他现在火车站跟一个老乞丐当下手。张杰说都给我找来。我不能让一个兄弟没饭吃。

张杰的举动在十八里香好评如潮。赵家仁逢人就夸张杰脑子好使，又重义气，只要不干违法的事，几年后就能发起来。赵家仁急着讨好张杰还有一个用意，是想从张杰那里借点钱，把收人家办北京户口的钱给还了。李跃进家的那一万让他花了八千多，"少半勺子"先给了一万，让他全都花光了。他打算先把"少半勺子"的钱还了。那娘们儿不是省油的灯，闹起来还不让你脱一层皮？

几天后，张杰把一帮小兄弟又聚到了一起。"小东北"在停车场做收费员，周游在停车场当保安，"大别山"在北京和河北交界的一个地方打工，不愿再回北京，张杰也没再逼他。张杰还办了个小食堂，安排赵家仁买菜做饭。他说过去兄弟们饥一顿饱一顿，往后要让他们一日三餐都吃饱喝足。小乔听说后，专门找张杰谈了一次。小乔深情地说，张杰，你为人讲义气，这一点我也敬重。我觉得你现在看明白了，一个好的大哥，首先得带头遵纪守法，带着兄弟姐妹挣钱致富，过上好日子。

张杰说乔哥你这话说我心里去了。当年上海滩也好北京城也好，当老大的哪个不是能让兄弟们吃饱喝足过好日子的。小乔说关键是社会不同了，时代不同了，过去那些人靠打打杀杀，现在是法制社会，市场经济，你得遵纪守法，公平竞争。肖祥在看守所十天，你着急得恨不得找姓汪的拼命是为什么？我琢磨就一句话两个字：自由！对不？张杰连连点头。

韩冬也一连来停车场几次，帮着订规章制度、安全措施。她太了解农民工了，了解得多了，就参与进去了，仿佛是自己的事情，仿佛成了他们中的一员。十八里香虽然公交车不少，但要来回倒车，多数的时候还是要靠两条腿紧着倒腾。她本来就胖，加上天太热，身上的衣衫一直都是湿漉漉的，闷热和疲累让她倒不过气来，并且一阵阵心慌。她随身带了两种药，一种是丹参滴丸，一种是速效救心丸，她先是在舌下含服了十粒丹参滴丸，效果不明显，就又含服了五粒速效救心丸，气终于喘得匀了。她吃药的时候还不忘嘲笑自己，你这小老太太，钱拿得不多，事管得不少，就跟多大个官似的，哪天北京城没了你，还转不动了？说是这样说，跑还是照样跑。张杰要上一个刷卡机，她到街道去了几次，帮着申请了就业扶持资金，买了一台刷卡机。张杰几次要留她吃饭。她说等你们挣了钱再请我吃饭，我才能咽得下去。

韩冬看得越来越清楚，农民工的第一代到北京是来挣钱的，大多数人挣了钱回老家盖房子、生儿育女。张杰、肖祥这样的农民工二代，则是打算长期在北京留下来，做个北京人。要让他们稳定，就得让他们享受和北京同龄人一样的教育、就业和社保。这些，她反映过，其他社区居委会的同志也反映过。她相信这些问题一定会得到合理的解决。眼下她要做的就是力所能及地帮他们找到就业机会。她在十八里香街道建了一个外来人口就业服务站，专门为外来人口提供就业信息，介绍就业岗位。居委会的一位同志反映做家政的很紧缺，她马上把居委会的几个同志招呼在一起，专门研究办一个家政培训班。办培训班需要钱，需要教师，需要场地，还需要做市场调研，她和几个居委会的同志分了工，她负责落实经费。为这事，她一直找到冯援朝那里。

冯援朝自打韩冬在区委常委扩大会上顶撞他以后，对这个老太太就不待见。他听了韩冬的汇报后，当即表示：韩大姐，你这个点子不错，我热烈支持，强烈拥护！家政紧缺的原因也让你找到了。干净利索、手艺不错的家政的确难找，而外来人口中做家政的很多人不符合要求，有的连电器都不懂，更不用说看外文的说明书，对他们进行上岗培训职业培训非常重要。

　　韩冬不想听冯援朝赞扬她，更不想听他讲空话，直截了当地问他能不能拨点启动经费。冯援朝二话没说，在街道盖了公章的居委会的报告上签了字，又打电话叫来秘书，吩咐秘书马上把报告转到区相关部门。他还当着韩冬的面强调，你就说冯区长说了，再困难也得把韩大姐急需的这笔钱抓紧付了！

　　韩冬心里十分高兴，握着冯援朝的手，一连说了几遍"谢谢"。冯援朝拉下脸，不高兴地说，韩大姐，这是你的事也是我这个副区长的事，怎么能说谢呢？韩冬走时，他破了例，第一次把街道居委会干部送到电梯口。他问韩冬：那个李跃进回北京了吗？韩冬说他不打算回来了。冯援朝又急切地问，那他家里人呢？他两个女儿呢？韩冬回答：听说大女儿被一个男人抛弃，一气之下去广州了。小女儿还在打工子弟学校上学。我这个家政培训班第一批就安排他媳妇学习，学习好了出去做活，一个月怎么也挣个千儿八百，够他媳妇和小女儿生活。

　　韩冬当然不知道，李豫生去广州是冯援朝和汪光军逼的。

　　发在网上的所谓的售楼小姐宋肖新的裸照，被冯功铭揭穿以后，不知什么人在网上搜索到这个裸照上的女孩是李豫生。这让冯援朝大为光火，李豫生也痛不欲生。到了这个份上，两人只好摊牌。最后，由汪光军出面，在广州给李豫生买了一套两居室的房子，又给了她一笔"安家费"让她自己开个店铺。李豫生临走前，给宋肖新打了个电话告别，宋肖新问她去哪里，她只说想换个地方生活。

　　冯援朝之所以向韩冬打听李跃进家的事，真实目的是想知道十八里香的外来人对他和李豫生的关系知道多少，会不会影响他的"政治安全"。他对"假伤门"事件的结果比较满意：肖祥放了，张杰回十八里香了，汪天大要出国了，汪光军平安无事了，所有的罪过都让高律师担了……最让他满意的是李豫生走得干净，没留下任何痕迹，换句话说没给他留下隐患。

　　当然，他应该想到却没想到的是任何罪恶都不可能永远隐藏。一年多以后，他还是因为汪光军"东窗事发"而锒铛入狱。

二

　　半个月过去了，韩冬把办家政培训班的房子找到了，教师联系上了，学员也都动员报了名，等着钱到就可以开班了，可是钱迟迟不到。她又去区里跑了两趟。第一趟去，秘书说冯区长不在，让她等一等。第二趟去，秘书也不见，电话也不接了。她通过街道的一位领导向冯援朝批示的部门打听钱什么时候能拨下来，那个部门的领导说冯区长批是批了，但后边有让这个部门"想法解决"四个字。冯区长交代过，凡是让"想法解决"的，就是不要解决。街道领导在心里骂冯援朝缺德，但对韩冬又不敢实话实说，就让她再等等。韩冬恼了：等，等，你们扎着喉咙饿着肚子等几天看！

　　她决定自力更生先把班办起来。没有地方，就在居委会的办公室，第一批先招十个人；请教师没有钱，她从家里拿了两千元钱先垫上；教学用具如一些家用电器，居委会的几个同志每人从家中带一件，有的是学员自带。这个班十个学员没出十八里香，就被周边几个高档社区一抢而光。李跃进的媳妇打工的人家主人是山西煤老板，在天大花园买了套房子，平时只有上了年纪的父母在这住着养老。煤老板说每月给她两千元钱的工资，如果二位老人满意，再给她加。李跃进的媳妇是个老实人，她说统一定的一千五就一千五，多一分俺不要。煤老板惊叹之余，给她买了辆电动自行车。她对韩冬说做梦也没想过这辈子还能骑上电驴子！

　　就在韩冬忙着筹备第二批家政班时，夜里心脏病突然发作，没等到被送到医院，在120的急救车还没有驶出十八里香时就走了，也许是她不愿离开这块杂乱但热热乎乎的地界。

　　十八里香从来没发生过这么大的事，就算是有人为了要工资跳楼，就算是迎奥运游行，也没这么大。十八里香的人全出来了，不管是北京的、河南的、安徽的、山东的还是东北的，街道变成了河流，乌压压的人在这条河里缓慢地流动。韩冬家的那栋楼轻飘飘的，仿佛随时会被人抬起来，居委会的几间房子，早就埋在了人堆里。一个小人物，一个走在大街上谁都懒得看她一眼的小老太太，彻底地把住了社区几万人的心。

十八里香市场上的鲜花没了，六家鲜花店里的鲜花，十分钟内全被搬空了，店主拿着大把的钱，后悔没给自己留下一个花篮；十八里香布店的黑布和白布没了，店主打爆了手机，送布的车却堵在了路上；离十八里香三公里的医院旁边寿衣店里的花圈没了，从寿衣店到十八里香的路上那些破破烂烂的小面和最不招人待见的三蹦子拉着花圈顽强地挪动着。

十八里香的赵家仁成了香饽饽，上百号人众星捧月般地把他围在中间，赵家仁手擎一管大毫，歪着大嘴在白布上写着挽联，虽然他的字上不了台面，但在十八里香，那还是数得着的。赵家仁面前扔了许多钱，这些钱赵家仁看都懒得看，我赵家仁是人，你们要是还拿我当人，就把这些钱捐给韩大姐家。赵家仁从来就没有像今天这么爷们儿过。

冯萍萍、肖桂桂和李跃进的媳妇等妇女拿出了老家哭丧的绝活，有的几个人围坐在地上哭，有的趴在地上拍着地哭，有的躺在地上打着滚儿哭，哭得五花八门花样繁多。很多孩子也在哭，李京生哭得直不起腰。整个十八里香在呜呜的哭声中微微震颤着。

区委书记带着区里几位领导来了。他们一进十八里香就被水泄不通的人墙挡住。小乔费了好大的劲，带着他们缓缓地往里走。区委书记边走边看着两边花圈绸带上的字。那些字有的写得歪歪扭扭，有的还有错别字，但每一个都让这些难得一见的领导们心脏一次次震颤。"恩人走好""好人一路平安""韩妈不死""韩妈我们想您"……区委书记在一副长长的挽联前停住了："官位不在高低爱民就会民拥戴，权力不管大小用好才能办好事"，落款是肖祥。多年当领导已经练成油盐不进金刚之身的区委书记此刻完全溃下阵去，先是悄悄流泪，继而哇哇大哭，最后鼻涕也出来了。

冯援朝长时间地蹲在地上，两手捂着自己的脸，泪水从手指缝里流了出来。

最倒霉的怕是十八里香市场上那些卖肉的了，十八里香外来人自发地素食一天悼念韩冬，所有卖肉的摊位自觉地歇业。老孙家的饭店也挂出了停业一天的牌子。梅子自告奋勇，亲自给韩冬做了一次美发。她一边做一边跟韩冬聊天，什么都聊，聊着聊着就聊到了自己：韩妈您走了谁疼我们这些外来的儿女啊？

韩冬的遗体送往殡仪馆的那天，韩土改带着韩可可来了，过去在十八里香住过，现在搬到市中心或其他区的很多人来了……赵家仁等一些会吹拉弹唱的人，凑成一排吹起了充满乡土情感的丧礼曲子。灵车经过十八里香街道，肖祥、李京生、张杰、孙泉、"大别山""小东北"，还有十八里香的几十个孩子披麻戴孝。两旁又是人山人海，张刚一声喊，上万个外来人唰的一下齐齐地跪在地上，用他们家乡这种传统的祭拜方式为韩冬送别。宋肖新、冯功铭、小乔和韩冬的女儿一起，陪着韩冬走完人世的最后一程。

小老太太韩冬最后驾着一缕青烟款款而去。

三

肖祥临走前一天的晚上，张杰在老孙家饭店摆酒席给他送行。闻讯而来的人把老孙家饭店挤得满满腾腾，不得不在外边又摆了两桌。好在大多数是年龄相仿、相处不错的同学朋友，所以热闹非凡。

宋肖新和冯功铭、肖桂桂和张刚、冯萍萍和李跃进的媳妇、李京生等属于必到的，派出所的小乔、肖祥所在的打工子弟学校校长和班主任老师也应邀出席。开始前，张杰当仁不让地说了一段开场白。他几乎是扯着嗓子在喊：各位父老爷们儿、兄弟姐妹，我今个在这里摆宴为我祥哥和几个同学送行，谢谢大家的光临。我先给大伙说两件事再提两点要求。

张刚说你别长篇大论没完没了，让大伙喝酒，一切都在酒里。

肖桂桂拉了一下张刚的衣角，嗔怪地说，他讲得蛮好，让他讲。

张杰先说第一件事，是宋肖新已被录取为奥运志愿者。他的话音一落，饭店里里外外响起一片掌声和欢呼声。李京生手快，从餐桌上的花瓶里取出一枝塑料花，双手捧着送到宋肖新面前：姐，祝贺你。

张杰让宋肖新讲两句。小乔在旁边说，小宋，你该给这些小弟弟小妹妹鼓鼓劲。冯功铭也向宋肖新投去一个支持她的目光。宋肖新在一片掌声过后站起来，先动情地讲了对十八里香这片地方的感情，最后说道，我赠给你们两句话，都是俗话套话，第一句是天上不会掉馅饼，第二句是功夫不负有心人。人活着，首先要自己看得起自己，才能挺直腰杆。

接下来，张杰又说第二件事，是肖祥领到了国家赔偿，高律师和为汪天大做假伤鉴定的医生被拘留，相关责任人也受到了处理。有人问姓汪的那个老板怎么没抓？还有的骂姓汪的这回肯定又是花钱摆平的。小乔见群情激愤，弄不好会惹出事，就让大家平静一下听他说。他说法律是讲证据的，到目前还没有证据证明姓汪的涉嫌犯罪，高律师自己承认是他为了弄汪老板的钱，串通医生做的假鉴定。

"少半勺子"扯着嗓子说骗人。那个律师的话骗人，肯定又是姓汪的花钱堵律师的嘴。

冯功铭刚想站起来说话，宋肖新拉了他一把，然后自己站起来，对着黑压压的人群说，小乔是咱最亲最信得过的人。他的话咱还不信？就是明知高律师说假话，可总不能拿刀子剖开他的肚子把证据掏出来吧？她的话引起一片哄笑，气氛轻松了许多。她接着说，我从这一次彻底改变了过去的想法，我相信法律。不管什么人，只要证据确凿证明他犯罪，就逃脱不了法律的制裁！

张杰听大伙还在争在骂，就站到椅子上挥手制止，接着他说出了两点要求：我这两点要求是对着上边两件事来的。第一点要求，从今往后谁都不许给我姐找麻烦。咱得支持我姐工作顺顺利利，步步高升。大伙同意不同意。

人们异口同声地回答：同意！

张杰说我要说的第二点要求和刚才的第二件事有关，今天晚上任何人不要再提，以后也不要再提。乔哥和冯哥说得好，有法律在那放着，管着，我们得信法律。咱该学习的用功学习该挣钱的拼命挣钱，在北京体面地生活。

张杰的话说完，饭店的里里外外外安静了一会儿了。然后突然像下大雨似的响起了哗哗的鼓掌声。

肖祥忍不住端起酒杯，喊了一声：为了体面地生活，干！

　　张杰拿着手提电脑，不知捣鼓什么。就在大伙热烈碰杯的时候，他又喊着让大伙安静。他说有一个人发来了邮件，是让我转给肖祥和大伙的。你们想不想听？

　　宋肖新马上意识到是肖辉。她说张杰你别卖关子，赶快读给大伙听听吧。张杰在肖祥耳边嘀咕了几句，肖祥不住地点头。张杰这才站在桌子上，手捧着手提电脑大声读起来：

　　　　肖祥我亲爱的弟弟，原谅我没能迎接你……

　　张杰刚读完第一句，人们就异口同声地喊：肖辉，肖辉！肖桂桂高兴地笑着，泪水却夺眶而出。张杰费了很大劲才让人群重新安静下来。他又开始往下读：

　　　　你被冤枉进了拘留所后，我没有帮你做上工作……

　　肖桂桂忽地站起来，激动地喊道：肖辉他没说实话。他能找的朋友都找了，欠了一屁股债。他临去西部前，还给肖祥买了台和张杰一样的手提电脑。

　　人群中一片静寂，有人在轻声哭泣。张杰怕大伙的情绪受感染，提高了声音：

　　　　因为我相信法律，就像冯功铭所说，公正的法律绝不允许任何人亵渎！同时，我也相信我的弟弟，一个在苦难中期盼着辉煌未来而长大的孩子，一个在十八里香这片看似无情却温暖有加的土地上长大的孩子，是一个毅力坚强、信念坚定的人，一定会挺过这一关。当冯功铭告诉我你在拘留所坚持复习的消息时，我的心流泪了。那是为我亲爱的弟弟流下的骄傲的泪水、自豪的泪水，因为在精神上、在人格上，你是一个真正的胜利者！弟弟，我怎么能不为你骄傲和自豪呢？

人群越来越安静，就连那些淘气的孩子也受了大人的感染，目光齐刷刷地看着张杰。

　　肖祥，我亲爱的弟弟，我是在西部甘南地区一个山村昏暗的灯光下给你写这封信的。我来这里的时间虽然短暂，然而，我已经深深地、深深地被这里的一草一木感动了，而且爱上了它。这里曾经是红军长征经过的地方，山上崎岖的小路，依稀可见红军草鞋走过的足印；两边百年的古树的躯体上，可以看见枪林弹雨留下的弹痕；每一块石板上，仿佛仍能看到红军伤员的血迹；而阵阵林涛里，回荡着红军冲锋的呐喊声……由于地处深山，这里仍然很贫穷，群众的收入不高，不少人家还住在土坯垒成的草房里。然而，我在他们的眼睛里看不到委屈，而是自信；看不到哀怨，而是坦然；看不到失望，而是希望；在他们脸上看不到愁苦，而是阳光。一位当年为救红军伤员被反动派打伤了双腿的老人，至今坚持自力更生，干一些力所能及的事情。他握着我的手说，孩子，啥叫福呀？福就是你自己觉得快快乐乐。人，不能总是抱怨，总是不满足。这是多么令人向往的境界。在十八里香生活那些年，我和许多人一样，每天都在抱怨，都在鸣不平，户口、房子、金钱、北京人、外来人……仿佛天底下只有我们活得最委屈。其实，我们在十八里香的生存环境、学习环境，这里远远不能比。然而，这里的人们为什么会生活得那么坚强，那么快乐？在这片土地面前，在那位老者面前，我觉得自惭形秽。

　　昨天，我去看了他们的学校，在那里我看到不论是校舍、教学条件，都远远不如我们十八里香的打工子弟学校。几乎没有一个学生的校服上没有补丁。我小心地打开学校食堂的大蒸笼，看到学生们自带的干粮五花八门，有不少是山芋……校长骄傲而幸福地告诉我，这所学校改革开放三十年来，走出了三百多个大学生。他们中，有的已经是国家尖端科研项目的领军人物，有的大学毕业后回到家乡，已经担任了市、县领导职务。校长本人也是十几年前从这里毕业，在省城上了几年师范又回到母校任教的。我当时眼泪就哗哗啦啦地流了个一塌糊涂。多少年没这样流过泪，我庆幸自己还能这样流泪……

这些孩子们用他们奋斗的经历告诉我，一个人出生的家庭是不能改变的，往往，生长的条件也不能随着个人意志改变，但是，未来是可以改变的。这一点，自古以来已经有成千上万个成功者用他们的实践做出了证明。我们数以千万个从农村到城市的农民工的孩子，因为历史的原因，享有不了城市户口。但是，在这个状况一天没有改变的情况下，我们没有理由为它而愁苦，而消沉，而埋怨。它所证明的，只是我们的出生，不是我们的未来。只要这样想，就会充满信心、充满欢乐地去生活。

信读完后，人群中出现了许久许久的沉默。

是的，沉默。

尾　声

　　三年后，肖祥从老家考进了北京的一所大学。他是当年全县的高考状元。

　　张杰在老孙家饭店为肖祥接风、庆贺，几杯酒下肚，张杰说，你们知道吗？汪光军被抓之前那么有钱，也不是北京户口。